MARÍA DE ALVA

UN CORAZÓN
EXTRAVIADO

MARÍA DE ALVA

UN CORAZÓN EXTRAVIADO

HarperCollins *Español*

Publicado por HarperCollins México, S. A. en septiembre de 2022.

PRIMERA EDICIÓN DE HARPERCOLLINS ESPAÑOL, 2025.

Este libro ha sido debidamente catalogado en la Biblioteca del Congreso de los Estados Unidos.

ISBN 978-0-06-344277-1

25 26 27 28 29   HDC   10 9 8 7 6 5 4 3 2 1

ÍNDICE

Para Camila, mi hija,
heredera de la ciudad y sus poetas
(y las Sinsombrero también)

Millones de puños gritan
su cólera por los aires,
millones de corazones
golpean contra sus cárceles.
Pedro Garfias, "Asturias"

Y porque es hora de recordar, sin saber lo que recordamos.
Y porque tiemblan las luces de ganas de encenderse
y ninguna mano se atreve a prenderlas.
Y porque todo es y no es. Y porque nada llegó y todo se espera.
María Teresa León, "El oso poeta", *Rosa-Fría, patinadora de la luna*

Quiero creer todavía
que las sangres que se enfrentan
en esta dura batalla
de las almas y las venas
han de darnos una luz
que ha de romper las tinieblas.
Concha Méndez, "Se mire donde se mire"

OBSERVACIONES QUE A NADIE LE IMPORTAN

La pérdida es como una baraja de naipes en forma de torre que cae de pronto. Pero la verdadera pérdida, la que cuenta, la que te deja indefenso al borde del abismo, se parece a esas cuerdas de henequén de las haciendas del sureste de México: poco a poco van perdiendo sus hilos en el desgaste diario. Uno las jala, las amarra, las une y separa y se van deshilachando a través del tiempo. La caída de la torre de barajas se va tejiendo mucho antes, cuando nadie sospecha lo que va a acontecer. Entonces sucede el derrumbe y en vano tratamos de encontrar la baraja extraviada; la buscamos bajo la mesa, entre las patas de la silla, sobre la alfombra, sin hallarla. Nos preguntamos angustiados qué no vimos, dónde está ese hilo perdido, esa carta faltante.

FANTASMAS

Me interesé primero por la antigua Librería Cosmos cuando Daniel me envió una foto por correo electrónico del antiguo local convertido en un Kentucky Fried Chicken. Pero quizá no sea cierto. Tal vez tenga que ver con una época más remota de mi vida, cuando me contaron que ahí habitaba un poeta fantasma. No lo sé de cierto, hace tanto que igual lo he olvidado.

La librería siempre estaba en penumbra; en ella pasaba las horas avistando libros. Tenía un regusto a aire viejo y polvo. La estantería de madera olía a polilla; el aserrín que iban dejando las termitas me hacía estornudar. A veces un ruido seco en el silencio de la tarde a la hora de la siesta, un murmullo de voces distantes sobrevolando el aire, un trastabille de pasos o un bramido desconocido al anochecer, me hacían cerrar un libro de golpe, asustada.

—Es el fantasma de Pedro Garfias que habita el tercer piso —me confió en una ocasión el empleado que me ayudaba a buscar libros cuando notó mi desconcierto.

—¿Cómo dice?

—Fue un poeta español, ya murió. Está enterrado en el Panteón del Carmen. Cuando llegué a trabajar aquí hace poco más de veinte años, aún alcancé a verlo. Vivía allá arriba en una buhardilla.

Siempre estaba aquí, en la librería con don Alfredo —me dijo apuntando con el dedo a un viejecito pequeño y delgado como un gnomo, cuyos lentecitos de abuelo Geppetto corrían por su nariz. Era tan diminuto que de pronto pensé que desaparecería bajo un librero del fondo y no podría ya dar con él nunca, sin tener la posibilidad jamás de preguntarle por el espectro del poeta.

—¿Aquí había un poeta?

—Sí, allá arriba se quedaba a veces durante días, escondido en esos cuartos. Nunca he subido, pero supongo que ahí siguen sus cosas. Don Alfredo se lo permitía. Lo dejaba quedarse ahí leyendo o escribiendo, vaya uno a saber qué hacía. Hasta que un día se murió, pero quedaron esos ruidos. Vidrios rotos, zancadas, sonidos sordos, libros que caen, voces. Nosotros ya ni nos asustamos. Don Alfredo todavía vende sus versos, unos libritos artesanales caseros. Dicen que era famoso allá en España.

—¿Y cómo fue que se vino?

—Los dos se vinieron, también don Alfredo. No juntos, claro. Son de los que llegaron con la guerra ¿sabe? Bueno, unos dicen que Pedro Garfias era famoso, otros que no, que nunca lo fue. Dicen que fue amigo de los más conocidos artistas de entonces.

Miré hacia la planta baja donde aquel señor de cabeza blanca estaba sentado tras una vitrina al pendiente de los clientes. Entrecerré los ojos para verlo con más claridad porque soy miope y no llevaba mis lentes. El corredor desde donde estábamos de pie era estrecho y daba la vuelta a toda la librería, con un barandal que resultaba en un enorme balcón abierto que dejaba ver las cabezas de los compradores que estaban en la planta inferior. Las paredes en ambos pisos estaban cubiertas de libros y había que caminar en derredor de ese gran óvalo geométrico para encontrar los textos.

Llegué a la librería durante mi primer año en la universidad. Probablemente a comprar para Letras clásicas *La Odisea*, de Homero, o *Las siete tragedias*, de Sófocles. Llegué ahí por libros, sí, pero también por la complicidad que dan la amistad, los novios, la universidad. Ese mundo entero que como engranaje preciso va forjando nuestra propia individualidad separada de la de nuestros padres. En la Librería Cosmos fui yo por primera vez sola, nada más de mí. Un espacio mío y de eso que apenas intuía en que me convertiría en el futuro.

Aunque quizá me equivoco y me interesé primero en la historia de la librería y sus habitantes cuando regresé a la ciudad tras muchos años de vivir fuera y no pude encontrar la dirección. Fui al centro a comprar un libro y no la hallé. Cómo podía pasarme eso a mí que la recorrí tantas veces durante mis años en la universidad. Recuerdo que pensé que estaba perdida en plena calle Morelos, que había olvidado su ubicación después de tantos años. Luego fui a Padre Mier, a lo mejor estaba allá. ¿Dónde quedaba? Caminé sin rumbo mirando los locales. Todo se veía diferente, o quizás yo no me acordaba de nada. Pensé que me había equivocado. Me fui a otras calles, caminé más lejos, con el abrigo encima contra el frío del invierno. Sentí que me extraviaba, que no sabía en realidad a qué dirección iba. Volteé a lo alto, al día nublado. Un instinto vital me hacía buscar las montañas. Uno siempre busca las montañas cuando está perdido en esta ciudad. Pero esa tarde no se veían. La neblina no dejaba ver las montañas, nada. Era como si no existieran, como si se hubieran borrado de la faz de la tierra. Un silencio espectral lo envolvía todo; años y años de erosión continua, un millar de bosques y cañadas desaparecieron en un instante por las nubes bajas del invierno. Ahí sobre la vía solo había edificios y comercios, coches, transeúntes, carteles de publicidad, vendedores ambulantes y desperdicios callejeros.

Había estacionado el carro en la plaza bajo el Teatro de la Ciudad; debía regresar ya. Hacía ese frío que antecede a la lluvia finita y filosa como hielo. Caminé contra los paseantes, chocaba con ellos, se me doblaban las rodillas, tropezaba entre los baches, andaba cada vez más rápido y desesperada. La gente se me quedaba viendo como si fuera una extraña. Se tapaban la boca con las bufandas como si fuera a contagiarlos de algún mal. Sentí que en cualquier momento se me aparecería un perseguidor. Me comía la neblina, trepaba por mis tobillos, se escondía en mi cabello. Con torpeza intentaba voltear atrás y a la vez caminar, pero más me enredaba con las calles. Esa librería siempre había estado embrujada. El bosque urbano cada vez más parecía una figuración aterradora. Un miedo primario se instaló en mi vientre, sentí vértigo. ¿Qué me pasaba? Busqué los letreros de las calles sin poder leerlos. ¿En qué dirección corren aquí los coches? Lo había olvidado. Caminé en el sentido del tráfico solo por hacer algo. Cinco años fuera y no era capaz de reconocer la ciudad. Tras la cuarta esquina por fin me di cuenta de que caminaba en la dirección correcta. Con gran desasosiego caminé con más decisión hacia la plaza para ir al estacionamiento subterráneo.

Sin aliento llegué a casa donde me encontré con mi madre en la cocina.

—Se me perdió la Cosmos. No la encontré. No sé cómo olvidé dónde está.

—No se te extravió, es que ya no existe. La cerraron —dijo sin voltear a verme, distraída buscando algo en la alacena.

¿No existe?, pensé. Esa era la única posibilidad que no había considerado. Su pérdida era el auténtico cierre absoluto de mi adolescencia. Mientras estuviera ahí podría recuperarla.

Pero volvamos a la foto. La foto de la Cosmos convertida en Kentucky Fried Chicken. Está tomada por Google Earth, es una foto de la red a la cual se llega por los mapas virtuales. No la sacó Daniel. A lo mejor se negaba a mirar la Cosmos en vivo convertida en esto y solo le dio clic a una foto de pantalla. No le pregunté. Pero ahí está, no hay duda. La piedra recortada al estilo *art nouveau* se vislumbra bajo el plástico. Hay dos motocicletas de reparto de pollo frito estacionadas al frente. En la parte de arriba se observa una hipotecaria que tiene una manta que cubre casi todo el edificio.

La Librería Cosmos convertida en Hipotecaria y Kentucky Fried Chicken.
(Tomada de Google Earth).

Cuando Daniel me envió la foto habíamos tenido una charla por mensaje sobre la librería, el exilio español en la ciudad, así como los reportajes y libros que había al respecto. Primero me envió los reportajes que escribió para el diario desde el cierre de la librería, y luego la foto. Me advirtió que no era la más reciente, que ahora la librería era un banco. Así decíamos: "la Cosmos es ahora tal", como si el nuevo locatario estuviera usurpando al otro, al auténtico, al verdadero en nuestras mentes, y que el tiempo, la ausencia y la falta de dinero habían robado. Así he puesto que la Cosmos se convirtió en Kentucky Fried Chicken. No me preocupa demasiado, las cosas siempre son como una las vivió; así cambien los nombres de las calles o los parques una no puede nombrarlos de otro modo. Para nosotros nunca era el nuevo establecimiento de verdad. Eso era como un disfraz y abajo estaba el legítimo, el auténtico, que sin duda era el viejo inmueble habitado por libros y que en el ático superior resguardó a un fantasma en una especie de buhardilla de poeta maldito, un Rimbaud español.

Entonces fue cuando le escribí a Daniel: "Tengo que ir a verla". En mi mente dominaba la imagen de la foto, la librería cerrada convertida en restaurante de pollo frito, en hipotecaria, y al final, como me dijo Daniel, en sucursal bancaria. Me apresuré para salir de la oficina. Tomé mis llaves y la computadora portátil para ir corriendo al coche. Mi trayecto por la ciudad iba bien hasta que me pasé de la entrada al primer cuadro de la ciudad. Allí vino el golpe. El choque detuvo todo al instante de forma abrupta. Nunca llegué a la librería.

Esa misma noche me aboqué a leer los reportajes que envió Daniel. La Cosmos no había cerrado cuando regresé a la ciudad, sino dos años después, por lo tanto, sí pude haberme perdido. Sin embargo, yo recordaba a mamá diciendo que ya no existía, que había cerrado.

Listado de hipótesis posibles:
1. Yo no busqué la Cosmos cuando regresé de los Estados Unidos, sino dos años después.
2. Sí busqué la Cosmos ese invierno, pero no la encontré porque me perdí.
3. Mamá creyó que había cerrado, pero no lo había hecho aún.
4. Estuve en dos ocasiones diferentes buscando la librería sin éxito.
5. Nunca fui a la Cosmos.

Pero tres días después, tras una espera de dos horas aguardando al gerente del banco en el que se había convertido la vieja librería, por fin estaba sentada frente a él, pidiéndole, vaya, suplicando, que me dejara subir a la parte de arriba en la que, según me decía, no había nada, que estaba clausurada.

—No importa, por favor.

—Ay señorita, usted es muy insistente. Bueno, suba un momento con el guardia, verá que no hay más que polvo.

Subimos por una escalerilla de metal negro que, como un gusano, daba vueltas sobre su eje, hasta que por fin llegamos arriba. En efecto, se levantaba mucho polvo y todo estaba en penumbra, alumbrado por una débil bombilla eléctrica que aún funcionaba en el breve pasillo en el que terminaba el ascenso. Una puerta cerrada a medias nos dejó entrar a una pequeña habitación con una única ventana por la cual se percibía el bullicio de la ciudad, pero dejaba ver las montañas que esta vez no estaban cubiertas de niebla.

Había mucha humedad y cartones rotos, un camastro desvencijado con resortes rotos y enmohecidos, una cómoda vacía y una mesa que tenía un cajón cerrado.

—¿Me deja abrirlo? —pregunté con corrección.

—Tendrá polilla, ábralo si gusta —contestó el guardia.

La gaveta estaba dura, se había hinchado la madera, pero con trabajos logré correrla a medias. Metí la mano con cierto temor; primero solo sentí papeles resquebrajados. Sin embargo, al fondo palpé una carpeta que con cierta dificultad pude sacar. Se sentía llena, con muchos folios.

Al retirarla experimenté una cierta emoción al ver aquel cartón duro, forrado en un color morado difuso. La primera hoja fue una decepción. Era la nota de una cantina: "Lontananza", se leía. Pero tras ella, en una letra pequeña a máquina de escribir y espaciada a dos renglones, había un texto que empezaba con dos versos...

OH SOL, LUZ, ALMA, VIDA
CLARA IDEA ENCENDIDA...

Me recuerdo niño en la Plaza Mayor, sentado una tarde de otoño en medio de sus arcos y edificaciones doradas a la luz del sol. La piedra frágil y caliza de las canteras de Villamayor con su tonalidad amarilla que a esa hora parecía miel derramada. Una ciudad de oro como en los cuentos. Ahí esperaba a mi madre mientras ella lavaba ajeno en una trastienda junto a la plaza, antes de que llegara llamándome "Pedro... Pedro".

Podía quedarme horas ahí viendo a la gente pasar. Me sentaba en el quiosco y comía una manzana o una naranja y aguardaba silencioso. Me entretenía fácilmente con las cosas más simples. Durante largos ratos podía mirar a un ejército de hormigas caminar en fila hasta una migaja, recogerla sobre sus lomos laboriosos y regresar por el mismo camino. Me fascinaba observar el cielo azul y las formas de las nubes adivinando las más extrañas figuras. Es lo único que recuerdo de Salamanca. Nos mudamos antes de que cumpliera los nueve a Osuna. Pero no olvido ese sol de otoño en Salamanca, legañoso y dorado, tocando como mantequilla derramada sobre los muros. Aquellas formas de los edificios, esas piedras brillantes, casi mágicas, como talismanes, un mundo entero para un niño como el que era.

Fue una tarde que esperaba a mi madre que me topé con aquel curioso señor desconocido. No sé si iba o venía del Café Novelty, ese lugar que me parecía maravilloso, con su piso de mármol negro y blanco a cuadros y la luz que entraba desde la bóveda del techo de cristal. Sus vitrinas exhibían los más suculentos panecillos y pasteles con crema. Ahí entraban todos esos señores de sombrero de copa, yo los miraba desde afuera. En ocasiones, me sentaba frente al café, justo en las baldosas, para mirar de reojo o espiar las conversaciones ajenas. Hablaban de cosas que a veces no entendía sobre el rey Alfonso XIII, ese señor de bigote recortado y pelo relamido que nunca había visto salvo en los diarios; también discutían de religión, de libros, de artistas franceses con nombres impronunciables. Comoquiera, los escuchaba atento, y con un lápiz que portaba atrás de la oreja anotaba a veces algo en un papel arrugado de la escuela. Todos conocían París y Madrid, todos eran elegantísimos, departían con gran barullo. Yo los miraba y soñaba con ser un señor muy importante que un día viajaría a esas ciudades donde pasaban cosas emocionantes que apenas podía comprender, pero que se relacionaban con libros y arte que apenas imaginaba.

De niño uno mira esas cosas y le parecen que son de encantamiento, como una liebre que sale de una chistera o una carta que adivina una gitana en la carpa de una feria. A veces mi madre me encontraba en la verbena para regañarme furibunda por haber desperdiciado una peseta en tanta superchería. Luego me jalaba a rastras por la calle de regreso a casa en medio de una larga retahíla de palabras sobre los gitanos. —Esa gente que ha traído a España siempre la desgracia y la podredumbre, esos moros con sus ideas y sus magias han sido la desgracia de Andalucía —mascullaba—. Creen esas boberías de la adivinación, como si no hubiera un solo Señor Jesucristo que todo lo sabe. Aléjate de ellos —me decía.

Una tarde estaba sentado cerca del café, pero no tanto, quizás a media calle de distancia; daba de comer a las palomas unas migajas que me habían sobrado del pan que llevé para comer en la escuela. Las veía picar y sobrevolar, se acercaban tímidas y luego huían. Junto a mí estaba un libro que leía, abierto por la mitad. Fue por eso que no vi al señor de nariz aguileña y gafas pequeñas hasta que ya estaba junto a mí. Portaba un traje negro que le quedaba un poco grande y una barba picuda, casi cortada en un triángulo perfecto. Sentí su presencia cuando se agachó junto a mí viendo mi libro.

—Niño, ¿qué lees?

—*Veinte mil leguas de viaje submarino*, señor.

—Ah, Verne. ¿Y lees mucho? ¿Le entiendes?

—Sí señor— le dije mirándolo apenas, tan avergonzado como estaba.

—¿Por qué te gusta?

—No sé… me imagino cosas… las veo como figuraciones en mi cabeza, señor. Como sombras, las veo flotar, son partes de un sueño. Después me quedo pensando en esas palabras y cómo me hacen sentir…

—¡Poeta!, salió poeta el niño.

Después el hombre se fue por la calle riendo y yo me quedé mucho rato así, viéndolo irse con aquella barbita de punta y el sombrero de copa sobre dos lentes redondos.

Me quedé cavilando en mis espectros y fantasmas. Salían de las letras, de las palabras, ahí estaban. A veces había imágenes que reconocía y en ocasiones solo eran colores brillantes. Ahí centelleaban como piedras preciosas, como fuego, como una danza en la habitación compartida entre tres hermanos: yo, el mayor de los tres, José, y mi hermanita Carmen, a quienes contaba mis cuentos. Mi madre entraba a veces al cuarto y nos cubría con colchas tejidas que ella hacía por las noches.

La ventana densa y oscura contra la noche, mi madre de pie con el velador en la mano cerciorándose de que no pasáramos frío, la luz sobre los libros estallando más allá de mis párpados, mientras les narraba a mis hermanos un cuento que callábamos cuando ellos entraban. Leer siempre era un consuelo, y a pesar de mi estrabismo leía con fluidez y no me importaban las voces de los niños en la escuela que se burlaban de mi ojo que se movía sin control.

Apenas era un niño entonces, y la lectura en ese momento era un tiempo libre mientras llegaba el sueño, o tal vez aligeraba una espera, aguardando a mi madre que olía a jabón, con la cara colorada por el agua caliente y las manos como lija de tanto tallar.

—¡Madre!

—Hijo, vámonos a casa. ¿Me cuentas lo que lees?

A madre le conté siempre los libros que leía. Nunca aprendió a leer, lo cual me parecía triste porque mi padre trabajaba en la imprenta de la editorial universitaria. Se encargaba de poner las letras y la tinta sobre los fierros con los que se imprimían los libros. Un tiempo también estuvo en el cosido de libros, buscaba tapas bonitas cubiertas de tela para forrarlos. Mi padre sí leía. En las horas muertas del almuerzo tomaba los libros que iban saliendo, pero nunca los llevó a casa. Teníamos pocos estantes y algunos libros de mi abuelo marino.

Pronto nos mudamos a Osuna, finalmente ambos tenían familia en el sur y se les haría más fácil criarnos en esas tierras. Fue mi madre quien insistió en Osuna por su cercanía con Sevilla, de donde ella era originaria. Mi padre fue el telegrafista del pueblo. Y aunque al principio solo ayudaba en la oficina, muy rápido aprendió el oficio. Lo recuerdo en las noches silenciosas y calientes del verano salirse al patio de la entrada con un madero y una cuchara de metal pesada. Se sentaba en un banco y me gritaba que viniera a dictarle.

—¡Ten! —rugía, entregándome un grueso libro con ejemplos de mensajes en letras y luego puntos y rayas que representaban mensajes en una caligrafía como de otro mundo.

Entonces yo le leía pequeñas notas de una o dos líneas y él batía con fuerza aquel madero siguiendo el código morse, luego tomaba el libro para ver si había acertado. En otras ocasiones me pedía al revés que yo mirara esas líneas y aporreara el madero para él descifrar lo que estaba comunicando. Al principio se me hacía muy difícil ayudarlo en esta labor. Tenía que entender la correspondencia de las letras con las rayas y puntos, y si bien yo las tenía delante de mí y no intentaba memorizar, debía atinar al sonido. Cada que titubeaba, mi padre se enojaba y me gritaba con fuerza.

—¡Ayúdame, carajo! Anda, Pedro, ¿qué no ves que si no aprendo no podré hacerlo? ¡No quiero estar de mandadero la vida entera!

Entonces yo me esforzaba una vez más. Así nos estábamos mucho rato todas las noches. Por suerte podíamos hacerlo afuera y no molestar demasiado. Eso tenían las noches andaluzas, cómo las recuerdo, calientes, secas, atiborradas de estrellas. Nos sentábamos frente a la casa que nos alumbraba con una sola farola para así aprender el código morse. Lanzábamos desde ahí mensajes al vacío del negro nocturno, palabras convertidas en sonidos largos y cortos, profundos, y a veces desesperados.

Recuerdo a mi padre bajo la luz blanca del cielo golpeando un madero para aprenderse esas oraciones comunes de los envíos. "Hemos llegado". "Te recuerdo". "Ven con urgencia". "Te necesito". "Llegamos a Madrid por tren". "Te mandamos besos". "Se casa mi hija". "Murió el abuelo". Yo le preguntaba que si siempre eran los mismos mensajes y él me decía que todos eran casi idénticos.

—Son líneas de amor y urgencia, hijo. Llegadas, salidas, enfermedades, compromisos, bodas, funerales. Esas cosas que todos queremos decir con premura a alguien, que necesitamos verter en la persona amada. Ellos confían en nosotros, en que enviemos con diligencia sus palabras para que alguien más las entregue. Lo que el corazón apremia siempre es lo mismo para todos, hijo.

Poco a poco fui aprendiendo yo también a unir esas marcas en el sonido, una costumbre que se me quedó toda la vida, y así tamborileaba sobre las mesas y las paredes de las habitaciones que tuve, siempre como un loco, un enajenado marcando el ritmo del telégrafo en una danza absurda llena de mensajes secretos. En el campo de concentración en Francia llegaron a pensar que enviaba recados secretos a las embajadas o a los nazis o a otros refugiados, pero no, yo taladraba versos en morse, estrofas urgentes que no podía escribir a falta de lápiz. Lanzaba poemas a ese pozo sin fondo que era la guerra, que era el extravío junto a las costas francesas, buscando en una nebulosa sobre el mar la curvatura de la frontera con España, ahí, tan cerca y tan lejos un país del otro. Quizá mis telegramas eran como botellas lanzadas al mar que cruzarían ese espacio azul mediterráneo, esa franja nevada de los Pirineos por donde nos vinimos, desde donde cruzamos a la playa de Argelès y a Saint Cyprien. Una canción urgente a contragolpe, aprendida en esas noches andaluzas de la infancia, cuando aporreaba un cajón de madera junto a mi padre.

Pronto papá aprendió el código y por fin tomó el puesto de telegrafista, convirtiéndose en uno de esos hombres que sabe la vida secreta de los otros, que guarda con fidelidad absoluta esos recados íntimos y breves que son tan imprescindibles para los demás.

Sin embargo, muy pronto fuimos nosotros mismos quienes necesitamos del telégrafo, pues en febrero de 1911, antes de que yo cumpliera diez años, mi madre murió de parto junto con mi hermana recién nacida. Su embarazo estaba avanzado, no sé de cuánto estaba porque esas cosas no se les dicen a los niños, pero yo le notaba ya su gravidez. Cuando se le vino la niña no era término aún, lo sé porque mi padre salió de casa en la madrugada por la partera gritando

—¡No es tiempo!, ¡no aún!

Mis hermanos y yo despertamos con los gritos, pero no osamos entrar a la habitación de mi madre desde donde la oíamos quejarse.

Pero cuando la partera llegó ya poco pudo hacer. Nunca supimos exactamente qué ocurrió ahí dentro. Los gritos sacudían la casa, en vano metí a mis hermanos en la habitación contigua donde dormíamos, pero los tres cuartos de aquella casita retumbaban con cada exclamación. Mi hermana se metió bajo la cama y ya no quiso salir; muchas horas después la arrastré fuera de ahí como pude. Se chupaba un dedo y abrazaba un mono de felpa cosido con dos botones como ojos y un rabo de estambre, simulaba ser un conejo, pero más parecía ratón porque no tenía relleno y era diminuto. Mi madre se lo había hecho hacía unos meses. La niña se me quedaba viendo con la mano sobre la boca, sin soltar el supuesto conejito hecho por mamá humedecido con el sudor de su mano. Tras sacarla de ahí, simplemente la acosté sobre la cama y le di un poco de agua antes de dejarla dormir. Ya para entonces no brotaba ruido alguno de la otra habitación.

Al rato salió mi padre y me hizo una seña para que fuera con él un momento al exterior. Llevaba con él una sábana revuelta y en una punta se veía un poco de sangre.

—Es… es tu hermana, Pedro. Nació muerta. Es demasiado pequeña, iré a enterrarla aquí atrás. Mi Dolores está muy mal, no sabemos si aguante —me dijo con un estoicismo incólume, mirándome a los ojos como si yo fuera un hombre y no un niño que aún no entraba en la adolescencia.

Me tapé el rostro con la manga de la camisa. Mi padre me acarició un momento la cabeza y me pidió sustituirlo ahí dentro. Que me quedara con mi madre.

—Parece no sufrir ya, solo mana mucha sangre. La partera trató de coserla… no sé. No hay médico por acá y a un hospital llegaríamos mañana. Ella cree que moverla ahora es peor. Casi no se da cuenta de nada, pero si entras tú, tal vez puedas darle consuelo, hijo. Solo un momento. La niña se llama Dolores como tu mamá. No hemos podido bautizarla, pero ese es su nombre.

Entré a ese cuarto caliente, iluminado por algunas lámparas de aceite. La partera estaba sentada a los pies de mi madre. Tenía las piernas descubiertas y le limpiaba la sangre. Me moví hasta cerca de la almohada para no ver nada de lo que pasaba ahí abajo, sentí vergüenza de verle sus partes íntimas, nunca había visto más allá de la pantorrilla apenas. Me dio pena y asco ver ese espectáculo de la sangre, sentí miedo, culpa. Tanta impotencia.

—Madre… soy yo, Pedro.

Primero no se movió, no pareció escucharme. Entonces tomé una de sus manos y me quedé quieto mirándola, pero sí me había oído.

—Pedro, sé que eres tú. Hijo…

No abrió los ojos primero, pero luego, como si estuviera muy cansada o viniera de un sueño profundo y remoto, los entornó un poco hacia mí, parecía verme de lado entre sus pestañas muy negras y tupidas, el cabello trenzado por un lado, de un color azabache muy oscuro que contrastaba con las sábanas, un poco raídas, pero blancas, manchadas de sangre. Después recordé siempre esos tres colores: negro, blanco, rojo. Por mucho tiempo asocié esa oposición de colores con la muerte.

—Pedro, ¿sabes que tu nombre significa piedra? Tu padre quería que te llamases Antonio como él, pero yo quise ponerte el nombre de mi papá, Pedro Zurita —musitó con grandes esfuerzos.

—Madre, no hable más.

—Sí, hijo. Sí tengo que hablar porque tú eres el mayor y pronto no estaré aquí.

—Madre… no se agite.

—Tu padre es bueno, trabajador, pero no va a apoyarte para que sigas estudiando. Promete que no te saldrás de la escuela, eres inteligente… promete —dijo con un hálito de voz.

—Está bien, por favor no se preocupe más.

—Lee, escribe, hazlo por mí que no sé hacerlo.

—Se lo prometo, madre.

—Estoy cansada, cerraré los ojos. Recuerda que eres piedra, hijo y las piedras siempre sobreviven, aguantan todo, construyen.

Ya no despertó al día siguiente. Había perdido tanta sangre que su organismo se fue vaciando como se va secando el agua de los pozos durante el verano. Se le fue yendo la vida y su pequeño cuerpo quedó sobre la cama más triste y enjuto que antes, un color gris le sobrevino y casi no la pude reconocer. La cubrimos con su mantilla de bodas y así la velamos un día hasta que junto con mi padre fui a enterrarla al camposanto. Sobre ella colocamos algunas rocas grises de río y una cruz de madera. Mi padre dijo que en cuanto se pudiera pondría una lápida, pero yo ya sabía que eso no iba a ocurrir nunca. Cuando puse la última piedra para marcar su lugar de reposo recordé sus palabras sobre mí. Me aferré a su imagen como si en ello se me fuera la vida.

Un tiempo tras la muerte de mi madre nos trasladamos a vivir a Écija, a poco más de treinta kilómetros de distancia. Para mi padre fue como un ascenso, ya que la oficina de telégrafos era mucho más grande y él estaría a cargo. A José y a mí nos encomendó a Carmen. Yo iba a la escuela por la mañana y José tomó turno por la tarde, así cada quien estaba con ella un rato. Comíamos juntos los tres en la casa y luego me llevaba a Carmen a la tienda de ultramarinos donde trabajaba por las tardes. Ahí la dejaba jugar en la trastienda o a veces tenía suerte y llegaba doña Remedios, la esposa del propietario, una señora regordeta y rubicunda, con una voz fuerte de cantaora, muy simpática, que le hacía muchas fiestas a mi hermanita. La ponía a bailar y ya más mayorcita le enseñó pasos de flamenco.

—¡Olé, olé! —le gritaba aplaudiendo, y Carmen reía y daba vueltas.

Al final mi hermana acabó bailando muy bien, y durante un tiempo, ya adolescente, estuvo en algunos tablados, aunque a mi padre nunca le gustó que lo hiciera. Le pagaban bien e hizo varias giras por toda Andalucía, especialmente por Córdoba y Granada, donde tuvo mucho éxito. Dejó de bailar cuando llegó la guerra porque se volvió muy peligroso. Acabó casándose con un militar de la Falange; traté de no tomárselo a mal porque a ella no le interesaba la política, pero eso fue lo que al final nos separó.

En Écija no fui muy feliz. Mi incipiente adolescencia combinada con el nuevo matrimonio de mi padre con Felisa Rodríguez, una mujer cruel que se burlaba de mis hermanos y de mí cuando él no estaba presente, consiguieron convertirme en un joven huraño, un tanto desesperado, siempre de mal humor. Solo la presencia de José y Carmen lograban apaciguarme un poco. Cansado, acomodaba cajas de madera con alimentos en la bodega de la tienda, y solo me alegraba un poco al ver la carita risueña de Carmen con aquella mirada profunda de ojos ennegrecidos y brillantes, con esas pestañas largas, herencia de mi madre. Silente, encorvado a mis catorce años, empecé a convertirme en una urraca hosca. A veces lanzaba cosas, ramas, piedras, maderos. No podía contenerme. Nunca herí a nadie y lo hacía afuera, aunque en una ocasión don Manuel, el dueño de la tienda, me pilló desordenando el almacén movido por la ira. Me tomó por los hombros y me forzó a verlo de frente.

—Pedro, ¿qué haces?

—¡Nada!, ¡déjeme en paz!

—Cálmate, muchacho.

Me le quedé viendo arañando el aire, mis manos ganchudas como fieras manoteaban aún tras el regaño. Por fin bajé la cabeza, tozudo, rezongando por lo bajo. Don Manuel me pidió salir. Sabía que no estaba bien, pero no podía contener mi rabia.

—Te marchas ahora y vuelves cuando te calmes, en una media hora. No te quiero así de nuevo que te quedas sin trabajo, joder.

Me fui caminando hacia la Plaza España y respiré despacio. Sabía que mi lamentación por el nuevo matrimonio de mi padre era torpe y mezquina. Esa noche regresé a casa dispuesto a serle útil a mi padre y hermanos. Mas con el paso de los días el carácter de nuestra madrastra y su brutalidad con Carmen, a la que parecía guardarle un especial rencor, quizás por el amor que mi padre le profesaba a la más chica de la casa, o porque por más que intentaba no conseguía dar a mi padre un nuevo hijo que destronara a la niña, consiguieron que me rebelara contra ambos adultos con una tozudez huraña que yo mismo no reconocía en mí.

Felisa tenía una bestialidad profunda que sabía esconder de una manera casi imperceptible, y arrancaba lágrimas a Carmen pillándola desprevenida. Un derrame ligero de leche hirviendo sobre su manecita, un jalón a su ropa para descoserla, una zancadilla para que cayera de bruces con su plato de comida, un polvo lanzado sobre sus ojos mientras limpiaba, cuestiones sutiles que pasaban inadvertidas para quien no pusiera atención, pero que iban aguijoneándole el alma a mi hermana sin que mi padre lo advirtiera. Lo peor fue el día que le desapareció el broche de nácar que le dejó mamá cuando murió. Revolvimos la casa entera en su búsqueda mientras la niña lloraba y Felisa la acusaba de descuidada, amenazándola con decirle al padre.

—Lo único que te dejó tu madre —le machacaba.

Siempre era así, cosas que disimulaba para que parecieran culpa de Carmen, situaciones creadas que dificultaban su denuncia. En vano José y yo intentábamos consolarla aquella mañana de sábado que no dábamos con el pasador, sin saber cómo decírselo a mi padre.

—¡El broche! No encuentro el broche de madre —nos decía angustiada con su vocecita aún muy niña, mirándonos con esos ojos inmensos como pozos que tenía.

José y yo sabíamos que había sido Felisa, pero no se nos ocurría qué hacer. Más tarde, cuando Carmen se quedó dormida a la hora de la siesta, cansada de llorar casi toda la mañana, mi hermano y yo nos encontramos afuera de la casa. El calor plomizo del sol caía sobre las aceras, mientras mi hermano y yo intentábamos en vano idear un plan para sacarla de la casa.

—¿Y si le decimos a Carmen que si sale con nosotros un rato? —dijo José.

—Pero papá vendrá pronto, no creo que ya sea posible.

Seguimos afuera un rato, cuando nuestra madrastra nos gritó por la ventana.

—¡Eh!, que se hacen cargo de la niña vosotros que yo me echo a la siesta. No aguanto este calor. Su padre no tarda. Y la despiertan pronto que donde no halle esa baratija de vuestra madre, Antonio pondrá el grito al cielo.

Felisa, la infeliz, no se saldría con la suya. Al rato nos quitamos los zapatos para no hacer ruido y entramos muy despacio a la habitación donde estaba ella dormida. En vano abrimos y cerramos cajones e incluso la cómoda. Fue entonces que nos dimos cuenta de que Felisa dormía con el puño cerrado, pero que justo en la curvatura de los dedos se divisaba la puntita de un pañuelo.

—La desgraciada se fue a dormir con el broche —susurré a José apuntándole con un dedo lo que había visto.

Supimos lo que teníamos que hacer. Debíamos abrir por la fuerza el puño sacar su contenido y luego salir corriendo. José se puso justo en el dintel de la puerta para salir primero por Carmen y luego correr junto conmigo al monte. No podíamos dejar a la niña sola con esa bruja justo en el momento en que montara en cólera.

Todo sucedió muy rápido. Al tiempo que José levantaba a la niña de su siesta yo forzaba la mano de Felisa y ella abría sus ojos de fiera sobre mí. En un segundo ya nos estaba persiguiendo vociferando, pero nosotros éramos muy jóvenes y fuertes y corrimos más.

Para cuando volvimos a la casa más tarde ya se encontraba papá ahí y Felisa lo había convencido de que nosotros le estábamos jugando una mala pasada. Mi padre no era un hombre de regaños y no se dejaba llevar, así que solamente pidió que le pidiésemos perdón por nuestra broma pesada. A regañadientes lo hicimos, pero yo seguía molesto, sabía que al menos habíamos recuperamos el broche, pero no era suficiente. Ahí mismo me juré que en cuanto cumpliera los quince en unos meses me iría de la casa para estudiar el bachillerato fuera. En Cabra vivía uno de mis mejores amigos de Osuna y de alguna forma me iría allá a vivir.

Nuestra existencia en aquella casa siguió siendo miserable, vivíamos en un limbo que se movía entre la crueldad absoluta, a la que nunca llegamos, puesto que Felisa cuidaba mucho de no excederse para que mi padre no se diera cuenta, y una serie de pequeñas torturas y venganzas perversas que se acumulaban a diario, siempre dirigidas hacia nosotros por la espalda, o mejor diría, por debajo del suelo y sin dejar huella. Fue por esa razón que todos acabamos saliendo muy pronto de ahí. Yo fui el primero.

Para cuando acabé mis estudios en el instituto había ahorrado lo suficiente para lograr cierta independencia, así que sin más decidí irme a Cabra para entrar al bachillerato. La despedida resultó muy intensa al final, sobre todo por mi pequeña hermana, que de forma lastimosa me abrazaba con tal fuerza que difícilmente pude desprenderla de mí. Me dolían mis hermanos, pero la idea de seguir viviendo bajo el mismo techo que Felisa me repugnaba tanto que no podía más. José siguió después el mismo oficio de mi padre en el telégrafo y dejó de estudiar muy pronto. Carmen, por su parte, se fue a los tablados y vivió una vida azarosa.

Los tres años que permanecí en Cabra me quedé a vivir en el establo de la familia de mi amigo Felipe. Me acondicionaron un espacio en el piso superior, lejos de los animales, aunque en invierno, cuando cerrábamos las ventanas por el clima, el hedor en ocasiones era insoportable. Yo mismo me encargaba de la limpieza del lugar cada tarde, procurando tenerlo lo más adecuado posible para poder pasar la noche. Levantar el estiércol acaba por quitarle a uno cualquier tipo de orgullo; fue una gran enseñanza de humildad.

Por entonces pagaba una módica cantidad de dinero por ese techo y el desayuno y la cena que me daban sus padres. Aprendí a querer a los padres de Felipe, gente simple del campo, buena y cálida. Recuerdo ahora a doña Paquita dando voces en la entrada del establo para que me reuniera con ellos en la casa familiar. Ahí me sacudía la cabeza con cariño y me daba leche de cabra recién ordeñada, tibia y espesa, con una cucharadita de miel, que me sabía a gloria. La recuerdo así, bajo el fogón, iluminada apenas su cara blanca y gorda, simpática como ella sola, a esas horas de la madrugada. Riendo de los chistes malos que le contábamos de la escuela o de las anécdotas de los profesores.

—¡Vamos! ¡vamos! Seguid en la escuela para que no os pille como a nosotros la pobreza. Anda, Felipillo que ya eres el primero de la familia en hacer el bachillerato, ¿eh? No desperdiciéis el tiempo, chavales.

Doña Paquita estaba muy orgullosa de Felipe, quien era el segundo de ocho hermanos. El mayor, Ramón, no había estudiado y ayudaba a su padre en la granja. Al principio no le pregunté a Felipe por qué estudiaba él y no el hermano, no le di importancia, pensaba que sería decisión propia o quizá que no había pasado los exámenes de ingreso.

Una noche en la que llegué a la casa en medio de la oscuridad, solo alumbrado por la luz de las ventanas de la pequeña casita de campo, fue que me enteré de cómo estaban las cosas. Ellos no podían verme, pero yo los veía nítidamente mientras caminaba. Algo ocurría porque veía a Ramón golpear la mesa de madera. Me apresuré un poco por ver si podía ayudarles en algo, pero desde el pequeño pórtico y los escalones escuché con claridad lo que pasaba.

—Ustedes siempre han preferido a Felipe, a él lo dejaron matricularse. En cambio, yo de sol a sol en los campos. ¿Para qué? Para ser un pobre granjero también.

—Hijo —en vano decía la madre— tú sabes que no fue así, que no hiciste los exámenes y entonces…

—¡¡Sí los hice, madre!! Usted creyó que no, pero todos vosotros no tenéis ni idea.

—Pero, Ramón —comenzó el padre más pausado— nunca nos dijiste y tú… tú no tenías buenas notas.

—Quizá no eran tan buenas como las de mi hermano porque a él le dabais vosotros todo el tiempo para el estudio. Pero no eran malas y aprobé los malditos exámenes.

Entonces se hizo un grave silencio. Yo aguardaba afuera, mi corazón palpitaba con fuerza. Me daba cuenta de la seriedad del asunto.

—Hijo mío, yo te necesitaba conmigo. Estoy… estoy haciéndome mayor y yo pensaba que tú te podías quedar con la granja si tú quieres. Es tuya.

—Siempre seré pobre, encadenado a este oficio, y mis hijos igual, a este trabajo tan pesado que no se puede hacer de viejo. ¿Os dais cuenta?

—Ramón, mira bien. Si no tenéis muchos hijos, sí que viviréis bien. Es una buena granja, Ramón. Tranquilo —convino el padre.

—¡Usted sabe tan bien como yo que esto es una pocilga y que apenas nos alcanza! Y ahora viene ese niño de Écija a vivir aquí y a estudiar. Y salvo la limpieza del establo, no le pedís más.

—Pero, Ramón, nos está pagando renta. No seas egoísta —dijo doña Paquita.

Pronto se hizo silencio y yo me quedé pensando si podría quedarme los tres años ahí, en esa casa, con esa familia, sabiendo que Ramón me odiaba, que nos detestaba a mí y a su hermano. No me atrevía a entrar. Me prometí tratar de hacer más quehaceres, ganarme su confianza.

Justo al entrar escuché a Ramón decir lentamente que todo era culpa por ser el mayor. Sus palabras calaron hondo. Tal vez yo era un traidor de mi casa, abandonando a mis hermanos a su suerte, sin seguir el oficio de mi padre. Yo también sentí esa falta; el yerro de ser el mayor, y por lo tanto el responsable, solo que yo había renegado de ello.

Las clases eran mucho mejor que en Écija. Me gustaban mis clases de literatura con el profesor Montenegro. Un hombre jovial, rubio y delgado de gafas muy redondas. Llegaba muy arreglado con traje y corbata, parecía rico, y yo me preguntaba qué haría en ese lugar. Pronto nos dimos cuenta de que andaba detrás de una señorita que trabajaba de costurera en el pueblo. Una mujer que a mí y a Felipe se nos hacía deslumbrante: era espigada y castaña, con la piel lechosa y los labios carnosos.

Sería por sus amores con aquella moza o porque era tan joven, el caso es que en sus clases leíamos muchos poemas de amor. A Góngora y Garcilaso, pero también a Bécquer y Espronceda. Por primera vez en mi vida me sentí verdaderamente extasiado con aquellas clases en las que clasificábamos los poemas en sonetos, redondillas, romances. Dilucidábamos sobre la octava real y el terceto, contábamos sílabas y estudiábamos las rimas. Leíamos en voz alta y dejábamos que el aire se impregnase de aquellos sonidos suaves o rudos. *Corrientes aguas, puras, cristalinas, árboles que os estáis mirando en ellas, verde prado, de fresca sombra lleno…*

Yo mismo empecé a escribir unas líneas. Apenas unos versitos sin importancia, escritos a la luz del quinqué. No tenía pretensión alguna por entonces, más bien una vergüenza infinita. Como si alguien fuera a leerlos mientras estaba en la escuela, los guardaba bajo mi colchón o los cubría de paja para que no fueran hallados. ¿Por quién? No lo sé, pero un apocamiento terrible se me iba metiendo dentro; con todo, seguía escribiendo.

Ahora leíamos diferentes versiones del *Don Juan,* el de Tirso, el de Espronceda y el de Zorrilla. Eran unas clases estupendas, mágicas. Y así poco a poco fui ganando confianza con el profesor Montenegro, a quien por fin, iniciando el siguiente ciclo tras las fiestas decembrinas, me atreví a mostrarle un par de poemas que había trabajado durante las Navidades. Fue tras las clases que me quedé un momento para dárselos.

—No tiene que leerlos ahora —le dije con pena.

—Espera, eh, Garfias. Que ahora los leo. Estate ahí y vemos.

Los leyó con sumo cuidado, lo vi que sacó una pluma y escribió algo junto a mis letras. Tardó un tiempo corto que se me hizo eterno, parece que leyó más de una vez. Entonces me dio su veredicto.

—¡Estupendo, muchacho! Vas bien para ser tus primeros versos. Te he marcado algunas recomendaciones, ¿vale? Si quieres puedes corregirlos un poco, y bueno, los presentamos a publicación en algún periódico del pueblo.

Me quedé estupefacto viéndolo. Yo creo que tenía hasta la boca abierta porque él se rio y me dijo:

—En boca cerrada no entran moscas. Vamos, Garfias. Que sigas escribiendo.

Esa noche no dormí corrigiendo aquellos versos, buscando variantes, otras palabras.

Al día siguiente acudí al colegio temprano para verlo. Aún recuerdo mi emoción tras recibir de nuevo sus felicitaciones y decirme que habían mejorado bastante.

—Esta tarde he quedado con Lola en el centro y de ahí me paso al diario, chaval. A ver qué nos dicen, ¡olé, poeta!

Unos días después recibí la noticia de su publicación. Al otro domingo acudí a comprar un diario para llevarlo a la casa y mostrárselo a la familia de Felipe. Era feliz. Poco a poco me convertí en poeta regular de aquella sección dominical, al punto de que para mi tercer año de bachillerato me dieron un puesto de editor y tuve la oportunidad de seguir publicando. Me mudé de la granja al pueblo a una pequeña pensión que podía pagar con mi sueldo.

A mi buzón iban llegando furtivos poemas y cuentos de varios chicos y algunas muchachas también. Me fui haciendo fama de que publicaba a jóvenes talentos. Entonces obtuve un premio en los juegos florales de Sevilla durante la primavera de ese año. Eran tiempos felices. Fue así como primero pensé en irme a Madrid.

EL MAR

De niño no conociste el mar. Nunca lo viste, ahora no te cansarás de verlo. Cada mañana saldrás a la proa para ver la curvatura infinita del océano. Ansiarás ver la costa y las gaviotas, pero por ahora solo estará ese ancho azul que llega al fin del mundo, a esa raya difusa tan temida por los marinos en la antigüedad. Esa línea imprecisa a la que nunca llegaremos. Andar y andar en estas aguas sin bajar ancla. Cuántos días iguales en este azul infinito; el sol cayendo sobre las espaldas.

Mar, mar de la infancia. Marco Polo y Simbad, el capitán Nemo, *La isla del tesoro* y *Robinson Crusoe*. Julio Verne desde un submarino. Nada tan emocionante como leer tumbado entre el polvo de Osuna, de Écija, de Cabra, bajo un limonero de poca sombra y encontrarte con piratas y náufragos, aventuras indecibles, monstruos y ballenas. Al grito de "Llamadme Ismael" también serás marino ballenero con arpón, a la caza de Moby Dick.

Ay del mar de esos aventureros de los libros. El capitán Nemo viajando en su imposible submarino *Nautilus*, conocedor de secretos y escafandras. Adónde vas Nemo entre las profundidades del océano. Qué nuevos puntos cardinales e inventos náuticos, qué lugares y qué criaturas verás.

Tú embarcarás también en una gran empresa marítima. Tú, ante la ola desafiante, el mar embravecido, a la espera del monstruo. Niño andante de los mares de Marco Polo. Mar Mediterráneo, mar Pérsico, mar de la China. Cómo ver los confines del mundo, ese lugar misterioso e inalcanzable más allá de Europa. Leer acostado en el pasto, sobre la tierra seca y las hierbas del campo que se mecían en el aire como las olas de un mar embravecido.

Este exilio será un naufragio también. Ha quedado la España insalvable y lejana, muda de espanto, las manos crispadas, las fosas abiertas donde caen sus muertos anónimos. Como impotente marino náufrago la verás desaparecer. Pero tú no eres un Robinson moderno, nunca lo serás. La infancia atrás, en el orificio aquel bajo la cama donde quedaron los libros de entonces. Una tabla de madera cubriendo un arsenal de historias y mares.

No hay retorno posible, apenas la punta del fracaso que se viene. Sin república, no hay país. Varado en este navío no hay más que esta fatiga, este desconsuelo que atenaza, esta soledad sin fronteras de las aguas. Estarás siempre en este vaivén a mitad del mar.

CORAZONES

Hace seis meses, cuando apenas iniciaba mi obsesión por el poeta Pedro Garfias y la Librería Cosmos, me detectaron una arritmia cardiaca. La prescripción médica logró que pusiera alto a la investigación por unos días, que por fuerza pusiera atención en otra cosa.

Y es que nací con una afección cardiaca en la que el corazón está apuntando hacia el lado derecho del tórax, en lugar de a la izquierda, como normalmente ocurre. Esta condición se llama dextrocardia, y en mi caso vino acompañada de una estenosis pulmonar. Este es uno de cinco defectos cardiacos típicos que acompañan a la dextrocardia de forma usual. Básicamente significa que la válvula pulmonar que conecta el ventrículo derecho con la arteria pulmonar es ligeramente más estrecha que el común denominador. La variación de la estrechez es lo que la hace grave o de poca importancia. Mi estenosis es leve.

Durante años mi dextrocardia había sido tan solo una anécdota para contar, una historia llena de sorna para reír al calor de las copas, un cuento para destantear a alguien. Una curiosidad nada más, en la cual el interlocutor se queda desconcertado con los ojos muy abiertos, incrédulo. —Fue culpa de mis padres, seguramente distraídos cuando me estaban haciendo en la pasión amorosa y

27

no pusieron atención y salí mal hecha —les digo riendo. Un pobre chiste. Un chiste para contar en una reunión, entre tequilas, para mofarme de mí misma, algo que suelo hacer con frecuencia. Pero hace seis meses se acabó la broma.

Todo comenzó una tarde en la que me encontraba en la planta baja de un edificio de aulas en la universidad con una de mis alumnas porque acabábamos de tener clase en un salón próximo y ella tenía dudas sobre el enfoque de su trabajo de literatura española. Pasaban ya de las siete; estaba oscuro porque era invierno. Entonces fue que empezó. Mi corazón se aceleró de una manera vertiginosa. Yo no sentía miedo, tampoco dolor, incluso no me sentía mal. Sin embargo, parecía que yo iba corriendo y trepando por escarpadas montañas, que hacía un maratón, era un buzo cruzando el estrecho de Gibraltar, un alpinista en el Himalaya. Mientras, intentaba moderar la respiración y hablar con cierta racionalidad sobre la posguerra española y el exilio, como si no ocurriera nada. Por fin acabamos y caminé hacia el coche, que estaba directamente enfrente de donde nos encontrábamos. Recuerdo que pensé "Ahora se me pasa". Pero transitaron casi tres horas en esas condiciones. Cuando por fin terminó me fui a dormir exhausta. La fatiga —ahora lo sé— es uno de los síntomas de las arritmias. Una siente que lleva la vida entera corriendo. Y yo nunca he sido dada al deporte.

Fue en ese momento cuando supe que debía detener la pesquisa sobre el extravío del poeta para encargarme de mi corazón descarriado e ir al médico, aunque me rebelara ante ello.

A lo largo de mi infancia y primera adolescencia me hicieron muchos electrocardiogramas; era prácticamente la única prueba que se podía hacer por entonces sin invadir el cuerpo. Fueron tantos, que desde niña aprendí de memoria la posición de los electrodos. Uno en cada tobillo, uno en cada muñeca y el resto en el área del corazón en forma de media luna. Sabía exactamente dónde se colocaban, y luego solía ver el papel graficado que salía de la máquina conectada a mi cuerpo cuando se imprimía con mis latidos.

En una ocasión, cuando yo tendría unos once años, llegó a realizarme el examen un muchacho joven que nunca me lo había hecho antes. Mis padres esperaban afuera de la salita y el joven entró solo. Lo saludé de forma educada, como esperaban mis padres que hiciera, y aquel hombre empezó a ponerme los nodos. Enseguida noté que me los puso del lado contrario, es decir, del lado izquierdo y no diestro. Alarmada le dije con nerviosismo:

—Pero tengo dextrocardia, ¿ya vio?

—¿Qué cosa?

Entonces se afanó en revisar mi historial. Movió hojas, leyó todo, o al menos eso pareció, y me tranquilicé un poco. Pero luego volteó a verme un segundo y dijo con total certidumbre:

—Lo haremos de la manera normal y luego vemos.

—Pero, ¿cómo?...

—No, ni un *pero* —contestó con vehemencia y cierto parecido a una maestra de la primaria que solía romper las reglas de un metro sobre los escritorios cuando se enojaba.

Yo lo miraba estupefacta. Pero él continuó el procedimiento imperturbable. Lo que siguió a eso fue el silencio… El sordo hueco del corazón que no estaba. La realidad del corazón extraviado de sitio. La normalidad que no llegaba, aunque aquel joven se esforzaba con todo empeño en encontrarla frente a aquella máquina.

A los pocos minutos salió un tanto descompuesto, mientras yo seguía conectada a un aparato que apenas si reconocía un poco el sonido del otro lado. Un corazón lejano, desorientado —en lo que me pareció entonces la enormidad del tórax— mostraba unas débiles rayas en las hojas que seguían saliendo, irremediablemente cayendo sobre el suelo. Tuve una sensación de desamparo acostada sobre la cama con la bata de hospital puesta.

No podía moverme ni hacer nada porque la máquina seguía y seguía mientras yo pensaba en arrancarme los electrodos y tirarlos lejos de mí. Más y más páginas graficadas caían al suelo cubriéndolo como un otoño de hojas blancas, vacuas, desperdiciadas, llenas de fantasmas. El corazón huérfano que no se hallaba. Tal vez estuviera muerta, una niña hueca, sin corazón, con una anomalía extraña, vacía por dentro.

Sentí que pasó mucho rato cuando por fin regresó aquel hombre con otra compañera y me quitaron todo para hacer el examen de forma correcta. "Gracias", le dije a aquella mujer. Ella me miró con vergüenza, sabía que yo, una niña de once años, me daba cuenta del error.

OBSERVACIONES QUE A NADIE LE IMPORTAN

Recuerdo que todos los lunes en el patio de atrás del colegio, sobre la cancha de futbol, hacíamos los honores a la bandera y declamábamos el juramento. *¡Bandera de México!, legado de nuestros héroes, símbolo de la unidad de nuestros padres...* Así recitábamos niños y niñas bajo el sol terrible del verano o en el frío del invierno con los abrigos puestos. Nos poníamos la mano a la altura del pecho del lado izquierdo en señal de respeto y promesa. Pero si tienes un hueco ahí en lugar del corazón, ¿cuenta el juramento?

CIUDAD ARDIDA COMO UN SUEÑO
EL CORAZÓN DEL BAR CANTA COMO UN JILGUERO
Y HÚMEDOS DE SILENCIO
MIS OJOS SALTAN ENTRE LOS VASOS

Llegué a Madrid en septiembre de 1919. Aún recuerdo el trayecto en tren desde Sevilla hasta llegar a la capital. Nunca había salido de Andalucía, y mi recuerdo de Salamanca era tan remoto que tan solo se remitía a la Plaza Mayor. Tener dieciocho años y llegar a Madrid. *Yo, para todo viaje —siempre sobre la madera de mi vagón de tercera—*, escribió Machado, así decía yo, joven, adolescente. Cuando entramos a Castilla un tremor me recorrió el cuerpo. Dejé sobre la butaca lo que leía y vi ese paisaje tantas veces imaginado. Esos sembradíos verdes, rebosantes por las lluvias. El cielo de otoño encapotado. Yo, libre por fin. Los libros de poesía en la mochila, las ropas en el baúl, dinero para la pensión en la cartera. Mi padre por fin había accedido tras meses de ruegos a que me fuera a Madrid solo si estudiaba Derecho. Entonces me apoyaría, pues ya para entonces se dedicaba al negocio contable, gracias a su suegro que le encontró un lugar. Quizá con Felisa era feliz, no lo sé. Ciertamente con el tiempo habían adquirido más comodidades.

—¡Eh, chaval!, dedícate a algo que deje. Me ha ido mejor desde que saco números, llevo las cuentas de negocios y me pagan bien.

Entiéndelo, eso de las poesías no te llevará a ninguna parte. Está bien que concurses, incluso que escribas, pero eso no es, ni será jamás, un trabajo. Acabarás sin oficio alguno, muerto de hambre. No da para vivir, son puras ensoñaciones.

No sé si me convenció o no, pero decidí estudiar lo más cercano a la literatura que él me iba a permitir. Jamás sería contable como él, ni médico ni ingeniero. Al menos para ser abogado habría que leer, y mucho, y era lo único que me apetecía hacer. Entendí que solo así conseguiría que me diera algo de dinero que, junto con mis ahorros y algún trabajo que tomara en Madrid, tendrían que ser suficientes. Secretamente me dije que ya inscrito en la universidad, qué importaba, podría hacer lo que quisiera, entrar a las clases que fuera.

Por mi ventana se sucedían hermosos paisajes llenos de espigas bajo el reflejo huraño de un sol que apenas asomaba. Este era el país que yo quería conocer. Ir a Madrid. Sus cafés y sus teatros, sus calles y librerías, su Universidad Central. Esta era la ciudad deseada, la mía.

Los días que siguieron son un tumulto de impresiones veloces como un sol de otoño amarillo batiendo contra las hojas del árbol afuera de la pensión. No estaba acostumbrado al fresco; los inviernos en Madrid siempre fueron muy fríos para mí.

La universidad, la pensión, la búsqueda de trabajo primero como editor, hasta que me di cuenta de que era inútil un trabajo editorial en una ciudad con tanta gente con experiencia en ese ramo. Seguí rastreando hasta que alguien me dijo que en la universidad tal vez pudiera encontrar trabajo en la biblioteca, una ocupación que podía ejercer fácilmente a la salida de clases. Así que pronto acabé atareado entre la Facultad de Derecho y la biblioteca.

Doña Blanca era la rentera, una especie de madre un tanto hosca pero bien intencionada, y durante los años que viví ahí nunca sentí la necesidad de mudarme. Al inicio hospedó solo a hombres, casi siempre jóvenes universitarios como yo, pero también a empleados de la Central de Comunicaciones en el Palacio de Cibeles, que apenas unos meses atrás había inaugurado. Nosotros vivíamos cerca de la plaza de España; todos los días caminaba no más de diez minutos a la universidad que estaba por esos años en la calle de San Bernardo, antes de que el rey hiciera la Ciudad Universitaria.

Cuando primero llegué éramos tres. Uno era Rodrigo, quien estudiaba Odontología, una carrera novedosa para mí. En mi pueblo a uno le dolía una muela y le daban una hierba para el dolor que se ponía en el lugar exacto de la caries, y había que esperar a que dejara de doler o se cayera el diente. Felisa era muy buena para sacar dientes también. Con un hilo amarraba el diente y con la otra punta hacía un nudo en la perilla de la puerta para que saliera por los aires. Pero Rodrigo era un gran entusiasta del tema, y he decir que al poco tiempo fue el primer odontólogo al que dejé ver mis dientes. Éramos muy distintos, él tenía libros de ciencia y yo de derecho o literatura. A él le aficionaba el deporte, salir al campo, y yo ir al teatro, a los festivales, a tertulias.

El otro huésped fue Fernando Inzunza, un señorito que se hacía pasar por burgués, aunque vivía en la misma casa que nosotros. Tenía ínfulas de grandeza por trabajar en el Palacio de Cibeles en el área de telégrafos. Si mi padre lo viera se reiría de él porque ni el código morse sabía. Era un administrador, no sabíamos muy bien a qué se dedicaba, solo que gastaba casi todo en ropa para verse de lo mejor, no obstante durmiera en una pensión atrás de la plaza de España. Burlarnos a espaldas de Fernando fue un deporte cotidiano que compartimos Rodrigo y yo con harta enjundia, pues a ambos nos parecía un tipo ridículo.

—Ese va por alguna de las hijas de los dueños —me decía Rodrigo.

—O por lo menos a hacerse amigo de los hijos —le contestaba yo.

No duró mucho tiempo en la casa de huéspedes Fernando. Muy pronto, quizá por juntarse con la gente correcta, fue ascendido y ya no supimos de él. En los años que siguieron, el cuartito que ocupó Fernando parecía cambiar de habitante con frecuencia.

Me gustaba mucho la plaza de España por la que transitaba a diario. Casi desde que llegué a Madrid empecé a frecuentar a los grupos ultraístas. Me atrajo su espíritu rebelde, su gusto por romper barreras, por crear algo distinto. Por dar por acabada la tradición literaria.

Desde el principio frecuenté las clases de Filosofía y Letras y fue ahí que conocí a jóvenes con inquietudes similares. Nos empezamos a reunir con Rafael Cansinos-Assens, quien era mayor y acabó siendo como un mentor que nos alentaba a escribir. Tuve simpatía por él desde el inicio al enterarme de que era sevillano como yo. Era un hombre de mundo, viajado, nos hablaba de las vanguardias y los pintores en París tras la Gran Guerra. Se decía judío, pero no parecía serlo de verdad, luego supe que su apellido era de origen sefardí y por ello se empeñaba en hacerse pasar por judío como acto de rebeldía. No frecuentaba la universidad sino los cafés madrileños, especialmente el Café Colonial en Puerta del Sol, por la calle de Alcalá, en los bajos del palacio de Monterrey. Ahí lo veíamos por las tardes después de las tres tomando una jarra de vino y un arroz guisado con carne de buey. Ahí lo encontrábamos frente a uno de los grandes espejos ovalados, partiendo el pan para meterlo en la comida y chuparse los dedos. A menudo llegaba yo con Guillermo de Torre, otro poeta ultraísta, y su novia Fanny Borges —Norah, la llamaba él—, con quien luego se casó y era pintora, aunque también escribía. Ambos habían publicado ya en la revista *Grecia* de Sevilla. Se fueron luego juntos de regreso a la Argentina con la familia de ella, igual que Xavier Bóveda, que también acabó en ese país sudamericano. Pedro Iglesias también formaba parte del grupo, estudió el bachillerato en la misma escuela que yo en Cabra, solo que él era mayor por algunos años. Murió demasiado pronto, aún en tiempos de la guerra. Qué época aquella en la que recorríamos las calles madrileñas tomando coñac caliente, recitando poemas.

Así firmamos muy pronto un manifiesto ultraísta. Había que ser ultra: ultramoderno, ultravanguardista, ultratodo. No sé qué grito joven teníamos metido en el pecho, qué fanfarronería, qué extravagancia aquella. "Por el momento, creemos suficiente lanzar este grito de renovación y anunciar la publicación de una revista, que llevará este título de *Ultra*, y en la que solo lo nuevo hallará acogida. Jóvenes, rompamos por una vez nuestros retraimientos y afirmemos nuestra voluntad de superar a los precursores". Eso dijimos, eso firmamos animados por Cansinos-Assens, pregonando nuestra libertad. Meses después saldría en la revista *Grecia* el manifiesto junto con un texto que atacaba a la generación anterior con fuerza: "Valle-Inclán, Azorín y Ricardo León, que son los que representan en nuestras letras el pasado triste, nos tienen usurpado el puesto preeminente a que somos acreedores". Así rezaba una de esas líneas en aquella publicación vanguardista. Qué prepotencia la nuestra, y sin embargo, fuimos felices. Había que romperlo todo, deshacerlo.

Durante mucho tiempo seguí frecuentando a los firmantes del manifiesto, no así a Rafael Cansinos-Assens, que desapareció por completo de mi vida un par de años después por una rencilla de borrachos, que supongo tomó a pecho, y que pasada la resaca no pude recordar.

Un año antes de la guerra supe de nuevo de él porque llegó a las pantallas de cine de Madrid la película *La nave de Satán*, con Spencer Tracy y una jovencísima actriz, hija de un primo de Rafael, el bailarín Eduardo Cansinos, casado con una irlandesa. En España hicieron mucha alharaca de que la chica prácticamente era española a pesar de ser neoyorquina, pues su nombre de pila era nada menos que Margarita Carmen Cansinos, aunque se dijera Rita Hayworth, usando el apellido de la madre. Y pues sí, tenía cara de española con el cabello pintado de rojo fuego. Una mujer portentosa que resultó emparentada con nuestro consejero de juventud. A él lo entrevistaron por entonces. Así anunciaba la prensa con bombo y platillo: "Con la estrella Margarita Carmen Cansinos, sobrina del poeta Rafael Cansinos". Lo de Hayworth no importaba.

A inicios de los veinte participé en varias fiestas llamadas *ultra*. Nos reuníamos en los cafés del centro a recitar poesía, beber y divertirnos. Poco a poco empecé a dejar de ir a la Facultad de Derecho y a asistir solamente a las clases de literatura, pero admito que tras esos primeros años jamás me titulé. Tampoco le dije a mi padre nada sobre estos cambios. La salida a la Argentina de mis amigos *ultra* dio un poco al traste con el movimiento.

Con ayuda de otros jóvenes de la universidad pudimos invertir en una revista nueva, *Horizonte*. Fui su director editorial y eché mano ahí de toda mi experiencia en Cabra. Conocí por entonces a Luis Buñuel, un joven que quería dedicarse al cine, pero por lo pronto ayudaba con obras de teatro, escribía prosas poéticas y estudiaba literatura. Él invirtió también en nuestra pequeña revista, que pudimos imprimir dentro de la universidad y luego en una imprenta particular. Y aunque duró solo un año en el que sacamos adelante cinco números, publicamos algunos poemas de autores que empezaban a sonar, como Rafael Alberti, Jorge Guillén y Federico García Lorca. Poco a poco nos fuimos convirtiendo en amigos y camaradas de noches bohemias, íbamos a las mismas tertulias o asistíamos a las mismas obras de teatro. Luis tenía por entonces una novia misteriosa que no presentaba, supimos de ella hasta mucho tiempo después. Rafael salía con la pintora Maruja Mallo.

Federico estrenó por entonces su primera obra titulada *El maleficio de la mariposa,* escrita totalmente en verso, en un pequeño teatro del centro de la ciudad. Hasta ahí fuimos a acompañarlo José Moreno Villa, Pepín Bello, Buñuel y yo. Moreno Villa era mayor que todos. Por lo menos nos llevaba unos diez años, tal vez un poco más, pero salía con nosotros siempre. Lo divertíamos, quizás. Era casi como un maestro. Sabía todo de historia, de arte, de literatura, de periodismo, de arquitectura. Desde que lo conocimos a inicios de los veinte tenía la idea de que Le Corbusier viniera a la Residencia de Estudiantes a dar una cátedra; lo logró un poco después. Pepín Bello era simpatiquísimo, nos hacía reír hasta las lágrimas. Él era el más joven de todos, llegó casi niño a la Residencia. No sé qué estudiaría Pepín. Si escribía o pintaba o qué hacía, pero sus bromas eran legendarias. Y las salidas por la noche siempre eran más divertidas si él se hacía presente. Cuando llegó, Federico y él compartieron un tiempo cuarto. Pepín estaba seguro de que Lorca sería famosísimo. Federico tenía apenas veintitrés, pero él estaba seguro de su profecía

—Es que lo oigo por las noches, Pedro. Te juro que lo oigo. Se queda así horas en su mesilla de noche escribiendo versos. Y los recita en voz alta. Yo creo que al pronunciarlos va imaginando lo que sigue o lo que hay que corregir. Yo no lo sé muy bien, porque me finjo el dormido. Sí, me hago el occiso. ¿Sabes por qué, mi Pedro? Pues para que siga, para escucharlo. Si digo algo, pues ya no lo hará y yo sé que estoy oyendo a un genio. Te lo juro, ese sí es genio. Vivirá largo y nos va a enterrar a todos; su poesía será algo extraordinario.

Pero *El maleficio de la mariposa* fue un rotundo fracaso. Los mentados bichos actores de la obra no lograron conectar con el público. Tal vez les resultó demasiado inquietante, no lo sé. Ahí estaban esos cartones revestidos como de hojas y plumas o alas y los actores disfrazados de cucarachas, de bichitos, hombres y mujeres repitiendo aquellos versos.

No me podía explicar ese trastabille de Federico. A pesar de haber logrado que se entusiasmaran por la obra tanto Gregorio Martínez Sierra como su esposa, María Lejárraga, no había triunfado. Ambos tenían su agrupación en el Teatro Eslava, muy cerca de la Puerta del Sol. Él los conoció en un viaje familiar a su natal Granada, se entusiasmaron mucho con unos versos suyos y decidieron que podrían convertirse en obra de teatro. Tal vez no le funcionó entonces, pero cuando fui al estreno de *Bodas de sangre* y tenía ya muchos años de no ver a Federico, esta otra obra en parte me recordó aquella primera que vimos de muchachos. También mantenía algunas secuencias oníricas en el bosque como en la primera.

La bellísima Catalina Bárcena fue la actriz principal de la obra, algo que entusiasmó mucho a Federico. La obra finalizó entre abucheos y gritos ensordecedores, y tuvimos que sacar a Federico a escondidas para que no fuera visto, de tanto miedo que nos dio que alguien lo golpeara. Buñuel y yo lo sostuvimos cada quien de un lado, y José, que era un poco más alto, iba por delante abriendo paso a la vez que cubría el rostro de Federico con su cuerpo, hasta que por fin salimos a la acera por una puerta lateral. Pepín, el más pequeño de estatura, nos iba cerrando la retaguardia con el sombrero puesto para taparlo y que no lo reconocieran.

A la vuelta de la calle Arenal nos reímos a rienda suelta de la hazaña. Se nos salían las lágrimas de la risa, acabamos tirados sobre las baldosas borrachos de tanta carcajada, mareados y con la barriga adolorida. Después acompañamos a Federico a unas copas en casa de los Martínez Sierra. Yo tenía un hambre voraz porque era tarde y estábamos sin cenar y yo, como ocurría con frecuencia, no había tenido tiempo de comer tras salir del trabajo rumbo a la obra. Federico me abrazó por la espalda y me apuró a caminar diciendo que seguro habría comida.

—Federico —le dijo Luis entonces— nos presentas a Catalina, ¿eh? Es un primor. Y si te dicen algo de la obra es que no entienden tu arte.

Pero Federico venía de buen humor, ya estaba hablando de otros poemas y proyectos, reía y no se le veía preocupado en lo más mínimo. Yo admiraba eso de Federico y Luis, especialmente. No los perturbaba el futuro, no se preocupaban por nada, sus padres no les habían condicionado sus estudios o al menos eso aparentaban. ¿Qué diría el mío si supiera que cada vez tomaba menos clases de Derecho? Que por las noches no dormía pensando que no estaba cumpliendo su sueño de verme abogado, en lo mucho que trabajaba por lograr que viviésemos mejor. Estos jóvenes de la Residencia de Estudiantes trabajaban, sí, pero hacían lo que querían, no rendían cuentas, no se preocupaban por su siguiente comida, tenían la vida resuelta por sus familias. Me trataban bien, claro, incluso sentía un cariño fraterno por ellos, pero no olvidaba que yo no era su igual, ni jamás lo sería.

Por fin llegamos a la casa del matrimonio Martínez Sierra. Era una casa enorme, o eso me lo pareció. Al frente lucía varias ventanas altas con balaustradas negras sobre los vidrios con un intrincado diseño de encaje, y balcones con macetas. La puerta enorme con una escalera suntuosa desde la calle que me hizo sentir que entraba a un palacio. Adentro en una esquina estaban sirviendo bebidas y ahí nos dirigimos. Yo no dejaba de extasiarme ante la casa, pero mis amigos iban bromeando sobre quién se emborracharía más pronto. Tomamos las copas y mientras ellos iban a conversar con don Gregorio, opté por explorar un poco más aquella mansión. Casi sin querer subí unas escaleras de mármol admirando las pinturas que había en las paredes que recorrí en el ascenso. Desde la parte superior había una magnífica vista del salón y el *hall*. Caminé unos cuantos pasos por el pasillo y me encontré con una puerta entreabierta, di otro trago a mi bebida para darme valor. Entonces fue que la vi. Ahí, acodada en la ventana estaba la señora María de la O Lejárraga, la mujer de don Gregorio Martínez. ¿Qué hacía ella en ese lugar sola? Era una mujer muy hermosa, delgada, con un rostro delicado, si bien ya algo mayor de edad. Estaba vestida de fiesta, dándome la espalda. De pronto, algo oyó y volteó a verme.

—¿Quién eres tú?

—Perdone, señora. Subí para ver su casa. Es hermosa, nunca he visto una casa así. Discúlpeme, cómo pude molestarla.

—Pero, ¿cómo se le ocurre subir sin que se le invite?

—Lo siento, me dejé llevar. Bajo enseguida. Perdóneme, de verdad.

—¿Usted viene con Federico?

—Sí, señora. Somos amigos. Venimos acompañándole.

—Menudo traste la obra, no durará puesta ni cuatro funciones y eso porque vendimos desde antes esos boletos.

—Sí, no ha gustado. Pero es un poeta prodigioso.

—Así nos parece.

—¿Quiere que la acompañe abajo o busque a su marido?

—No, déjalo. Debe estar con esa Catalina. Está embobado con ella.

—Yo... este. No... —en vano trataba de dar con palabras adecuadas para semejante revelación, pero no sabía cuáles. Aún era muy joven y ese tipo de experiencias de infidelidad estaban muy lejanas de mi vida, apenas estaba por cumplir los diecinueve años. No las entendía y la señora Lejárraga era para mí una productora de teatro que no conocía, pero que, a mis ojos, llevaba una vida emocionante entretelones.

—No te preocupes, chaval. Eres un crío. Sí, Catalina está con él, pero las obras que hacemos son mías, ¿entiendes? Yo las escribo. Son de mi autoría la mayor parte, aunque firme mi marido. Así que esto no vale, es solo un traspié. Vamos, quita esa cara y llévame por una bebida. Quiero bajar esa escalera con un muchacho guapo como tú. Venga.

—Pero… pero, ¿son suyas?

—Sí, muchacho. Pero no puedo firmar yo, entiende. En España las mujeres no escriben a menos que sean condesas.

—¿Condesas?

—La Bazán. Quien además tuvo amante famoso que se le acaba de morir convirtiéndose en viuda sin título ni herencia.

Callé sin decir más. Nunca había leído a una escritora, era la verdad, salvo algunos poemas de Santa Teresa, era todo. Intuí que hablaba de Galdós, quien apenas hacía dos meses había muerto teniendo un magnífico funeral, a pesar de que el rey lo odiaba. Miles de personas habíamos atestado las calles ese día para despedirlo. Yo había ido movido por el recuerdo de mi infancia en la trastienda de aquel lugar donde trabajé y que, para alejarme del pensamiento a la mujer de mi padre, había leído entusiasmado *Marianela* y otras historias como *Fortunata y Jacinta, Miau y Doña Perfecta*. Secretamente le prodigaba admiración y callaba frente a mis amigos ultraístas que en más una ocasión habían querido distanciarse de la generación de autores del siglo pasado. Pero nada de esto le dije a la señora al bajar la escalera. Antes le hice un cumplido sobre su vestido y que no parecía que fuera mayor.

—Ya casi cuarenta y seis, querido. Y mi esposo es más joven que yo, por eso anda de novio con Catalina. Ya no le gusto a mi marido, sino para escribir. Que le haga sus obras —me susurró justo en el último escalón.

Nunca la vi de nuevo. Sé que tuvo algunos puestos durante la República, que se separó de forma definitiva del marido y que salió al extranjero también con la guerra, pero nada más. Antes de ella nunca conocí a una mujer escritora.

Seguí frecuentando la Residencia de Estudiantes, lugar al que continuaron sumándose artistas de toda índole y que tuve la suerte de conocer. Fue en 1922 que llegó Salvador Dalí. Desde el principio llamó mi atención por su pinta tan particular. Muy delgado, de piel tersa y melena oscura bajo una boina tejida, usaba sacos de terciopelo oscuro y corbatas de listón. Tenía una risita fina y observaba todo con amplia curiosidad.

Fue Pepín Bello quien primero vio sus dibujos y pinturas una tarde que entró a su habitación con la puerta medio abierta y lo pilló pintando. El cuarto entero estaba tapizado de bocetos, dibujos, pequeños óleos. No se veían las paredes y aun alrededor de la ventana había arte. Este catalán tiene unas pinturas fenomenales, le dijo a Federico y a Luis. Así fue como, pronto, todos los que acudíamos a la Residencia y quienes vivían en ella acabaron por entrar alguna vez a su cuarto para admirarlas, como si fuera una galería de arte personal. Casi desde su llegada se convirtió en escenógrafo de todos los eventos que hubo, diseñando cada ponencia u obra con gran esmero. Unos años después Salvador se encargó de enviarle a Federico todas sus ideas para el decorado de *Mariana Pineda*, una colaboración más entre ellos que fueron tan amigos.

Federico se obsesionó con Salvador; de pronto ya jamás salíamos sin ellos dos, y donde iba uno estaba el otro. Sin embargo, Federico empezó a hacer novillos con Margarita Manso. Una joven muy delgada y bellísima, que a veces me parecía que tenía pinta de ser un chico adolescente de unos trece o catorce años porque su cuerpo no estaba muy desarrollado y era muy flaca y llevaba el cabello muy corto. Quizás era su edad; no tendría más de quince años cuando ingresó a la Academia de San Fernando donde estudiaba también Salvador. Su amiga, Maruja Mallo, completaba el grupo junto con Rafael Alberti.

Ambas chicas eran muy modernas, muy *ultra*, diría yo. No se parecían en nada a las jóvenes que yo había conocido en el pueblo. Estas sí eran mujeres cosmopolitas. Usaban las faldas más cortas, querían ir a bailar charlestón, les interesaba la música de negros, como el jazz, querían ser artistas y les gustaba salir por la noche. A veces fumaban largos pitillos delgados con sus guantes negros hasta el codo. Elegantísimas ambas, o así las veía con admiración, aunque también eran estrafalarias.

Una tarde que iban acompañadas por Salvador y Federico se les ocurrió quitarse el sombrero. Era un día de mayo y hacía calor y les incomodaba sobre las cabezas.

—Sudaba como un marrano —me dijo más tarde Maruja riendo de aquella ocurrencia.

Al unísono se despojaron de los sombreros en medio de la algarabía habitual y la multitud de Puerta del Sol. Inmediatamente la gente empezó a insultarlas e incluso tomaban del suelo piedras para lanzarlas sobre los cuatro, pero especialmente sobre las chicas, porque una mujer descubierta no podía ser por entonces, era inimaginable. Cuando escuché el barullo de la calle me asomé fuera del café un momento y vi con sorpresa que quienes protagonizaban la escaramuza eran mis amigos. Les grité para que entraran al café y se refugiaran dentro. Aún riendo corrieron hacia mí para guarecerse.

—¡Pedro! Qué bueno encontrarte, aquí se escandalizan por cualquier cosa —exclamó Margarita aún colgada del brazo de Federico, quien la había casi empujado por la puerta.

—¡Imagínate!, cinco minutos sin sombrero y lo que hace la gente —añadió Maruja.

—Había que proteger aquí a la reina de Saba y a la molusco —dijo Salvador saltando con emoción. Con semejantes motes las había bautizado a ambas desde la academia y ahora mencionaba los apodos divertido, volteando de Margarita a Maruja para nombrar a cada una.

Durante esos años tuve pocos amores; salí con algunas mujeres pero no parecía tener suerte. Es decir, todo era muy fugaz. Quizás era mi natural timidez o que no podía competir con mis amigos, todos me parecían más interesantes, más guapos, inteligentes, y por supuesto con más dinero, y por ello aparentaban más seguridad. Para invitar a una chica yo tenía que ahorrar, pero ellos dilapidaban el dinero de una forma increíble a la que no podía seguirle el ritmo. Federico a veces se daba cuenta, siempre tuvo más sensibilidad que los demás, y me invitaba los tragos; en ocasiones me pasaba un billete por debajo de la mesa; a veces lo metía en el bolsillo de mi saco o pantalón de forma discreta. Luis siempre fue más distante, era el más hosco, pertinaz y malhablado; parecía odiarnos a todos cuando se enojaba. Solo Federico parecía ejercer algún tipo de control sobre él, guiñaba un ojo y lo amonestaba cariñosamente, pero cuando no estaba simplemente lo soportábamos sin hablar. Decían que tenía una novia secreta, pero fue hasta después que supimos de ella. Salvador vivía literalmente en otro mundo y casi no se daba cuenta de nada, su mente parecía enajenada y todo el tiempo parecía estar creando. Pepín era encantador y divertido, creo que él y Federico eran los que realmente unían al grupo. Por su parte, Alberti también era serio y Moreno Villa, aunque muy inteligente y una especie de mentor, era demasiado formal.

Salí con una secretaria de la universidad, una telefonista y una actriz de teatro que quería hacer cine y hacía planes para mudarse a Francia. Pero ninguna de ellas realmente me convencía. Algunas noches compraba alguna botella barata y tomaba solo desde mi buhardilla haciendo como que escribía versos, pero en realidad me emborrachaba lentamente, abrumado mientras pensaba en mi padre, mi futura carrera profesional y mi falta de éxito con las mujeres. Todos parecían triunfar, menos yo. Todos parecían divertirse más que yo. Las anécdotas de las novias de Rafael y Federico y sus correrías eran ya legendarias y llenaban la imaginación de nuestras noches de tertulia.

Una mañana llegué a la Residencia de Estudiantes como solía hacer a veces para charlar con Pepín antes de ir a la universidad.

Pero no lo encontré. En cambio, Federico venía saliendo del comedor donde desayunaba y me llamó para hacerme una invitación.

—Eh, Pedro, ¿quieres venir con nosotros a Silos? Salimos al mediodía. He conseguido un coche y nos vamos al Monasterio de Santo Domingo porque hoy habrá música gregoriana y queremos escuchar los coros. Anda, di que sí.

—¿Quiénes van?

—Salvador, Maruja, Margarita y yo. Tú cabes en la parte de atrás junto con las chicas. Regresaremos de noche a Madrid. ¿Cómo ves?

Accedí no muy convencido, pero me emocionaba la idea de ir con ellos porque siempre parecían tener las más increíbles aventuras y estar en su compañía me causaba la misma expectación que una Noche Vieja tremenda. Nos fuimos tras el almuerzo. Federico manejaba, lo cual agradecí porque a Salvador no se le podía confiar un coche, era demasiado distraído. A un coche me habría subido no más de tres o cuatro veces en la vida y no eran de mi especial confianza. Durante el camino reíamos con las historias que contaban las chicas de sus clases de arte o de las anécdotas de Salvador de su natal Cataluña.

—Los profesores de arte son unos perfectos imbéciles, ni se lo imaginan Pedro y Federico —venía contando Maruja.

—A que sí, no nos soportan, a Maruja no la creen capaz de pintar bien. Cuando trae algo que ha pintado fuera le preguntan quién se lo hizo —añadió Margarita.

—Ahora no empiezo nada fuera de la escuela, voy y vengo con los lienzos todo el tiempo para probárselos, para restregarles en la cara sus palabras, son odiosos —completó Maruja.

Entonces Salvador se puso a imitar a aquellos académicos de las artes con tan buena gana que nos volvió a ganar la risa. Entre ellos intentaban adivinar a quién personificaba ahora Salvador. Como no los conocía, no podía intervenir, pero me gustaba verlos. Al parecer, Federico sí tenía alguna idea.

Como a las seis de la tarde llegamos al monasterio y nos dirigimos a la torre principal, ahí sería la entrada. Pero cuál sería el chasco que nos llevamos cuando apenas acercarnos nos indicaron que Maruja y Margarita no podían entrar, que solo habría espectadores varones. De nada sirvieron sus súplicas, la respuesta fue la misma. Pero al regresar al automóvil, las chicas ya tenían una solución.

—A ver, chicos —empezó Margarita a urdir su plan— nos van a prestar sus chaquetas. Tú, Salvador, a mí que soy más pequeña, y Federico a Maruja. Nos las vamos a meter por las piernas como pantalones. Por suerte llevamos falda y no vestido, así que nos quedamos con las blusas. Luego, la cazadora de Pedro se la pone Maruja para disimular los pechos, yo como no tengo, no necesito —dijo riendo.

—Sí, sí. Y los sombreros que llevan nos los ponemos para cubrir el cabello y la cabeza, tengo unas horquillas para recoger el pelo —añadió Maruja.

Nos esperamos afuera del coche mientras ellas se cambiaban en la parte de atrás; por fin salieron. Parecían unos verdaderos payasos, pero extrañamente les habían quedado las mangas de los sacos. Por atrás se veía el cuello de las chaquetas, por lo que decidimos que caminaríamos justo detrás de ellas para disimular. Por último, Maruja sacó unas plumas con tinta y se pintaron el bigote.

Justo al caer el sol volvimos a la entrada del monasterio porque la media luz favorecía el disimulo. Sorprendentemente, nadie notó nada en absoluto y pudimos entrar al recinto. Ya sentados en el patio de grandes arcos se nos escapó una media risilla que tratamos de esconder. Los cantos fueron sublimes y perfectos, tal como imaginábamos debían haber sido los monjes en el medioevo. Lo disfrutamos, aunque menos que la pequeña odisea del disfraz.

—Somos unas travestidas —dijo Maruja por lo bajo, mientras Federico y Salvador se tapaban la boca para no reír.

De regreso a Madrid ambas se cambiaron de nuevo a las faldas sin ningún miramiento por mí que en vano trataba de no voltear a verlas, sentado entre ambas como iba en el coche.

—Ay, Pedrito, no nos importa si nos ves las piernas o las nalgas —decía Maruja riendo.

En vano trataba de disimular mi incomodidad, pero era demasiado para mí porque, quizás, al final de cuentas no era tan moderno ni tan ultra.

De regreso, Maruja pronto se retiró, pues había quedado con Rafael para temprano por la mañana, pero entonces vi algo extraño. Margarita se recargó contra la Residencia de Estudiantes y Federico se acercó para besarla, pero con una mano ella jaló del traje a Salvador para que quedara muy junto y los viera. Pronto ella bajó la mano por su cuerpo. Me sentí incómodo, pero a la vez fascinado. Me hice para atrás, pero alcancé a ver que los tres se abrazaron de pronto, tocándose las partes íntimas para luego alejarse y entrar a hurtadillas a la Residencia, escondiendo a Margarita de contrabando. Me alejé de ahí confundido, sin entender bien lo que había visto. ¿Margarita con los dos? Una ligera excitación me turbó por dentro y sentí la necesidad de acomodarme el pantalón súbitamente. Caminé hasta mi buhardilla pensando en aquella escena y en las posibilidades de aquel encuentro a puerta cerrada. Me quedé dormido entre mis sábanas manchadas de semen, sabiendo que tendría que lavarlas al día siguiente.

Los días corrieron libres, felices. Ellos con sus parejas, yo siempre solo, viéndolos. Pero entonces fue que sucedió algo que cambió mi pequeño mundo de forma contundente gracias a Salvador Dalí. Ese año Dalí estaba en preparación para su gran primera exposición individual en Barcelona. Las Galerías Dalmau estaban en tratos con él para abrirla ese mismo invierno, pero antes se dispuso a entrar a un colectivo en Madrid con algunas de las obras que pensaba llevar a Cataluña para medirse. Fue un consejo de Federico y Luis; quizás el fracaso de Lorca en el teatro aún era un fantasma que pesaba sobre ellos.

—Salvador, hazme caso, no te arriesgues en Barcelona. Lleva algunos de tus cuadros a un evento más pequeño y vas viendo —le dijo Luis.

—Sí, porque además vas solo. Yo al menos fracasé con toda la compañía, pero tú no puedes perder tanto, escucha a Luis, tiene razón —agregó Federico.

Salvador era tan joven entonces; ellos y yo éramos mayores algunos años, y supongo que si bien él no estuvo en el teatro aquella vez de Federico, lo sabía por referencias. Así pues, se animó a llevar cinco cuadros a exhibición sin venta en Madrid en un colectivo de arte joven para probarse. En casi todos aparecía su hermana Anna María, su musa por entonces, una muchacha bellísima muy parecida de rostro al propio Dalí. De ese tiempo recuerdo *Muchacha en la ventana,* un cuadro manso y azul, que hasta el marco de la ventana parecía suavizarse con la cortina que lo rodeaba. Agua y mar eran una misma cosa; años después, sobre el barco a América, recordé ese mismo espejo cristalino de aquella ventana.

Fuimos como tantas veces: Pepín Bello escondiendo vino en las alforjas, Luis Buñuel con su cara de crítico de arte, Lorca felicitando a todos y hablando de poner una obra en Granada, Maruja y Margarita vestidas de forma extravagante, Rafael callado, de la mano de su novia. Ahí estábamos para ver al joven Dalí en uno de sus debuts iniciales. Y Salvador nos tuvo, de sorpresa, un cuadro de esas noches de fiesta madrileñas. Salían retratados Luis Buñuel, Maruja Mallo y él mismo. Era una pintura un poco cubista, otro tanto fantasmagórica, llena de los edificios y calles de Madrid, nosotros deambulando entre sus banquetas.

Vagué sin rumbo dentro de la muestra viendo las pinturas de Salvador y otras más del colectivo de jóvenes pintores. Fue entonces que vi a una chica muy joven cubierta con una capa negra y fumando por una larga boquilla. Llevaba el cabello corto en melena y un flequillo sobre la frente, la boca muy roja y una banda con brillos en la frente que le sostenía el pelo.

—Hola, ¿quién eres?

Inmediatamente volteé perplejo; sí, era ella. La chica de negro que ahora viéndola de cerca también llevaba las uñas pintadas de negro. Solo la tela que se veía bajo el vestido era de un color plumbago.

—Buenas tardes, soy Pedro Garfias, señorita.

—Me llamo Delhy, bueno, Adela, pero pronto seré Delhy. Como la India, ¿conoces?

—No, nunca he salido de España.

—Ah, yo tampoco —dijo riendo.

—Tal vez luego tengamos oportunidad.

—Viajaré por el mundo. Es un hecho. Por ahora estoy en la Residencia de Señoritas. Mi padre cree que para estudiar francés y taquigrafía, pero estoy por entrar a la Escuela de Bellas Artes. Soy pintora.

—Mis amigos son de la Residencia de Estudiantes. No conozco la suya.

—Es un lugar maravilloso, sí, son muy cercanas una de la otra. Voy a tomar los exámenes de entrada a la escuela, entonces, ¿tienes amigos pintores?

—Uno. Salvador Dalí —dije, sin mencionar a Margarita y Maruja para que no pensara que quizá salía con alguna de ellas.

—¡Oh, sí! He visto sus obras al entrar. ¿Vosotros vais a algún sitio después?

—Quizá sí, ¿vienes?

—Sí, bobo. Sácame de este lugar pronto que me mareo.

Esa noche salí con Delhy de bar en bar hasta la madrugada; entre tragos nos fuimos contando la vida. Yo acababa de por fin confiarle a mi padre que había abandonado el Derecho y que estaba viviendo de trabajos como editor y bibliotecario. Que escribía mi primer libro de poesías completo y que, aunque si bien me rehusaba a regresar al hogar, cada vez parecía ser más inminente hacerlo porque ya nada me ataba a Madrid. Ella insistía en mi estancia en la capital puesto que ser escritor de provincias era muy difícil. Delhy también engañaba al padre, quien la creía estudiando para secretaria.

—¿Cómo soportas? —le pregunté.

—Desde pequeñita nací vieja. Recuerdo estar triste y atormentada porque era vieja.

—¿Vieja?

—Sí, soy un alma vieja, por eso quiero ir a Delhi, ahí las almas entran y salen de los cuerpos. Soy vieja, soy como un roble, dura de morir. Así es como aguanto. Ser pintora es lo único que quiero hacer en la vida. Para esto nací.

La convicción con la que hablaba me dejaba perplejo. Ni yo mismo podría decir eso sobre la poesía. Sus grandes ojos se movían de un lado a otro y sus manos revoloteaban en cada frase. Uno no podía dejar de verla. De su tierra, en Toro, decía que lo único que le gustaba era el Duero. Ir al río para pintarlo, decía riendo.

—Eso fue lo que primero pinté de niña. Es hermoso, ¿sabes? Ha visto tanto. Por ahí pasaron ejércitos y reyes, judíos expulsados y portugueses, el camino a Castilla. De niña siempre pinté el río, me quedaba por horas en su ribera cercana a la casa de mis padres. *El Duero cruza el corazón de roble de Iberia y de Castilla*, dice Machado. ¿Lo conoces?

Y yo le decía que sí, que sí leía a Machado y como un enajenado me le quedaba viendo, con sus ojos grandes y manos pequeñas, alegre y parlanchina, sabía de memoria poemas de Machado, pero también coplas de Manrique y fragmentos de *La vida es sueño*. Quién era esa muchacha que fumaba pitillo y vestía de negro, con esa boca de granada que igual lanzaba versos que risas, tomando martinis en copas con aquellas manos pequeñas con uñas de negro que rehusaban ponerse guantes.

—Una pintora no puede traer guantes — me confió. Tan rebelde como mis amigas sin sombrero.

Esa madrugada, ya borrachos los dos de alcohol y secos de la garganta de tanto hablar, la dejé a las puertas de la Residencia de Señoritas a la que accedió a escondidas por una puerta de lado. Las chicas solían dejarla así para que no las pillaran llegando a deshoras. De ahí me pasé a la Residencia de Estudiantes para ir a desayunar con los demás. Mientras esperaba a que amaneciera, fumé un cigarrillo viendo cómo el cielo de Madrid se iba tiñendo de amarillo color vainilla hasta desparramarse el sol por las plazas. Quizás ese Madrid de mañana es el que más me gusta. Me puse de pie y fui a tocar la puerta de Federico que despertaba temprano para escribir. Me recibieron él y Pepín, desvelados pero dispuestos a escucharme hablar sobre la hermosa Delhy.

—¡Joder!, hermano —exclamó Pepín— estás chalado, totalmente trastornado por esa mozuela.

—Cuenta más —dijo Federico con emoción.

Seguí hablándoles de Delhy hasta que por fin Federico me dijo que era necesario conocerla. Yo le dije que no, que Buñuel no podía verla.

—¿Cómo? —preguntó Lorca.

—Ya lo conoces, Federico. Me la va a robar, la va a seducir, la va a enamorar. Yo no puedo presentársela. No puedo competir. La perderé. Lo saben.

Pepín y Federico se pusieron a reír de mis inseguridades, pero me dieron la razón. Luis lograba que cualquiera se enamorara de él y tenía fama de donjuán en toda la Residencia.

—Sí, tampoco hemos conocido a su novia secreta, por algo no la enseña, así da la pinta de no tener novia y andar con todas —agregó Federico.

—¡Claro!, por suerte no la ha visto primero. Tiene facha de las que le gustan y mucho. Rarita la pintora, ¿eh? Y maja, así que sí, te la roba —añadió Pepín.

Entonces salimos de la habitación y nos fuimos a desayunar una tortilla con bastante café. Esa primera noche tras conocerla le escribí unos versos:

Cómo he buscado tus ojos
anoche, tus ojos negros.
Todo era negro en la noche.
Por las ventanas del cielo
veía asomar tus ojos,
tus ojos negros,
y los míos los buscaban
desalados por el viento
hasta volver a sus nidos
como pájaros enfermos.

Seguí viendo a Delhy a menudo, cada vez con más frecuencia. La acompañé en todo su proceso de admisión para estudiar arte, estuve con ella cuando le llegó la notificación. Ahí estaba el sobre:

Real Academia de Bellas Artes de San Fernando. Lo había logrado, una de las poquísimas mujeres en entrar. La abracé emocionado, fuimos a celebrar. Pasaron los meses, los primeros años y también esas trémulas noches iniciales de nuestro amor furtivo en mi cuartito de estudiante. No podíamos quedarnos en su habitación porque estaba prohibida la entrada de hombres en el edificio, en cambio, doña Blanca hacía ya algún tiempo que alquilaba por igual a mujeres que hombres. Por entonces tenía una vecina que trabajaba de taquígrafa en una oficina. La primera vez que entró a hurtadillas Delhy vio a mi vecina joven y tuvo celos de ella. Le dije sin más que no me gustaban las rubias.

—Soy andaluz, Delhy —le dije riendo.

—¡Mentira! ¡Bribón, salmantino! —gritó eufórica.

—De ahí tengo bien poco, ni lo recuerdo. Y a mí la que me gusta eres tú.

Le besé el caracol del oído y ella me respondió con un beso tan apasionado que dejó su capa en el suelo. Llevaba un vestido ligero sin cintura, como se usaba en esa época, con caída hasta la cadera, suave y fácil de levantar. Pronto estuvimos desnudos sobre la cama. Su cuerpo frágil y menudo entre mis dedos. Sentí los huesecillos de su espalda, el arco de la cintura, el ombligo oscuro, sus pechos pequeños y firmes como frutos aún verdes. Cómo amaba ella, con todo su ser, con su brillante imaginación en pleno, trazando con sus manos mi cuerpo también como si fuese un lienzo, un dibujo que hacía entre sus dedos ágiles. No tenía vergüenza, era libre y avanzaba palmo a palmo; yo también la tocaba, desde el cuello hasta sus pies diminutos de tesitura fina. La respiraba, la olía, la lamía, finalmente nos mordíamos en besos que deseaban el sabor del otro por entero, hasta el punto de que ya no sabía dónde comenzaba yo y dónde ella. El clímax era siempre lento y profundo como una ola que te baña despacio. Los dos húmedos, casi afiebrados, nos entregábamos dulcemente contra la noche madrileña, contra esa pared carcomida y las sábanas raídas sobre una cama desvencijada. Pero para nosotros era lecho de reyes. Cuando sus muslos convertidos en delfines sobre las aguas por fin bajaban, quedábamos los dos revueltos, unidos, exhaustos, ávidos aún del otro. Y ella me decía bajito "Quédate, Pedro, quédate un poco más aquí dentro".

Cómo decir lo que era Delhy en esos días, cómo poder evocar su risa, sus palabras, sus manos mariposa. Delhy, nunca me canso de ti. Ni siquiera ahora, tanto tiempo después. Jamás te diste por vencida, ni de mí ni de tu arte ni de mi poesía ni de Madrid, y tu insistencia en esa ciudad y todo eso que se fue tejiendo dentro de nosotros, que ni la estampida de cien cañones ni milicias nos lo pudo quitar. Quiero creer lo nuestro para siempre, en una madrugada ceniciento de Madrid abriéndose a tientas sobre las calles y los geranios y las ventanas que nos encontraron desnudos sobre la cama. Ahí queda aún todo aquello, tu cuerpo, nosotros, jóvenes y enamorados, en un balcón desde el cual ríes, mientras yo te beso de nuevo, jubiloso porque tú me amabas. Madrid, un balcón con geranios y tu pelo brillando bajo el sol.

Un día le dijeron a Delhy que se quedaría sin su beca en San Fernando, que no se la podían seguir manteniendo. Recuerdo sus ojos relampagueantes. "No, Pedro, no me la van a quitar. No pueden. Quieren que nos salgamos. Yo y Maruja y Remedios y Margarita. No lo conseguirán. Qué saben ellos, qué saben. No regresaré a Toro. Jamás. Iré por todo Madrid con mis dibujos, vas a ver que conseguiré trabajo".

Y así fue, Delhy se hizo ilustradora y artista de varias revistas y periódicos. Fue a todos los lugares que pudo con su maleta bajo el brazo para mostrar sus bocetos. Trabajaba desde su cuarto en la Residencia y luego iba a entregar sus dibujos. Así fue como hizo sus últimos años en Bellas Artes. Nunca he conocido una mujer tan decidida como ella.

Fue durante ese tiempo con Delhy que por fin pude publicar mi libro de poemas *El ala del sur*. Finalmente, después de tantos descalabros entre mi padre y yo, este me dio algo de dinero para poder publicar mi poemario. Obtuve alguna otra ayuda, y sin más, con dibujos de Delhy en la portada, salió a la luz. Me sentí profundamente dichoso cuando lo tuve entre mis manos. Decidí presentarlo en una tertulia madrileña. Tuve suerte y pude organizarla en el Café Gijón, uno de los más concurridos centros para actividades culturales en la ciudad. Invité a todo mundo, pero ahí recibí la primera traición. No vinieron mis amigos de la Residencia de Estudiantes. Sé que ya para entonces despuntaban, en especial Federico y Salvador, pero ni siquiera Luis o Pepín o el querido José Moreno Villa vino al llamado. El único que llegó fue Rafael Alberti. Llegaba a mi presentación enfundado en el Premio Nacional de Poesía por *Marinero en tierra*, que había obtenido apenas un año y medio antes.

Que Alberti asistiera no solo me imbuía de cariño y lealtad hacia él por acordarse de mí, sino que le daba atención a mi pequeño librito de poemas ultraístas. Así leí el primer poema de la noche frente a él y todos:

En la ciudad crispada
las calles tiemblan y se alargan como sollozos
Y el viento pulsa el violín de las campanas.
La ciudad suspendida del cielo como un fruto.

Ahí, mis viejas remembranzas de Espronceda y de la calle del Ataúd, un crespón y una mortaja de Salamanca a Madrid.

No me fue mal, recibí aplausos. Rafael me invitó varias copas. Iba con Maruja, muy amiga de Delhy, se habían ido juntas con él de la Residencia de Señoritas cuando pasó por ellas. Ambas estaban muy guapas y arregladas, llamaban la atención de la concurrencia pues lucían como muy pocas mujeres en las calles de Madrid de entonces, muchachas libres de convencionalismos, fumándose sus pitillos y tomando coñac francés con un desparpajo fresco que ya llevaba el sino de revoluciones y repúblicas. Los vestidos cortos, los brazos desnudos, sin guantes ni sombrero. Las veía guapas y elegantes, alegres, mientras leía.

Al término, nos sentamos juntos para charlar.

—¿Ya viste, Pedro? No llevo sombrero y ya nadie nos apedrea. ¿Cómo ves? —preguntó Maruja.

—Mil veces mejor sin sombrero, querida —dije.

—¡Adiós sombreros y corsés! —exclamó jubilosa Delhy levantando la copa.

El resto de la velada se pasó alegre y con planes para más libros, poemas, pinturas. Rafael y yo estábamos encantados. La vida era una continua sorpresa en aquella ciudad, a pesar de que el yugo de la tradición aún pesaba sobre ella. En esa mocedad solo me importaba el amor de Delhy y las noches de Madrid. Nada parecía borrarlo ni ir contrario a mis sueños. Al salir, acaricié brevemente con una mano el rostro de Delhy bajo la irradiación de las farolas afuera del Café Gijón. *La luz se quiebra en tus mejillas...*

Fue unos días después que recibí el telegrama de mi padre desde Osuna adonde se había mudado unos años antes: "Publicado el libro, te vienes a Osuna. Trabajo asegurado. Tu padre".

EL MAR

En las noches escucharás el mar acodado en la balaustrada. ¿Qué te dirá, Pedro? ¿Dónde te llevará? Un susurro se levantará desde las olas, respirarás su aire salado. En estas aguas, todas. Mar Egeo, mar de Creta, mar Adriático, mar Jónico, mar Mediterráneo.

Acaso será el mar tuyo en ese viaje sin final que no reconocerás como propio. Un viaje sin retorno a Ítaca. No volverás más. Morirás en tierra extranjera. Mar nuestro, mar de España, mar del estrecho de Gibraltar, dos continentes que se forman a dos puntas. ¡Ay del pueblo andaluz! Que por ahí se fueron los árabes, por ahí los barcos de los turcos. Ahí los judíos perseguidos por los inquisidores. Ya se van. No vuelven, cuántos exilios de la tierra nuestra. Apenas un punto en este océano en calma a cuatro direcciones. Dónde la aventura, dónde el héroe. Lo habrás perdido todo. A esto se ha llegado, Pedro. No hay Polifemos ni Medusas con serpientes. En este naufragio sin Calipsos ni feacios no hay nuevas barcas, estarás solo, sin retorno posible. Nunca fuiste Ulises. Este mar sin final es solo huida. Lágrimas saladas sobre este océano que nos persigue. Vivir, sobrevivir. La fuga hacia América, polizón apenas en este navío con pasaje desde Francia. Mar, mar, ¿cómo fue que perdimos la patria? ¿Cómo es que perdimos las Españas?

Ay de los secretos que te contará el mar. Ay de los piratas y los marineros, del oro de Castilla, de la sangre derramada. En este camino de aguas no hay gloria. Será el camino de la pérdida. Adiós, España. Adiós a esa reina despreciada, a la corona perdida, a esa que han tirado por la borda, dicen que ya no somos, que no fuimos. Dicen que no hay sacrificio posible, que no hay consuelo, que en el destierro solo se encuentran los que perdieron. Adiós a los amigos y a las noches de tertulia, adiós Madrid, tus arcos y tu Puerta del Sol, tu Residencia de Estudiantes. Adiós juventud derrochada.

FANTASMAS

En 1919 se redactó en España un manifiesto ultraísta firmado por varios poetas de la época en el que aparece Pedro Garfias. Apenas contaba con dieciocho años, pero ya se perciben a todas luces sus inquietudes literarias ya que el manuscrito lo tiene como firmante. El manifiesto lleva por título *Ultra. Un manifiesto de la juventud literaria*. El documento establece de manera elocuente: "Nuestra literatura debe renovarse; debe lograr su *ultra* como hoy pretenden lograrlo nuestro pensamiento científico y político. Nuestro lema será *ultra* y en nuestro credo cabrán todas las tendencias, sin distinción, con tal que expresen un anhelo nuevo. Jóvenes, rompamos por una vez nuestros retraimientos y afirmemos nuestra voluntad de superar a los precursores".

Ultra (del lat. *ultra*) según la Real Academia Española tiene estas definiciones cuando la palabra se antepone a otra:

"Ultra-
1. elem. compos. Significa "más allá de", "al lado de". *Ultramar, ultrapuertos*.
2. elem. compos. Antepuesto a algunos adjetivos, expresa idea de exceso. *Ultraligero, ultrasensible*".

En este caso parece que *ultra* responde a varios elementos. Por una parte define al grupo y por otra los jóvenes se refieren a ir más allá con su propuesta literaria renovadora.

Alfredo Gracia, aquel señor duende con lentes de Geppetto al que solía mirar con curiosidad cuando iba a la Librería Cosmos, escribe el texto *Pedro Garfias, pastor de soledades*, donde recoge lo que es el ultraísmo según el poeta, en un poema que escribió Garfias en su etapa madrileña:

> *Pienso hacer un poema,*
> *un poema desnudo,*
> *ultraísta,*
> *con lo más íntimo y lo más virgen de mi alma.*

Pienso que Pedro Garfias luchaba por ser joven y auténtico, libre, quién no lo intenta a esa edad. A pesar de todo, aunque fracasemos. Así fuimos también nosotros, los que habitamos la Librería Cosmos en esas tardes de café con libros, estudiando, besándonos a escondidas, escribiendo versos secretos, escondiendo los libros que no podíamos comprar para hallarlos cuando tuviésemos dinero.

Garfias trabajó en varias revistas ultraístas; fue en 1922 cuando aceptó la dirección de una de las más importantes de su época, *Horizonte*. Él fue quien publicó los primeros poemas de Rafael Alberti. Él mismo lo cuenta en su libro de memorias *La arboleda perdida*.

Esta reminiscencia está recogida en el primer volumen de *La arboleda perdida* que terminó de escribir Alberti en 1959 durante su exilio en Buenos Aires. "Anoche no dormí y hasta que, varias semanas después no tuve la revista entre mis manos, fue grande mi desasosiego. ¿Publicaría Garfias los poemas? ¿Se arrepentiría, encontrándolos malos al leerlos? Nada de esto sucedió pues aparecía en el tan ansiado número junto a la "Baladilla de los tres ríos" de García Lorca y unas breves canciones de Antonio Machado. Aquel nuevo *Horizonte* sabía responder a su título", anota Alberti. Qué respeto por Pedro, qué emoción la suya. Es el recuerdo del milagro del joven poeta que publica por fin.

CORAZONES

En los días que siguieron tuve otros dos episodios más de arritmia. Entonces me decidí a buscar un cardiólogo y di con uno que me recomendaron. Tres días después estaba sentada frente al médico que sostenía el electrocardiograma que acababan de sacarme.

—Ahora está normal, no se ve nada inusual salvo el ritmo peculiar de la estenosis pulmonar —dijo.

—Eso es bueno, ¿verdad? —pregunté.

—Para dar con la arritmia necesitas un aparato que te vamos a prestar. Mide el ritmo cardiaco a través del pulso de los dedos. Lo tienes que traer contigo siempre, ¿entiendes? En cuanto te cambie el ritmo, lo sacas y te haces la medición, luego le das la opción de guardar. Usas el índice y el pulgar. No importa si vas en el coche o estás en clase, lo que sea, debes detenerte para que te hagas el examen. Hay que documentarlo.

Así que la arritmia era esquiva y soberbia la muy ladina. Había que agarrarla con las manos en la masa, o en este caso con en el aparatito ultramoderno con el que salí del consultorio.

Tres días después debía regresar a consulta para hacerme un ecocardiograma. Hasta entonces no había aparecido la condenada arritmia. Pero ese día sí llegó, justo el día de la cita. De hecho, lo hizo en el peor momento. Por supuesto que tenía que ser así, que hiciera su entrada triunfal cuando menos la esperas y es imposible sacar el aparatito ultramoderno. Porque se presentó antes de acudir al consultorio, al estar presentando un examen Toefl; apenas habían transcurrido veinte minutos del mismo. Siempre había llegado así, sin que estuviera moviéndome, sentada frente al televisor, dando clase o charlando con alguien, nunca en un momento de agitación, ni corriendo entre las aulas o caminando en el parque. Nada. La desgraciada es silenciosa y no da explicaciones ni motivos ni tregua, llega de manera incierta y azarosa.

Pero ahora yo estaba en la encrucijada del examen de inglés que además se mide por tiempos. La grabación de la parte oral corría y yo no podía detenerme porque escuchaba lo que decía con voz nasal una mujer en perfecto inglés norteamericano para poder responder unas preguntas. Así que seguí contestando. No perdería el puntaje de la prueba por la señorita Arritmia. Seguí haciendo el examen durante noventa minutos más en medio de la taquicardia que trataba de controlar mediante la respiración. Estoy segura de que mi compañero de junto pensaba que sudaba la gota gorda. ¡Con el examen! El mismo que no sabía cómo estaba contestando porque mi nivel de concentración estaba más puesto en la respiración que en el librito con preguntas o en los alvéolos que había que rellenar con un lápiz número dos.

Al terminar salí aprisa y me fui al baño a tomarme la medida. Me dio un número que no entendí y luego una carita triste como los emoticones del Whatsapp. Venir a enterarme por un *emoji* con mueca de mi estado me dio risa. Una risa inútil y solitaria en el baño. Luego me pareció un insulto, y al final no tuve más remedio que marcharme en medio de mi frustración con el corazón desbocado a cada paso.

En la consulta me pasaron pronto. —Con la abertura al frente —me dijo una enfermera al darme la bata. En silencio me desvestí y me la puse. Luego me acosté sobre la tabla del consultorio. Entró entonces un cardiólogo más joven que el mío y que se encargaba de practicar estos exámenes.

—Tiene la arritmia muy alta —me dijo— no se verá bien la ecografía.

—¿Está seguro? Necesito hacerme este examen. Así estoy desde hace rato.

—Mejor haremos un electrocardiograma, allí ya saldrá el tipo de arritmia.

Rápidamente cambió de aparato. En cuanto acabó me dijo que iría a escanear el resultado para enviarlo al médico, que estaba fuera de la ciudad. Tomó mucho rato; mientras, yo lo esperaba con la bata abierta y el sordo sonido del corazón acelerado. ¿Debía vestirme? Pero no me habían dado la indicación. Tal vez realizarían la prueba de nuevo. Miré la máquina apagada desde donde estaba. ¿Estarían grabadas las líneas de la arritmia? ¿Quedarían ahí para siempre como marca, como huella, como un fantasma que recorre el aparato, o las borrarían de vez en cuando?

Por fin volvió el joven doctor junto con otro mayor, quizá de la edad del mío.

—Me envía tu doctor que está fuera de la ciudad —me dijo con un gesto grandilocuente. De pronto pensé que haría una caravana. Hablaba muy fuerte.

—¿Sí?

—Tienes una arritmia cardiaca de nombre fibrilación auricular. Es la más común de todas. Te vamos a poner un Holter en el pecho durante cuarenta y ocho horas para que nos dé más información. Tras ese tiempo vienes a ver a tu doctor de nuevo, ya estará aquí de regreso. También tomarás medicina.

—La medicina, ¿me la quita?

—Esto no se cura, se controla mediante las pastillas.

Y esa fue la peor respuesta; la que nunca se quiere oír. Había que soportar a la señorita Sagaz y convivir con ella. —Te odio—, pensé. Y no supe si era para el médico que no conocía y me daba el diagnóstico o si lo dirigía a mi corazón mal puesto que ahora, tras más de treinta años de haber dejado las visitas de rutina de mi infancia, de nuevo daba problemas.

Pronto descubrí que la fibrilación auricular según la U.S. National Library of Medicine es un problema del ritmo cardiaco debido a un desorden en el sistema eléctrico. La arritmia es una de las posibles complicaciones de la estenosis pulmonar que, vaya, vaya, era a su vez una de las cardiopatías de la dextrocardia. Así que yo tenía las tres cosas. Las primeras bautizadas en la infancia, y la última apenas diagnosticada ahora. Juntas constituían una escalerita de consecuencias, una detrás de la otra.

Los siguientes dos días no pude bañarme ni salir de casa prácticamente porque el Holter era incómodo y dificultaba hasta ponerse ropa. La medicina tardó en hacer efecto; todo el tiempo sentía el corazón latiendo contra mi pecho con fuerza. La fatiga era terrible, y dar dos pasos o cambiarme de ropa, hacer algo de comer, me devolvía a la señorita Cretina. Era ridículo. No podía hacer nada más que estar tirada por ahí tratando de controlar la respiración.

Acostada en la cama leía los libros de la Generación del 27, los dos tomos de *Las Sinsombrero* de Tània Balló, vi el documental de RTVE sobre las mujeres del 27, la poesía de Garfias publicada en la universidad y textos sobre la Segunda República y la guerra civil española. Pedro Garfias seguía apareciendo y desapareciendo dentro de su propia historia; a veces me parecía que dicha intermitencia era como esas rayas que iban y venían desde el electrocardiograma. Leer y ver videos era lo único que podía hacer.

Por fin la señorita Intrusa se portó bien. Al tercer día amanecí mejor y fui a dejar el Holter al consultorio. Mamá insistió en acompañarme a ver al médico. Las pastillas parecían funcionar, aunque el mal humor persistía. —Te voy a dar en la madre —pensé. Pero no podía. Porque la señorita Cínica vivía dentro de mí en un tejido cardiaco fuera de lugar.

—Lo más importante es el anticoagulante —me dijo el doctor.

—¿Para qué sirve?

—La complicación más usual con la arritmia es que debido a ella se desprenda un coágulo y acabe en el cerebro en un paro cerebrovascular.

Una embolia, pensé asustada. Solo me faltaba eso.

—No deje el anticoagulante nunca, por nada se le vaya a pasar. Además, tomará el antirrítmico, se llama dronedarona y regula la corriente eléctrica.

Luego sugirió hacer una ablación.

Según la U. S. National Library of Science la ablación cardiaca es un procedimiento que cicatriza por medio de electricidad las áreas cardiacas que están causando la arritmia. Durante el procedimiento el médico introduce a través de las arterias de la ingle un catéter que viaja hasta el corazón para poner pequeños electrodos y encontrar las áreas afectadas. Se procede a congelarlas, o bien a quemarlas por medio de pequeños choques eléctricos. La ablación no es considerada una cirugía mayor. Los especialistas en ella no son cirujanos sino electrofisiólogos, y usan un método parecido al cateterismo.

Cuando me explicó el procedimiento, le pregunté si era diferente la forma de meter el catéter en mi caso por la dextrocardia.

—Sí, el procedimiento es un poco distinto, no mucho tampoco. Te recomiendo que lo hagas en los Estados Unidos.

—¿Cómo cuántos casos de personas como yo ve un médico que hace estos procedimientos?

—Un médico con mucha experiencia, que ha hecho, ponle mil casos... pues ha visto como cinco. Por eso te debes ir allá. Simplemente por volumen hacen muchos más procedimientos que en México. No te lo hagas aquí, corres riesgo. No es un procedimiento común, y mucho menos en tu situación.

—El seguro solo me cubre accidentes en los Estados Unidos.

—Puedes ampliar la cobertura... ya que lo hagas, pides el procedimiento.

—Saldrá más caro —dije viendo por la ventana, haciendo cálculos mentales.

—Vale la pena, cualquier cosa que necesites en el futuro para tu corazón... un stent, un cambio de válvula... siempre correrás un riesgo mayor. Necesitas un especialista.

Pero casi no escuchaba ya nada. Solo pensaba en que incluso un médico experimentado habría hecho muy pocas ablaciones en un corazón como el mío. Ni siquiera podía sacar el porcentaje. No podía pensar en nada. Miré por la ventana el día gris del otoño, las nubes bajas sobre las montañas. Mi madre empezó a preguntarle algo. Yo no podía poner atención.

—¿Y las pastillas? ¿No puedo controlarme con ellas y ya? —interrumpí.

—No puedes tomar pastillas eternamente. Eres muy joven todavía. Algunas pastillas tienen efectos secundarios.

—¿Cómo cuáles?

—Dañan la función hepática, causan problemas de piel, vista…

—¿Y la gente mayor de edad?

—Pues les damos pastillas para los efectos secundarios, pero no es tu caso. Debes hacerte el procedimiento. Es lo mejor para ti. No tiene que ser inmediatamente, pero hazlo.

Volví a mirar por la ventana. La Sierra Madre estaba cubierta por nubes como hasta la mitad. Hacía frío. Tomé el abrigo distraída y me levanté.

—Vamos, mamá. Lo pensaré doctor, ahora no puedo decirle nada.

—Piénsalo, por ahora toma las pastillas. Nos vemos pronto. Ahora te pasan la receta.

Salimos al pasillo. Caminé deprisa a la salida para ir a la caja y abandonar el consultorio.

—Le mandas los exámenes a tu primo, a ver qué dice él —dijo mamá.

El primo al que se refería también es cardiólogo, ejercía en Austin. Mi primo Gerardo.

Dejé a mamá en la entrada del estacionamiento y me fui a mi coche. Tras sentarme frente al volante lo tomé con ambas manos. Estaba helado incluso con los guantes puestos. Puse mi frente contra la rueda y respiré despacio. Pensé en la gente que tiene cáncer, en las personas que pierden un miembro, en los que padecen enfermedades degenerativas. Pensé en todas esas catástrofes médicas que superarían con creces la mía. Me aseguré de sentirme culpable. A lo mejor la culpa me daría perspectiva.

Luego pensé en Pedro Garfias y en el exilio español, esas hordas de gentes escapando del franquismo, perseguidas por sus ideas políticas, en los artistas que llegaron a México. Todo ese sufrimiento y penuria en los campos de concentración franceses, al cruzar los Pirineos, los barcos a Argentina y a México, hacinados, llevando más gente que la permitida.

Traté de convencerme de que lo mío no era nada comparado con todo aquello. "No hay preocupación alguna", dije. Recargué la cabeza contra el vidrio mientras encendía el coche. Todo está bien, me convencí. Luego salí en reversa.

*Nota primera: ¿Por qué me escondí en el baño para hacerme el examen con aquel aparato y no lo hice frente a los demás?

*Nota segunda: ¿Qué tan complicado será sacar una extensión de mi seguro para los Estados Unidos? Investigarlo.

*Nota tercera: Calificación en el Toefl: 637 puntos, aprobada.

OBSERVACIONES QUE A NADIE LE IMPORTAN

En la Edad Media los caballeros bretones utilizaban en ocasiones unas corazas de metal de las cuales salía un punzón o aguja de metal del lado derecho, a la altura del pecho, para que, dada la oportunidad y como último recurso, se pudiera abrazar al enemigo y traspasar primero el peto de la armadura, luego el cuero que se usaba abajo y finalmente las ropas para acabar perforando el pecho justo sobre el corazón hasta destrozarlo. Más y más, hasta que el corazón acababa agujereado, penetrado por aquel terrible pincho. Así se acababa partiendo el corazón enemigo dándole justo en el lado izquierdo. El peligro radicaba en que el enemigo portara la misma coraza y entonces acabaran ambos muertos en un casi suicidio. Pero si el caballero tuviera el corazón apuntando al otro lado, ¿se salvaría milagrosamente?

ANDALUZA FINA,
SALERO, SALERO
GRACIA DELICADA
DE SU TALLE ESBELTO
CASCABEL DE RISAS,
TROCITO DE CIELO...

Llegué a Osuna a fines de 1926. Mi padre había prosperado como contable, aunque seguía manejando la oficina de telégrafos en Écija con ayuda de mi hermano José. Hacía algunos pequeños viajes entre ambos sitios al ser una distancia corta. De inmediato me propuso sustituirlo para que pudiera meterse de lleno solo a la contabilidad, pues ya no quería pasar tanto tiempo en los trayectos y su nuevo trabajo le redituaba lo suficiente.

Mi padre estaba hecho a la idea de que yo estaba dominado por la desidia y las ideas locas y fútiles que me habían metido en la capital. Su razonamiento era que yo había perdido el tiempo en Madrid, pues no me había graduado de ninguna carrera como para poder tomar un trabajo profesional, ni había trabajado de forma seria y sistemática en algún oficio que me volviera próspero. Con todo, no renegaba de mis habilidades poéticas, pero no le veía futuro a nada relacionado con ese tema.

—Mira a tu compañero de piso, hace cuánto concluyó su carrera como hombre hecho y derecho, y ejerce como odontólogo desde su titulación; tú, en cambio, de vago por todo Madrid. Eso ya se acabó, Pedro. Aquí te vas a poner a trabajar conmigo y en Écija también. Ya eres un hombre de veinticinco años, no estás para perder el tiempo. Muy bien todo eso de la poesía, pero no da para comer. Necesitas ya formalizar y dejar atrás ese tiempo de jovencito. Ya no serás abogado, que bien te hubiese convenido. Ser médico, abogado, ingeniero, esas sí son profesiones, hijo. Eso de las filosofías son puros esoterismos, quimeras, vaya pues. No son para la gente como uno que vive en el mundo real.

—Pero, padre, que sí hay poetas, dramaturgos, literatos que viven de eso. Yo los conocí. También pintores y de otros oficios.

—Pero no tú, Pedro. Nunca acabaste carrera alguna y de esos trabajos que tenías no te ganabas la vida, mucho menos te iba a redituar para mantener a una familia en un futuro. Si eso querías, pues debiste luchar más o de otra forma; tantos años para nada. Esos amigos tuyos poetas seguro son de familias ricas que se pueden dar esos lujos.

—Padre, todo eso lleva tiempo. Apenas estaba iniciando.

—Exacto, estuviste viviendo en Madrid varios años. Ni abogado ni literato ni titulado. ¿Quieres más? Joder. Uno trabaja la vida entera y así le pagan los hijos.

—Mi novia Delhy pinta, le está yendo bien. Está en Bellas Artes, en la Academia de San Fernando con beca y todo.

—Pero, ¿cuál pintora, Pedro? Que tú no puedes perder el tiempo con esas mujeres modernas, entiéndelo. Esas no son buenas esposas. ¿Qué vas a hacer tú con una novia así? Qué nombre más absurdo, Delhy, de dónde habrá sacado esas ideas.

—Es su nombre artístico.

—¿Ves? Ni siquiera tiene respeto por su nombre de pila, por su bautismo y el buen nombre de sus padres. No sabe quién es, hijo. Como actriz de teatro se cambia el nombre. No, no, nada de eso. Lo que necesitas es una muchacha buena, guapa, que te haga sentar cabeza. Una mujer más temerosa de Dios, que te dé aliento para que progreses, que tenga hijos y te ayude a convertirte en hombre de bien. Yo ya hice lo que pude. Gran falta me hizo tu madre para criarlos. Hasta aquí llegué, ahí está el negocio para ustedes. Es lo que hay.

Sabía que llevarle la contraria era prácticamente imposible, y como tenía pocos recursos no iba a poder pelearlo por mí mismo. Delhy no quería llamarse Adela porque le recordaba la tristeza de su infancia; no deseaba volver a ser esa chica encadenada a una vida que no sentía propia. Pero no había forma de demostrar nada porque para mi padre el éxito solo podía medirse con dinero. No lo entendería nunca. Me sentí derrotado. Admito ahora que tal vez debí hacer otras cosas, tomar decisiones distintas que me permitieran seguir mis metas, pero de una forma más productiva. Mi padre era muy imperioso y mi condición en ese entonces, con tan pocos recursos, me obstruía para mostrarme con fortaleza frente a él. Simplemente la fortuna o la idea de tenerla dominaba a mi padre; no podía discutírsele, bien de sobra sabía lo mucho que había trabajado siempre.

Pronto acabé llevándole los negocios de la oficina de telégrafos en ambos lugares, mientras él —como era su deseo— se dedicaba a la oficina contable. José, quien era más ducho para los números, se regresó a la casa de Osuna para trabajar con mi padre, y yo fui quien acabé mudándome a una pequeña casa de tres habitaciones que dejó mi hermano en Écija. Decidí poner más ahínco y seguir trabajando. Tal vez pudiera reunir dinero y regresar a Madrid. Delhy seguiría en Bellas Artes, y bueno, me aferraba a la idea de su memoria. Las mujeres lo que quieren en el fondo es un hombre que las pasee, les regale cosas, las tenga como reina en casa, hasta la más liberada quiere dinero, aseguraba papá. Yo callaba porque sabía que Delhy amaba su independencia, cambiarse el nombre, tener una beca, hacer ilustraciones para revistas que le pagaban por su trabajo. Pero igual yo deseaba regresar.

A pesar de mi inicial aversión por este trabajo, aquella oficina me permitía escribirle prácticamente de forma gratuita breves pero poderosos mensajes a Delhy a través del telégrafo. Decidí mandarle poemas por entregas: dos versos por mensaje. Cada lunes y jueves le escribía con la esperanza de que no me olvidara. Una estrofa por semana con mi más puro y dedicado amor. Ella no contestaba los telegramas. A veces me escribía cartas y los mencionaba. Nuestras cartas eran más sustanciosas pero menos frecuentes, sobre todo mientras fue pasando el tiempo, cada mes parecían ser más escasas y más breves. Yo le escribía frenéticamente, como un endemoniado, pero tal vez tanta insistencia acababa por obrar en mi contra.

Pedro, cariño:

Te escribo a la carrera estas líneas. Estoy preparando unos proyectos finales que se exhibirán. Debo dedicarle todo mi tiempo al arte, ¡a mi arte! Debes hacer lo mismo con tus versos, querido mío. Ha venido Maruja a ver lo que llevo, le han gustado tanto mis cuadros. Ya sabes que a veces me asusta su carácter, pero fue espléndida. Estoy contenta. Pinto todo el día como poseída y por las noches nos vamos a bailar con Rafael.

Federico está preparando nueva obra, se llama *Mariana Pineda*. Debes venir a verla, iremos todos, como antes, como siempre, tal vez estrene el otro año. ¡Anda, di que sí! ¿Qué haces en ese pueblo que no es para ti? Rafael y Maruja te mandan recuerdos. Todos te mandan saludos. Recuerda: ¡Arte, arte, arte! Es todo, mi niño. Ya son los tiempos del futuro, ¡a destruirlo todo y crear de nuevo!

Te quiere,

Delhy, la magnífica, con todo y rosa

Estas notas eran insuficientes para mí, ya aquellas primeras cartas de dos o tres folios no las hacía nunca. Me olvidaba, ¡ay de mí! Por más que le decía que viniera a verme se resistía y enumeraba sus ocupaciones. Yo tampoco podía ir porque trabajaba como un burro y ahorraba todo lo que podía para poder cumplir el sueño de ir por ella a Madrid para casarnos como decía mi padre.

Mi padre estaba orgulloso de mí; llevaba las dos oficinas, corría de un lado a otro, resolvía pendientes, me encargaba de los aparatos, la administración, los pagos, todo. Yo estaba convertido en una verdadera máquina, obsesionado por el más mínimo detalle. Todo para no extrañar, para no pensar. Mi única convicción era hacerme de dinero para ir por Delhy a Madrid. Solo pensaba en eso. Era mi única esperanza, lo que me mantenía en pie, mi primer y último pensamiento del día. En mis vanas ilusiones pensaba en una casita frente al mar con un gran estudio y terraza para Delhy donde pudiera consagrarse como la gran artista que estaba destinada a ser. Yo me conformaba con un cuartito con una máquina de escribir nueva y unos estantes con mis libros.

Por un tiempo dejé de escribir poesía, me alejé de los viejos amigos, estaba siempre ocupado. Pero entonces, un día en el otoño de 1927 recibí telegrama de Pepín Bello, lo envió a mi padre a la oficina de telégrafos de Écija, supongo que era la dirección que tenía.

Señor don Antonio Garfias:
Mensaje para Pedro. Toma el tren a Sevilla el 15 de diciembre. Homenaje a Góngora con todos. Nos vemos pronto.

Pepín Bello

No tenía forma de saber exactamente a qué se refería Pepín, pero pensé que tal vez pudiera ir, estaba a unas dos horas de camino apenas. Mi padre me miró con cierta susceptibilidad al entregarme el papel, pero se guardó sus comentarios. Le dije que acudiría al encuentro con algún texto sobre Góngora. Él no me contestó pero sentí su reproche.

Por las noches me puse a escribir con ahínco; hacía tiempo que no lo hacía. Tomé una vieja máquina de escribir de la oficina y me la llevé al cuartito donde vivía. Así fui avanzando en casa y a deshoras. Al final me pareció que no hacía nada, que mi texto era malísimo. Una noche me pasé en vela leyendo las *Soledades* de Góngora y entonces hice un poema que empezaba así:

Romance de la soledad

Aquí estoy sobre mis montes
pastor de mis soledades.
Los ojos fieros clavados
como arpones en el aire.
La cayada de mi verso
apuntalando la tarde.
Quiebra la luz en mis ojos
la plenitud de sus mármoles.

Arranqué la hoja de la máquina y guardé el poema al fondo de un cajón para llevármelo a Sevilla llegado el momento.

Por esos días mi padre y yo planeábamos arrancar una oficina de telefonía, una idea que se nos había ocurrido con la llegada de la Compañía Telefónica Nacional, que apenas hacía unos tres años se había instalado en Madrid. Nuestra ambición era ser parte de la compañía en Andalucía. Mi padre quería entrevistarse en Madrid e ir pasando de la telegrafía a los teléfonos. Me entusiasmaba la idea de ir con él y ver a Delhy, pero aún no concretábamos el plan ni quedábamos con los directivos de la compañía. Antes de ello planeaba encontrarme con mis viejos amigos en Sevilla para lo de Góngora. Apenas unos días antes le había confirmado a Pepín Bello.

Pero fue en noviembre, una de esas mañanas de otoño en las que el calor va mitigando, que vi a Margarita por primera vez. Su hermosura era tal que quedé prendado en medio de la calle, como si una corriente eléctrica me hubiera partido con una descarga fenomenal. Era más que una mujer, casi una divinidad. Tenía muy buen porte, alta, incluso más que yo, de cadera ancha y cintura breve, con senos redondos. Tenía el cabello muy rubio, poco usual en Andalucía; un rostro dulce pero a la vez con un dejo de sensualidad casi perverso en esa cara de pómulos marcados y ojos grandes y verdes que miraban con recato el suelo como una *madonna* del Renacimiento. Tenía unos labios pequeños, como de muñeca, que hacían un mohín coqueto sonriendo de lado. Llevaba el cabello suelto hasta la nuca, no tan corto como las muchachas en Madrid, pero algo moderna, los rizos alrededor de la cara enmarcándola de forma luminosa. Llevaba un vestido ligero con capa de punto tejido, era discreta y a la vez me turbaba con esa tela suave que se acomodaba tan bien sobre su cuerpo. Quién podía ser esa chica que jamás había visto antes. Iba resuelta por la calle, sin darse cuenta de los suspiros que levantaba, como si fuera ajena a su propia belleza, pero a la vez esa seguridad en el andar era propio de quien se sabe mirada. La seguí desde una prudente distancia y vi que entró en una mercería cercana. Me senté en una banca a media calle para observar el negocio de forma discreta. Ella salió a los pocos minutos con una bolsa que aparentaba llevar estambre. Entonces acudí al establecimiento y me hice pasar por alguien conocido.

—Buen día, la joven que acaba de salir, ¿no dejó el recibo? Soy su hermano, me ha pedido padre que pregunte por ella.

—No, caballero. Sí se lo llevó, pero mire, acá le doy otra copia para que se lo lleve —me dijo la dependienta crédula.

Ahí estaba el nombre: Margarita Fernández Repiso.

Sin más salí de la tienda y decidí buscar los apellidos en la estación de telegrafía; a veces teníamos las notas de antiguos clientes y el nuestro era el único establecimiento de la ciudad en su tipo. Tendrían que ir ahí a despachar telegramas. A lo mejor hallaba otra pista sobre Margarita para poder encontrarla.

De pronto reparé en que por un momento había olvidado a Delhy. Me embargó un súbito remordimiento, una sensación de traición, pero decidí que no era para tanto, que aquella mujer era muy bella y nada más, no estaba por ello abandonando a Delhy. Cuando me fui nunca hablamos sobre nosotros en cuanto al futuro, como si este no existiera. No hubo compromisos ni juramentos ni palabras sobre amor eterno. Fue una despedida fogosa, desesperada, íntima, con una pasión que deseaba comérselo todo porque reconocía su inminente final. Siguieron las cartas, pero tampoco en ellas esclarecimos un destino común. No era que no la quisiera, era que nosotros siempre fuimos así desde el comienzo. No fuimos una pareja que iniciara formalmente una relación ni que tampoco la acabara. Simplemente un día nos juntamos y ya lo fuimos sin hablarlo, no salimos con otras personas jamás desde ese momento y cuando me fui de Madrid solo empaqué la maleta y tomé el camino del sur.

No sé qué creería ella, qué pensaría. No me atreví a preguntarle nunca. Tuve miedo de su respuesta y de su libertad. Ella pensaba primero en su arte. Le costó tanto entrar a la Academia de Bellas Artes. "Yo solo quiero pintar. Que me enseñe alguien a pintar. Es el único idioma que me interesa, para el que he nacido", decía. ¿Cómo negarle ese derecho? ¿Cómo decirle que mi amor era más importante?

Tal vez esta chica Margarita sería una buena distracción. Delhy y yo no éramos nada y yo ya tenía demasiado tiempo solo extrañándola. No le di más vueltas y me dirigí a la oficina resuelto a buscar datos sobre ella. Al menos eso era un esparcimiento en días idénticos en los que solo sabía trabajar.

Tardé casi toda la mañana en revisar listas de nombres de solo los últimos tres meses; ya estaba por claudicar cuando encontré un nombre: señora doña Carlota Repiso de Fernández. ¡Era la madre!, por fin daba con algo. Y como se usaba por entonces, venía su dirección de contacto. Anoté en una libreta la dirección. Vivía muy cerca del centro, próxima a la Plaza de la Encarnación y el monasterio. Debía ser una de esas casonas antiguas.

Esa noche me pasé a la dirección de la casa de Margarita. Era una fortaleza de piedra y rejas con ventanas y geranios; un domicilio muy grande, acorazado, a unas cuadras de la plaza. No se podía ver hacia adentro. Inmediatamente me di cuenta de que para conocer a Margarita la única manera posible era encontrándola afuera de la casa, en una fiesta o en un paseo. Pronto habría toros y cabalgata, pensé. Las familias más poderosas iban siempre a la plaza y se sentaban en los palcos, tal vez ahí podríamos coincidir. Compraría boletos pronto, en cuanto salieran, y así adquirir el más caro, el más próximo a los sitios donde se sentaban. Gastar en eso el dinero era un lujo, pero qué más daba.

Pronto fueron las fiestas y la corrida inaugural; ahí me dirigí con mi hermano José, quien acudió feliz porque le compré boleto en esa gran plaza donde cabían más de seis mil almas; venía gente de todo el país, aunque sobre todo de la región.

Nuestros lugares estaban a la izquierda de los palcos. Yo llevaba unos prismáticos que usaba para el teatro, un poco viejos, pero funcionaban bien. Los había adquirido en Madrid cuando empezamos a ir al teatro, porque nunca tenía suficiente dinero y me sentaba demasiado lejos del escenario. Se los presté un rato a José, que nunca había visto a través de unos, y gozoso se puso a mirarlo todo. Justo antes del arranque, cuando se veía que la mayor parte de la gente ocupaba su lugar, discretamente los tomé para intentar buscar a Margarita entre las butacas. José me agitaba el brazo, necio. "Qué buscas, qué quieres ver", preguntaba. Yo lo intentaba sacudir como quien espanta una mosca. "Déjame, José, si encuentro lo que estoy tratando de hallar te digo", contestaba exasperado. Por fin detecté a Margarita, estaba sentada junto a un hombre mayor que parecía su padre. Junto a ella una hermana muy parecida a ella, casada, iba con marido y dos niños muy pequeños. "No tiene novio Margarita", pensé. Entre las faenas de los toreros se hacía un descanso y la gente bajaba a comprar chucherías o a mover las piernas. Ahí la buscaría. Vi la escalera más cercana a la que tenía acceso y me decidí a usar la misma, aunque cruzara toda una fila antes.

Tras el segundo torero se hizo la primera pausa. Tenía que darme prisa pues el cartel final era para Manuel Jiménez Moreno, *el Chicuelo*, famoso sevillano, el más elegante para torear, enfrentaba a los toros como si no fuesen esa bestia formidable que le ponían delante. El pase de costadillo que hacía con las puntas del pie y por un lado era uno de los más famosos por entonces. Nadie, incluido yo mismo, queríamos perdérnoslo.

Me escurrí como pude entre la gente diciendo mil veces "Disculpe" hasta que llegué al acceso de la escalera y pude descender. Había mucha gente, pero divisé de lejos su sombrero entre las gradas. De reojo vi que vendían flores y de inmediato compré un pequeño ramo. Tras unos minutos la vi por detrás hablando con alguien que no alcanzaba a distinguir porque quedaba un poco oculto por un muro. Sin más me encaminé hacia allá. Al acercarme vi que hablaba con uno de los niños, seguramente su sobrino.

—Buenas tardes, señorita —le dije mostrando las flores.

Ella se me quedó viendo un tanto desconcertada. Al tenerla cerca pude percibir más atentamente su extraordinaria belleza. Con el sombrero puesto se veía definitivamente más alta que yo. No me importó en lo más mínimo.

—Buenas tardes, ¿no le conozco?

—No, señorita. Pedro Garfias, a sus pies.

—Margarita Fernández, encantada.

—¿Le gustan los toros?

—He venido acompañando a mi padre y mi hermana junto a mi cuñado. A mi madre le desagradan las plazas. ¿Me disculpa? Hemos bajado para comprarle algo a padre.

—Tenga las flores, por favor.

—Gracias, es usted muy gentil —dijo tomándolas.

—¿Se queda por acá al final? ¿No quiere hacer un paseíllo?

—Con gusto, si quiere me acompaña a casa a pie, no es lejos. Hará una media hora máximo. Ahora le aviso a mi padre.

—Nos vemos en la entrada principal al acabar el último toro.

—Muy bien, hasta entonces Pedro.

—Gracias, Margarita.

Me retiré feliz de ahí subiendo los escalones de dos en dos hasta volver al lugar junto a mi hermano. Lo había logrado.

—Joder, te regresas solo de aquí. He logrado hacer novillos y no vuelvo a casa contigo. ¿Te vas por tu cuenta de regreso a Écija?

—¿Adónde vas?

Entonces le conté sobre Margarita e incluso se la mostré por los gemelos para que la viera en todo su esplendor. Convino conmigo en que era muy bella. Pero luego me preguntó por Delhy. Le contesté algo rápido, sin mucha explicación.

Tras la brillante actuación del Chicuelo, que dejó a toda la plaza de buen humor y feliz festejando cada una de sus proezas, salí junto con mi hermano hasta donde había quedado con Margarita. Ahí estaba ella con su hermana. Me la presentó y yo hice lo mismo con José. Pronto nos dejaron solos y empezamos el camino hasta su casa.

Tengo que decir que tuve algunos problemas para entablar conversación con ella. No le interesaban mucho ni los poetas ni los pintores nuevos. No estaba muy enterada de nada de eso. Por fin hallé algo en común con algunas obras clásicas como el *Don Juan*, o películas de comedia de Chaplin. Conocía en realidad muy poco, era distinta a las muchachas de Madrid. Pensé que era por vivir en Osuna, por lo que con gran entusiasmo empecé a hablarle de la capital. Charlamos un poco sobre eso y también sobre su familia, especialmente el padre, que era terrateniente y se dedicaba al cultivo de olivares.

Al pasar por la Torre de la Merced subimos para mirar la magnífica vista del otoño. Margarita era callada pero se veía buena persona, un poco ingenua. Era discreta y me seguía la corriente al hablar. Y aunque la sentí un poco ausente, creo que le causé buena impresión.

En las semanas que siguieron nos vimos con cierta frecuencia, y fue entonces, la última semana de noviembre, que decidí enviarle a Pepín el poema para que finalmente él lo leyera en el Ateneo de Sevilla. Decidí no ir; estaba más interesado en el cortejo de Margarita, y pensé que en un evento tan grande yo pasaría desapercibido. Las fechas eran el 16 y 17 de diciembre, justo antes de las Navidades, cuando más correspondencia hay. Tampoco ayudaba eso a mi viaje, pues el trabajo se acumulaba antes de las fiestas.

Seguí saliendo con Margarita, aunque pronto me di cuenta de que su padre no me aprobaba, pues solo un par de veces nos vimos en su casa. Hablaba poco sobre mi padre con Margarita, de la muerte de mi madre o de mi vida de poeta. Creía que poco entendería lo que significaba mi orfandad y aún menos mi interés por el mundillo cultural madrileño, pues ya desde la primera vez no dio buen resultado. En vano esperé respuesta de Pepín de haber recibido mi poema, pero no le di mayor importancia porque creí en su bondad innata y que lo llevaría; tal vez luego me escribiera de nuevo.

Las cartas de Delhy escasearon por entonces hasta extinguirse y yo dejé de mandarle poemas por telegrama. Poco a poco Margarita se convirtió en mi mundo. Mi padre se alegró mucho por mí, era el tipo de mujer que le agradaba, aún más por su posición económica. Incluso que el padre me hiciera menos lo veía como un reto, no un obstáculo. Formalizamos noviazgo a inicios de 1928 a pesar de las desavenencias con el padre. Me di cuenta de que Margarita estaba conmigo debido a su naturaleza tímida. Si bien era hermosa le era difícil comunicarse, y creo que eso era lo que había impedido que se relacionara con otros hombres, quizá mejor avenidos que yo. Era cinco años menor, por lo que aún conservaba cierta inocencia casi adolescente desde que la conocí.

Por fin, una tarde ocre de otoño, subidos de nuevo en aquella torre de nuestro primer paseo hacía poco más del año, le pedí matrimonio postrado a sus pies y con un pequeño anillo que había logrado comprar. La besé ardorosamente, pero ella instintivamente me alejó. Margarita era así, no se le podía casi tocar, sus besos eran escasos. "Es que es señorita de cuna", decía mi padre. "Es que es frígida", me dijo Rafael en una carta. Era el único al que le escribía por entonces. Yo aguantaba pensando en la noche de bodas, en que su educación no le permitía otra cosa, que sería virgen hasta que el sacerdote lo permitiera. También en ello había encanto.

En noviembre de 1929 hicimos nuestros votos matrimoniales en la iglesia de la Asunción, un majestuoso templo con arquitectura gótica y renacentista. Escogimos la capilla del Panteón para la misa, con su retablo de oro y techo cóncavo con rosetones. A la boda acudieron mis parientes inmediatos así como Felipe, mi amigo del bachillerato en Cabra, junto a su esposa y su hermano Ramón, quien permanecía soltero, así como sus padres que tan bien cuidaron de mí en aquella granja. Tenía muchos años de no verles y les abracé con gran alegría. Mi hermana Carmen llegó de sus giras con los tablados para la boda. La había visto poco desde mi regreso y es que padre y Felisa no la procuraban mucho.

—Vengo por ti, Pedro —me susurró al oído mi hermana—, que la bruja esa que tenemos de madrastra sigue haciendo de las suyas conmigo.

De Madrid vino Rafael Alberti con Maruja Mallo. Luis, Pepín y Salvador ni siquiera me contestaron. Tampoco José Moreno Villa, a quien escribí a la universidad. Federico me envió una carta desde Nueva York. Había enviado telegrama a Granada para anunciarle la boda y su hermana Concha lo mandó por su parte a Nueva York, cosa que le agradecí mucho. Me emocionó recibir esa misiva, pues ya habían pasado cuatro años desde que nos vimos en Madrid. Él era un grande y yo me había quedado muy atrás, si bien mi cariño por él siempre fue leal porque con gran constancia mostró generosidad; no me olvido de las veces que me pagó bebidas o comidas con una discreta complicidad que nadie observaba y que con tanto esmero bien cuidó. Sé que al final nos distanciamos, qué se le va a hacer.

John Jay Hall, Columbia University
Nueva York
25 de septiembre de 1929

Mi queridísimo Pedro:
Recibo apenas y con bastante retraso noticias tuyas por parte de mi hermana Concha. Tengo apenas cuatro días en la universidad viviendo en este edificio, es un lugar fantástico. Te escribo hoy porque mañana empiezan las clases, espero aprender mucho mejor el inglés.

La ciudad entera es una maravilla, algún día tendrás que venir a verla. Coches, basura, miserias, edificios altísimos, luces de colores, teatros, gente a deshoras. Lo tiene todo. Mi habitación está en el piso doce del edificio y tengo una vista extraordinaria del río Hudson (¡gran panorámica!), pues estamos en el corazón de Manhattan, a minutos de los museos y parques. La humedad se levanta con embrollo de pulpos retorcidos y exhaustos.

Estoy encantado con los compañeros del edificio, si bien son en su mayoría mucho más jóvenes que yo. Son muy diferentes a los chicos españoles, más informales, rebeldes, bulliciosos, incluso en ocasiones, pendencieros. No tienen buenas maneras, pero me gustan, me gustan porque son muy auténticos, libres como el espíritu de Washington. De eso no sabemos en España. Es un país tan joven, igual ellos, Pedro.

Pero hablemos de ti. Sé por Rafael que tu novia es bellísima y que estás bien allá con tu familia. Ay, qué lejanos me parecen ahora esos tiempos de la Residencia de Estudiantes. Cómo nos divertíamos, mi querido amigo. No sé por qué decidiste regresar a casa, pero bueno, yo también a veces tengo esos deseos y regreso un tiempo, pero no me aguanto. Ahora a inicios del año nuevo también se casa mi hermana Concha. Tengo tan poco tiempo acá, que me será imposible ir a Osuna, mi buen amigo. Pero te deseo mucho brillo y amor ese día y siempre, ¡lo mereces! ¡Escribe!, ¡escribe!, ¡escribe!, me ha dicho Alberti que le gusta mucho tu libro *El ala del sur*. Tendrás que conseguirme un ejemplar cuando regrese a España. Yo acabo de escribir sobre Harlem, un lugar cruel, pero con alma frágil y bella.

¡Ay, Harlem, disfrazada!
¡Ay, Harlem, amenazada por un gentío de trajes sin cabeza!
Me llega tu rumor,
me llega tu rumor atravesando troncos y ascensores,
a través de láminas grises.

¡¡También tu rumor me llega, Pedro!! Albricias. Brindo por tus nupcias y tu bella novia.

Sé que no es de buen gusto preguntar por otros amores en vísperas de boda, pero ¿qué sucedió con Delhy? Por lo demás, no sé nada. Ya no me escribo con Margarita Manso.

Me acuerdo de ti y de Delhy y de Rafael y Maruja, de Margarita, de Salvador y Moreno Villa, Pepín. Todos. Ay, qué apodos les ponía Dalí. La reina de Saba a Margarita y la marisco y ángel, a Maruja. Era tremendo, picarón, ¿eh? Cómo me acuerdo de esos tiempos, de aquella vez que me fue tan mal en el teatro, y de su apoyo incondicional.

Amigos todos por siempre.

Soy muy feliz en esta ciudad monstruosa y gris; opaca, llena de edificios, pero con tanta vida. Negros, italianos, irlandeses, polacos asomados por las ventanas de Brooklyn. Las calles tienen ropa colgada recién lavada, huele a orines y a aceite hirviendo. Los ojos se te llenan de humo y de objetos y personas, como uno de esos cuadros de Salvador donde no cabe un alfiler. ¿Te acuerdas de ese cuadro que hizo de nosotros de fiesta por Madrid?

Esta ciudad gigante te aplasta, te come, te grita. Entonces no me queda más que tomar la pluma, mi querido Pedro. Escribo, escribo, escribo sobre mí caminando por esta ciudad.

La vida es buena, Pedro. Espero que para ti también.

Les mando toda la felicidad del mundo a ti y a tu Margarita.

Un abrazo de tu fiel amigo,

Qué nostalgia leer a Federico. Una mezcla de alegría y tristeza se apoderaba de mí por momentos. Tal vez debía regresar a Madrid, pero cómo, necesitaba un trabajo. Este año había podido publicar algunos madrigales en *El Sol Ecijano*, unos poemitas dedicados a Margarita en anticipación a nuestra próxima boda que le gustaron mucho, pero nada más.

Un día antes de la ceremonia llegaron Rafael y Maruja. Asistieron a casa de Margarita a una pequeña reunión, pero fue un verdadero desastre; ellos resultaban demasiado modernos y extraños para la familia de Margarita e incluso para la mía. Por otra parte, Maruja, la pájara, como le decía Rafael, tenía un carácter de los mil diablos y no dudaba en contestar con energía, trastocándolo todo e incluso avergonzando a Rafael, que se daba cuenta de que en ese ambiente había que disimular un poco y no hablar con palabras altisonantes y mal modo. Ella no entendía eso o simplemente se negaba a hacerlo. O tal vez todo se reducía a Delhy y su amistad con ella a la que le debía lealtad absoluta y me odiaba por dejarla. Me pareció injusto, hacía mucho tiempo que yo había perdido todo contacto con ella y no la veía. ¿Por qué pensar que era mi culpa? Aún más, por qué creer que le debía fidelidad en esto a Delhy. Pero yo no podía saber qué conversaciones habrían tenido en la Residencia de Señoritas, solo entendía lo mío, silenciado entre la cotidianeidad diaria desde que me fui. Mis deseos indecibles. Los prohibidos. Solo Maruja podía irrumpir con su estrépito de color rojo y púrpura sobre todos nosotros, con esos ojos enormes, muy maquillados de colores chillantes, corriendo un velo que yo trataba de mantener cerrado a toda costa.

—Margarita, ¿a qué te dedicas? ¿Escribes poesía como Pedro?

—No, no, yo no sé de letras.

—Bueno, mujer, pero algo harás, o quizás has viajado, se nota que tu padre tiene medios. ¿Qué has visto?

—Estuve en París en una ocasión cuando tenía unos dieciséis años con mis padres.

—¿Habrás visto a los surrealistas?

—A mis padres no les gustan mucho las pinturas modernas, les parecen raras.

—Pero tu casi marido es poeta y de los mejores, es ultra, ¡ultraísta! ¿Sabes que están contra todo? ¿Lo sabes?

—Pedro me ha contado poco de eso…

—¡Pero si firmó el manifiesto!

Margarita se ponía encarnada por momentos. La tranquilicé un poco y le pedí que fuera por más vino. En lo que se marchó les pedí a ambos que se midieran.

—Pedro, ¿qué haces? ¿Por qué te casas con esa burguesa? Pero si no creo que pueda entender nada de lo que tú eres, ¡de tu esencia! ¿No lo ves, Rafael? A que sabes que tengo razón. Esta chica es demasiado ingenua, Pedro. Y Delhy…

—Maruja, dejemos a Pedro. Él así lo ha querido —intervino Rafael.

—No he sabido ya nada de Delhy, eso se acabó hace años, Maruja —intervine.

—Porque te fuiste de Madrid, porque huiste. Acá no podrás ser poeta nunca, Pedro. ¿Cómo te han convencido? Eres un tonto, Pedro —replicó ella, molesta.

—Vosotros no entendéis nada, Maruja. Sois vosotros los burgueses, los adinerados estudiando artes. Yo soy hijo de un telegrafista de pueblo. Joder, dejad de insistir en algo que no volverá. ¿No entendéis que eso no da pan? No, claro que no, porque eso es algo que nunca habéis vivido vosotros. Dejadme en paz, mañana me caso y es todo.

Maruja me miraba con esos enormes ojos que tenía cada vez más abiertos y estupefactos. Rafael trataba de calmarla y tranquilizarme a mí. Se le veía irremediablemente incómodo.

—Querida, vayámonos ya a la posada. Dejemos a los novios. Nos vemos mañana, Pedro. No te molestes. Perdona.

Se pusieron de pie para irse, parecía que ya todo marchaba mejor. Sonrisas forzadas de lejos, saludos de mano. Nadie parecía advertir lo que había acontecido entre los cuatro. Mis padres y los de Margarita simplemente pensaban que era un joven matrimonio amigo de Madrid y no habían reparado en ellos, los pensarían un tanto excéntricos, era todo. Por supuesto que no les dije que vivían en unión libre. Que eran un poeta y una pintora, que conocían a Delhy. A toda costa trataba de protegerme. Casi me arrepentí de haberles invitado.

Por supuesto, ya de salida, Maruja no se pudo contener y exclamó por lo alto:

—¡Pedro es un gran poeta y vosotros lo estáis echando a perder!

Rafael la empujó ligeramente para que saliera y entre traspiés ambos se alejaron por la puerta de la entrada.

Con lo que me quedaba de dignidad acallé rumores y sobresaltos, me tomé otra copa con Margarita, le di dos besos en las mejillas y me fui temprano. Iba azorado por la calle. ¿Qué hacía? ¿Debía casarme al día siguiente? O tal vez correr a la posada de Rafael y huir con ellos fuera de ese lugar. Estarían felices de llevarme de polizón. Pero luego, qué sería de mí. Mi salida sería la escoria, el dolor, la vergüenza. No, no. Mi cabeza daba vueltas. Me acerqué a una cantina abierta y compré una botella para tomar yo solo. Seguí andando cada vez más ebrio, cada vez más torpe, atosigado por remordimientos.

Después de mucho rato me presenté en el hotelito de Rafael y Maruja. Desde la acera vociferé sus nombres, borracho. Era un lugar pequeño de dos plantas, así que pronto se asomaron ambos a la calle.

—¡Pedro, aún tienes tiempo de escapar! —me gritaba Maruja, feliz de verme.

Rafael le cubría la boca riendo. Luego se la besó para que dejara de hablar con una pasión que daba envidia, que excitaba, que me ponía aún más achispado. Ahora ella reía.

—¡¡Shhh!!, loca que nos corren de este pueblo. Ahí bajo, Pedro. Espera.

Ella me lanzó besos con la boca exagerando el mohín de la boca roja como el pico de un pájaro, le quedaba bien el mote, y en un dejo de chifladura se abrió el camisón un momento para que viera sus pechos bajo el candil de la calle. Rafael la cubría avergonzado y risueño, le ponía una bata, le besaba la nuca. Algo le susurraba. Mientras yo pensaba que nunca más vería otra mujer como esa, que yo también la había tenido y la perdí. Ya nunca sería la vida tan divertida.

Rafael bajó corriendo y al llegar a la calle me dio un abrazo.

—Hombre, perdona a Maruja. No lo hace con mala intención. Claro que nos alegra tu boda. A ella se le hace raro porque está loca y no se quiere casar, pero yo entiendo, de verdad que sí. Sería mucho más fácil con cierta gente, una mujer como la tuya, pero qué se le va a hacer, estoy chalado con la Maruja. ¡La amo!, ¡la deseo! Quiero poseerla a diario, estoy loco por ella y su arte y su sexo y sus locuras. Pero, perdónala.

—Sí, lo sé. A veces ni yo me entiendo.

—Hay mujeres para descansar y otras para correr, es todo. Tu Margarita es una belleza, ¡un portento! Joder, eso hay que verlo.

No se puede negar. Mañana por fin te la cargas, ¿eh? Dichoso tú. Ya hombre, vayamos a tomar algo.

Nos fuimos por la calle vacía hasta llegar a un lugar abierto y yo tomé y tomé y no sé qué tanto le decía a Rafael. A veces reía, a veces lloraba. Y hablaba de mi madre y de Felisa y mis hermanos, mi padre telegrafista y de Andalucía, pero también de que extrañaba Madrid. También de Delhy, sé que hablaba por encima de todas las cosas, de ella. De su cuerpo flaco, su talle fino, sus pechos tiernos y pequeños. "¡La quiero, Alberti! ¡La quiero! Pero ella no, me entiendes, ella no me quiso. Me olvidó". Y Rafael trataba de calmarme. Y tomamos hasta que caímos los dos sobre la barra. Luego amaneció y el cantinero nos dijo que nos debíamos marchar. Rafael me acompañó a mi casa, la que habitaba en Osuna. Ahí me metió a la ducha por la fuerza y me ayudó a vestir. Me hizo tomar dos litros de agua, dos comprimidos y una taza de café caliente. Por fin dejé de temblar. Luego se marchó al hotel, no sin antes asegurarse de que mi hermano José vendría para llevarme al templo.

A las doce del día me casé como Dios manda y no puse ningún reproche ni hice ningún aspaviento. Tras la misa Rafael y Maruja se fueron a la estación para tomar el tren de regreso a Madrid y creo que fue lo mejor francamente, porque seguro otra vez hubieran armado una escena y yo ya no quería problemas.

Esa primera noche la pasamos solos los dos en Málaga, era nuestra luna de miel. Salimos como a las cinco de la tarde en coche hacia allá. Nos llevaba un chofer del padre de Margarita. Tal vez unos días frente al mar calmarían mi espíritu. Era un lindo hotel, totalmente blanco, de estilo árabe, frente a la costa. Llegamos al anochecer y tras bajar las maletas caminamos por la arena. Animé a Margarita a descalzarse y nos quedamos callados viendo las estrellas sobre la oscuridad del mar. La apretujé contra mi pecho y la besé largamente. Por primera vez sentí que se aflojaba su cuerpo contra el mío. Pero la velada no fue bien. Apenas entramos a la habitación la sentí tensa, casi histérica, muda. Su cuerpo rígido casi no se movía. Con la máxima ternura que encontré le quité la ropa admirando su cuerpo tantas veces imaginado, amplio, frondoso, mío por fin. Quería hacerla gozar. Pero ella se metió entre las sábanas con rapidez cubriéndose hasta el cuello. Me quité la ropa despacio y con paciencia me metí en el lecho. Ella prorrumpió en llanto asustada y me dijo que le habían dicho que dolía. Yo le aseguré que no tenía que ser así, que no era cierto. Y entonces entramos en una conversación de lo más incómoda que acabó en desastre total.

—¿Cómo sabes que no duele? ¿Eh? ¿Tienes mucha experiencia?

—No… no es eso, es solo que sí vas a disfrutarlo. Solo intenta relajarte.

—Pero, ¿cómo lo sabes?

—Todo mundo lo sabe, Margarita.

—Es por esa mujer, ¿verdad? Delhy… con ella sí te acostabas. Otra loca como tu amiga de ayer.

—Margarita, vamos. Calla, hay que disfrutar.

—Es que no me la quito de encima. ¿Cómo era? Di.

—…

—Pedro.

—Cálmate, todo irá bien —contesté y le cubrí la boca con la mía para besarla y así por fin dejara de hablar. Ella se retorcía bajo la sábana y endurecía la boca, lo que hacía casi imposible besarla.

Así seguimos un rato. Yo tras ella sobre la cama; ella como ratón escabulléndose. Más la seguía y más nerviosa se ponía. En una de esas, harto, la detuve con los brazos. Pero ella de nuevo se cubrió el rostro metiéndolo entre las sábanas. Entonces decidí que lo mejor era dejar la noche pasar. Ninguno de los dos durmió esa noche. Cada uno en un extremo de la cama; ambos mirando al otro lado para no tener que confrontarnos.

A la mañana siguiente ella despertó de mejor ánimo. Me pidió perdón, que todo era culpa de Maruja, pero que esa noche lo haríamos.

Tuvimos un día lindo en la playa, tumbados frente al mar, comiendo mariscos y vino blanco. Caminamos al atardecer por el centro de la mano. Ya en el cuarto fue ella quien se aproximó primero a mí. No fue difícil hacer el amor; aunque ella era inexperta poco a poco la fui enseñando y logré que lanzara un pequeño gemido de placer. Luego me susurró al oído que sí le había gustado; modosa, se cubrió de nuevo y nos quedamos dormidos juntos. Entre la noche sentí su cuerpo caliente junto al mío y la deseé de nuevo, la desperté besándola y sería la hora de madrugada o la oscuridad lo que hizo a Margarita más desinhibida y nos entregamos con más pasión. Su cuerpo mullido me acunaba, no terminaba nunca, amplio como un llano listo para explorar y yo cabía en ella azorado y feliz de tenerla.

Pienso en su cuerpo a la distancia, cómo me colmaba, era como esas olas que golpeaban contra la proa del *Sinaia*. El barco rumano, el de nombre judío, el que nos puso a salvo.

Al amarla me sentía lleno de energía como la chispa del agua que salpica. Su cuerpo vibrante, lleno de continentes inexplorados para pasearme en él, conquistando tierras nuevas. Sus pechos como dunas en un desierto que aún no conocía, su vientre era una laguna inexplorada dentro de la selva. No me cansaba, encontraba como arqueólogo nuevos huecos y hendiduras y ella gozaba, se movía entre mis brazos pidiendo más, apretaba sus piernas abrazando mi espalda. Y ella se dejaba; al principio, los primeros días, casi yo hacía todo, pero pronto se atrevió a tocarme y a hacer mi cuerpo suyo también, a conocerme palmo a palmo. Cuánto gocé junto con ella.

Durante ese primer año creo que fueron las noches lo que hicieron más fuerte nuestra unión. No hablábamos mucho, yo llegaba cansado de mis correrías entre Osuna y Écija, pero tras la cena y el vino teníamos nuestros cuerpos para el amor. A diario llegábamos al éxtasis, no parecíamos cansarnos, apenas me abría la puerta y sentía el deseo por ella que solo iba incrementando mientras cenábamos. Ella igual, me tocaba con los pies bajo la mesa, a hurtadillas, riendo. Subía sus pies descalzos hasta meterlos entre mis piernas para tocarme. Apenas la miraba y sentía un cosquilleo intenso que iba abrasándome, mi cuerpo se iba preparando, anticipando el gozo que ya conocía. Me excitaba su deseo por mí.

Margarita parecía conformarse con nuestra vida, pero poco a poco se volvió un poco más exigente sobre el dinero. Tenía la idea de que con el tiempo tendría que irnos mucho mejor, pero eso no ocurría y aún dependíamos mucho de nuestras familias. Eso la frustraba mucho y me lo reclamaba con indirectas, "A Susana y Francisco les ha ido muy bien, estuvieron de viaje por Italia". O, "Cristina está estrenando casa nueva". Yo no contestaba, prefería no hacerlo para no pelear. Eso me hacía recordar a Delhy, que era feliz si quedábamos en vernos para que yo leyera y ella pintara, que con un vino y un pan con queso sobre una banca estaba contenta. ¿No podría jamás olvidarla?

Al cumplir un año de casados la gente nos empezó a preguntar una y otra vez cuándo tendríamos críos. Margarita se ponía muy nerviosa con esas preguntas indiscretas. En las noches me preguntaba si yo creía que hacía todo lo correcto para embarazarse. Yo decía que sí, sin saber realmente qué me estaba preguntando exactamente. Alguien le dijo que tras el coito dejara las piernas levantadas un rato. Así que se acostaba con la cabeza en la parte baja de la cama y los pies recargados en el respaldo, mientras yo fumaba. Ambos desnudos. Le acariciaba el vientre, ella murmuraba que quizás ahora sí iba a quedar preñada. Le rogaba que no se presionara, que no importaba, pero creo que se sentía obligada a ello.

Tras las Navidades le dijimos a nuestros padres que nos iríamos de nuevo a Madrid. Obtuve un trabajo allá en la empresa telefónica y llegamos a fin de enero. Hacía casi cinco años que me había marchado y la ciudad parecía haberse transformado. La Gran Vía estaba a punto de inaugurarse y la modernidad se veía en todas partes. Nos fuimos a vivir al barrio de Chamberí, donde los padres de Margarita tenían una casa, y desde ahí me trasladaba casi siempre a pie a la Telefónica, un paseo de treinta escasos minutos en los que admiraba la arquitectura. Por las noches, Margarita me alcanzaba en el centro y nos íbamos a tomar algo, a caminar, tal vez al cine. Le emocionaban las películas americanas, las películas de Chaplin la hacían reír mucho.

A veces nos reuníamos con alguno de los poetas que estuviera en la ciudad. Éramos felices, o al menos yo lo era por el simple hecho de haber regresado a Madrid. Sin duda, yo no tenía personalidad para vivir en un pueblo; en las calles de la ciudad me sentía a mis anchas. Sé que al menos al inicio a Margarita le hizo ilusión la ciudad, aunque más pronto que tarde me di cuenta de que lo que más le interesaba eran las tiendas de ropa y las joyas. Una tarde al salir de la Telefónica la vi de lejos, en la acera de enfrente, pegada a una vitrina que exhibía un abrigo de pieles. Sentí lástima por ella y me apené por mí mismo y mi mediocridad. Hui de ese lugar lo más pronto que pude hasta meterme en la primera cantina que encontré. No sabía entonces que todo eso ya nos estaba comenzando a separar.

EL MAR

Serás el mar, Pedro. Este flujo intermitente que no está en ninguna parte. Nunca estarás quieto, nunca en calma. Viajarás a todos los sitios sobre este manto de mar en calma. España, Francia, Inglaterra, México. El océano Atlántico tocará las costas, la orilla como una larga franja que tratarás de alcanzar. Qué largo este caracol marino de sal, la ola quebrada que salpica espuma blanca. Sujeto al mar, sin desprenderte de Europa, sin estar en América aún.

Mírate, Pedro, eres este barco, este movimiento continuo del tiempo que fluye. Cómo pasarán estos días frente al azul infinito. El humo de las chimeneas del *Sinaia* cruzando el cielo. No habrá más que estos días de sol sobre este piélago marino. Solo este hilo tenue que te recorre, dónde el pasado, dónde el futuro. El hilo, una estela en el mar que te perseguirá siempre, que te unirá a dos mundos, dos destinos.

Mar adentro, mar antiguo, te adivinaré perpetuamente. Océano Atlántico que llevas en ti el mar de Tetis. Te llevaré, Pedro, ya no distinguirás en qué lugar empezó todo y dónde acabó al final. Te cargaré como un Atlas sobre hombros. Mira este ancho cielo. Te traeré en la sangre, siempre corriendo de prisa, como llave que se abre, como torrente. Limbo entre dos bordes, dos tiempos.

Atrás la memoria, adelante la imaginación de los que vienen. Irás persiguiendo el sol. El sol de América se llamará Veracruz. La verdadera cruz. Cruz de exilio y cruz de pérdida. Te diré que el sol de América te cegará. Ven, vamos a perseguir este atardecer. Ven, vamos a seguir la ruta de la brújula y del telescopio. Tierra a la vista, pronta tierra que te aguarda.

El rumor de mil gentes agolpadas en el barco se repite incesante como ondas expansivas sobre el mar. Sus voces se perderán en el aire ¿Quiénes son? ¿Quiénes fueron? "¡Marinero!, levanta velas, vamos a la América", le dirás a Juan esa clara mañana al salir del puerto de Sète. Escribirás un poema en alta mar, Pedro.

Barco *Sinaia,* monasterio de Sinaia, monte Sinaí, monte de judíos que levantas tus velas como cien nombres heredados que te han prestado su estigma. Remontarás en el navío que lanzó a las aguas María de Edimburgo, María de Sajonia, María de Rumania, hija del príncipe Alfredo, duque de Edimburgo y María Aleksándrovna de la Rusia imperial. María, nieta de la reina Victoria y del zar Alejandro II. Barco de la ciudad de Sinaia en la antigua Rumania. Buque transatlántico, bajarás de tu monte Sinaí los diez mandamientos de Dios, te hincarás sobre la popa para darle gracias al Dios de los judíos por su embarcación salvadora. Un barco con nombre judío para el exilio. Vas a decirle que tú, Pedro Garfias, das gracias a los cielos por este pasaje, gracias a la reina de Rumania por su barco, gracias, porque pudiste escapar.

FANTASMAS

En 1927 se cumple en España el tercer centenario de la muerte de Luis de Góngora y surge la idea entre los poetas jóvenes de rendirle un homenaje. Esta reunión de poetas sería el parteaguas para denominarse la Generación del 27.

Hay una foto emblemática que da testimonio de dicho círculo, donde salen retratados en este orden Rafael Alberti, Federico García Lorca, Juan Chabás, Mauricio Baricasse, José María Romero, Manuel Blasco Garzón, Jorge Guillén, José Bergamín, Dámaso Alonso y Gerardo Diego. Esta es la imagen que con los años dio fe del evento y de la generación.

Pero hay en realidad tres versiones de esta fotografía, cada una un poco distinta de la otra. La que se volvió icónica la tomó el fotógrafo Eduardo Rodríguez Cabezas, pero hay otras dos con un desplazamiento ligeramente de los retratados debido al ángulo de la cámara, pero en las tres el orden es el mismo. Dicen que Pepín Bello tomó una de las fotografías, pero no hay constancia de ello más allá de lo que él mismo afirma en el libro de David Castillo y Marc Sardá titulado *Confesiones con José "Pepín" Bello*. Ahí explica en una entrevista que pidió una cámara a un fotógrafo callejero que avistó al azar y que entró rápidamente de nuevo al Ateneo de

Sevilla, donde se llevaba a cabo el evento, para inmortalizar al grupo. Era una de esas cámaras que usaban magnesio y se colocaban en un tripié. Pepín explica que "daba el fogonazo y se llenaba toda la habitación de humo, humo blanco hasta el techo".

Celebración del tricentenario de Góngora en el Ateneo de Sevilla en diciembre de 1927. De izq. a der.: Rafael Alberti, Federico García Lorca, Juan Chabás, Mauricio Bacarisse, José María Romero Martínez (presidente de la sección de literatura del Ateneo), Manuel Blasco Garzón (presidente del Ateneo de Sevilla), Jorge Guillén, José Bergamín, Dámaso Alonso y Gerardo Diego. (Eduardo Rodríguez Cabezas, *Diario de Sevilla*, 1927).

Hay otros personajes del 27 que no aparecen retratados pero que forman parte de la nómina usual de los poetas de esta generación. La mayoría de las antologías consultadas incluyen otros nombres como Fernando Villalón, Juan Larrea, Vicente Aleixandre, Juan José Domenchina, Emilio Prados, Luis Cernuda, José María Hinojosa, Manuel Altolaguirre y Miguel Hernández. Pero por ninguna parte aparece Pedro Garfias. Sin embargo, si se consulta su nombre en Google algunas páginas sí dicen que fue parte de la generación.

También las mujeres de esta generación han sido olvidadas. Fue hasta 2015 que RTVE saca un documental dentro de la serie

Imprescindibles sobre las mujeres del 27, esas artistas llamadas las "Sinsombrero" por una anécdota que cuenta Maruja Mallo en una entrevista de 1980. La simpática historia de cómo osaron quitarse los sombreros públicamente en Puerta del Sol retrata con mucha claridad el carácter desenfadado de estas jóvenes que fueron contra todo para educarse, pintar, escribir, ser escultoras. Estas mujeres que votaron por primera vez en las elecciones de la recién instaurada Segunda República, que acompañaron infinidad de veces a sus congéneres masculinos pero que no pasaron a la historia, que acabaron siendo solo un apéndice, una nota marginal apenas. Tan solo una curiosidad saber de ellas, quizá por sus relaciones amorosas con sus parejas: Maruja Mallo y posteriormente María Teresa León con Alberti, o Concha Méndez primero con Luis Buñuel y luego con Manuel Altolaguirre. Eso fue todo. Un colofón apenas, una anécdota de dos líneas.

En el documental de RTVE, Ana Rodríguez Fischer, catedrática de la Universidad de Barcelona se pregunta: "La nómina de una generación, ¿cómo se juzga? ¿cómo se valora? ¿A partir de lo que un historiador dijo o escribió o asentó? ¿O a partir de lo que producen esas personas?" .

Creo que la búsqueda de Garfias tiene que ver con eso y también las otras historias que he encontrado en el camino. ¿Quiénes son estas mujeres que raramente aparecen mencionadas? Se las tragó el olvido. Su condición de mujer sumada a la guerra, el exilio, la dictadura, parece haberlas metido en un cajón de sastre. Las imagino corriendo, saltando disfrazadas de hombre por las escaleras del Monasterio de Silos, o quizás escapando de un diluvio de piedras, como María Magdalenas contemporáneas, por su osadía de quitarse el sombrero. Tal vez desafiando a sus padres para irse a vivir a Madrid a la Residencia para Señoritas, escribiendo en revistas o exhibiendo sus pinturas.

En el programa *A Fondo* de Radiotelevisión Española, el periodista Joaquín Soler Serrano le pregunta a Maruja Mallo en una entrevista de 1980 sobre el incidente de aquellos sombreros, y ella le contesta:

Todo mundo llevaba sombrero. Era así como un pronóstico de diferencia social. Pero un buen día a Federico, a Dalí, a mí y a Margarita Manso, otra estudiante, se nos ocurrió quitarnos el sombrero y al atravesar Puerta del Sol nos apedrearon, insultándonos como si hubiéramos hecho un descubrimiento como Copérnico o Galileo. Nos tuvimos que meter por la puerta del subterráneo, mientras Federico nos obstaculizaba de los insultos, porque nos llamaron maricones porque se comprende que despojarse del sombrero era como una manifestación del tercer sexo.

Cuántos años tuvieron que pasar hasta la caída de Franco para que alguien se enterara de sus vidas y su arte. Son como agujas en un pajar en el que hurgo, escarbo y al final encuentro estas piedras preciosas bajo el heno del tiempo.

¿Acaso con Pedro Garfias fue igual? Ese hombre poeta, alcohólico y a la vez lúcido, que acaba solo y ausente de las antologías del 27, al margen de los otros, apareciendo como espectro en una librería, quizá mencionado a la carrera por alguien más, un apunte apenas al margen de la página. Su figura palidece delante de las otras.

A diez años de la muerte de Pedro Garfias el librero Alfredo Gracia escribe un texto para la universidad titulado *Pedro Garfias, pastor de soledades*. Ahí dice que nuestro poeta asistió al Homenaje a Góngora de 1927, que fue uno de los poetas invitados y que su poema para esa ocasión fue *Romance de la soledad*. Cincuenta años después de los hechos aparece esta nota marginal en un texto universitario. ¿Será cierto?

La pregunta evidente —imagino que también se la haría Alfredo Gracia— es por qué razón no sale en la foto si asistió al evento. ¿Dónde estaba? He aquí la falla trágica. Como los personajes de las tragedias griegas, el poeta Pedro Garfias cometió ese gran error que lo llevó al insondable panteón de los poetas olvidados. Al no salir en la foto es como si no existiera. No fue. No hubo. No hay tal testimonio. Que un viejo librero haga memoria de lo que le contó durante una noche de copas el poeta, que además era reconocido alcohólico, no tiene validez alguna. Ya se sabe que el que se mueve no sale en la foto.

Pepín Bello, el presunto fotógrafo de una de las tres fotos que quedan de esa noche, murió en 2008 a los 103 años de edad. El último de esa generación en fallecer. Pero no habla de Garfias ni en el libro que le hicieron de memorias ni en las entrevistas que dio cuando fueron los ochenta años de aquel célebre homenaje.

Pero hay otra foto. Se encuentra en una página sobre la legendaria Residencia de Estudiantes de Madrid. En ella salen Salvador Dalí, José Moreno Villa, Luis Buñuel, Federico García Lorca y Pedro Garfias.[1] El texto ignora por completo al poeta Moreno Villa, también exiliado en México, y a Garfias, por supuesto. No hay ninguna otra referencia sobre Pedro Garfias salvo el calce de la foto. Garfias nunca vivió allí, al menos las referencias biográficas así lo afirman, pero era visitante asiduo, de lo que la fotografía da testimonio.

De izq. a der.: Salvador Dalí, José Moreno Villa, Luis Buñuel, Federico García Lorca y Pedro Garfias. (Autor no identificado).

En la imagen, Garfias esboza una media sonrisa satisfecha; abraza a Lorca con camaradería y este también sonríe. Junto a ellos Buñuel igualmente parece complacido mientras abraza a Moreno Villa, quien es el mayor de todos y se le nota por las canas. Moreno Villa es el único que no mira a la cámara, parece ver en dirección de Garfias, aunque este no parece percatarse de su mirada. Por su parte, Salvador Dalí es el único que no lleva corbata, además, está ligeramente más separado que el resto y no parece tener demasiadas ganas de abrazar a Moreno Villa. Pese a ello, Dalí hace como que pasa el brazo por su espalda; no sonríe; aunque no se ve particularmente disgustado se percibe incómodo, un poco ausente del resto que se mira alegre, risueño, en alguna calle madrileña. De pronto noto que los zapatos de Garfias se ven más sucios y viejos que los del resto, lo que contrasta con la pulcritud de su traje. Tal vez sea un pequeño gesto que señala su diferencia de clase social con los demás.

Esta foto no tuvo ninguna relevancia. Es una foto común. Moreno Villa y Garfias pasan de inmediato a un segundo plano, seguramente la mayor parte de la gente no los reconocería. Yo misma no he sabido quién era Moreno Villa, por ejemplo. Lo he tenido que indagar. Al parecer tuvo una vida polifacética como historiador de arte, poeta, bibliotecario, pintor, y cuenta con una bibliografía extensa, aunque nunca fue tan famoso como los otros. También acabó en México. Esta foto ha subsistido sin duda por los otros, los famosos.

Pienso en esas fotografías de *photoshop* en las que se inserta a una persona que no estaba; esas fotos truqueadas de los memes o de las bromas en las que aparece una persona completamente anónima junto a alguien famoso. Son extrañas, como algo fuera de lugar que se ve trastocado y hay que remover, quitar con celeridad por su condición de parche. Así también la figura de Garfias que está junto a los grandes como sombra de los demás. ¿Quién es ese hombrecillo no demasiado alto, de gafas pequeñas y pelo engominado que abraza a Lorca con tan buen ánimo y satisfacción? Tal vez creería en su propio futuro entonces. Eran jóvenes, no había guerra, el mundo les pertenecía. Después vino el derrumbe y todo se dispersó. Unos aquí, otros allá. Entonces fue el silencio, la nada, una existencia anodina.

De las posibilidades de la ausencia de Garfias en la foto del Homenaje a Góngora:

1. Asistió al evento pero no estuvo presente durante la sesión fotográfica por estar haciendo algún pendiente o quedarse dormido o porque estaba borracho.
2. Pedro Garfias estaba en el baño con una indisposición porque le cayó mal la comida.
3. Sí estaba en la sesión fotográfica, pero se hizo a un lado modestamente, o bien ayudó al fotógrafo a tomar la imagen.
4. En realidad nunca fue a la reunión y se lo dijo a Gracia para intentar validarse como miembro de la generación.
5. Quizás estaba tan borracho en alguna cantina mexicana que lo soñó y luego lo repitió tantas veces que se volvió verdad.
6. Alfredo Gracia, en un acto de amistad y solidaridad dice que Garfias asistió a la reunión sin estar muy seguro de ello.

Nota de Wikipedia sobre Garfias: "Dio un nuevo recital en el Ateneo de Sevilla [1926] y al año siguiente participó en el famoso Homenaje a Góngora, aunque no salió en la conocida foto de la Generación del 27". No se incluye la fuente que da la supuesta información.

OBSERVACIONES QUE A NADIE LE IMPORTAN

Si a Pedro Garfias, por fecha de nacimiento y por su amistad con Federico García Lorca o Rafael Alberti, le corresponde ser miembro de la Generación del 27, es extraño que no aparezca su poesía en los libros, antologías o recuentos de poetas; apenas es un colofón su nombre si se busca con cuidado. Tal vez la culpa es del exilio. O quizá decidieron que no era tan buen poeta, que solo gravitaba en torno a los otros. Que no se lo merecía. Que estuvo ahí por casualidad.

Una constelación tiene miles, millones de estrellas, pero unas mueren y se apagan antes, ¿acaso siguen siendo parte de la constelación aunque no brillen?

CORAZONES

4:57. El silbato del tren hace que me enderece en un sobresalto. Me siento en la orilla de la cama y me froto la cara. ¿Debo hacerme la ablación o mejor no la hago? No lo sé. Me recuesto de nuevo. Cierro los ojos falsamente. Sé que no dormiré más.

Todas las noches entre tres y cinco de la mañana me despierto con el ruido del tren. No está tan cerca, pero abro los ojos sin remedio alguno. Las vías del tren están al otro lado del río. Pero Monterrey es un largo valle, un cañón inmenso entre montañas, y a esa hora reina el silencio. No hay coches. No hay fábricas. No hay nada. Entonces el ruido del tren estremece las montañas haciendo un hondo eco entre los cerros. El sonido es largo como un gemido. Un viento que aúlla por la ciudad dormida. Entonces despierto. Me quedo escuchando el tren cubierta por la sábana y la colcha, atisbando en la oscuridad del cuarto.

No somos un país de trenes. Al menos no de pasajeros. Estos se reducen a dos o tres, el de la Sierra Tarahumara o el de la ruta del tequila en Jalisco, por ejemplo. No fue así hace muchos años. Pedro Garfias anduvo por todo el país en tren.

Oigo el tren como rumor lejano e incierto entre la noche, un rumor que no cesa. Un rumor que crece. Una ola que cae. Me llega tumbada sobre la cama, los ojos ansiosos en el negro de la habitación. El ruido lo llena todo. Mi cabeza. Mi colcha. Mi piyama. Mi cuerpo. Lo soporto mientras me cubro con la colcha. El tren llega abriendo paso por el cañón, pero al final se marcha.

Frena el tren que cruza la ciudad. Un chirrido de metal y aire que reverbera. Yo me levanto y abro las persianas a la luz mercurial. Allá, más allá, donde no veo, va un tren cruzando la ciudad. Entonces camino sonámbula sabiendo que ya no dormiré de nuevo. Se me fue el sueño. Así dice la gente. ¿Debo hacerme la ablación?

POR EL SOL Y EL AZUL DE NUESTRO CIELO,
POR LAS PIEDRAS SAGRADAS QUE HEREDAMOS,
POR EL SUELO CANSADO DE DAR FLORES,
¡PELEAMOS!, ¡PELEAMOS!

Nunca imaginé cuando llegamos a Madrid ese año del treinta y uno todo el goce y todo el dolor que me esperaban, esa esperanza y esa pérdida también. No lo presentí; tal vez fue el frío de enero o la lluvia helada, pero no me di cuenta. Madrid, la de mañanas con nubes color vainilla desde una azotea, se convirtió para mí entonces en todo mi mundo y mi pasión, me devolvía la poesía, las palabras, la escritura, incluso en medio de esos días de invierno.

Este arribo a la ciudad fue muy distinto al anterior en el que aún era un muchacho; ahora estaba a punto de cumplir treinta años en mayo y me sentía, si no viejo, mayor. Algo había cambiado en mí. Ya no estaban mis amigos de la Residencia de Estudiantes y no sabía dónde encontrarlos, pero pronto en los corrillos de los cafés me fui enterando. El Café de las Platerías se convirtió muy pronto en mi centro de reunión, justo en la Calle Mayor, muy cerca de Puerta del Sol, estaba a unos minutos de la Compañía Telefónica. Llegaba al pardear la tarde y aguardaba a Margarita tomando un coñac. Me gustaba esperarla mirando por la ventana para pescarla al vuelo en su andar que siempre me pareció como ajeno a este mundo. Ella no se daba cuenta de las miradas de admiración que siempre despertó en hombres y mujeres. Sin portar ropa fina y poco maquillaje, comoquiera parecía la más guapa, con un candor ingenuo, incluso austero. No parecía notar cómo las personas le abrían paso. Era algo sutil, se detenían un segundo viendo a aquella criatura frente a ellos; algo como un instinto, un golpeteo de la sangre en la sien les hacía voltear. Pasaba como estela entre la muchedumbre, como una artista de cine. Yo la miraba abrirse paso hasta entrar en el café y luego dirigirse a la mesa que ocupaba junto con mi bebida. Enseguida dos meseros se disputaban el servicio, acomodarle la silla, tomarle la orden. A esa hora siempre pedía café. No bebía alcohol sino hasta la noche, cuando empezaba la tertulia; siempre tomaba vino tinto.

Como a las ocho empezaba a llenarse el local; la lectura de poesía o teatro en atril arrancaba a esa hora. Fue en una de esas noches en las que me fui enterando de qué se habían hecho todos los que una vez fueron parte de la Residencia de Estudiantes. Federico estaba ya de regreso de los Estados Unidos y en cualquier momento llegaría a Madrid tras ver a su familia en Granada.¡La Revista de Occidente sacaba ese mes un poemario suyo nuevo sobre su estancia en Nueva York. Salvador se encontraba en París, con el grupo de surrealistas; recién le había arrebatado la mujer a Paul Eluard; al parecer estaba por sacar una exposición en la Galería Pierre Colle. "Ha hecho una cosa fantástica con el tiempo y la memoria", me dijo un emocionado Federico cuando lo vi. "Relojes blandos, derretidos, como adheridos al paisaje. Tiene hechizados a los franceses y no son más que un camembert derretido, ¿me entiendes? La persistencia de la memoria es un camembert que se quedó sin refrigeración por culpa de Gala, eso es todo, y ellos lo creen magnífico, ¿puedes creerlo? ¡¡Maravilla!, ¡¡maravilla!!", cómo se reía Federico, con los ojos brillantes y con las manos revoloteando, de cuerpo entero.

Luego Federico me relató que conoció a la novia secreta de Luis Buñuel. "¿Cómo?", le pregunté asombrado. "Sí, resulta que anduvo de novillos con Concha Méndez, se conocieron de veraneo en San Sebastián, cada uno con la familia, desde casi niños y él se lo calló siempre, estaba con ella al inicio de la etapa de la Residencia, no sé por qué nunca la enseñó. ¡Siete años, amigo! Siete años de novios, mi Pedro. Ahora ella se rebeló, anda de amiga con Maruja Mallo y ya hasta la pintó andando en bicicleta. Le presenté en un café a Manuel Altolaguirre y ahora andan de novios. Ella es una poeta muy buena también, ¿eh?".

Pero Federico no me contó nada sobre la pareja de Salvador, una rusa que estuvo primero con el poeta francés Paul Eluard. Fue Luis quien me lo dijo después. Venía llegando de trabajar en películas de Hollywood donde aprendió de cine hasta que lo echaron; fue entonces que me contó sobre Salvador y Gala. "Federico está de novia despechada desde lo de Salvador, así que ni le digas nada", me advirtió Luis. "Ellos ya no se ven, si acaso se escriben. En cambio, yo hice en París dos películas con Salvador. Solo que con la segunda se me fue de luna de miel con la rusa y no pudimos hacerla juntos al final, solo sacó el guion. Está enganchado con la mujer de no creerse. Y yo que creía que Salvador o era marica como Federico o era frígido. Con *El perro andaluz* sí me ayudó Dalí. Nos divertimos tanto mientras trabajábamos, le dije a Salvador que Federico era el perro que no sale nunca en el filme". Luis se reía con los ojos bien abiertos y la carcajada grande, mientras yo lo miraba atónito.

Pero al primero que vi de todos fue a José Moreno Villa. Él estaba en Madrid desde esos primeros días de mi llegada y ahí en pleno café fue que lo vi. Nos dimos un sincero abrazo y enseguida me empezó a dar noticias y contarme de su vida. Ya por entonces estaba obsesionado con los bufones de Velázquez, esos seres deformes, a veces niños, en ocasiones enanos, individuos marginales y extraños, siempre fascinantes. Estaba trabajando sobre eso, todos los días iba al Museo del Prado.

No me gustaba mucho hablar de lo mío, de lo que había hecho en Andalucía ni de mi trabajo actual. Todo me parecía tan banal. Hubiera querido ser como ellos, metidos en el arte, en la academia, el periodismo, pero yo solo era un empleado de oficina y poeta a medias.

Moreno Villa nos presentó con María Zambrano, una mujer inteligente y aguerrida, pero más sosegada que Maruja o Delhy. Estaba haciendo su doctorado en filosofía y ya daba clases en la Universidad Central sustituyendo una cátedra. Conocía a Ortega y Gasset porque fue su alumna, así que nos daba improvisadas clases en el café. Era amable, pero no hablaba de nada personal, al menos no con nosotros. Moreno Villa le seguía la corriente mejor que yo; a veces me daba cuenta del daño tan grande de no haber terminado la universidad.

Esa primavera sucedió lo increíble. El rey de España dimitió del poder tras las elecciones municipales en las que arrasaron los partidos de izquierda. *Las elecciones celebradas el domingo, me revelan claramente que no tengo hoy el amor del pueblo… Quiero apartarme de cuanto sea lanzar a un compatriota contra otro en fratricida guerra civil… Y mientras habla la nación, suspendo deliberadamente el ejercicio del poder real…* Fue un discurso austero y digno, los diarios daban cuenta de ello. ¡El rey se iba de España!

De la noche a la mañana pasábamos de una dictadura monárquica a una república, que no se sabía lo que era aún, pero que se celebraba en las calles de Madrid. Fuimos a festejar a Puerta del Sol, aunque Margarita se regresó pronto porque tenía jaqueca. Yo adivinaba que no quería participar por cierta lealtad a su padre, quien, desde la tradición andaluza de clase acomodada, aún abogaba por Alfonso XIII. A Margarita había podido convencerla de leer poesía y ahora le gustaba mucho Machado, pero de política siempre se hacía la desentendida sin opinar.

Si bien el voto popular en Madrid y Barcelona había sido masivamente en contra del rey, no lo fue así en ciudades pequeñas o zonas rurales. No hice mucho caso, pues creía que muy pronto tanto el padre como su familia entera tendrían que cambiar de opinión ante lo que se venía. Ya Europa estaba cambiando y nosotros con ella; por suerte el fascismo estaba lejos y eso era la democracia por fin, o eso creímos entonces.

En Puerta del Sol la gente llenaba la calle entera, todos los portales y las esquinas de sus alrededores. Las calles estaban tan repletas que no se podía casi andar. De los balcones colgaban banderas tricolores con el color morado republicano, las mujeres caminaban de brazos entrelazados, riendo, felices, cantaban canciones populares, y de lo alto nos tiraban papeles festivos. Alguien sacó una bocina a la calle con pasodobles. Se recitaban versos de Juan Ramón Jiménez y de Antonio Machado. Era abril, el mundo parecía nacer, el cielo de Madrid era el de toda España. El atardecer dorado caía sobre los edificios y era nuestra alegría una fiesta continua a mitad de la primavera. Nunca vi tantos jóvenes como entonces, parecía que España entera era apenas adolescente. Nacíamos a la vida y a la alegría con verdadero fervor en el futuro. Qué gritos, qué banderas, qué canciones esas que se cantaban.

Entre la muchedumbre me encontré con los amigos pero no vi a Delhy. Sabía que su amiga Maruja estaba en París, pero pensé que tal vez Delhy estaría por ahí. La busqué incansablemente porque creí que ese único día tendría que ser de los dos, aunque no la viera de nuevo. Tantas veces hablamos del fin de la monarquía. Ya habría terminado en San Fernando, pero quizás aún estuviera en Madrid. Me parecía que ese atardecer, entre los edificios, allá sobrevolándolos, estaría ella también surcando el firmamento, libre, como aquellas brujas que me contó Alberti que pintó apenas el año pasado. "¡Brujas y duendecillas, Pedro!", eso dijo Rafael en su carta. Criaturas voladoras, etéreas, recorriendo un lienzo de colores pálidos y espacios surreales. Así la imagino, los ojos negros entornados como cuando se me quedaba viendo tras hacer el amor una tarde, acostados en aquella cama desvencijada en mi cuartito de estudiante en la pensión. Se asomaba así, desnuda, a la ventana, inclinada sobre ella, el cuerpo frágil acodado en el marco, llamándome: "Mira, Pedro, mira qué colores del cielo de Madrid. Quisiera pintarlo". Y yo le llamaba desde la cama. "No cojas frío, amor mío. Vente acá, al lecho conmigo". Y ella se metía de nuevo conmigo a la cama y me abrazaba, y nos quedábamos así mucho tiempo, hasta que llegaban de nuevo los bríos del amor y nos olvidábamos de todo. "Cómo me colmas, Delhy. Cómo te quiero", le decía mientras me sentía verter dentro de ella, amorosa, plena, feliz. Así la busqué siempre, antes, ahora mismo en este otro cielo estrellado, en otra buhardilla lejana al otro lado del mar.

Pensé que la felicidad tenía que ser eso, el amor de una mujer bajo el cielo de un país libre. "Amor mío, mira la plaza y las banderas, las ventanas están de par en par, por ellas entra el viento de mil naciones que nos saludan. Es nuestra esperanza un ruidillo alegre al fondo de nuestro corazón".

Nos fuimos de la plaza borrachos y felices, dando tumbos por callejuelas y portones. No sé cómo llegué hasta La Castellana, aún traía vino en la bota colgada al cuello. Y ahí, bajo las luces noctámbulas, me encontré cara a cara con el monumento a Isabel la Católica. Junto a ella Gonzalo Fernández de Córdoba y Pedro González de Mendoza en su cabalgata triunfal para sacar a los moros y unir España. Los dos hombres postrados a sus pies, Iglesia y ejército, las dos caras de la monarquía que ahora acababa de sucumbir. Me pareció un chiste acabar ahí, una ironía del alcohol o de un traspié. Ahí estaba la gran dama, la adorada de Castilla. Tal vez se burlaba de mí en medio de mi maleficio nocturno. Quise salir corriendo; el sueño de la borrachera se transformaba en pesadilla. Me sentí perdido como en uno de esos cuadros raros de Salvador que me habían contado, esos relojes blandos, derretidos, pegándose a las superficies, rodeados de hormigas como ejército que avanza, que me va rodeando, la asfixia no daba tregua. Sentí temor de la mirada altiva de Su Majestad, de su brazo alzando la cruz que estaba por caer sobre mí, sobre todos nosotros que osamos cuestionar su poderío a fuerza de votos. No pude seguir viéndola y salí de ahí corriendo a tientas, me perdía, me caía, trastabillaba, Madrid entera a pedazos sobre mi cuerpo. Acabé despertando sobre un charco de agua, aún a diez cuadras de casa, cuando el sol ya se levantaba, y sabía que Margarita estaría en la puerta esperándome para amenazarme por llevar la fiesta tan lejos.

La tarde siguiente recibí llamada a la Telefónica de Rafael Alberti, quien no se encontraba en Madrid sino con su nueva mujer, María Teresa León, en la villa de Rota, en Cádiz, pasando unos días en la playa.

—Hombre, Pedro, ¡¡viva la República!! —me dijo jubiloso.

—No te lo puedes creer, Rafael. Ha sido apoteósico estar en la plaza. Las banderas de la república. ¡Hurra!

—¡Joder!, que no me acostumbro.

—¿A qué no te acostumbras, hombre?

—¡¡A estar sin rey!! —y entonces echó la carcajada feliz.[2]

Ambos reímos con ganas, con verdadera camaradería, gozosos de estar vivos para presenciar ese momento histórico. Quedamos de vernos en cuanto llegara. Yo aún no conocía a su mujer; nada le pregunté sobre ella ni de su rompimiento con Maruja. De hecho, jamás hablamos de eso. Nunca la mencionamos. Fue tiempo después que me la encontré con Miguel Hernández, pero tampoco le pregunté por Rafael. Lo que pasó entre ambos es un misterio.

Los días que siguieron parecía que el país caminaba dos pasos para adelante y tres para atrás; organizarlo no era cosa cualquiera. Expectante, esperaba las noticias a diario; nunca fue más emocionante leerlas. Un día llegó María Zambrano al Café de Platerías. Era por entonces amiga de Clara Campoamor, quien había conseguido una diputación para Madrid, aunque las mujeres no podían votar aún. Sobre mi mesilla dejó dos hojas, una era sobre el frente feminista por el voto, y la otra una invitación a ayudar en la alfabetización del país.

Cuántos días de ajetreo, días de sol, de trabajo; me sentía mareado todo el tiempo. La recesión económica se dejaba venir desde América, pero no nos importaba nada porque la Gran Depresión no podría minar ese futuro que creíamos posible. Educación para todos. Fue de las pocas cosas de las que pude convencer a Margarita. Iba por las tardes a ayudar a las mujeres que estaban formándose en los diversos cuadros del Ministerio de Educación. Yo la alcanzaba ahí tras el trabajo. Nos encontrábamos también con María Zambrano en aquel trabajo de capacitación a los profesores que se irían a las ciudades pequeñas y pueblos en brigadas para fundar nuevas escuelas públicas y programas de alfabetización.

Muy pronto, apenas en mayo, se empezaron a organizar los monárquicos y tuvimos los primeros disturbios y confrontaciones en las calles. No sabíamos entonces que así sería hasta que explotara la guerra. Yo pensaba que solo era el coletazo de un sistema que no se dejaba morir. Qué equivocado estaba. Margarita me lo advirtió, pues su contacto con su padre la hacía no perder de vista que en realidad España siempre estuvo dividida.

Por Pepín Bello supe que Federico había sido invitado para formar una compañía de teatro itinerante llamada La Barraca para ir a los lugares más alejados de España a poner obras clásicas españolas como *Fuenteovejuna o La vida es sueño*. Toda España se abría por fin a las artes y la educación y nosotros éramos parte de todo ello, lo cual me emocionaba mucho.

Mi vida se convirtió entonces en el trabajo dentro de la Compañía, las clases en el Ministerio de Educación y los bares y cafés por las noches. El trabajo se convirtió en un estorbo, conseguí que me dieran un módico salario para capacitar maestros y me salí, así tendría más tiempo para escribir. Margarita puso el grito en el cielo cuando se dio cuenta de lo que había hecho, e incluso me dejó un par de meses para irse con sus padres a unas supuestas vacaciones. Por mi parte seguí ese tiempo con el ritmo que llevaba, seguro de que en cuanto obtuviera reconocimiento literario todo iría mejor con mi mujer. Me despertaba tarde, como a las once; a esa hora empezaba a escribir; tras un ligero almuerzo me presentaba hacia las tres en el ministerio y a eso de las ocho ya estaba en algún café.

El siguiente año empecé a hacer unos artículos para *El Heraldo*. Ahí también escribió la mujer de Rafael, María Teresa, quien era alegre y decidida, más de izquierdas que ninguno. Me volví algo parecido a su confidente cuando coincidíamos en el periódico llevando nuestros textos.

—Pedro, ya me he divorciado de mi exmarido; era insoportable, pero lo malo es que no me deja ver a los niños. Tengo que entrar a hurtadillas con ayuda de la sirvienta cuando él no está en casa.

—¡Ay!, lo siento, guapa.

—Al menos ya las nuevas leyes permiten el divorcio, pillín. Si no, qué hacía.

—Espero que soluciones lo de los niños pronto.

—Algo tendré que hacer. Pronto me caso con Rafael por el civil, tú serás testigo, ¿eh? ¿Vendrá tu mujer?

—Sí, viene, viene —le contestaba un tanto inseguro, pues Margarita no aprobaba esa unión libre de Rafael y María Teresa, y mucho menos un matrimonio civil tras un divorcio.

Constantemente me sentía en la necesidad de esconder mi vida privada porque mi esposa no encajaba con el grupo; ella no aprobaba el estilo de vida que se llevaba. Le gustaba la poesía, ahora leía más, pero no era cercana a ninguno, ni a las mujeres. Cada vez constituía un problema mayor; eso y la falta de embarazo de Margarita hacían tensar nuestra relación. Con todo, ella siempre volvía a Madrid tras sus escapadas al sur, pues era firme creyente en su deber sagrado matrimonial y yo estaba seguro de que ella siempre volvería.

Perdidos entre las sábanas, su cuerpo me recibía y me consolaba de las miserias del día, de las diferencias de opiniones y de la precariedad económica. Abrazados al término del coito, vanamente ponía mis esperanzas en aquel deseado embarazo. Sin embargo, por más que lo intentábamos no quedaba preñada. Durante meses enteros pusimos todos nuestros ímpetus amorosos en ese deseo, pero cada cuatro semanas nos rendíamos ante la implacable evidencia de que otra vez le venía la menstruación. Tal vez pudimos buscar ayuda médica pero no lo hicimos, no sé si por desidia o vergüenza o la idea vaga de que sería impagable para nosotros.

Yo estaba convencido de mi necesidad de escritura y abocaba casi todos mis esfuerzos a eso, a pesar de no tener un buen trabajo. La escritura me consolaba de nuestro matrimonio y sus fracasos, de la constante necesidad de dinero y de la falta de hijos. Por suerte, Margarita siempre proveía en lo económico, pues la familia de ella tal vez no me quisiera, pero no iban a dejar que ella pasara por lo que creían una humillación por falta de dinero.

Rafael y María Teresa me contaban siempre de sus viajes; ese segundo año de la república fueron a Ámsterdam para asistir al Congreso contra la Guerra y el Fascismo, y luego estuvieron en Rusia, donde acabaron por quedarse más de dos meses por invitación de la Unión Internacional de Escritores Revolucionarios. Ambos estaban muy politizados y escribían sobre eso en los periódicos y revistas de Madrid. Yo los escuchaba un poco asombrado, pues realmente no tenía los medios para hacer esos viajes, y además bien sabía que ni mi padre ni el de Margarita aprobarían esas ideas; nos llamaban rojos por apoyar a la república que cada vez se radicalizaba más. El país había quedado aún más dividido tras las elecciones de 1933, y las derechas se estaban organizando en torno al hijo del dictador Primo de Rivera. Su lenguaje beligerante y su corte fascista nos atemorizaba. Esa fue la primera vez que votaron las mujeres en España. "Te hice caso y voté de izquierdas", me susurró Margarita al oído al salir de las votaciones. No sé si convencida o tratando de agradarme.

María Zambrano se lamentaba de que muchas mujeres votaron por los partidos conservadores. "Es la maldita educación y la religión, ni siquiera porque fue la república quien les dio el derecho son capaces de dejar ese adoctrinamiento", me decía furiosa. "Clara dice que comoquiera es nuestro derecho, el de cualquier mujer, y sí, claro que lo es, pero por qué se dejan llevar por eso que las oprime", se quejaba en algún café.

El trabajo que estaba realizando en *El Heraldo* de Madrid aligeró en buena medida nuestra precaria situación económica, lo que Margarita vio con buenos ojos. Me gustaba escribir textos literarios o de cultura, sobre el ultraísmo o el surrealismo en España, tan apegado a lo popular en aquellos tiempos republicanos. Trataba de evitar temas de política, no por carecer de convicciones, pues ya formaba parte del Partido Comunista, sino por evitar la censura y porque el partido entraba y salía de la clandestinidad con frecuencia.

Muchas cosas ocurrían en esos años por las calles. Pasaban caminando las sufragistas y los obreros, los soldados, los católicos y los curas, los de la Falange de Primo de Rivera, los burgueses. Cada uno tenía sus consignas. Una multitud diversa, pujante, cada una con su ideología que se confrontaba con la otra. Había tantos partidos que era imposible seguirlos a todos. De pronto todos querían fundar uno. Eran años de marchas y paros, quemas de iglesias y monasterios, revoluciones y bombas por parte de los anarquistas, que el ala más moderada del gobierno no parecía poder controlar. Una convulsión estaba sobre nosotros todo el tiempo, y sin embargo, seguíamos yendo a los cafés, borrachos, felices, consagrados a la república, a la poesía, ignorando las advertencias. Qué ingenuidad la nuestra.

Hubo varias revoluciones socavadas en 1934, pero la peor fue en Asturias. Desde Gijón se declararon a favor de la República Socialista Asturiana. Miles de mineros se congregaron en el ayuntamiento el 5 de octubre; en pocos días tomaron la región entera. Se enfrentaron a la guardia civil y los muertos se multiplicaban por día. Con azoro veía las noticias y pensaba en Asturias con emoción. Ahí fue donde apareció en primera plana por primera vez Francisco Franco, ese nombre que al final acabó por rompernos. Fue llamado para contener a los obreros; ahí empezó gestarse todo lo que vino después.

La impresión que estas noticias tuvieron en mí me acompañó por largo tiempo. Yo también me sentí minero asturiano, el rostro sucio y el puño en alto. *Asturias si yo pudiera, si yo supiera cantarte. Asturias, verde del monte y negra de minerales,* escribí apresurado. Las fotos de la prensa daban cuenta de esos hombres recios forjados en las minas y en la dura roca del campo bajo un clima despiadado. Hice mía su lucha. Ver sus caras negras cubiertas de polvo, los rostros enjutos, los ojos a medio abrir, me reveló elementos que no conocía, me recordó la pobreza que vi en Cabra, en Écija y Osuna. Esta lucha nuestra por la patria valía la pena; merecíamos otra España distinta, mejor, y así estuviéramos divididos había que resistir. Ese poema lo terminé unos años después, cuando la guerra, pero nació de ahí.

Escribía desde ese cuarto, abandonado por mi mujer y mis amigos que ya no estaban, añorando otras noches, otras vidas posibles. El licor me acompañaba junto a la pluma. A mis oídos llegaba una música del callejón: *Yo soy la que España esperaba ansiosa / Yo soy la República…* Me preguntaba abatido si así seguía siendo.

El mundo alrededor nuestro cada vez era más ensordecedor y lo que una vez había sido ahora parecía perderse.

Los últimos meses antes de la guerra me distancié aún más de mi mujer. Vivíamos nuestro propio conflicto bélico. Un reclamo, una palabra hiriente me dejaba sin servir la cena o yo llegaba tarde, sin avisar; éramos dos soldados enfrentados en aquella casa en la que nos empeñábamos en convivir. Los años de matrimonio fracasaban irremediablemente, ni hijos ni dinero, poco amor. Hasta la cama nos huía y era mejor no estar juntos; las semanas y los meses pasaban y nos distendían tanto que ni el consuelo de la carne hallábamos ya. Ese invierno del 36 fue terrible. Escaseaba el dinero porque ya no me estaba publicando el diario con frecuencia. La capacitación a los maestros rurales parecía estar en crisis. Había intentado regresar a la Compañía Telefónica sin éxito, y los padres de Margarita, cansados de mantenernos, habían tenido una discusión con su hija. Ahora ella cosía ajeno y me prohibía salir de noche a los cafés. "A gastar dinero como un burro, ¡borracho!", decía desdeñosa.

El frío era en demasía porque no alcanzaba la plata para calentarnos; caminábamos por la casa con el abrigo puesto. En mi desesperación me fui a buscar a Federico por dinero. Acababa de sacar la edición de *Bodas de sangre,* que aún no había podido leer por falta de recursos. Decidí comprar el ejemplar e ir a buscarlo para que lo firmara y con esa excusa pedir un préstamo. Pero no hallé a Federico, sabía que estaba en Madrid pero no di con él en los lugares acostumbrados; tenía mucho tiempo de no verlo, ya casi cuatro años. Regresé a casa frustrado y nuevamente fui víctima de Margarita que me reclamó haber comprado aquel librito de Ediciones de El Árbol de mi antiguo amigo. "Siempre gastando dinero en libros, les prenderé fuego para calentar la casa, si serás más tonto", me recriminaba.

Esa noche, por no despertar a Margarita encendí solo una vela y así leí de un tirón aquella obra de teatro de Federico. Una felicidad me embargó a pesar de todo. Quise ser la Luna, quise ser Leonardo y todos los leñadores del bosque. Los amores prohibidos me conmovían tanto. Tras leer me sentí impotente y triste. El viejo rencor que desde hacía cuatro años guardaba por Gerardo Diego atenazaba. Ese infeliz católico y burgués que me había excluido de aquella antología de poetas que publicó. Ni en el 32 ni en el 34 me incluyó. En ninguna de sus dos ediciones siquiera un mísero poema mío. Esa noche salí a la calle de madrugada con una bota llena y el corazón angustiado y vacío como río sin agua.

Vi por última vez a Rafael y a Federico en junio durante una lectura en el Paseo de Recoletos. Tenía que ser así, ellos en toda su gloria junto a Pablo Neruda y otros poetas.

María Teresa estaba sentada adelante con las otras mujeres de los poetas, fue la única que me vio y saludó cariñosamente, alzando la mano, haciéndome señas para que me acercara, pero no lo hice. Me di cuenta de que Pablo Neruda tenía novia nueva pues no estaba la holandesa, sino una mujer desconocida que hablaba castellano con acento argentino. A las demás mujeres no las conocía en absoluto y a los poetas solo de nombre. Leyeron sus poemas mientras caía la tarde sobre el parque; al final se iban encendiendo las farolas de la calle. Federico leyó de su libro inédito *Poeta en Nueva York*. Pensé, no sé por qué, que por un instante esa ruina de la ciudad norteamericana era Madrid. Quizá no se le veía ahora que estaba justo en este lugar, pero así era. Un animal enjaulado a punto de escapar.

Al finalizar el evento me acerqué a saludar; entonces vi a Margarita Manso con su novio, un pintor también de San Fernando; sabía que había hecho unos decorados para La Barraca de Federico. "Te presento a mi novio Alonso", dijo. Le pregunté por Delhy. "Está de viaje en Marruecos", contestó ella. Sonreí disimulando mi decepción de que no estuviera en Madrid. Que Maruja no fuera a la presentación era normal, no iba a asistir con María Teresa presente. Me invitaron a salir, pero dije que no. Federico estaba tan amable como siempre, departiendo saludos como esa gente que todos admiran, con quien se acercan para tener un poco de su luz. Saludé con un abrazo a Rafael y María Teresa. "¡Pedrito, ven a verme!", me dijo ella gustosa antes de que me fuera. Ya estaba oscuro cuando abandoné el lugar, una de esas cálidas noches madrileñas, pero ya en ella se oía el chirriar de carros, gritos lejanos, pasos que se alejan.

El día que regresó Margarita de ver a sus padres fue que lo supimos. Los generales sublevados habían tomado Melilla y se dirigían a Andalucía. Pensé en Delhy, allá en África, esperaba que estuviera bien. Quizás era la guerra o el miedo, pero esos días convulsos no peleamos Margarita y yo. Las fuerzas armadas se fueron contra Andalucía y Granada cayó.

A los tres días del ataque decidí enlistarme. Cuando llegué a casa y se lo conté a Margarita se puso muy nerviosa y dijo que no debía ser para tanto, que seguramente acabaría pronto. Yo le dije que era mi deber republicano.

—Nadie se enlista a la primera, Pedro, solo tú. Para eso está el ejército. No tienes que salir corriendo.

—Margarita, están amenazando nuestra democracia.

—¿Tanto como las bombas de Durrutti y los anarquistas?

—Tengo que hacerlo, es por España.

—¿Cuál España, Pedro? ¿Cuál España? Nada más tú como el burro que eres, en cuanto se den cuenta de que eres un borracho te van a sacar.

—No me puedes decir qué hacer. Te prohíbo que me hables así.

—Me voy, Pedro. No te aguanto.

—No puedes ir al sur, están entrando por ahí.

—Me iré a París. Ya se están yendo mis primas para allá y las alcanzaré.

—En dos días me dan mis órdenes, sabré adónde me van a enviar y podré escribirte.

No hubo despidos, ni lágrimas ni promesas. Margarita se iba furiosa conmigo y casi sin dinero, confiando en la familia. Por mi parte, pensaba que había cosas más importantes ahora y me la sacudí de la cabeza.

Dos días después Margarita se había ido a París con sus primas casadas con industriales andaluces. Sus padres se quedaron, no les importaba que llegaran los nacionales porque nunca habían apoyado a la República de cualquier modo. Sus tíos habían enviado a las esposas e hijas a París por precaución. Al final no pude avisarle que me enviaban a la sierra de Madrid a preparar la defensa, específicamente a la columna Mangada hacia Ávila. Comoquiera sabía de sobra lo que ella pensaba de eso, tan enojada se había ido. Pensaba que apoyar a la república era una cosa, pero que esto era ir muy lejos.

La noche antes de marcharme me senté junto a la ventana. Ya no había nada que recoger, todo se había puesto en venta o regalado. Margarita se había llevado lo indispensable. Por la mañana entregaría las llaves a algunos amigos de su familia y eso era todo; los años que habitamos la casa se habían escurrido como el agua entre los dedos. Ahora estaba solo, fumando, acodado en esa ventana por la que transcurría la vida madrileña, aún a salvo de la guerra. Mientras, los traidores avanzaban desde el sur recorriendo la geografía de la patria, amenazantes. Mañana me iría sin saber si habría vuelta. No sabía qué decisiones habían tomado los demás, dónde estaban, qué era de sus vidas. La noche estrellada del verano rompía a pedazos contra mi rostro, un manto húmedo y caliente me protegía ante la incertidumbre del futuro. A lo lejos, una mujer cantaba una nana, me llegaba el ruido del escape de un autobús, seguido por el olor nauseabundo de la gasolina, unos jóvenes reían por la calle bebiendo de una bota y una pareja se besaba bajo un farol. La ciudad parecía la misma, pero ya guardaba en sus entrañas el zarpazo de la guerra, listo para salir. Madrid era más mi casa que ningún otro lugar del mundo, aquí era donde más feliz había sido. Cómo te digo adiós, Madrid. Te escribo y te llevo conmigo entre mis papeles, te recordaré cada noche desde lo alto, te cuidaré como el águila de san Juan de la reina Isabel. Escribiré un libro de poesía de la guerra, sobre todo lo que nos pasa, y será más real y verdadero que ninguna otra cosa que haya escrito antes. Volveré de nuevo a Madrid, a sus cafés, a su risa, a sus calles.

Al día siguiente salí para la sierra. A los días de mi llegada presencié una escaramuza en Navalperal, actué como organizador de los milicianos, me tocó operar con la Compañía para detener a

Lisardo Doval, quien fue un comandante cruel en Asturias durante la represión. Les dimos con todo y se dieron a la fuga. Como tenía experiencia en comunicaciones dado mi trabajo en telégrafos y la Compañía Telefónica, me dieron oportunidad de estar a cargo de transmisiones. Por fortuna llegó un refuerzo, ya que si bien el enemigo se había alejado, estaba aún entre los montes. Ya con más hombres me ordenaron regresar a Madrid con los prisioneros de guerra. Eran muy jóvenes y estaban asustados por nosotros, los rojos. Nos creían el demonio. Llevaban colgados del cuello rosarios, cruces y escapularios.

Los pocos días que estuve en Madrid, antes de unirme a un nuevo destacamento en el sur, los dediqué a redactar junto con otros intelectuales y artistas un manifiesto a favor de nuestra querida república. Intenté reunir la mayor cantidad de firmas, pero estaba tan convulsionado todo que era difícil desplazarse para pedirlas y muchos estaban ya fuera de la ciudad. Le llamamos "Alianza de escritores antifascistas por la defensa de la cultura". Yo mismo redacté el inicio: *Este levantamiento criminal de militarismo, clericalismo, aristocratismo de casta contra la República democrática, contra el pueblo, representado por el Frente Popular [...].* Algunos amigos me dieron su firma. Estábamos en julio, un julio rojo y sangriento y caluroso, polvo en las calles de Madrid. La boca seca, la mirada ojerosa, la piel quemada.

Me desplacé entonces para ir hacia el sur a las Milicias Andaluzas; el primer destacamento fue a Villafranca de Córdoba, en donde peleé en el Cerro Muriano, entre Córdoba y Obejo. Era septiembre y había sido nombrado alférez ayudante. Nos unimos poco después al Quinto Regimiento de Milicias Populares. En octubre perdimos Córdoba en la batalla del valle del Guadiato. Fue una lucha sangrienta en la que los nacionalistas tuvieron que incursionar con una columna nueva de soldados que al final nos atajaron. Entonces regresé a Madrid para volver a formar filas. Bajo el brazo llevaba los poemas que escribí en las trincheras para llevarlos a *El Mono Azul* que editaban los Alberti: "Himno del Batallón Villafranca y de la 74 división", "Peleamos, peleamos",

"Guerrilleros" y "Miliciano muerto". Sabía que María Teresa me los publicaría, apenas en agosto habían sacado la primera edición de la revista.

"Miliciano muerto" en especial fue un poema que me conmovió mucho tras una charla con un joven que iba conmigo camino a Córdoba. Le pregunté si era campesino, dijo que no.

—¿Acaso obrero?

—Tampoco.

—¿Eres de algún partido?

—Ninguno.

—¿Serás comunista?

—No lo soy.

—Entonces… te dedicas a…

—Soy jornalero, señor.

—¿Por qué te has enlistado?

—Vengo a defender la tierra mía.

Ese joven fue de los primeros que murieron en la refriega.

Apenas llegué a Madrid fue que supe las terribles noticias ocurridas en la Universidad de Salamanca. Unamuno se había ido a prisión domiciliaria. Cuando descubrí la foto de Unamuno rodeado por estudiantes y militares caí en la cuenta de que aquel hombre fue a quien me encontré en la plaza de Salamanca hacía ya tantos años, siendo un niño. Ese rostro lejano en mi vida como una nebulosa… Nunca había visto fotografías del escritor, pero lo reconocí al instante, las mismas gafas y barba puntiaguda, ahora blanca... ¡Era él!, ese señor que se inclinó sobre mí de niño y preguntó por mis lecturas. "¡Poeta!, salió poeta el niño", había dicho entonces.

Lo miraba asombrado pues le había leído, aunque solo hasta ahora comprendiera que era el mismo hombre de mi niñez. *Vencer no es convencer, y hay que convencer, sobre todo, y no puede convencer el odio que no deja lugar para la compasión…* gritaba a mitad del recinto Unamuno. *Acabo de oír el grito necrófilo e insensato de "¡Viva la muerte!". Esto me suena lo mismo que "¡Muera la vida!". Y yo, que he pasado toda la vida creando paradojas que provocaron el enojo de quienes no las comprendieron...* Ahí iba entre los militares, los legionarios armados, el general Millán Astray. Un hombre viejo a forcejeos entre los soldados y los estudiantes que le defendían. Una muchedumbre empujándolo hasta el coche. *Venceréis, pero no convenceréis. Venceréis porque tenéis sobrada fuerza bruta; pero no convenceréis, porque convencer significa persuadir. Y para persuadir necesitáis algo que os falta: razón y derecho en la lucha. Me parece inútil pediros que penséis en España.* Todo mi ser andaluz reconoció entonces esa primera patria. Ahí los mismos edificios dorados; ahí las mismas palabras sabias. Nunca me pareció más triste España. El gesto huraño, la mirada ausente, sin mirar a sus perseguidores; el paso en alto, la muchedumbre enardecida, él incólume como una estatua egregia de mármol. Con Unamuno preso comprendí cabalmente que por el tiempo que durara la guerra tendría que correr de un lugar a otro con incertidumbre, escribir, publicar, mantener nuestros periódicos, sabiendo que lo más cierto era que acabaría censurado y con textos clandestinos. Que todos corríamos peligro.

Tiré el periódico y me puse a correr como un loco hasta llegar a casa de Rafael y María Teresa, quienes me habían escrito a inicios de septiembre al ejército una breve nota con su dirección.

Pedrito: Ven a vernos cuando estés de salida del ejército. Ven a Madrid, querido, te esperamos. Hemos sacado una revista nueva, se llama *El Mono Azul*. Verás que te gusta, azul como el traje de los obreros. Estamos tristes, pero firmes.

Te mandamos recuerdos,
Rafael y yo, María Teresa

María Teresa me abrió la pequeña verja de hierro enmohecido y me fundí en un abrazo con ella.

—¡He visto las noticias, María Teresa! Acabo de verlo.

—¡Ay sí, Federico!

—¡¡Unamuno!!

—Se lo llevaron, valiente discurso dijo. Lo vamos a poner completo en la revista. Todo, todo.

—¿Qué con Federico?

—Ay, no lo sabes, no, claro que no lo sabes. Siéntate, Pedrito.

—¿Qué me dices, María Teresa? —le pregunté nervioso.

María Teresa se frotaba las manos contra el vestido y luego las ponía sobre su rostro, tallándose los ojos que enrojecían por momentos. Su cara se iba descomponiendo, intentaba hablar sin éxito. La tomé de las manos con un apretón, animándola a hablar.

—Dime lo que sea, pero dime.

—Nos escribió Concha, su hermana… se llevaron preso a su marido.

—¿El que era alcalde?

—Sí, él y luego… y luego a Federico. Se escondió, pero comoquiera lo cogieron.

—¿Adónde?

—Ay, Pedrito, lo mataron. Los mataron a los dos, a muchos, no sabemos dónde los fusilaron, tal vez en el bosque.

—¡Federico, no puede ser!

—Sí, sí. No podemos creerlo tampoco nosotros. Esa gente no entiende razones, un poeta. ¡Mataron a un poeta!

—¿Cuándo fue?

—Lo detuvieron el 16 de agosto, no sé la fecha exacta de su muerte. Se lo llevaron de casa de una familia falangista, amigos, conocidos de la familia. Los Rosales. Supuestamente ahí estaría a salvo.

—¡Lo delataron ellos!

—No lo sé, querido… No lo sé. No le regresaron a la familia el cuerpo tampoco.

—¡Cerdos fascistas! —grité sin contenerme.

—Quédate, Pedro. Ya viene Rafael al rato, le hará tanto bien verte.

Mi angustia era tanta. Matar a Federico, pero si en mi mente estaba tan alegre, el cabello revuelto, los ojos brillantes, riendo, recitando un poema, brindando en un café. Mudo le entregué los poemas a María Teresa.

—Haré un poemario sobre la guerra; por ahora ten estos para tu revista. Escribiré sobre Federico también. Sobre nosotros.

Ella me agradeció y me dijo que tenían una sección denominada Romancero de la Guerra Civil donde se recopilaban poemas sobre el conflicto enviados de todos los rincones del país.

Esa noche, sobre la pequeña mesa del comedor de los Alberti cenamos una magra cena de estofado de habas con pan. Tenían algo de vino, pero no brindamos ni pudimos reír. Les conté del frente y ellos me narraron sobre lo que pasaba en Madrid. Las noticias a veces solo eran rumores, la guerra no nos dejaba saber a ciencia cierta lo que ocurría. Pregunté qué sabían sobre los demás; quiénes sabían de la muerte de Federico. Hablamos sobre su obra y sus escritos que había que salvar a toda costa. Pensé en Maruja Mallo y Margarita Manso, tan amigas de él. Me contaron entonces que Margarita estaba casada con un falangista, el mismo que vi con ella esa vez del Paseo de Recoletos. Por su parte, Maruja se había ido o estaba por irse a Argentina.

—Tuvo algo con Miguel, ¿eh? Estaba enamorado de ella, pero pues ya estaba casado, así que eso no prosperó —explicó María Teresa.

—Miguel está también en el Quinto regimiento, pero no hemos coincidido, solo vi su nombre anotado. Antes de la guerra lo vi con Maruja brevemente en una café, pero no supe más. La saludé a ella, a Miguel casi no le conozco.

—Andaba chalado por ella, pero volvió con su mujer. Aunque te aseguro que los sonetos de *El rayo que no cesa* son para ella —advirtió Rafael.

—Quizá ni Maruja ni Margarita sepan lo que le pasó a Federico —dije entonces—. ¿Y Salvador, Luis?

—Salvador anda no sé si en Londres o Nueva York. Luis apenas el mes pasado se fue por Ginebra a París. Los que vieron a Federico aquí en Madrid por última vez antes de irse a Granada fueron Manuel Altolaguirre y Concha Méndez. Desayunó con ellos en su casa y esa misma noche tomó el tren a Andalucía. Trataron de disuadirlo, que no se fuera, que estaba mejor en Madrid, que allá era irse para encontrar a los sublevados…

—Pero fue, claro, por la hermana, el cuñado —completé.

—Así es. Así era Federico —concluyó Rafael.

Esa noche la pasé en el sofá de la casa de mis amigos, muerto de cansancio pero sin poder conciliar el sueño. Una a una se sucedían en mi mente funestas imágenes de todo lo que ocurría. Pequeñas bestias de ojos amarillos se me presentaban a la distancia entre la oscuridad, no sabía si era el vino o el terror. Una tristeza infinita me atenazaba, no podía tomar respiro. Al rato me levanté y sentado sobre aquel pequeño sofá tomé pluma y hoja.

También yo quiero hablarte, Federico,
con esta ruda voz que ahora me brota…
Muerta estaba la noche, petrificada, lívida,
muerta la aurora igual que un agua presa,
muerta la luz en su ataúd de sombras
y muertos te mataron a ti que eras la vida…
Yo te lo digo, Federico hermano…

Derrumbado sobre el sillón escribía contra esa noche de otoño en que me enteraba de la muerte de aquel amigo tan vivo en mi imaginación. ¡Vivo!, como aquellas noches de tertulia. ¡Vivo!, cuando íbamos tomando de la bota por la calle. ¡Vivo!, como aquella pintura de noche de fiesta por Madrid. ¡Vivo!, declamando poesía en la Residencia de Estudiantes. No sé qué, pero le lloraba a él y a Pepín, a Luis, a Salvador, a Moreno Villa, al buen Rafael, que me dejaba dormir en su casa. Qué tiempos, qué vida tuve, ahora muerta, tan muerta como la carne de Federico en algún camino perdido de su Granada. Hermano mío, hermanos todos. A la mañana me separé de los Alberti con un abrazo frente a la verja de su hogar, lloroso.

El año que siguió fue peor que el anterior; en definitiva, Italia y Alemania ayudaban a los nacionales, al fin fascistas todos. Hitler probaba sus bombas en Guernica y España toda temblaba. Inglaterra y Francia no querían saber nada de nosotros y nos abandonaban, el terror de otra guerra mundial les detenía. Rusia mandó refuerzos y algunos otros países como Francia,

Canadá, Estados Unidos, México. Jóvenes que voluntariamente vinieron a pelear por la democracia, aun en contra de la política de sus propios países. Pero los aliados de los sublevados eran más fuertes.

Me enviaron a Córdoba para ayudar en la defensa de Pozoblanco. Los sublevados querían avanzar sobre toda Córdoba. Se perdían lugares vecinos y nos sentíamos cada vez más acorralados. Nos situamos en las carreteras al otro lado de Pozoblanco a esperar. Entonces fue que recibí un comunicado para retirar a las tropas; no podía creerlo. No tuve más remedio que ponerme de pie frente a los hombres y arengarlos.

—El Estado Mayor ha ordenado la retirada de Pozoblanco. Si lo abandonamos dejamos abierta la llave… ¡¡Pozoblanco no se puede abandonar!!

Varios dinamiteros y yo nos fuimos caminando hasta un convento de monjas donde estaba el puesto de mando para pedir permiso para quedarnos. Accedieron a nuestra petición por el ímpetu con el que hablamos, casi implorando. Pudimos reorganizar el frente. Metimos en el pueblo una batería rusa que había llegado a ayudar. Nos preparamos para la contienda y la llegada del enemigo. Contra toda lógica pudimos resistir y el pueblo aguantó algunos bombardeos. A la mañana siguiente llegaron refuerzos desde Almería y seguimos en el sitio. Tres días duró el asedio, pero dimos la cara con honor en el combate. Seguí en mi papel de organizar a las tropas. También continué escribiendo, incluso durante las peores horas.

Ay Pozoblanco del alma
cómo quiero tus escombros
y tu pecho desgarrado
y tus cuatro miembros rotos.

Ese año comenzó con varias victorias similares, pero después las cosas empezaron a ir mal, y para mediados del mismo me fui al destacamento de Valencia. Me convertí en comisario de la Brigada

84, pero mi salud se descompuso, así que me puse a realizar más bien actividades de educación y cultura. Había tomado una neumonía y no pude seguir.

Sin embargo, tuve la suerte de que en medio de la guerra pude seguir arengando con poesía a los soldados. Por el altavoz recitaba versos de la guerra, poemas míos y de otros que publicaban los Alberti, de Miguel Hernández, por ejemplo.

Bajo un diluvio de hombres extinguidos,
España se defiende
con un soldado ardiendo de toda podredumbre.
Y, por los Pirineos ofendidos
alza sus llamas, sus hogueras tiende...

Sin saber dónde andaría Miguel, le recitaba de aquel ejemplar, ese librito de apenas dos hojas que imprimía María Teresa. "Ya no hay papel, ya no hay tinta, Pedrito", me ponía en una carta junto a la revista.

Un día aconteció lo extraordinario, unos jóvenes del lado franquista se pasaron al nuestro. Desde su trinchera también habían escuchado los versos de la guerra, los nuestros, los del pueblo por el que luchábamos. Los recibimos con júbilo. Esa noche cantamos gozosos alrededor del fuego con los hermanos recuperados. Por carta convencí a Rafael y a María Teresa de venir y también ellos recitaron para la Brigada. Me admiré de María Teresa, una mujer sola en la guerra, saludaba a los soldados y ellos contestaban dando palmas.

En un viaje a Madrid, ya con las poesías en torno a la guerra reunidas, decidí buscar su publicación entre mis amigos. Ese año ya había salido el libro homenaje a Federico con mi poema, pero ahora intentaba lo imposible, sacar un libro en pleno conflicto bélico.

Fue caminando en el centro, por mis viejos rumbos de la Residencia de Estudiantes, que me encontré en la acera de enfrente de donde iba con Carmen Manso, la hermana mayor de Margarita. Sin más crucé la calle pensando que quizás ella sabría qué había sido de ella y también de Delhy. Me saludó con gran alegría, pues no nos veíamos desde antes de la guerra, lo que en esos tiempos equivalía a toda una vida.

—Pedro, qué gusto. ¿Cómo has estado?

—Hola, Carmen. Es bueno verte. Estuve en el frente, pero cogí una neumonía y he dejado la batalla.

—¡Dios mío!, ¿te encuentras bien?

—Ya mejor, pero dime mujer, ¿cómo está tu hermana Margarita? ¿Ha sabido lo de Federico?

—Ay, Pedro, sucedió eso y casi de inmediato mataron a su marido.

—¿Cómo?

—Sí, era falangista y aquí en Madrid lo levantaron cuando iban juntos por la calle y se lo llevaron al paseo... ya sabes cómo es eso, fue a inicios de la guerra, lo torturaron y asesinaron. Ya ves que no todos los rojos son iguales; algunos son en verdad crueles, mira que llevárselo frente a ella en esas condiciones. Madre y yo, ya lo sabes, estamos con la República, pero nos vamos para América pronto en barco. No podemos seguir aquí.

—Pobre Margarita, qué impresión, lo de Federico y luego el marido.

—Se ha ido a Italia con mi hermana menor, a unos baños termales para los nervios.

—¿Y Delhy? Me quedé en que estaba en África cuando los sublevados tomaron Melilla. ¿Te imaginas? Pobre, no creo que pudiera volver.

—Pero ya lo hizo, está en Toro con la familia. Da clases de pintura allá. Tuvo muchos problemas para entrar a España. Ya la conoces, vestida de negro, las uñas azules, con aquella capa, la creyeron rebelde. Los falangistas no la dejaban pasar, pero les hizo una descripción de punta a punta de Toro con aquella mirada de artista que ha pintado su pueblo y... —dijo Carmen, y en ese momento soltó la carcajada.

—Sí, sí, los convenció. Me la imagino perfectamente.

—Así es, Pedro y ahora está en Toro.

—Gracias por las nuevas, Carmen. Les deseo buen viaje y que tu hermana se recupere.

—Adiós, Pedro. En estos tiempos una no sabe si nos volveremos a ver, así que te deseo suerte.

Seguí caminando por la Gran Vía hasta llegar a la Plaza de Callao; ahí me encontré con el imponente Hotel Florida. Decidí entrar por una bebida a su bar, hacía tanto tiempo que no comía bien. Traía algo de dinero y decidí acercarme. De inmediato me di cuenta del movimiento que había ahí, un hervidero de gente entraba y salía. La mayoría hablaba en inglés, algunos otros en francés, me sentí extrañado. Al mozo que me trajo el vino le pregunté y sin más me dijo que eran los corresponsales de guerra, que ahí era donde estaba casi toda la prensa extranjera. No cabía en mi asombro de ver tantos periodistas. Tal vez la guerra de España tomaba notoriedad en el mundo. Por fin me atreví a preguntarle si conocía a algunos de los reporteros, entonces me señaló a una mujer de cabello rojo.

—Esa señorita es de una revista norteamericana, está siempre con esos dos caballeros que son americanos también, son escritores famosos. Yo creo que ellos son de los más importantes porque todo mundo quiere hablar con ellos.

No tenía idea de quiénes podían ser, y como no hablaba el idioma solo sentí curiosidad. La mujer era alta y guapa, con una especie de garbo que la hacía resaltar; uno de los hombres portaba lentes y bigote espeso, y el otro era delgado con la frente ancha. Los observé mucho tiempo. La gente venía a saludarlos; todos les hablaban en inglés. Algo discutían, pero me quedé sin saber nada. Pedí el guiso de la casa con garbanzos y puerco y tras devorarlo con verdadera enjundia junto a una segunda copa de vino, me retiré. Por esos días el Hotel Florida era de los pocos lugares que quedaban para comer bien en la ciudad, quizás era por todos esos extranjeros. Quizás el gobierno no escatimaba en que tuvieran su alacena llena.

Nunca pude publicar aquellos poemas en Madrid. Acabé haciéndolo con el mismo Comisariado General de Guerra en

Valencia. Era un librito con quince poemas, no más. El costo era mucho en otra parte, ahí pude hacerlo por mi relación con el ejército. El resto se publicó al otro año, en el 38, con otros pocos más que reuní en un tomo titulado *Héroes del sur*. Este sí lo publiqué por fin en Madrid y Barcelona. Me quedé muy contento con esa edición que hasta pequeños dibujos tenía.

Mi último momento de gran felicidad me lo trajo justamente esta dupla de libros porque a mediados de 1938 me fue concedido el Premio Nacional de Literatura junto con Emilio Prados, quien había editado el libro de homenaje a García Lorca. Me llegó el aviso a Valencia en un sobre cerrado junto con seis mil pesetas, un mundo de dinero para mí. Al abrirlo sentí que me desmayaba. Una felicidad cálida me embargó de pronto. Tarde, pero por fin recibía este reconocimiento. Tal vez la guerra lo opacara, pero el premio se quedaba para siempre. El acta estaba firmada nada menos que por Antonio Machado, Tomás Navarro y la querida, María Zambrano. No cabía en mí mismo de la dicha. La rúbrica de Machado me enorgullecía. El viejo poeta estaba ya en Barcelona, que peligraba menos que Madrid. Por las circunstancias no hubo ceremonia, aun así, el dinero me lo entregaron. Esa fue la última alegría que tuve; apenas seis meses después estaba saliendo del país de incógnito en un camión secreto rumbo a Francia.

EL MAR

Cruzarás el mar de Colón, por el camino que una vez anduvo con sus tres carabelas. La reina Isabel oyó las historias del almirante como aquella Desdémona de Shakespeare escuchando las aventuras de Otelo.

El mar de Fernando e Isabel, mar de Pizarro y Cortés. El océano que miró Núñez de Balboa al atravesar el istmo de Panamá. Altos de Urrucallala, verás el Pacífico desde las dos orillas del mundo unidas por esa franja de tierra. Dicen que el mundo sí es redondo y más grande y maravilloso de lo que se pensaba. Dicen que Colón no se cayó de la faz de la tierra persiguiendo el sol. Dicen que se arrodilló tres veces al llegar a las Antillas por vez primera. Una por Dios, dos por los reyes, tres por sus marinos.

Mar, traes pintada la sangre entre tus mantos acuíferos. Una estela de destrucción te sigue a cuestas. Océano Atlántico, ¿dónde tus ciudades perdidas? ¿Dónde el oro, dónde las piedras preciosas? El tesoro de Moctezuma que conquistó Cortés dejó un sendero de joyas sobre tus olas, ahí van los lingotes de oro de los conquistadores, ahí el oro fundido de las reliquias del emperador mexica, ahí los barcos cargados que atravesaron este mismo océano. Cortés, el inmutable que vio la calzada de Iztapalapa y la antigua Tenochtitlan rodeada de una laguna maravillosa, que tomó el oro a cambio de collares de cuentas de vidrio. Se oyen las voces de los que perdieron, de los indios en la tierra lejana, gotean las lágrimas allá en Tlatelolco.

Sobre la meseta del valle de Anáhuac caen las palabras y ondean las banderas. Dicen que son un rumor, dicen que son una larga letanía en un idioma extranjero. Dicen que Cortés le llevó indios al rey de las Españas, dicen que sus voces se perdieron en el clamor de las olas.

Va Pizarro por el oro inca, bordea el sur más lejos que cualquier otro marino, el fin de la tierra no llega nunca, recorre países que aún no existen, que no se han acreditado en los mapas, carecen de nombre, la zona ecuatorial a mitad del orbe. Lugares que solo las aves y los hombres de esos lugares tienen por conocidos.

Mirarás en este sueño marítimo las carabelas que firmó Isabel, la portuguesa, porque Carlos no estaba en España. Naves abriendo las aguas como un Moisés renacido en la nueva tierra, intacta y silenciosa. Ahí va Pizarro ascendiendo el aire liviano de los Andes, todo es nuevo, nada se sabe. Dicen que la masacre en Cuzco fue terrible. Dicen que Atahualpa estuvo toda una noche en cueros. Dicen que encadenaron al gran emperador inca y que sus tesoros también cruzaron los océanos para el nieto de Fernando e Isabel.

Ay de los secretos que te iré contando. Ay de los piratas y los marineros, del oro de Castilla, de la sangre derramada. Pero en este otro camino de agua no hay gloria ni piedras preciosas. Este es el rumbo de la pérdida. Adiós España. Adiós a esa reina despreciada, a la corona perdida, esa que han tirado por la borda, que se fracturó en dos como la tierra nuestra. Dicen que ya no somos, que no fuimos, que se perdieron todas las guerras y los dominios. Dicen que nunca fuimos imperio. Dicen que no hay sacrificio posible, que no hay consuelo. Dicen que en el destierro solo se encuentran los que perdieron. Dicen que no hay república. España, un país dividido entre hermanos. Mirarás esta ruina en la que nos hemos convertido, yo siempre a mitad del océano en ese barco.

FANTASMAS

Tal vez me haya vuelto a equivocar y en realidad mi interés por la Librería Cosmos y el poeta Pedro Garfias venga de otro momento de mi vida posterior a la universidad.

En 1994 vivía en la Ciudad de México donde trabajaba como reportera para el diario *Reforma*. En ese entonces solía gastar casi todo mi sueldo en libros y discos. Un sábado me fui caminando del departamento que rentaba en la calle de Hamburgo hasta El Péndulo de la Condesa; me gustaba comprar café y rumiar entre los libros del primer piso para luego subir a la planta alta en donde estaban los discos. Ahí di con el álbum doble del concierto de Víctor Manuel y Ana Belén titulado *Mucho más que dos*.

Cada volumen contiene quince canciones y es en el segundo, hacia el final del concierto, donde aparece el poema *Asturias*, de Pedro Garfias, con música del propio Víctor Manuel. Con asombro miré en el pequeño librillo color verde que acompaña al disco que esa canción era de aquel poeta fantasma de la Librería Cosmos. El disco tenía en la portada a la pareja española abrazada, pero además contaba con otros artistas como Juan Manuel Serrat, Pablo Milanés, Joaquín Sabina, Miguel Ríos. Algunos de ellos pertenecientes a la memoria del coche de mis padres, cuando en mi niñez y adolescencia nos llevaban por el país inventando rutas fantasiosas como "La ruta de la Independencia", "Los viajes de Pancho Villa" o "México prehispánico".

En ese entonces ellos estaban convencidos de que lo único cercano a Monterrey eran los Estados Unidos, pero que no había más que tomar el volante para dar de tumbos por las carreteras de los setenta u ochenta, que tenían un solo carril de ida y vuelta, para recorrer México. Así, mi hermana y yo anduvimos por cenotes y lagunas inexploradas en Akumal, cuando Xel-Ha no era un parque de diversiones estilo gringo y no cobraban la entrada, sino un lugar virgen al que llegábamos a las siete de la mañana cuando no había un alma y nos zambullíamos para ver absortas peces de colores, pulpos y mantarrayas. O tal vez pasear en tren por la Barranca del Cobre con un montón de franceses de mochila al hombro y silenciosos menonitas que ofrecían sus quesos en cada estación; divisar a lo lejos a los rarámuris de pies ligeros subiendo por escarpados montes.

Y en esos largos trayectos oíamos mucha música. Al soñador de pelo largo que era Serrat, que amaba los mundos sutiles, ingrávidos y gentiles de Machado, a José Martí en voz de Nacha Guevara, amando de pie en las calles, entre el polvo de los salones y plazas, la vuelta a los diecisiete después de vivir un siglo de Violeta Parra con Mercedes Sosa, o la callada manera con la que se acerca una sonrisa en la poesía de Nicolás Guillén con Pablo Milanés. Me quedaba largo rato escuchando aquellos versos mientras dibujaba con un dedo el horizonte por la ventana del auto y pensaba, sentía, que esa música me susurraba palabras misteriosas que había que descifrar. *Para la libertad, sangro, lucho, pervivo...* dice una canción allá en la infancia, a mitad de la hondonada del desierto del norte, en medio del cielo más azul que jamás se haya visto.

Pensaba en esas canciones con frecuencia, y aun ahora, tantos años después, cuando las descubro de nuevo al azar no puedo evitar rememorar esos viajes, siempre sentada atrás del asiento de mi padre, con la carretera larga y delgada frente a mí, llevándonos de viaje.

Así que, sin más, me compré aquel disco doble grabado en Gijón, en el Principado de Asturias. Me lo subí al departamento. Abrí ansiosa la cubierta de plástico desde el elevador del edificio que habitaba para encontrarme con aquella revelación de que Víctor Manuel le había puesto música a un poeta que había vivido y muerto en mi propia ciudad.

Es posible que si en España han escuchado sobre Pedro Garfias haya sido gracias a Víctor Manuel. La anécdota de cómo este supo de Garfias y decidió musicalizar su poema *Asturias* se debe a una feliz coincidencia atada a todo eso que pasó durante el exilio entre españoles y mexicanos, porque cuando supo del poema aún se vivían en España los estertores finales del franquismo.

Víctor Manuel llegó a la Ciudad de México en 1970, al menos eso dice el texto consultado, pero cuando hizo la gira *El gusto es nuestro* en 2017 y pasó por Monterrey, nos dijo al público que fue en 1971, durante un viaje de promoción. Víctor Manuel estaba perfectamente al tanto de la muerte de Garfias en la ciudad, por lo que habló con absoluto entusiasmo, aunque no sé si todos sabrían de quién se trataba, porque aun en la ciudad el poeta es un desconocido para muchos.

En ese viaje lo llevaron a comer a un restaurante asturiano, de donde él es originario, llamado El Hórreo. Fue allí que Víctor Manuel escuchó el poema recitado de manera espontánea por otros españoles exiliados e inmediatamente quedó entusiasmado por el mismo. Esta anécdota está recogida en el libro *Pedro Garfias. Sintiendo Asturias: entre España y México*, colección de textos sobre el poeta de diversas personalidades españolas y regiomontanas y cuyo sello publicitario en la portada anuncia a todas luces: "Autor del poema *Asturias*". De tal forma que queda claro que si el Ayuntamiento de Gijón y el Principado de Asturias han pagado esta edición independiente que no cuenta con año de edición, es justamente porque Garfias es el autor del poema que canta Víctor Manuel.

Es el mismo artista quien narra en primera persona sus impresiones sobre el poema. Explica que, a los postres, pasaron a hacer breves lecturas ante los comensales. "El poema me estremeció desde las primeras líneas y cuando acabó su lectura yo tenía un nudo en la garganta. Me dieron el poema y al cabo de un rato, ya en la habitación de mi hotel, agarré la guitarra y le puse música". Luego añade que se dedicó en cuerpo y alma a investigar todo lo relativo a este oscuro poeta.

"No recuerdo cuándo la canté por vez primera, supongo que sería a finales del 73. Prohibieron grabarla en disco y anduve cantándola en vivo. La prohibieron porque decían que no podía cantar la frase 'millones de puños gritan',[3] lo demás no parecía importarles, seguramente no sabían de qué hablaba. Autorizaron la primera grabación en el 76 para un concierto en vivo que hice en el Teatro Monumental de Madrid, pero la canción empezó a descubrirla la gente a partir de otra grabación del año 83", continúa diciendo.

Me gusta especialmente esta anécdota porque, efectivamente, en cualquier versión que se vea, incluso las más contemporáneas en YouTube, el público levanta los puños y corea la canción, justo en esa parte del poema. *Asturias* es ya sin duda un himno en aquella provincia de España y una de las canciones más emblemáticas de Víctor Manuel y su mujer, Ana Belén.

Me emociona ver a Víctor Manuel así, cantando a voz en cuello, conmovido, con la gente levantando sus brazos con coraje y una alegría profunda en sus rostros. Hay algo tan vivo en ese gesto tribal, comunitario, de un concierto donde el público y quienes interpretan son una sola voz fiera, alzándose en el aire de la noche. Aún habitan en nosotros esas células comunes y antiguas de los hombres que bailaban alrededor del fuego, felices, gritando sus sonidos en la hermética noche. Que pintaron sus historias en las cuevas de Altamira. Nos repetimos en ellos como las ondas de una piedra en el agua, revoloteando entre sombras frente al fuego común, con las luces eléctricas y los encendedores, los celulares brillantes. Cómo quisiera que alguna vez lo hubiera visto Pedro Garfias. Toda esa gente coreando *Millones de puños gritan su cólera por los aires…*

OBSERVACIONES QUE A NADIE LE IMPORTAN

El poeta Gabriel Zaid escribió un breve pero muy lúcido reconocimiento a Pedro Garfias, no sin cierta cuota de ironía, al pensar en este sitio árido de montes y escaso de poetas, industrial hasta la médula. Esto dijo en su texto *La poesía en la práctica:* "Una de las cosas que hacen importante a Monterrey es que Pedro Garfias haya andado por aquí".

CORAZONES

El otro día mamá me dio el expediente de mi corazón de cuando era niña. Íntegro. Me dijo que ahora era mío y debía digitalizarlo y enviarlo al médico para ver el asunto de la ablación. Insiste en ello. No lo he hecho aún. La desgana común y corriente me ataca y lo dejo pasar.

Ahí están todas las primeras imágenes de mi corazón. Los rayos X de cuando nací. Un tórax pequeño con el corazón invertido. Los primeros electrocardiogramas. Cartas de los médicos. Uno de Monterrey a uno de México, el de México consultando a otro en Houston. Así de raro les parecería. Un cardiólogo en Monterrey le escribe al doctor McNamara en 1972 diciéndole que le avise si opina que necesitaré cirugía. Otra nota del mismo médico a otro colega mexicano explica lo que oye con el estetoscopio: "En el pericordio se escucha sobre tercer espacio intercostal derecho, chasquido protosistólico y segundo ruido pulmonar desdoblado". La estenosis tiene una lengua extranjera. El corazón perdido emite su propio SOS al espacio mientras el médico se afana sobre mi pecho.

Al final de la misiva el médico dice: "Con estos hechos sugerí la conveniencia de que se hiciera un cateterismo". Era necesario abrir, meter la tripa, estirarla sinuosa por las avenidas rojas, introducir una cámara minúscula. Ver la caverna cerrada del tórax, lo que transcurre bajo la capa de piel y carne para ver el intrincado mecanismo oculto. El reloj que nos mueve contra la muerte. Las manecillas corren, el tiempo sigue, la máquina intenta atrapar la imagen del secreto. El reporte del cateterismo de 1972 da el diagnóstico: "Dextrocardia con estenosis en la válvula pulmonar". No hay retorno posible ni forma alguna de normalidad. "Así es su corazón", anota el médico al final.

El expediente tiene los dos mapas del corazón que construyeron los cateterismos, el primero de 1972 a los tres años de edad, y el de los ochenta cuando ya entraba en la adolescencia. Los mapas están hechos a mano, pero con medidas muy precisas. Imagino a los médicos haciendo anotaciones y cálculos desde la sala de operaciones; en una mano el catéter y en la otra la pluma con la que escribían.

Mi papá solía anotar en hojas de cálculo muchos números y fórmulas que yo no entendía para tomar las precisiones de las construcciones que hacía como ingeniero civil. Hojas y hojas con procedimientos que se convertirían en una plaza, un puente, un edificio. Recuerdo a papá sentado por las noches en la mesa del comedor haciendo más y más números.

—Papá…

—Ahora no puedo, estoy trabajando —contestaba ensimismado si trataba de hacerlo jugar conmigo o que me leyera un cuento.

Los doctores hacían el trabajo a la inversa. Veían mi corazón y luego lo interpretaban en un modelo que les sirviera cuando cerraran mi herida, cuando sacaran la tripa y la cámara, cuando tuvieran que explicar el caso. Hurgar en el cuerpo para conocerlo, para descifrar su contenido fuera de lugar, ese componente distinto de los otros.

¿Qué habrán sentido mis padres al recibir el reporte? Al saber que su hija de tres años tenía un corazón tan extraño, imposible de tratar, que se quedaría así para siempre a la espera, a su propia vigilancia por cualquier signo de cambio. Por eso mi madre me daba el reporte, para que supiera, para que me hiciera cargo.

Tal vez mi corazón no tenga remedio, sigue su misma extraña trayectoria de siempre, sin vuelta, pero quizá Pedro Garfias pueda dejar de estar perdido, pueda abandonar esa tumba extraviada en una ciudad hirviente y polvosa y regresar con los suyos, salir del exilio.

PALPITABA A MI OÍDO EL CORAZÓN DEL MUNDO.
EN LA PEQUEÑA NOCHE DE MIS OJOS CERRADOS
HABÍA ESTRELLAS PÁLIDAS Y UNA LUNA REDONDA;
SOMBRAS DE AZULES VELOS LENTAS LA RECORRÍAN.

Los últimos meses en Madrid fueron de preparación para salir rumbo a Barcelona; el final se sentía cada vez más cerca y era necesario ir pensando en la salida. Un poeta y soldado republicano como yo no tendría fácil el indulto de los nacionalistas si es que llegaba a sobrevivir al final. Tan solo la publicidad que había recibido mi libro *Poesías de la guerra española,* recién Premio Nacional de Literatura, era suficiente para el suicidio político.

Antes de irme a Cataluña quise ir a Zamora para buscar a Delhy por última vez. Sabía que era complicado porque era tierra de la Falange casi desde el inicio de la guerra. Decidí visitar a María Teresa para asesorarme, ella había conducido gente a territorio enemigo de las más diversas maneras. La vi en el Museo del Prado, donde preparaba el éxodo de muchos de los grandes cuadros de los maestros españoles para ponerlos a salvo de los bombardeos.

Me vi con María Teresa en el sótano. Recargado contra la pared de una bodega inmensa estaban *Las Meninas,* de Velázquez.

—¡Dios mío!, María Teresa. Pero, ¿qué hace esto aquí?

—Las enanas que le gustaban tanto a Moreno Villa, ¿te acuerdas? Nos llevamos a las niñas lejos de los bombardeos, querido, no se vayan a asustar. Apenas el fin de semana estuvimos Rafael y yo en Toledo para proteger *El entierro del conde Orgaz* de El Greco. No lo podemos sacar de ahí, ¡es enorme! Le he puesto kilos de papel y algodón, unos trabajadores municipales pusieron en derredor suyo tablas de madera para resguardarlo.

—Sois unos héroes, María Teresa. Solo vosotros pensáis en estas cosas ahora.

—La Junta de Incautación del Tesoro Artístico nos lo ha pedido, Pedrito. Estos brutos van a volar la ciudad. No podemos abandonar el museo ahora. Esto acabará, ¿y el arte?

—María Teresa... debo confesarte algo. Por favor, no me juzgues.

—Tú sabes bien lo que te queremos.

—Quisiera ir a Toro a ver a Delhy por última vez... estoy por salir de Madrid rumbo a Barcelona y...

—¡Pedro!, ni se te ocurra hacerlo. No puedes ir a Toro. Zamora es territorio nacionalista desde hace cuanto, ya no tenemos aliados ahí. Están presos o muertos; es imposible el acceso. No te puedo conseguir un permiso, ni siquiera falso. Necesitarías papeles apócrifos, que por ahora son imposibles de hacer. Solo puedes salir a Francia por Cataluña, por ahí están saliendo, lo sabes bien. Sabrán quién eres, que eres soldado. No lo hagas, por favor. Ya no más amigos muertos.

—Pero, ya no la veré, María Teresa... Tal vez, nunca.

—¿Dónde está Margarita, Pedro?

—En París, mi mujer se ha ido con familiares. Me uniré a ella pronto, pero Delhy no se irá de España, estoy seguro. Finalmente regresó de África, me lo contó Carmen Manso. Me la encontré por casualidad.

—Ah, ¿sí? ¿Y cómo están las tres hermanas Manso?

—Carmen y la madre saliendo al exilio como nosotros, pero Margarita ha estado en Italia con la otra hermana. Ellas regresarán tras la guerra, pues el marido de Margarita era de la Falange. Fue asesinado por los nuestros después de lo de Federico, muy al inicio, entonces ella no tiene problema en quedarse a vivir aquí. La aceptarán como viuda de falangista.

—Ay, Dios. ¡Cuánta miseria! Pobre de Margarita Manso. Al menos supiste algo.

—Viviendo con la familia en Toro... tal vez Delhy ya no sea la misma, María Teresa.

—¿A qué te refieres, Pedro?

—Así como Margarita Manso cambió, a ella le pudo haber pasado. Su familia es conservadora, religiosa y ella se regresó ahí. Yo no sé...

—¿Por qué no le escribes? Mira, ponemos de remitente el museo, te pongo una tarjeta postal de Velázquez por dentro por si pasa a través de un censor y así crean que es otra cosa. No pongas tu nombre porque te buscan en esos listados de soldados republicanos. Pones solo el museo y ya adentro haces una nota que no se transparente nada.

—¿Y si la abren?

—Lo creo poco probable si pones de remitente: Museo del Prado y una tarjeta; contra la luz verán solo eso. Pero bueno, eres poeta, escribe con metáforas —concluyó María Teresa, riendo alegre como siempre.

Decidí confiar en mi amiga, incluso me encontró unas estampillas nacionalistas para que usara en el sobre, en vez de las de la República. Tal vez un poema sería la mejor solución, un poema que no hablara de la guerra sino de nosotros, de ella, de lo que era dejarla y saber lejano el día en que pudiéramos vernos. La guerra terminaba y no sabía cuánto tiempo duraría aquel infame gobierno que ya estaba cambiando nuestra moneda, la bandera republicana, las escuelas libres que habíamos hecho junto a María Zambrano. Todo se iba por la borda más rápido de lo que yo podía tener en cuenta. Abandonarlo todo sin despedirme siquiera.

A mi padre le escribiría desde Francia; la última vez que había estado en Valencia quise bajar para adentrarme en Sevilla, pero estando tomada por los nacionales era imposible, entonces intenté enviarle un telegrama para vernos en Granada o quizás en Murcia. Pero no supe si lo recibió. Él quizá me imaginaba aún en Valencia, no lo sé. Mi padre sabía que Margarita se había ido a Francia por mis suegros, ahí se habían cortado la correspondencia y las llamadas. Saber que mi padre seguramente estaba vivo era mi único consuelo; él nunca se había hecho republicano. Se mantuvo de forma apolítica durante toda la guerra, y ahora quizá mi suegro podría protegerlos. Ellos sí que estaban con el nuevo gobierno, algo que Margarita no decía para no provocarme, pero que yo bien sabía.

Me fui cabizbajo entre la bruma otoñal de Madrid y tomé el sobre que me dio María Teresa con los sellos nacionales, la tarjeta postal y la dirección del museo. En casa tomé papel y pluma para escribir a Delhy mi última carta. Qué importaba ya estar casado, estar lejos, estar perdidos uno del otro si lo que seguía era el exilio. Al menos esto, ¡por Dios!, cómo la necesitaba ahora más que nunca.

Tu voz es para mí como la música
de las estrellas, para los oídos
embelesados de las sombras;
que la escuchan toda la noche sin fatiga.

***

Dime cómo te llamas… mejor no me lo digas,
los seres tienen nombres como la hoguera llamas,
como estrellas el cielo, como la tierra espigas.
Déjame que diga yo cómo tú te llamas.

Envié los poemas sin pensarlo más, ella entendería. Quizás aún se acordaba de mí. Delhy se convirtió para mí desde entonces en esas duendinas que me contó Rafael que pintaba, siempre en torno mío, bailando como llamas que crepitan en una fogata. Así la vi en Saint Cyprien cuando nos calentábamos con unos troncos ardiendo sobre la playa helada, así entre la neblina de los parajes ingleses en los que me interné después o en las chimeneas del buque rumbo a México. Delhy como duendecilla extraviada allá muy lejos en una vida que se perdió.

Fue en la Nochevieja que llegué a Barcelona; el año apenas amanecía y yo junto con él en un camión de comida enlatada cubierta con mantos y maderos como si fuera dinamita, tan preciada y escasa era ya para entonces la comida. Se iba a repartir entre los refugiados que estaban a punto de cruzar a Francia. Teníamos miedo de que hubiera problemas, sin embargo, el camionero ya había hecho ese viaje varias veces, sabía por dónde pasar entre líneas enemigas. Calculábamos que en esa fecha estarían borrachos y que habría menos vigilancia.

Yo iba sentado atrás con el botín de comida y dos hombres más. Uno de ellos llevaba una guitarra y se empeñaba en cantar coplas para pasar el rato. *María de la O / Para su sé fui el agua / Para su frío candela / y pa' sus cliso gitano un sielo d'amore con luna y estrella. / Queré como aquer nuestro no hay en el mundo…*

De pronto aquellos versos en medio de esa noche de angustia me recordaron a María Lejárraga, también ella era María de la O como la canción. Esa tonadilla me la había recordado, a ella y a don Gregorio y el teatro español y la luna y las estrellas de Federico, como decía aquella canción. Esa noche que ella habló conmigo en su casa… Entre la lona de la cubierta de aquel camión se asomaba la noche insondable y oscura, sin luz por el invierno encapotado. En ese sitio anónimo entre Castilla y el antiguo reino de Aragón me sentí perdido y a la vez extrañamente reconfortado. Todavía estaba todo ahí, toda la vida de la larga historia de España enmarañada en mi propia existencia. Éramos la patria y yo un mismo ovillo, un hilo enredado donde cabíamos todos, y no éramos ni enemigos ni sublevados ni republicanos ni carlistas ni monárquicos ni falangistas ni rojos ni comunistas, y ahí en ese lugar cabíamos todos.

Nunca tuve más claridad que en ese momento; fue un rayo que me partió y me hizo llorar por lo que habíamos hecho, por este desenlace funesto. Una sola España que cantaba coplas. Una sola España sin banderas ni coronas ni fusiles. Una sola España rota, pero siempre clavada en mí desde ese viaje por el corazón del país quebrado. María de la O Lejárraga te nombro, allá lejos queda ese país, ese teatro, esos jóvenes locos recorriendo Madrid en una noche de fiesta.

Llegué a Barcelona al despuntar el alba. Me fui a Las Ramblas a pesar del frío para ver el mar. Ahí, en un portalito de donde salía humo se asomó una mujer desdentada con un pañuelo en la cabeza. Me habló en castellano.

—¿Tiene hambre?

—Sí.

—Venga, acabo de freír pescado que trajo mi marido del mar. Es pescador, ¿sabe? Tengo pan también.

Por unos cuantos duros comí esa madrugada pescado, pan y un vaso de vino viendo el amanecer como un verdadero rey. Me pareció que era un manjar de dioses en tiempos de guerra. Le di las gracias profusamente.

—El mar provee siempre y tuvo suerte que había vino por la Nochevieja.

—Feliz año, señora. Que 1939 sea un buen año para España —dije un poco turbado por su generosidad.

Tras comer caminé un poco por la playa, pero el frío me hizo adentrarme en la ciudad. Llegué andando hasta la Basílica de Santa María del Mar que dominaba la ciudad con sus cúpulas góticas. Hacía un siglo que no pisaba una iglesia, y por un momento volvió a mí ese viejo sentimiento de culpa que urde en los corazones de los católicos así ya no vayan a misa ni sean creyentes, como urgiéndolos a volver a los caminos de Dios. Apenas un cosquilleo incómodo al final de la cabeza en un lugar recóndito donde se recupera una oración que ya solo se sabe a medias.

Era una magnífica y enorme construcción medieval, imponente. Imaginé lo que debió haber sido en su momento, rodeada de pequeñas casas, casi chozas sin importancia, y en medio de todas ellas esta gran mole de piedra con aquellos labrados. Pero muy pronto me di cuenta de que no había acceso; casi a hurtadillas pude ver un poco hacia adentro tras la barricada que me detuvo. Estaba ennegrecida, sucia, quemada, había mucho polvo, cristales rotos, estatuas descabezadas. Un horror. Salí apresurado de ahí como si hubiera visto una pesadilla dantesca. Me estremeció que una obra de arte tan vieja y tan antigua estuviera en esas condiciones. Pensé que quizás una bomba, un tiroteo, algo de la guerra. Afuera detuve a un hombre que pasaba y le pregunté qué había sucedido. "¿No lo sabe? Fueron los anarquistas al inicio de la guerra. Esa gentuza lo quemó todo". Entonces me hice para atrás asustado. Confieso que me estremecí de pensar que esa gente a la que habían ligado al socialismo, a la República, hubiera hecho semejante despropósito en su afán de eliminar la religión católica de España. Recordé alguna charla con José Moreno Villa y con María Zambrano, una de esas discusiones de café o de tertulia, donde ellos se habían pronunciado por hacer de todos los templos y castillos de España sitios históricos como museos para disfrute del pueblo. Pensábamos al inicio que poco a poco España tendría que dejar la religión para ser una república laica y progresista, pero eso nunca ocurrió, no sé si porque todo fue tan rápido o porque en verdad el alma española no está hecha para eso. De cualquier forma, nunca pensamos en destruirlo todo. Quizá lo que uno creía que debía ser la República española no era lo mismo para los demás. Me alejé de ahí horrorizado con mis cavilaciones.

En los días que siguieron conseguí un trabajo eventual en una imprenta. No era mucho, pero me ayudaría a resistir hasta la salida a Francia. Hacía correcciones de estilo antes de que se pasaran a máquina los textos. Casi siempre eran cosas breves, papeles para abogados, folletos, contratos, cosas así. En las noches me acercaba a los lugares donde estaban los refugiados, los otros soldados republicanos que iban llegando dada la inminente derrota. Tomábamos vino en la calle, nos refugiábamos en alguna bodega o cantina de mala muerte para esperar indicaciones del gobierno para la salida. Llegaron algunos de los actores de La Barraca, los que salvaron el pellejo. Con ellos hacíamos pequeñas interpretaciones, fragmentos de obras para pasar el rato. A veces recitábamos poesía.

Fue en una de esas noches de bohemia triste, con vino malo y en un lugar destartalado que conocí a Juan Rejano, periodista y editor de revistas literarias, poeta solitario y de silencio, sin publicación; era un asiduo lector y tenía una memoria prodigiosa. La primera vez que le vi fue trepado en una caja de madera improvisada desde donde recitaba un poema de memoria. Le gritábamos diversos nombres de poetas para fustigarlo: ¡Pablo Neruda!, ¡Juan Ramón Jiménez!, ¡Luis Cernuda!, ¡Antonio Machado! Y él siempre complacía sin necesidad de tomar ningún libro. Sabía tantos poemas. Era animoso, alegre y buena gente, su espíritu me beneficiaba y contrastaba con mi habitual aire depresivo.

Fueron difíciles esos tiempos de Barcelona; enero se me hizo eterno, no acababa nunca el frío, no terminaban de llegar noticias sobre la esperada salida a Francia. Mi único consuelo eran esas noches de tertulia improvisada. En la pequeña imprenta donde trabajaba nos dimos a la tarea de sacar un pequeño periódico de cuatro hojas al que pusimos *Ejército del Ebro* por los soldados catalanes que resistían en el frente del Segre antes de la retirada.

Desde Barcelona los vitoreábamos, alguien cantaba una melodía, golpeando con el zapato el suelo y con la mano un cajón para decir felices, expectantes, tal vez resignados: *El Ejército del Ebro / Rumba la, rumba la, rumba la / una noche el río pasó, / ¡Ay, Carmela! ¡Ay, Carmela!...* Veo sus caras, veo sus miradas, sus palmas aplaudiendo. ¡Vamos, muchachos! Va por los que ya no están, por los que persisten. Los miro así, jóvenes, gozosos, entre las llamas de una fogata, con ese canto final y a la vez antiguo. La danza continua de las llamas y de los brazos que se agitan, el salto primitivo contra la oscuridad nocturna. *¡Ay, Carmela! ¡Ay, Carmela!...*

Quería que ese pequeño periódico fuera como *El Mono Azul* de los Alberti, pero solo hubo dos números. Publiqué ahí mis últimos poemas en tierra española, pero no los escribo aquí, los guardo para mí. Para mi corazón extraviado de rumbo que añora una botella de vino en playas catalanas con esos hombres entonando melodías bajo el cielo estrellado de Barcelona.

A inicios de febrero por fin nos llegaron noticias del gobierno en el exilio que intentaba organizar las salidas. Me tocó una expedición de dos camiones grandes en los que íbamos sentados en bancas atrás. Cruzaríamos la frontera por Portbou y Cervera, cerca del mar, por la empinada cordillera de los Pirineos. Fue en el atardecer de ese último día que escuchamos las campanas de Santa María del Mar que habían estado en silencio. El adiós desde la iglesia más antigua.

La noche del 9 de febrero la pasé junto a Rejano en una chabola acurrucado sobre el suelo, con mi capotón azul marino que era lo único que tenía para resguardarme del frío. Estábamos ya en la salida de los camiones porque nos íbamos de madrugada. Casi no dormimos, guardamos silencio ante lo inminente. Me faltaba todo. Me faltaba vino, tierra de Osuna y Écija, la piedra amarilla de Salamanca, las noches de fiesta de Madrid, la Residencia de Estudiantes, el teatro, las largas charlas del Café Platerías, la cara de mi madre acunándome de niño, las poesías que leí por primera vez en Cabra, el día que vi a Margarita cruzar la calle, un regimiento de jóvenes en Valencia, el cielo dorado del otoño madrileño visto desde una buhardilla junto a Delhy. Qué falta de aire, no puedo respirar, es el aire que se acorta en la montaña, es el aire que se me va de España.

Cuando nos fuimos apenas iba a clarear; salimos a la carretera sinuosa y al campo, nos sumamos a otras caravanas. No fue difícil cruzar la frontera, ya nos esperaban los franceses que habían quedado en recibirnos. Nunca había salido de España, esa fue la primera vez. De camino al campo de internamiento en Argelès-sur-Mer nos perdimos y acabamos más al norte, en Saint Cyprien. Ahí nos encomendaron bajar porque ya no había tiempo para el regreso. Pero, ¿bajar a qué? Frente a nosotros las silenciosas dunas de la playa, enormes, como moles gigantescas que nos recibían bajo la pálida luz de la luna invernal. Francia nunca fue el paraíso y esto no era París. Como los errantes vagabundos en los que nos habíamos convertido, bajamos del camión con nuestras pocas pertenencias. Nos quedamos ahí de pie sobre la arena, cansados, somnolientos, y sobre todo aturdidos. Estupefactos veíamos el mar oscuro con su vaivén eterno.

Esa primera noche nos dejamos caer sobre la arena usando nuestras mochilas y abrigos como cobertores. Nos acurrucábamos unos contra otros para mitigar el viento y el frío. Veía el cielo francés sobre mí lleno de nubes y con una luz espectral que apenas iluminaba un poco con un destello blanquecino. No había nada. Ni una fogata ni una casucha ni un puesto que nos recibiera. Solo unos cuantos soldados que nos gritaban órdenes en francés y que cuando alguien acertaba a preguntar solo decían: *À demain! À la matin! À la matin! À dormir!*

Arrebujado en mi abrigo azul y cubierto con una manta que afortunadamente llevaba en la valija intenté dormir. Éramos como un gran cementerio de cuerpos uno junto al otro por toda la playa. En los días que siguieron llegamos a ser más de setenta y cinco mil desplazados deambulando por esas playas.

La Francia de la ensoñada república: libertad, igualdad, fraternidad, no era más que un pedazo de pan duro que roía como ratón frente al gris del mar. Muy lejos había quedado *La Marsellesa* que me contó Rafael que escuchó con María Teresa cuando entró el gobierno republicano en lo que ahora parecía un tiempo remoto. En esos días que siguieron la comida escaseó, tampoco hubo nunca dónde meternos. Un destacamento de la milicia francesa llegó a la playa y distribuyó pan y mantas gruesas del ejército, pero eso fue todo. Nos tomaron los nombres y nos dejaron deambular por la playa.

Éramos como un Robinson moderno, o quizás un Simbad, como los héroes de mi infancia. Pero no teníamos nada de románticos. Un grupo desgarbado, sucio, sin bañar ni comer bien, con las barbas largas y desmelenados. Orinábamos en una letrina detrás de las dunas y enterrábamos en la arena nuestras heces. Un olor nauseabundo nos acompañaba siempre. Nuestra ropa se rompía sin remedio alguno y nos quedaba cada vez más floja sobre el cuerpo.

Decidí no sacar la poca ropa que llevaba en la maleta para evitar la rapiña o bien acabar por estropearla. En ocasiones me sumergía en el agua del mar, que estaba helada, con tal de experimentar el bienestar de cierta sensación de limpieza, aunque sin jabón hedíamos a alga salina y el cabello se nos iba engruesando, lleno de sal, formando nudos. Por la mañana nos daban pan, pero en ocasiones, nada. Al caer la tarde unos soldados franceses ponían sobre unos leños un perol grande con algo que prometía ser algún tipo de estofado, pero que acababa en líquido más que otra cosa. Aprendí a guardar el pan, a trozarlo por la mitad para mordisquear algo por la noche y así calmar mi perenne ansiedad. La sed era mucha, pues carecíamos de agua para beber. Los labios se nos rajaban con el sol y la arena, las bocas sangraban de las encías y de los labios agrietados.

No podía escribir puesto que no había cómo apoyarse en nada y temía que la libreta y las hojas sueltas que llevaba se humedecieran. A veces sacaba mis libros de poesía y les leía algún poema en voz alta para pasar el rato. Tengo revueltos en la cabeza los versos que ahí dijimos, los que la memoria me traía de más atrás y los que leí a voz en cuello sobre el ruido de las olas quebrando en aquella playa siempre gris. Les hablaba de los ríos, los ríos de la España que dejamos. *Nuestras vidas son los ríos que van a dar a la mar, que es el morir: allí van los señoríos, derechos a se acabar e consumir…* Leía de pie contra el mar y contra el viento, aferrado a mi viejo gabán azul, sobre un madero. Leía ante los ojos absortos de esas mujeres, de esos hombres, de esos niños escuálidos en cuyos ojos rondaba la muerte. Salir de España, llegar a Francia para morir. Cómo se morían los niños sobre esas playas ignotas, se aferraban con sus manecitas a las ropas de los adultos y nos veían suplicantes. Tras los días iniciales dejaron de llorar porque ya no tenían lágrimas por tanta deshidratación, aprendieron a no pedir ni a hablar.

Intentaba reconfortar de algún modo en ese eterno peregrinar por la playa. Les leía de mi buen amigo Rafael: *¡Castellanos de Castilla, nunca habéis visto la mar! ¡Alerta, que en estos ojos del sur y en este cantar yo os traigo toda la mar!* Pero no llegaba nunca ese mar azul del verano con sol. La neblina se apoderaba de todo, crepitando sobre nosotros como nuestros fantasmas del otro lado de la frontera.

A las dos semanas de estar ahí vinieron franceses y británicos de la embajada en Francia para indagar cómo podían sacarnos de ahí. Nos fueron entrevistando, preguntando por nosotros, a qué nos dedicábamos, a quiénes conocíamos. Me puse en la fila para hablar con los franceses puesto que deseaba irme a París junto a Margarita, pero por un descuido, o tal vez equivocación, acabé sentado frente a un impertérrito británico, rubio como un sol y pálido como la nieve helada. Mascullando traté de enmendar el error, pero él, con un perfecto acento español e inflexión desconocida, entabló diálogo conmigo.

—Señor Garfias, ya está aquí. Olvide lo demás. Dígame de usted.

—Yo, señor, soy poeta. El año pasado obtuve el Premio Nacional… mire, aquí está el documento que lo acredita —dije sacando el diploma del que me sentía tan orgulloso.

Aquel hombre lo tomó para examinarlo con cuidado.

—Lo firma el poeta Machado, también ha cruzado la frontera —me dijo.

—¡¿Machado está en Francia?!

—Siento comunicarle que murió hace unos días, señor Garfias, no resistió el clima. Cruzó con su madre y su hermano José, ella también falleció.

—¡Murió Machado! —articulé descompuesto.

—Lo íbamos a llevar a Gran Bretaña. Allá está también Luis Cernuda, ¿lo conoce?

—Solo de nombre y de lectura.

—Fue a dar unas clases a la universidad y ya no regresó a España, entonces lo hospedó lord Faringdon, quien es el noble a quien represento. Está guareciendo artistas en su casa.

—¡Oh!, ¿usted cree que yo?

—Sí, creo que le interesará su caso, tiene predilección por los poetas, profesores, intelectuales. Lord Faringdon está muy molesto por el asesinato del poeta García Lorca y ahora… esta noticia sobre Machado, usted sabe, será un golpe también.

—Perdone que le pregunte, ¿dónde murió Machado?

—En Collioure, un poco más al sur, apenas cruzando.

—¡Oh, ¡qué triste, señor! Él significa tanto para mí.

—Lo veo —dijo señalando el diploma—, no se apure, pronto saldrá de aquí. Lo llevaremos a Inglaterra.

—¿A qué lugar? Debo avisar a mi esposa que está en París.

—El tren pasa por París, podrá verla en la estación. Antes de que salgamos le manda un telegrama. Y nos vamos a Eaton Hastings.

—¿Me va a costar este traslado?

—Nada de eso.

—Disculpe, ¿cómo se llama? Y si no le molesta, ¿cómo sabe tan bien español? No reconozco su acento.

—Peter Fellowes, señor Garfias. Encantado. Lo aprendí en México trabajando en la embajada. Ahí estuve quince años.

—México…

—Me marcho, vengo por usted en una semana. Hasta entonces. Manténgase sano.

Sin más se marchó el señor Fellowes de Saint Cyprien y yo me quedé pensando en el poeta muerto fuera de casa en esta tierra inhóspita, quizá con frío, con hambre, enfermo. Machado muerto, muerto, muerto.

¿Dónde se han ido todos? ¿Dónde voy yo? Mi angustia era tanta. No me apenaba llorar. En esas noches durmiendo en ese cementerio de cuerpos estremecidos se oían gritos y llantos toda la noche. El cuerpo aflojaba y llegaba la desazón. Sabía que tenía suerte, pues en muy poco tiempo había podido resolver mi situación. Yo, Pedro, republicano de cepa y ateo como el que más, ahora me iría a la casa de un noble inglés.

A la semana llegaron por mí en un vehículo oficial de la embajada. Solo íbamos cuatro personas, un violinista con su esposa, uno de los museógrafos del Museo del Prado y yo. Me despedí de Juan Rejano con un abrazo y le di la dirección que me habían dado de donde me hospedaría en ese lugar llamado Eaton Hastings.

—Nos veremos muy pronto, Juanito —le dije conmovido— verás que tú también sales de este infierno muy pronto. Nos seguiremos viendo en este exilio.

—Pedro, suerte. Sigue escribiendo. Me alegra que tengas esta oportunidad. Mira en qué coche vinieron por ustedes.

Me dio vergüenza subir en aquel vehículo tan elegante; iba tan sucio, oliendo a podrido. Pero el señor Fellowes nos conminó a irnos pronto. Quise entablar alguna conversación, pero lo cierto es que tenía casi tres semanas sin dormir una noche entera. El día anterior habíamos enterrado a dos niños que no aguantaron y fallecieron en la noche. Los rostros compungidos de sus madres daban pena, mansas lágrimas corrían por sus rostros surcados por el dolor, una soledad profunda y amarga se iba instalando en mí viendo tanta miseria.

Por primera vez pude dormir como un tronco. Caí de inmediato con el movimiento del auto que me fue arrullando hasta que el cuerpo en tensión durante tantos días cedió. Dormí como un bendito los poco más de doscientos kilómetros de trayecto.

Nos dirigíamos a Toulouse a tomar un tren que pasaba por París rumbo a Dieppe, desde donde cruzaríamos el canal al Reino Unido. El señor Fellowes me indicó que pasaríamos la noche en Toulouse y que ahí podríamos bañarnos, comer algo caliente y cambiarnos de ropa para luego irnos. Que cada uno de nosotros recibiría un juego de limpieza personal, un pijama nuevo y un cambio de ropa, además de lo que lleváramos. Que todo estaba pagado y que éramos invitados de lord Faringdon. Me guiñó un ojo y me dijo que se había impresionado mucho de que fuera Premio Nacional del 38 apenas, y que con todo me hubiese tenido que marchar. Ya Luis Cernuda se había salido de la casa de aquel lord y estaba, por lo visto, deseoso de que yo llegara. Cuando Fellowes me lo hizo saber me puso muy nervioso. Cernuda era además un gran académico, dictaba conferencias y daba clases, yo jamás podría hacer todo eso. Con seguridad hablaba inglés, o al menos francés, y yo no sabía ninguna otra lengua. Pero ya estaba la suerte echada y pronto llegaríamos a Inglaterra.

Fue un alivio el aseo en Toulouse, poder entrar a ducharme y cortar esa barba asquerosa que tenía; la limpieza calmó un poco mis miedos e inseguridades. Aquella comilona que nos dieron luego llamada *cassoulet*, que resultó ser una especie de estofado de pato con judías y salchicha, con pan recién hecho y vino tinto, estaba para chuparse los dedos. Una maravilla poder comer hasta saciarse. Al día siguiente que salimos rumbo a París me sentí aliviado de que Margarita me fuera a ver bien y no tan descompuesto. Le había telegrafiado a casa de su familia y nos veríamos brevemente en la Gare du Nord antes de seguir el trayecto. Desgraciadamente no podía llevarla conmigo ni tampoco quedarme, pero acordamos que pondríamos todo nuestro esfuerzo en buscar pasaje a México o Argentina lo más pronto posible. Eran los dos países que estaban de puertas abiertas al exilio español.

Ver a Margarita escasos cuarenta y cinco minutos sin salir de la plataforma fue muy duro para mí. De pronto, todo el rencor que nos separó cuando la guerra se esfumaba por la pena y la pérdida de la patria y nuestras familias. Margarita era lo que me quedaba aún y me ataba a esa vida que dejaba en España; ahora ella, su cuerpo, su rostro sonriente, significaban ese último reducto de lo que fui. Solo tuvimos un breve momento juntos. Una caricia, dos besos y un pan con nata compartido, fue todo. Adiós, besos, hasta pronto, nos gritamos.

El 8 de marzo llegué por fin a Inglaterra tras ese trayecto que me llevó en auto, tren y barco a mi nuevo y provisional hogar en Eaton Hastings, un sitio como a doce kilómetros de donde había desembarcado y a tan solo tres de la villa de Faringdon, donde estaba mi protector. Mi residencia era la Casa Vasca, llamada así por los primeros refugiados en Inglaterra por la guerra civil en 1937 que llegaron de Bilbao; cuatro mil niños y adolescentes se quedaron a vivir en derredor de este lugar en diversas casas que los acogieron. Me conmovió mucho conocer esa historia que me ligaba para siempre con aquel sorprendente y noble señor que me recibía.

La Casa Vasca era una residencia de piedra típica de la campiña inglesa, de dos plantas, con ventanas pequeñas y marcos de madera. Contaba con seis habitaciones en la parte superior y un baño para compartir. En el piso inferior había otro tocador más, una amplia cocina con una mesa de madera larga con varios taburetes en derredor. La sala tenía una acogedora chimenea que fue lo primero que cautivó mi atención al entrar por el frío que hacía afuera. ¡Cómo llovía en Inglaterra!, era una aguacero constante, gris, helado, el viento gélido se metía por todos lados sin tregua, no paraba nunca. Llegué una tarde plomiza; el reloj sobre la chimenea marcaba las cinco de la tarde. El señor Fellowes me miró sonriendo y dijo: "Hemos llegado a la hora del té".

La casa ya tenía otros cuatro moradores españoles que fui conociendo en esos días. Cada uno ocupaba una de las seis pequeñas habitaciones de aquella casa. Todas tenían los mismos muebles: una cama con mesilla de noche y lámpara, un baúl para guardar la ropa, un escritorio rústico con otra lámpara y silla. El señor Fellowes me dijo que cada uno recibiría una mesada y de ahí tendríamos que comprar nuestros propios víveres, utensilios de limpieza o lo que necesitáramos. Teníamos asegurada la casa por seis meses en lo que arreglábamos los papeles para trabajar de manera formal en Inglaterra y quedarnos a vivir ahí o conseguir pasaje a otro lugar con visas y pasaportes o lo que se necesitara.

El señor Fellowes me explicó que el gobierno español en el exilio ayudaba con esos trámites desde Londres, y que el servicio postal, telégrafo y teléfono estaban a nuestra disposición cerca de la casa en la villa. Añadió que todos nuestros trámites también se debían pagar de la mensualidad que nos dieran. Una vez a la semana una señora que recorría las casas de los refugiados nos podía ayudar con la limpieza, y eso sí corría por cuenta de lord Faringdon, pero no cocinaba ni lavaba ropa o platos. Asentí con respeto. Sin más, me entregó un sobre con dinero. Me acompañó hasta mi habitación para que dejara mi maleta. Al entrar, abrió los cajones del escritorio y me mostró papel, sobres y plumas con tinta.

—Lord Faringdon me pidió explícitamente que le dejara esto a usted para que escriba.

—Dígale que le estoy muy agradecido.

—Más adelante irán a conocerlo o tal vez él venga; tiene mucho interés en conversar con los refugiados. No sabe español, pero yo seré su traductor.

—Será un honor.

Nos despedimos y me asomé a la ventana del cuarto. La campiña verde se extendía a mis pies, un pasto de un color brillante en medio del gris dominaba el paisaje. A lo lejos se divisaban unas vacas. Acerqué el escritorio para ponerlo frente a la ventana. Me senté tomando lo necesario para escribir.

> Porque te siento lejos y tu ausencia
> habita mis desiertas soledades
> qué profunda esta tarde derramada
> sobre los verdes campos inmortales.

Escribiría sobre España y su distancia, pero también sobre Inglaterra y sus prados, este *locus amoenus* al que había sido lanzado. *Primavera en Eaton Hastings: poema bucólico con intermedio de llanto*, ese sería el nombre y así lo garabateé arriba de la hoja.

Al rato saqué mi ropa y los libros, los pequeños recuerdos que conservaba, un par de fotografías sobre el buró. Luego bajé la escalera tras escuchar movimiento en la planta inferior. Pensé que ya era momento de conocer a mis otros compañeros inquilinos. Al ir bajando noté que un olor a pan horneado inundaba la casa, lo que me abrió el apetito.

En la cocina me encontré a un minúsculo y delgado hombre que se movía como abeja de un lado a otro de la cocina.

—Hola, buena tarde. Silvino Zafón.

—Ah, usted es el torero, el Niño de la Estrella, ¿eh? —le contesté, feliz de reconocer al menos a uno de los huéspedes.

—Así es, ¿sigue los toros?

—No tanto, pero sí he escuchado de usted. Soy Pedro Garfias. ¿También hace pan?

—Antes de ser torero fui panadero en mi pueblo de Mosqueruela. ¿Conoce? En Teruel. El caso es que en esta casa yo hago el pan. Pero, hombre, hablémonos de tú.

Lo acompañé un rato mientras acababa de disponer todo y yo lavé los utensilios usados por él. Era simpático y charlamos como si fuéramos viejos conocidos. Me dijo entonces que Arturo Barea, el periodista, llegaría pronto con un chorizo y unos vinos.

—Ahora contigo somos cinco, cada uno comprará la comida para un día de entre semana. El fin de semana comemos las sobras o vamos a alguna cantina. Un *pub*.

—¿Dijiste Arturo Barea? Conozco ese nombre, ¿no trabajó en la Telefónica?

—El mismo, se encargaba de los corresponsales extranjeros. Su mujer es suiza, la está esperando porque ella salió primero a su país, pero viene para acá. Él conoció a un famoso escritor norteamericano, Ernest Hemingway. Yo no sé quién sea, pero vio mi corrida en la plaza de Barcelona donde actué con mi padrino, el gran Pedrucho. La presencia de este escritor salió en los periódicos, por ello me enteré. Arturo lo trató cuando se hospedaba en el Hotel Florida con su mujer, quien es también periodista, después se fueron a Barcelona, ahí acudieron a mi faena. Ella se llama Martha Gellhorn.

—¡El Florida! —exclamé al recordar aquel día que vi a los corresponsales extranjeros en Madrid durante la guerra. Tal vez habían sido ellos mismos a los que había visto.

Pero ya no pude preguntarle más porque en eso apareció, con una boina de lana en la cabeza y dos costales en la mano, Arturo Barea. Nos conocíamos poco, mi trabajo en la Telefónica había sido otro, pero ahí nos habíamos visto algunas veces. Me saludó afablemente, él me reconoció de cara, pero no recordaba mi nombre.

—¡Tienes cara de cuervo, Pedro! De gancho, como un garfio, hombre.

Yo sonreí, nos pusimos a preparar las patatas con aceite de oliva, el chorizo y unas alubias con unas rodajas de cebolla. Comida simple, pero sabrosa. Luego llegó el profesor de bachillerato, Alberto Salinas, que resultó saber de historia y tener conocimientos de inglés, al igual que Arturo. Al final, cansado pues estaba trabajando, nos alcanzó a la sobremesa el señor Pepe Vicente; estaba poniendo mosaico en los baños de una casa cercana. De los cinco, solo Arturo y yo estábamos casados. Los demás eran más jóvenes.

Esa misma noche le escribí a Margarita a París para que tuviera mi dirección y poder contarle sobre mi estancia. Le propuse que buscáramos pasaje a América lo antes posible.

Rápidamente hicimos una rutina en la casa. Yo solía hacer largas caminatas por la mañana por aquellos parajes llenos de piedras, agua y musgo. Me compré unas botas gruesas por el lodo y así caminaba. Regresaba a escribir y tras el mediodía hacía mis labores domésticas asignadas. Nos reuníamos por la tarde a charlar y en ocasiones acudíamos a un *pub* cercano. Me gustó mucho el *whisky*, lo bebí todas las noches en las que acudimos a ese lugar, a veces cerveza, pero casi siempre *whisky* por el frío. Cuando por fin empezó a cambiar el clima sacamos la gran mesa de madera y los taburetes afuera de la casa para comer bajo los árboles.

A las dos semanas apareció por la casa lord Faringdon junto con el señor Fellowes para conocernos. La conversación fue torpe, un poco inútil, porque solo podían hablar Arturo y Alberto con fluidez, los demás necesitábamos de traductor. A mí me preguntó mucho por Luis Cernuda que había estado antes que yo refugiado en sus casas, pero yo solo había leído su poesía. Le dije que estaba escribiendo sobre Eaton Hastings y eso pareció agradarle mucho. Insistió en que Fellowes me diera a leer un poema que escribió Cernuda sobre uno de los niños vascos que estuvieron por la mitad de la guerra. Lo leí detenidamente y luego lo regresé con elogios a Cernuda, no sin cierta incomodidad por no saber qué se esperaba de mí. El señor fue amable y nos trajo unas cajas de té, que nadie tomábamos pero que agradecimos como si lo hiciéramos.

Los días empezaron a fluir mansamente. A veces, cuando me bloqueaba y no podía seguir escribiendo, me iba a una taberna cercana donde estaba un viejo escocés que me servía *whisky* detrás de la barra. A esa hora casi no había gente, así que me quedaba mucho rato tomando y le hablaba de España y la Residencia de Estudiantes, de mis épocas en Cabra, de mi niñez salmantina y andaluza, de mis amigos poetas, todo en una larga retahíla mezclando los años y los recuerdos, un torrente de palabras en castellano que él no entendía, pero que poco me importaba. Todo se me iba y a veces volvía como una ola, como un presagio del mar, una vorágine entera. Y así me iba entumeciendo hasta que me entraba una modorra y acababa tumbado ahí. El viejo escocés también hablaba mucho y me contestaba con grandes aspavientos, con su mostachón blanco y su barba sin rasurar de tres días y sus cabellos largos y blancos sobre la nunca. Los ojos le chispeaban, a veces llorábamos juntos. No sé si él tomaba o no porque nunca me fijé a ciencia cierta, pero me contestaba y yo le hablaba y jamás se me ocurrió que aquello no tuviera lógica alguna.

En una de esas me gasté más de lo debido y tuve que pedir prestado para comprar víveres. Los huéspedes me vieron con mala cara y yo me sentí triste pensando en aquellos días en que Federico me pagaba los tragos. Estos no eran mis amigos, solo éramos compañeros y así debía entenderlo. Sé que se molestaban por gastar en alcohol en vez de comida, pero había días en que la tristeza era mucha y solo al calor de los tragos se amansaba mi pena. A veces el desconsuelo se me anudaba en el pecho y solo quería sentarme y llorar.

Ahora
ahora sí que voy a llorar sobre esta gran roca sentado
la cabeza en la bruma y los pies en el agua
y el cigarrillo apagado entre los dedos...

Seguí escribiendo mi poemario, era un libro sobre el exilio, sobre la pérdida, pero también sobre el campo, la lluvia, el verde, el frío, el sol pálido y las nubes grises. Tenía dos intermedios "Llanto sobre una isla" y "Noche con estrellas". El primer intermedio se lo debo a ese *pub* y a ese tabernero escocés y sus *whiskys*. Cuando bebía me daba por llorar y aquel lugar estaba hecho para las lágrimas. El segundo a la primera noche que vi las estrellas sobre Eaton Hastings. Tras días interminables de negrura y de lluvia helada, por fin aparecieron. Esa noche fumamos afuera después de la cena. Aún llevábamos abrigo porque el viento era mucho, pero el aire despejó las nubes. ¡Y qué cielo! Un cielo para que hasta un ateo como yo pensara que Dios me veía desde la bóveda.

Aunque te rompas, frágil bóveda, en mil pedazos
esta noche estrellada
Yo tengo que gritar en este bosque inglés
de robles pensativos y altos pinos sonoros.
He de arrancar los árboles a puñados convulsos
he de batir el cielo con mis manos cerradas

Ese intermedio inglés de mi vida entre dos orillas me parecía a veces insoportable, como si no estuviera en ningún lugar, pero a la vez me daba ese paréntesis, ese bálsamo entre dos recorridos. Contemplaba el arco celestial arrobado desde un banco mientras fumaba. No sé qué habrá visto en mí Arturo que me dijo:

—Son las mismas estrellas en España y en Inglaterra, Pedro. Las mismas de México. Recuérdalo. A quien extrañes, mira lo mismo.

La correspondencia con Margarita iba y venía con cierta facilidad. Ella trataba de encontrar salida, a veces se impacientaba, pero yo le decía que aún teníamos tiempo. Eran cartas urgentes, que nos recordaban nuestra antigua unidad y el apego por el otro en ese momento de gran necesidad.

Solo recibí una carta de Rafael y María Teresa, escrita en su mayoría por ella y una nota al final de Alberti. Estaban en casa de Neruda y Delia en París, adonde huyeron. María Teresa se había encontrado con mi mujer y le había pedido mi dirección. María Teresa me contó que Pablo les confesó que fue Gabriela Mistral, embajadora de Chile en Lisboa, quien sacó de Europa a Maruja en barco, yéndose a la Argentina. "Yo sé que quieres saber de ella, Pedrito", me puso María Teresa. Tal vez Norah Borges pudiera ayudar a Maruja, pensé entonces. Esa vida loca de los cafés era ahora como un sueño.

Por fin, acabando el mes de abril, recibí un telegrama de Margarita diciendo que ya tenía boletos para un barco rumbo a México, el *Sinaia*. La Embajada de México en Francia se los había dado, al parecer más de mil quinientos españoles saldrían en él a ese lejano país. "Nos vemos en Sète el 20 de mayo, el barco sale el 25". Qué felicidad sentí, todo se iba solucionando. Publicaría en México este librito, me lo llevaría allá. Ahora a empacar para regresar de nuevo al sur de Francia desde donde había empezado mi aventura en el exilio.

Di aviso enseguida al señor Fellowes y arreglé con mis compañeros para que me permitieran quedarme con la mesada de mayo, total que salía desde el catorce. Pero el señor Fellowes vino a verme y me entregó sin pensárselo tres meses completos.

—Venías seis meses, Pedro. Aquí está el resto. Tómalo.

Le agradecí infinitamente y comencé a preparar mi salida. Un día antes de salir llegó sorpresivamente una carta de Juan Rejano, fechada desde Francia, contándome, ¡albricias!, que se iba a México en el *Sinaia*. Ya no tuve tiempo de escribirle, pero me dio una gran alegría saber que nos veríamos pronto y que viajaríamos juntos.

Me fui una mañana que prometía sol pero amaneció con bruma. Crucé el Canal en el mismo barco que me trajo a Inglaterra. Desde la borda vi el magnífico espectáculo de la neblina levantándose sobre la costa inglesa para revelar un sol esplendoroso sobre aquellos montes de la isla de Bretaña. De nuevo llegué a Dieppe y tomé pasaje hacia el puerto de Sète. Si todo salía bien, Margarita y yo llegaríamos el 20 de mayo y estaríamos listos para zarpar en el *Sinaia* hacia nuestro nuevo hogar. Me emocionó ver desaparecer el litoral, cuánto le agradecía a Inglaterra haberme regalado un nuevo libro de poesía.

EL MAR

El mar es mi destierro. Este flujo de aguas en el que no estoy en ningún lugar. Qué extraño el océano, siempre en movimiento y yo con él, pequeño y vacuo punto entre un sitio y otro, sin estar. Bajo mis pies un madero y un rumor que me lleva. Apenas un limbo, un paréntesis, una inflexión sutil entre dos sitios. ¿Cómo ser a través de esta larga noche? Todos nos fuimos de aquí. Todos.

Nos hemos ido, las maletas al vuelo, una camisa, una carta, un collar de perlas, una corbata, unas fotografías, un libro de poesía. ¿Qué es este correr de pasos bajando una escalera? Adiós. Hasta siempre, te mando besos. Una puerta que se cierra, un camión a la frontera, un tren a mitad de la campiña francesa. Las armas vienen tras nosotros. Correr, correr, correr. Suenan las bombas que estremecen la ciudad. Hay vidrios rotos, hay paredes que se desmoronan. Un ruido sordo sobre las cabezas. ¡Vamos, vamos! Chillidos y manos oteando el aire. No me dejes, vuelve pronto. Necesito otro boleto, otro lugar, un salvoconducto.

Cómo se han ido mis amigos, cómo nos hemos ido sin despedirnos, cómo los busco en este mar a oscuras. No hubo cigarros ni copas de vino ni hemos partido el pan. Ya no hubo canciones ni risas ni abrazos. ¿Adónde te fuiste María Teresa? ¿Adónde, Rafael?

Hasta el final estuve, Pedrito. Hasta el final, pero ya nos fuimos con las bombas tras de nosotros. Un avión a Francia con cinco pasajeros. "Soy miliciana", les dije a los franceses. "Soy poeta", dijo Rafael. "Déjennos pasar, traemos una carta. Mire usted. Aguantamos, Pedrito. Nos han dejado cruzar la frontera. Francia, Francia. El mar golpea sus costas, veo su geografía desde los aires. Miro los Alpes, miro la nieve. Hace frío, Pedro. No ha acabado el invierno aún. Estamos bien. Hemos llegado con Pablo y Delia, nos cuidan, nos miman, nos preguntan por todos, por España. ¿Cuándo volveremos a verla? ¿Cuándo nos abrazaremos de nuevo?".

La guerra es un tumulto de gentes que salen desbocadas, aprisa, con miedo, sus voces exaltadas. No escucho bien, son tantos. El rumor del mar me recuerda sus palabras, me las trae de nuevo con un rugido de olas contra el barco. Ese clamor en la frontera, en francés y catalán, en castellano. Un soldado nos sube a un camión. Argelès-sur-Mer, Saint Cyprien, Le Barcarès, Bram, Agda, Rivesaltes, Septfonds, Gurs... Son los nuevos nombres que aprendemos. Son los nombres de la tierra francesa, ¿adónde vamos? ¿adónde nos llevan? Ahí el mar, un gris Mediterráneo invernal nos recibe. ¿Qué mar es este que nos recibe? No importa, porque toda la Tierra tiene siempre un solo mar.

¿Por dónde se fue Maruja? Dicen que Maruja se fue a Argentina, cruzó por Galicia a Portugal. Maruja, la molusco, como te decía Dalí. Maruja, la pájara, como te decía Rafael. Marujita, ¿te llevaste acaso tus caballetes y tus pinceles? ¿Qué colores pintaste en el mar? Ese mar que te llevó al sur. Gabriela Mistral te hospedó en Lisboa y Victoria Ocampo te recibió en Buenos Aires. Cómo te fuiste, mi querida sinsombrero. Cómo te recuerdo pintada en un cuadro de Dalí. Cómo te recuerdo bailando en esas noches de Madrid, saltando un muro con pantalón, vestida de hombre en Silos, riendo por la calle, quitándote el sombrero, desnuda asomada a una ventana. Dime, vieja amiga, ¿cómo es el cielo del hemisferio sur? ¿Me pintas una noche estrellada desde la proa de tu barco?

¿Por dónde se fue María? Dicen que María se fue a La Habana, aunque quizá me equivoque y se haya ido a México. María, la boina calada y la sonrisa brillante. ¿Qué repartías en los cafés? ¿Qué clases dictabas en la Universidad Central? Te veo lejana, María. Te veo viajando por América, haciendo tus disertaciones y hablando de Ortega y Gasset, tu maestro. ¿Cómo es el agua del Caribe, María? Dicen que el mar es color turquesa y que las playas son como de talco. Dicen que las flores y los peces son de muchos colores y que el arrecife casi se toca con las manos.

Todos se fueron. Se fue Moreno Villa, se fue Buñuel, Dalí nunca estuvo, la guerra para él solo fue una distracción, pero no para nosotros. Imagino a Luis en París. Imagino a Luis en Los Ángeles. Dondequiera que haya cine, ahí verás a Luis. ¿Qué películas harás ahora? Dicen que tu esposa francesa es muy bella, que toca el piano y tienen un hijo. Te mando recuerdos, Luis. Te mando saludos desde este barco a mitad del mar.

¿Adónde van los hijos de España? ¿Acaso volveremos en este recorrido del mar?

FANTASMAS

Diversas crónicas inglesas señalan que Garfias se hospedó en una aldea llamada Eaton Hastings, donde recibió asistencia por parte de un lord inglés de apellido Faringdon, cuyo nombre de pila es Gavin Henderson; este lo acogió junto a otros cuatro o cinco españoles durante varios meses. Este sitio se encuentra en Oxfordshire, al oeste de Londres, en plena campiña inglesa, casi junto al mar. Las fotografías muestran prados verdes, casas de piedra de dos aguas, un verdadero paraíso idílico de la naturaleza.

En los libros sobre Garfias, poco o nada, salvo el nombre, se dice sobre el lord que los recibió, pero en las páginas inglesas sobre la vida de este noble y su participación histórica como mecenas de refugiados españoles se revela una existencia interesante y apasionada. Era un hombre con una inclinación liberal y republicana contraria quizás a su origen aristócrata. Lord Faringdon, tras graduarse de la Universidad de Oxford se afilia al Partido Laborista en Inglaterra. Luego, al inicio del conflicto español en 1936 se enlistó en el ejército republicano y sirvió dentro de un hospital en la provincia de Aragón. Hubo personas de diversas nacionalidades en las Brigadas Internacionales que participaron en la guerra.

A su regreso a Inglaterra hizo mucha publicidad sobre lo que sucedía en España, bastante opacado en su país por los acontecimientos que estaban ocurriendo en Alemania con el auge del Tercer Reich. Eso mismo hicieron Ernest Hemingway y John Dos Passos con su documental de 1937 titulado *The Spanish Earth,* que el mismo Hemingway narró.[4] Ambos vivieron buena parte de la guerra en España.

Estos esfuerzos de lord Faringdon redituaron poco, pero hay dos casos que vale la pena reseñar. Por su refugio de Eaton Hastings pasaron uno de los poetas más conocidos de la generación del 27, Luis Cernuda, y uno de los más desconocidos, Pedro Garfias. Si estuvieron juntos estos dos poetas es un misterio, pero ambos se refugiaron en el mismo sitio. Del paso de Cernuda por Eaton Hastings queda el poema *Elegía a un muchacho vasco, muerto en Inglaterra,* que en ocasiones es llamado *Niño muerto,* y está dedicado a José Sobrino Riaño, de quince años, que muere en un hospital de Oxford. Luis Cernuda —quien en 1938 parte a Inglaterra para dictar varias conferencias— acaba viviendo en Eaton Hastings sin regresar a España. Continuó su exilio en los Estados Unidos a partir de 1947. Hacia el final de su vida se va a México y acaba viviendo en la casa de Concha Méndez, ya separada de Manuel Altolaguirre.

El muchacho al que le dedicó el poema era uno de los refugiados del país vasco que durante los bombardeos fueron trasladados a Inglaterra a instancias de su benefactor, lord Faringdon. El niño resultó ser brillante en la escuela, hablaba inglés con fluidez y era muy destacado en todo. Su protector ofreció becarlo, pero el chico enferma de gravedad. Sabiendo que Luis Cernuda estaba por ahí, el niño pidió verlo en su lecho de muerte. Este acude al encuentro y queda conmocionado. El chico le pidió que le recitara poemas y al final le dijo que se volteara contra la pared para que no lo viera morir. Así lo escribe después Cernuda:

Volviste la cabeza contra el muro
Con el gesto de un niño que temiese

Mostrar fragilidad en su deseo.
Y te cubrió la eterna sombra larga.

Pedro Garfias se encuentra también mencionado en las crónicas de la página electrónica de la organización de lord Faringdon, aunque con menos espacio del que se le da a Cernuda. En él se comenta su célebre libro de poemas, *Primavera en Eaton Hastings*, el más conocido de sus poemarios y con mejores críticas. En México lo editó el Colegio de México.

Según las crónicas sobre los refugiados en Inglaterra que publica la organización a cargo de difundir la obra de Faringdon, Garfias ya tomaba en demasía desde que vivía ahí. Era aún bastante joven, tendría unos treinta y ocho años. *"With the gift of poetry went an addiction to the bottle, which made him a genial but quite unemployable companion"*.[5] Enseguida se narra su amistad con un tabernero local en Eaton Hastings, y aunque ninguno hablaba la lengua del otro, al parecer ambos llegaron a entablar una amistad entrañable.

La misma anécdota de la extraña amistad de Garfias con el tabernero es contada por Pablo Neruda en su libro de memorias *Confieso que he vivido*. La menciona brevemente dentro del apartado "Salí a buscar caídos", que es justo el que sigue al famoso capítulo "España en el corazón". Ambas secciones recogen anécdotas de la Segunda República, la Guerra Civil, y al final del exilio español.

En alguna ocasión posterior Garfias debió contarle a Neruda su encuentro con un tabernero que no hablaba español. Pedro y el tabernero bebían juntos, hablándose sin saber el idioma del otro. Y dice Neruda: "Cuando Garfias debió partir para México se despidieron bebiendo y hablando, abrazándose y llorando. La emoción que los unía tan profundamente era la separación de sus soledades. —Pedro —le dije muchas veces al poeta—, ¿qué crees tú que te contaba?—. Nunca entendí una palabra, Pablo, pero cuando lo escuchaba tenía siempre la sensación, la certeza, de comprenderlo. Y cuando yo hablaba, estaba seguro de que él también me comprendía a mí".

La anécdota se pierde entre la inevitable avalancha de nombres, viajes y recuerdos del poeta chileno. Es apenas una nada en aquel libro. Quién pudiera ponerle atención. Y sin embargo, la historia está ahí, en ese libro que sobrevivió a la persecución militar chilena y a la pira de la censura, a la propia muerte de Neruda. Ese manuscrito que salió al extranjero de forma precipitada gracias a su última mujer, Matilde Urrutia, quien lo escondió primero, y luego lo encomendó para que saliera del país, hasta que se publicó finalmente.

Primavera en Eaton Hastings de Pedro Garfias fue publicado por primera vez unos años después de su llegada a México en 1941. Sobre este libro, Dámaso Alonso dijo que era "el mejor libro de poemas del exilio". Hay varias referencias a esta frase de Alonso, pero en ninguna se especifica dónde y cuándo la dijo.

Garfias puso como subtítulo al texto: "Poema bucólico con intermedios de llanto", y por si había alguna duda sobre las razones del llanto escribe una nota aclaratoria al inicio de la obra que explica que este poema fue "escrito en Inglaterra durante los meses de abril y mayo de 1939 a raíz de la pérdida de España". El motivo del poema es el quebranto de España, la deuda de quienes perdieron la guerra, de quienes creen haber extraviado el rumbo y la patria.

Entre todos los libros sobre Garfias que encontré, solo este aparece publicado en la Ciudad de México. La edición que ahora tengo frente a mí es del Colegio de México de 2009; el prólogo es de José María Espinasa, un poeta y ensayista mexicano. Sobre Garfias dice: "No dejó de escribir poesía, incluso muy buena poesía, pero no alcanzó ya nunca más el registro de *Primavera en Eaton Hastings*". Y luego añade sobre los versos que hizo después en nuestro país: "Textos de circunstancias, a veces nacidos del impulso generoso de dar algo a los amigos, a sus anfitriones o a simples conocidos en ese periplo por diferentes universidades y ciudades del país. Poemas por encargo, poemas en todo caso de circunstancia, de una circunstancia muy precisa, la del exilio". Así, el crítico descarta a Garfias, lo tira por la borda hacia su destrucción.

Un año después de escribir esto, mi exalumno Jesús Nieto, quien también es poeta, y su mujer, Lola Horner, escritora y editora, me enviaron fotos de algunos libros de Garfias publicados en la UNAM, que pertenecen a su Biblioteca. Al parecer todo lo que se ha publicado en México pertenece al mundo universitario y no hay nada en editoriales privadas ni tampoco en fechas recientes. La última antología fue editada por la Universidad Autónoma de Nuevo León en 2017 y es una reedición de 1948.

El poeta se escapa. ¿Mal poeta? ¿Buen poeta? Poeta perdido. Poeta extraviado de la generación del 27, bordeando a sus contemporáneos apenas. Tal vez él y Cernuda vivieron tan solo a metros de distancia. Tal vez. El caso es que desapareció, se borró la foto. ¿Quedó el milagro en un solo libro? No lo sé.

Me he quedado leyendo la cita de Zaid largo rato. No dejo de pensar en ella. "Una de las cosas que hacen importante a Monterrey es que Pedro Garfias haya andado por aquí".

Pedro Garfias se me presenta como un aparecido inoportuno que surge en los lugares más insospechados reclamando su lugar en el mundo.

CORAZONES

Por la madrugada otra vez me despertó el tren. Su largo aullido sobre los rieles me estremeció. Atisbé sobre las colchas: apenas una ligera franja de luz se filtraba por la persiana cerrada. Tuve que incorporarme un poco para ver la hora en el reloj digital junto a mi cama: 4:46 AM. Era muy temprano. Cerré los ojos aún bocarriba. En esa misma posición estuve hace muchos años cuando me realizaron un cateterismo tras cumplir los catorce. Fue el último procedimiento antes de que me dieran de alta, antes de decirme "Váyase a su casa, viva su vida, no pasa nada". Ese examen era la prueba que necesitaba el cardiólogo para decir que, entrada mi adolescencia, ya no tendría ningún problema cardiaco. Mi anomalía, mi rareza, era solo eso y nada más. Pero no fue así, años después acabé volviendo a ver un cardiólogo por culpa de la arritmia. Lo que ocurrió entre aquel "váyase a su casa" y el regreso fue una tregua que solo había durado un abrir y cerrar de ojos.

En aquella ocasión, entré al quirófano en una camilla. Llevaba el cabello metido en una gorra de hule como las de baño y me cubría una sábana delgada. Traía puesta una bata de hospital con el cierre de velcro por la espalda. Me sentía extremadamente despierta, expectante, con la adrenalina recorriéndome el cuerpo, apenas habiendo dejado a mis padres afuera. No sería una inconsciencia completa, estaría despierta todo el procedimiento, solo ocupaba anestesia local, eso habían dicho.

El quirófano no era muy grande. Alrededor de mí había muchas máquinas y además del enfermero que me trasladó, estaban dos mujeres más. Una me explicó que me iban a preparar para el cateterismo antes de que llegaran con la anestesia. No entendí bien qué era necesario hacer antes. Las mujeres pusieron música; no reconocí quién cantaba. Algo fuerte, ruidoso, de fiesta. Me sorprendió el volumen. Una de las mujeres era muy grande, gorda, y empezó a moverse y a cantar con la música. No podía dejar de verla, me parecía fascinante. La otra era menuda, de manos pequeñas y nerviosas; no bailaba. Ella fue quien primero se acercó a mí. De pronto vi que en las manos enguantadas de plástico llevaba un rastrillo y tijeras.

—Vamos a afeitar —me dijo al acercarse y quitarme la sábana que me cubría.

Entonces me di cuenta. El cateterismo sería por la ingle, ya me lo habían explicado. Lo que no sabía era que iban a rasurarme el vello púbico, lo cual tenía sentido, solo que no lo había pensado antes. Supongo que para los médicos esto era un mero trámite sin importancia, una formalidad apenas dentro de una cirugía, aunque fuera ambulatoria. Pero yo entonces tenía catorce años y no estaba preparada para que tres personas —una era varón, el enfermero que trataba de encontrar una vena para el suero— vieran mis partes íntimas.

Sin más bajaron la sábana y luego levantaron la bata hasta el vientre. Yo no podía incorporarme. Me quedé así, rígida, mientras aquellas mujeres estiraban la piel para pasar el rastrillo con fluidez. No podía mover ni un músculo. Sentía lo que estaban haciendo… era imposible ignorarlo. Trataba de controlar mi cara, la comisura de los labios temblorosos, mis ojos alucinados bajo la intensidad de la luz blanca de la habitación, mi terror a su rastrillo y tijeras, a la vergüenza que amenazaba los bordes de mis párpados con lágrimas que sabía ridículas. Intentaba cubrirme con la mano que tenía libre. Mi instinto era cerrar las piernas y apartar sus manos, pero me contenía.

—No te muevas, hija. Ya no falta nada —dijo la enfermera pequeña.

Mientras el enfermero, taciturno, me amarraba una liga en el brazo izquierdo para hacer saltar la vena y poder pinchar con la aguja. Siempre he tenido las venas muy delgadas; se estaba dificultando hacerlo. Por fin sintió, lo logró y pudo insertar la aguja, pero me moví un segundo de manera involuntaria. Tres pares de manos me sujetaron hacia abajo. Sentí culpa, como si hubiera hecho algo incorrecto. Pero ya me estaban conectando al suero.

Pasaron unos minutos que me parecieron eternos cuando por fin las enfermeras que me afeitaban terminaron su trabajo y pusieron de nuevo la bata en su lugar. Sentí frío porque no me cubrieron con la sábana. Entonces llegó el anestesiólogo. Me explicó que me darían un sedante, pero que no me dormiría, y que luego me pondrían dos inyecciones en la ingle por donde se haría el cateterismo. Casi de inmediato tuve sueño. Me forcé a abrir los ojos, no dejaría que me durmieran sin saber qué pasaba exactamente. Cada vez que parecía dormitar, una fuerza interior me hacía abrir de nuevo los ojos para ver a mi alrededor.

El anestesista me levantó de nuevo la bata, exponiendo mi pubis —en ese momento ya limpio y pulcro— al mundo. Ahora eran cuatro individuos viendo mi cuerpo, ya solo faltaba el cirujano, una eminencia acostumbrada a ver pubis y penes todo el día. Al parecer dedicaba su tiempo a realizar cateterismos perfectos, precisos y confiables. Entraba y salía de quirófanos para insertar y sacar agujas que jalaban esterilizados tubos milimétricos hacia lugares insospechados del corazón con una diminuta camarita que rastreaba cada rincón de la cavidad cardiaca, hasta que satisfecho con sus hallazgos de explorador de la selva amazónica, del Perú inca o de las pirámides egipcias, cerraba la pequeña herida.

Llegó el cirujano, listo para el procedimiento. Inmediatamente las enfermeras apagaron la radio. Supuse que su calidad de estrella de la cirugía lo ameritaba. Se hizo un silencio expectante como si fuera a iniciar un gran concierto. Las enfermeras rápidamente levantaron de nuevo la bata y pusieron sábanas limpias en torno al área que abriría en un momento aquel médico. Luego el anestesiólogo procedió a las inyecciones mientras el cirujano se preparaba.

—Dolerá solo un poco, mantén la calma —me dijo.

Hablaban en voz muy baja. Casi no podía oírlos. Los ojos se me cerraban irremediablemente. Me rendí a ello. Sentí el ardor de los piquetes e involuntariamente moví un poco la pierna izquierda que correspondía a la ingle por donde entraría el catéter. Varias manos me detuvieron. Oí la voz del cirujano llamarme, quería abrir los párpados, pero no podía hacerlo, me pesaban; ni todo mi esfuerzo me permitía abrirlos de nuevo, aunque lo escuchaba. El sedante controlaba mi cuerpo, abandonado ya a su suerte frente a aquel médico que me hablaba.

—Ese es todo el dolor que vas a sentir, ahora ya vamos a empezar. Solo tendrás quizás un poco de frío, es todo. Tranquila —dijo entonces el anestesista.

Traté de afirmar con la voz, pero solo emití un débil sonido. Sentía que me tocaban la ingle, algo pasaba dentro de mí, pero en efecto no sentía dolor. Un frío helado me recorrió por la vena al entrar el tubo. Tuve una sensación extraña de que dentro de mí había una serpiente que me recorría. Sentía sueño, pero la impresión de aquella víbora fría se quedaba conmigo. Algo fallaba. De muy lejos, como de un pozo profundo, oí la voz del cirujano:

—Hay que sacar el catéter. —Con una sacudida brusca abrí los ojos. Sentí la salida de aquel reptil de mi cuerpo. La adrenalina competía con el sedante. Agucé el oído a pesar de sentirme sin ánimo, incluso moví un poco la cabeza, toda mi concentración estaba puesta en esas palabras a bajo volumen. Al parecer el catéter había topado y no pasaba. Entonces decidieron cambiar de ingle.

Pensé que tal vez la posición de mi corazón no era compatible con esa entrada y por ello cambiaban. No tenía idea porque no decían nada. ¿Fallaba la eminencia? Me puse muy nerviosa; además, la anestesia dejaba de funcionar y la ingle aún abierta empezó a dolerme mucho, cada vez más. Entonces, no sé de dónde, de qué lugar dentro de mí vino aquello, pero empecé a gritar y a decir que me dolía. Rápidamente me administraron otra inyección y empezaron a parchar la ingle. Unas manos me sujetaron para que dejara de moverme. El enfermero que me había llevado al quirófano se sentó junto a mí y me tomó de la mano. Creo que le di lástima. Me miró a los ojos que ya para entonces tenía bien abiertos y me tranquilizó con esa media lengua que se usa para los niños pequeños y que a la vez es como un murmullo ininteligible, pero cuyo susurro calma.

El anestesista puso otras inyecciones del lado opuesto y el cirujano comenzó su trabajo otra vez. Nuevamente introdujo ese reptil voraz dentro de mí, sentí de nuevo el frío y el movimiento al interior de las venas. Subía y subía, helado, como una alimaña extraña. Traté de respirar profundamente, pero mi cuerpo estaba rígido, negado a dormir o al menos a relajarse. No podía moverme en absoluto, tenía la certeza de que si lo hacía aquella tripa me destrozaría alguna arteria. ¿Cuándo acabarían? Por fin los oí murmurar sobre el corazón y supe que ya estaban viendo lo que la cámara registraba. Ahí, bajo la luz y frente a alguna pantalla verían cada uno de los vericuetos de ese corazón mudado de sitio, traspuesto dentro de un cuerpo incierto; cada cueva, cada río, cada pulsación movida por la estenosis, siguiendo el ritmo de mi respiración. Cerré los ojos con fuerza y dejé que hicieran con resignación; empecé a dormitar, me sentía cansada, no podía luchar ya. Un largo rato después me movieron el codo, de nuevo el enfermero. Se acercó a mi rostro y me dijo que habían terminado.

La sala del posoperatorio era un largo rectángulo con camillas de los dos lados donde se observaban niños enfermos recién salidos de cirugía. Unos se veían más mal que otros. Frente a mí había un niño con la cabeza hinchada al doble. La llevaba cubierta con vendas. Lo habían acomodado de forma que el cuello y la cabeza sobresalían y podía verlo perfectamente. Estaba dormido. Le calculé unos diez u once años. A mi diestra había un bebé muy pequeño vendado del pecho que también dormitaba, y del otro lado una niña de unos ocho años que al igual que yo estaba despierta. Llevaba un collarín rígido.

—¿Qué te pasó a ti? —le pregunté.

Ella intentó incorporarse, voltear hacia mí, pero era inútil.

—Tuvimos un accidente de coche. ¿Y tú?

—Es que yo… tengo el corazón del lado derecho.

—Ajá…

—Va del otro lado normalmente.

—¡Oh, no!, qué raro…

Una enfermera entró y puso su dedo sobre su boca para que calláramos. En eso vino mamá un momento. Se asomó por un lado de mi camilla, vi su rostro sobre mí bajo la luz blanca. Le dije que me sacaran de ahí.

—Shhh. No hables.

—Me da miedo aquí.

—¿Miedo?

—Hay muchos niños enfermos. Unos están muertos.

Ella volteó un segundo a su alrededor, no se había percatado de los demás. Hizo un gesto de asombro y luego de compasión al ver al niño de enfrente.

—No están muertos —dijo distraída— pero está bien. Ahora veo cómo hacemos para que te saquen pronto.

Poco tiempo después vinieron por mí. Me despedí de la niña del accidente de coche. Ella agitó una mano en el aire para que la viera.

Al día siguiente salí del hospital con dos hematomas en las ingles que me dolían al moverme. El doctor sonrió cuando vio las imágenes que arrojó el cateterismo y dijo que todo estaba perfecto, que ni la dextrocardia ni la estenosis me darían problema.

—Lista para todo. No tienes nada —dijo riendo con un vozarrón profundo. Su rostro estaba sonriente y colorado como un Santa Claus. Así me despachó. Lo abracé por última vez después de tantos años de chequeos médicos rutinarios. Creo que mamá lloró cuando nos fuimos, agradecida, pero también aliviada.

OBSERVACIONES QUE A NADIE LE IMPORTAN

Aunque hace muchos años que solo asisto a misa para bodas o funerales, por años recité durante la liturgia estas palabras tan necesarias dentro del catolicismo para expresar arrepentimiento. *Yo confieso ante Dios todopoderoso, y ante ustedes hermanos, que he pecado mucho de pensamiento, palabra, obra y omisión. Por mi culpa, por mi culpa, por mi gran culpa.* Los tres "por mi culpa" van acompañados de golpes de la mano derecha sobre el corazón. Pero si está vacía esa parte del pecho, ¿cuenta la contrición?

QUÉ HILO TAN FINO, QUÉ DELGADO JUNCO
—DE ACERO FIEL —NOS UNE Y NOS SEPARA
CON ESPAÑA PRESENTE EN EL RECUERDO,
CON MÉXICO PRESENTE EN LA ESPERANZA.

Fue en el muelle de Sète que me encontré de nuevo con Margarita. Cuando llegué al pequeño hotel cercano a la marina hallé sus maletas en el cuarto, pero ella no estaba por ningún lado. Supuse que habría ido a comer alguna cosa mientras me esperaba. Entonces salí a la calle rumbo a los barcos anclados. Aún no llegaba el *Sinaia*, mas era un día soleado propicio para caminar rumbo al muelle. Atisbé desde lo lejos el faro y me encaminé hacia ese lugar. Cuál sería mi sorpresa que ella tuvo la misma idea; de lejos la divisé cuando venía de regreso. Ella no me vio primero, el sol le daba en el rostro. Pero pronto me reconoció cuando corrí como un loco hacia ella, emocionado de encontrarla. Iba vestida de blanco y me pareció que resplandecía; estaba más hermosa y rubia que nunca, brillante sobre aquel muelle, acodada frente al antiguo faro. Juntos miramos el mar y caminamos de la mano como novios enamorados. No sé si eran los boletos y la novedad del viaje o las penurias experimentadas, pero sentíamos un verdadero gozo de estar vivos. Admiramos las hermosas casas de colores de Sète y las naves en el embarcadero. Nos dirigimos a comer y en un pequeño mirador nos sirvieron gambas fritas con unas cervezas que nos supieron a gloria. Le conté de mi libro de poemas que llevaba en la maleta para publicar en México y de la generosidad de lord Faringdon; ella me contó de sus primas y la vida parisina, de una exposición de Salvador a la que asistió.

—Él no me conoció, Pedro.

—No, hace mucho que no lo veo y tú nunca lo conociste.

—Pero, le dije de ti, que lo habías invitado a nuestra boda. No me hizo caso.

—Él es así, vive en otro mundo.

—Por supuesto que vive en otro mundo. Qué digo, en otro universo. Si vieras cómo llegó a la galería. Ninguna de las piezas del traje eran de la misma tela. Parecía un payaso. Al menos no llegó en traje de buzo.

—¿De buzo?

—Oí que así se presentó a dar una conferencia en Londres, ¡con escafandra puesta!

Yo reí divertido. Imaginé a esas momias inglesas impávidas viendo a Salvador vestido, listo para sumergirse en el océano. Así siguió Margarita contándome de los teatros y museos de París, de la última moda. Hablaba y hablaba, yo casi no preguntaba. Feliz de que su exilio hubiera ido mucho mejor que el mío, al menos hasta ahora. Ni para qué interrumpirla con los sufrimientos de aquellas playas francesas.

Los días que siguieron los pasamos cual si fuésemos niños, como ya estaba arreglado lo del barco y sabíamos que en el trayecto no habría que gastar dinero en las comidas, decidimos ir a los restaurantes que quisimos. Después, en México, nos arrepentimos de haber gastado el dinero, pero al menos lo disfrutamos. Un día paseamos en un pequeño bote pesquero. Tomábamos vino por la noche y hacíamos el amor como no había sucedido casi desde recién casados. Todas las asperezas parecían haberse limado.

Margarita me contó cómo consiguió los boletos a través de la Embajada mexicana en París. El gobierno español en el exilio formó el Servicio de Evacuación de Republicanos españoles y había conseguido financiamiento del gobierno mexicano, así también del partido laborista inglés que formó un comité de ayuda. No dejaban de asombrarme tantas gestiones para socorrernos y cómo se confabularon estos actores providenciales para que pudiéramos salir adelante tras la fallida guerra. Con cierta amargura me preguntaba por qué no llegó el dinero antes, cuando aún estábamos en guerra, cuando hubiera sido posible tener otro final.

—Ni un franco tuve que pagar, Pedro —me dijo Margarita.

—Se pusieron generosos ya con la guerra perdida.

—No te entristezcas, que es mejor ahora que nunca —me contestó.

El dinero que le había dado su familia lo llevaba íntegro para nuestro asentamiento en México y yo pensaba también ahorrar al menos la mitad de lo que me habían dado en Eaton Hastings. Nos sentíamos alegres, sin preocupaciones. Tanto, que Margarita me urgió a comprarme un traje nuevo porque no tenía. Ella llevaba ajuares finísimos de Francia y yo llevaba ropa de segunda. Accedí pensando que me serviría para buscar trabajo en México.

—Un traje gris oscuro es lo mejor para cualquier ocasión. Una corbata azul y otra púrpura y republicana —escogió ella.

Entre los trámites que hicimos fue revisar la hora del embarque porque no estaba especificada en el boleto. En el muelle había una oficina con las salidas de todos los barcos. Nos recibió un mal encarado francés y Margarita —con poca fluidez en el idioma, pero con conocimiento— mostró nuestros boletos y pidió informes. Que volviéramos luego. Tres veces tuvimos que ir hasta que por fin nos estamparon la hora de subida: las cuatro de la mañana del 25 de mayo. El barco zarparía hasta el mediodía, por lo que no entendíamos lo inhóspito del horario, pero al parecer desde la una de la mañana abrirían al pasaje. El otro detalle del cual nos enteramos en esa oficina pequeña fue que no tendríamos el mismo camarote. Al parecer el barco iba muy lleno y para poder meter más gente se congregó al pasaje por género y en grupos de tres y de cuatro. Es decir, que habría que compartir habitación con algún desconocido. Solo las familias de cuatro o más miembros que llevaban niños estaban juntas.

Un día antes de la salida estarían los encargados de la travesía armando habitaciones en unas mesas frente al barco; si queríamos escoger debíamos presentarnos ahí. Recordé que Juan Rejano me había escrito para contarme que se iría en el mismo barco, así que decidí presentarme para pedir habitación con él. Por lo menos tendría un conocido. Margarita, quien siempre sufrió de timidez con extraños, estaba muy abatida. Para consolarla, le dije que al menos le buscaría un mejor lugar. La mañana del 24 me levanté de madrugada y le susurré a Margarita que se quedara, que iría al muelle para ver lo de los cuartos. Cuando llegué, la fila era aún muy exigua y me alegré de haber despertado temprano. Tres horas después llegaron unos hombres con unas mesas y sillas para instalarse y recibirnos. Casi a las diez de la mañana estaba ya a punto de llegar a la mesa cuando entre las cabezas aglomeradas divisé a mi amigo Juan. Le grité como un loco, manoteando el aire, hasta que me vio y se dirigió adonde estaba. Nos fundimos en un alegre abrazo fraternal y juntos nos acercamos a la mesa. Ahí empecé a negociar el lugar de mi esposa. Me dijeron que aún tenían un buen camarote sobre la segunda cubierta y le dieron lugar con una señorita y su madre. Pensé que estaría bien y dije que sí. Pero a Juan y a mí nos dieron un espacio en la bodega del barco. En un lugar pequeño. Junto con nosotros iría alguien de nombre Adolfo Sánchez Vázquez, a quien no conocíamos, solo supimos que era un joven nacido en 1915 con veinticuatro años. Era el único dato que podían darnos. Volvimos andando al hotel y le presenté a Margarita, quedamos en tomar unas cervezas junto al muelle y despedirnos de Francia.

Esa noche casi no pudimos conciliar el sueño por la excitación del viaje y la sensación de aventura, además de la nostalgia por lo que dejábamos. No sabíamos cuándo veríamos a nuestras familias. Finalmente, a las tres de la mañana nos pusimos de pie para ir al muelle y subir a tiempo. Teníamos ganas de ver aquel navío construido en Glasgow y perteneciente a la nieta de la reina Victoria, María de Rumania. Nosotros mismos cargamos con nuestras maletas, arrastrándolas desde el empedrado frente al hotel hasta la escollera y el barco. El *Sinaia* era el navío más grande de los que estaban anclados ahí. Sus dos imponentes chimeneas se recortaban como dos centinelas enhiestos contra el cielo negro de la noche, apenas perfilándose contra la bóveda llena de estrellas. Qué vista más magnífica la que estaba frente a nuestros ojos. ¡El *Sinaia*!, nombre de castillo rumano, de condes y vampiros y noches funestas, qué sería subir a un barco que invocaba semejantes visiones. El *Sinaia*, su nombre ya para siempre en mis labios como un murmullo que se repite de forma incesante.

Lentamente recorrimos el andén que nos llevaría a la entrada principal. Pasamos por varias galerías y al menos tres puntos de revisión. En el último, justo al entrar al salón principal para que nos entregaran las llaves de los camarotes, estaban nuestros anfitriones: Fernando Gamboa y su esposa Susana. Él era un diplomático mexicano en la Embajada de Francia, que había gestionado el viaje junto con los ingleses y franceses. Era un hombre de mediana estatura, bigote recortado y traje cruzado. Ella era una mujer pequeña, joven, los ojos oscuros, brillantes, se movía de un lado a otro, menuda y rápida, parecía una abeja.

—Susana Gamboa, encantada. Bienvenidos al *Sinaia* —nos dijo con un acento alegre, cantadito, sin cecear, tal como había escuchado a Fellowes cuando me llevó a Inglaterra.

—Pedro Garfias, a sus pies, señora. Les estamos muy agradecidos. Le presento a mi esposa Margarita.

Tras un intercambio breve nos repartió un programa de actividades organizado por ella misma y un plano del buque para que no nos perdiéramos. Salimos del barullo de aquel gran salón para dirigirnos al camarote de Margarita que estaba en ese mismo piso. Lo encontramos escondido en un largo pasillo a media luz; era un cuarto muy pequeño, con los muebles pegados a la pared, pero tenía una pequeña ventanilla circular por la que se veía el mar.

—Está amaneciendo, Margarita. Mira las gaviotas.

Había una pequeña cama individual y una litera. Tenía para usar exactamente dos cajones y una puertita pequeña con repisa que dividía los espacios por igual para las tres. Una puerta daba a un baño que se compartía con otro camarote.

—Al menos no hay que salir al pasillo, Pedro —dijo ella.

Quedamos en vernos en la proa a las ocho para ir a desayunar. En el folleto decía que se podía tomar algo entre ocho y diez de la mañana. Nos despedimos y me dirigí al sótano para ver si encontraba mi lugar. Tuve que bajar tres escaleras hasta llegar al piso donde estaba la bodega. Caminé por un pasillo a oscuras y llegué a la puerta marcada con mi número. Una sola bombilla eléctrica iluminaba aquel cuarto con una litera y una pequeña cama individual. Había un solo mueble para guardar lo de todos, así como un lavabo. El baño estaba al final del piso con tres regaderas comunitarias y dos sanitarios que se compartían entre los inquilinos de aquella bodega, que claramente en otros momentos debía servir para otros usos, pero con una carga de pasajeros al doble de su capacidad ahora estaba para resguardar varias almas republicanas. Con todo, estaba limpio y no olía mal.

Aún no llegaba Juan, así que decidí aguardarlo en lo que iba a desayunar. Me recosté sobre la cama, pero dejé la luz encendida para no quedarme dormido. La litera era un poco dura y la almohada casi plana, pero el cansancio era mucho, así que cerré los ojos hasta que una voz me despertó. Al abrir los ojos revisé mi reloj y me di cuenta de que en quince minutos debía subir. Pero no, las voces eran afuera, por lo visto ahí se oía todo. Juan no llegaba ni el otro inquilino tampoco, pero ya era hora de buscar a Margarita.

Cuando la encontré nos dirigimos al salón principal para buscar el comedor. No sé qué esperaba mi mujer, tal vez algo más elegante, pero aquel navío era un barco de refugiados y de nuevo sé que se llevó una gran decepción. Como en toda la embarcación, se notaba cierta opulencia en su salón central, pasillos de cubierta e incluso aquel comedor. Había maderas finas y ventanas con vidrios esmerilados, pero los muebles eran de baja calidad y la distribución estaba configurada para que cupiera la mayor cantidad posible de gente; ese era el único criterio. Así que de nada servía la fina candilería de Bohemia, cuando las mesas eran solo largos tablones de madera con sillas o bancos pegados entre sí para sentar a la máxima cantidad de personas.

—Pensé que podríamos desayunar solos —dijo Margarita de forma discreta. A veces me parecía mi mujer tan alejada de la realidad que vivíamos, que continuamente había que explicarle o hacerle ver la situación. Tal vez su exilio en París, demasiado benévolo, no la dejaba comprender nuestra condición de transterrados.

—No hay espacio, Margarita, pero no importa. Mira, hay lugar más allá cerca de la ventana. Podremos ver el mar.

El desayuno consistía en dos panes tostados con un poco de mermelada y café con cierto regusto a quemado. La comida estaba racionada y era poca; iban sirviendo lo mismo a quienes se acercaban. Terminamos pronto e invité a mi mujer a dar la vuelta para conocer el barco. Aún había mucha gente entrando a la nave por lo que nos alejamos de ahí para tener un poco más de espacio. Esa mañana el aire estaba fresco, pero el sol brillaba sobre las aguas. Observamos que en el muelle se juntaba mucha gente para la despedida. Se me hizo un poco extraño porque aquí claramente nadie tenía familiares y los otros españoles que hubiera pronto subirían a otro navío o tal vez viajaran a París.

—Son franceses, Pedro, ¡míralos!

—Vendrán a burlarse de nuestra suerte.

Pero para las once de la mañana nos dimos cuenta de que sí era una especie de despedida. Los obreros franceses se arremolinaban en el muelle y a voz en cuello nos gritaban: *Allez! Allez! Allez! Allez!* En el momento en el que el barco por fin se alejó del puerto tras tres pitidos sordos y un tufo de las chimeneas, se oyó tocar un pasodoble.

—Esos músicos están aquí en el barco, deben estar frente al salón principal —le susurré a Margarita conmovido. Más tarde supimos que era la Banda del V Regimiento que también partía hacia México. Por fin zarpábamos; cientos de franceses agitaban pañuelos y los gendarmes hacían el saludo militar respetuosos. Nosotros contestábamos agitando el puño en alto; una fuerte emoción se apoderó de mí al ver aquel espectáculo.

Más tarde nos encontramos con Juan. Fue un gusto verle y compartir con él la comida, que consistió en un plato de alubias desabrido. Pero la camaradería era grande y nuestra esperanza mayor. Al menos había comida, no como en la alambrada de los campos de concentración en las playas francesas. Entre la charla acordamos hablar con los señores Gamboa para ver si podíamos lograr hacer una pequeña publicación que titularíamos simplemente *Sinaia* en honor del barco que nos salvaba. Esa misma noche pudimos gestionarlo con la señora Susana, que pasó por la proa repartiendo unos folletos que promocionaban conferencias y talleres a partir del tercer día de navegación, con el objeto de prepararnos para la llegada a México. Ella se entusiasmó mucho y dijo que reuniéramos a otros interesados y que podría ser un proyecto que se relacionara con los cursillos que ella y su marido tenían preparados. Así se decidió que Juan y Manuel Andújar, un joven escritor a bordo, fueran los editores de dicha publicación. La idea era publicar algunas noticias, cuentos, ensayos y poesía. La señora Gamboa pondría a nuestra disposición la pequeña imprenta en la que sacaba los folletos que repartía. La imprenta estaba en el piso superior de la embarcación, un lugar con muchas ventanas y luz, propicio para escribir.

Al segundo día de navegación pasamos por el estrecho de Gibraltar, era nuestra despedida definitiva de España. De lejos miré la curvatura honda de la patria que dejábamos sin saber hasta cuándo, y sentí que el corazón se me apretaba. Antonio Zozaya, el periodista y jurista republicano fundador de *El Liberal* y perseguido por escribir a favor de los rojos, dirigió unas palabras desde la borda en homenaje a la república perdida. Era muy mayor ya, daba pena verle tan viejo. Ahí estaba de pie, firme como un mástil; con su voz cascada habló con gravedad, nos dio este mensaje que publicamos en el primer número del *Sinaia* al día siguiente:

Mirad a lo lejos aquella quebrada línea que se alza sobre el mar. Al contemplar desde la cubierta del buque que nos lleva a otras tierras hospitalarias, al luminoso México que generosamente nos dispensa un acogimiento fraternal... Es la Patria amada que se aleja... Qué pena tan honda. ¡Cuántos de nosotros volveremos a pisar su suelo!... Tú, España, resurgirás, más deslumbrante y poderosa que nunca. A ti volverán, con el cuerpo o con el pensamiento, los desterrados de este mar [...]

El silencio que reinaba era impresionante. Solo el sonido del mar se levantaba en derredor nuestro, pero hasta el mar estaba calmo, apenas respirábamos de tanta emoción. Margarita lloraba junto a mí unas lágrimas calladas. De pronto alguien gritó ¡¡Viva, España!! Y todos levantamos el puño de la mano, agitándolo contra el cielo azul. Recordé entonces mi propio poema sobre Asturias: "Millones de puños gritan, su cólera por los aires". Tras los vítores nos unimos para cantar a voz en cuello *La Internacional*, porque hasta aquí no llegaban nuestros perseguidores. Al término se oyeron más aplausos y gritos. Manuel nos dijo que haría la crónica del momento; Juan fue a buscar a Antonio Zozaya para pedirle su discurso.

El 27 de mayo fue mi cumpleaños. No se lo dije a nadie, solo Margarita lo sabía. Quedé con ella de que era mejor no decir nada ni a Juan ni a Adolfo, nuestro joven compañero que también había estado en el frente y era miembro de las Juventudes Socialistas.

Esa mañana, sin más, nos dirigimos Margarita y yo al salón principal donde sería la primera conferencia titulada simplemente: *Presentación sobre México.* Tras escucharla me di cuenta a cabalidad de lo ignorantes que éramos con respecto al país que nos recibía. Realmente no teníamos idea ni de su historia ni de sus costumbres ni de su forma de gobierno. Pero lo que no me esperaba era la sorpresa que había confabulado mi mujer junto con Susana.

—Y ahora, para que conozcan un poco más sobre la cultura mexicana, mi marido y yo les tenemos una sorpresa junto con algunos de los empleados mexicanos que nos acompañan. En las fiestas de cumpleaños mexicanas siempre se canta esta tradicional canción que ahora les ofrecemos en honor de nuestro querido poeta Pedro Garfias. ¡Hoy cumple años! ¡Felicidades!

Y entonces, tras ella surgieron varios de los hombres y mujeres que formaban parte de la administración del barco y junto con Susana y su marido empezaron a cantar: *Estas son las mañanitas que cantaba el rey David, hoy por ser tu cumpleaños te las cantamos a ti...* Volteé a ver a Margarita, ella solo sonrió. Tras la melodía, Susana me anunció que me harían una pequeña torta con vino en las oficinas de la imprenta a las seis de la tarde. Les agradecí mucho la deferencia; sentí un inmenso aprecio por aquella mujer. Fue una velada linda con Manuel, Juan, los Gamboa, Adolfo, Margarita y yo. Brindamos con copas de verdad y no con esos vasos gruesos que nos daban en el comedor, y comimos torta, que no sé cómo consiguieron hacer.

A partir de ese tercer día había conferencias por las mañanas tras el desayuno, alrededor de las diez de la mañana; todas sobre la vida en México, su geografía, su sistema político, sus costumbres y comidas, sus ciudades principales, escritores, artistas y directores de cine. Nos aseguraron que cerca del desembarque también habría charlas sobre visas de trabajo y camino a la ciudadanía. Por lo pronto, el gobierno en el exilio nos daría una módica cantidad de dinero al llegar mientras encontrábamos trabajo.

Se estableció también que por las noches la Banda del V Regimiento animaría las veladas a partir del atardecer desde la popa. Ahí se instalaban para interpretar melodías diversas al estilo militar. Música española, zarzuela, pasodobles, coplas, cantos populares españoles, dirigidos todos por el maestro Rafael Oropesa. Solo a veces corría algún vino o alcohol. La señora Susana tenía un control estricto de las bebidas, pues quería que alcanzara para ciertas celebraciones. El 28 hubo un primer pequeño festejo en el barco tras atracar en el puerto de Funchal, en la isla de Madeira, para subir algunos víveres. Hubo oportunidad de bajar unas horas del barco por la mañana, que se agradeció por pisar tierra firme, y aunque el paseo fue corto alcanzamos a ver el hermoso caserío de techos con tejados, las caletas y las formaciones rocosas junto a la costa, así como apreciar la montaña. Nos sirvieron unos vinos deliciosos que con gusto pagué con algo del dinero que aún tenía ahorrado. Esa noche tuve oportunidad de leer algunos de mis poemas de la guerra y de Eaton Hastings. Los señores Gamboa insistieron a todos los pasajeros en que compartieran algo de su producción, y así fue como comenzaron aquellas tertulias nocturnas.

Por algunas conversaciones nos fuimos enterando de la creciente consternación por el nazismo y las persecuciones en Checoslovaquia y Bohemia, así como la amenaza sobre Polonia. El fascismo parecía estar avanzando en Europa de manera rampante, y me alegraba en definitiva no habernos quedado en Inglaterra que, a pesar de todo su poderío, igual acababa amenazada también. A eso del mediodía se organizaban grandes discusiones tras las conferencias matutinas sobre estos temas y también sobre lo que pasaba en el Viejo Mundo.

Aquellas discusiones en ocasiones eran sumamente ácidas y acababan a gritos, normalmente por la política. Si bien todos éramos republicanos, muy pronto me di cuenta de que incluso entre la izquierda hay diferencias. Un día me atreví a contar la impresión que me causó ver la destrucción de Santa María del Mar en Barcelona por los anarquistas, y no faltó quien me soltara un improperio y un "¡Viva Durrutti!".

Al revés, otro día hablé de los soldados en Valencia y cómo habíamos burlado la seguridad de un campamento franquista para obtener algo de comida, y me tacharon de ladrón. Pronto me di cuenta de que era imposible discutir de política. La guerra estaba muy fresca, los ánimos caldeados, el país muy dividido y nada se podía hacer en ese momento.

Margarita se aburría con estas conversaciones y me dejaba solo con Juan o Manuel y se iba con la señora Manolita Grandes, con quien compartía camarote, a hablar de cosas de mujeres o a sentarse a bordar juntas en la terraza frente al salón principal. La señora Grandes y su hija habían podido salvar el ajuar de novia de la hija y lo iban cosiendo en el camino, pues al llegar a México se casaría con su novio, que se había ido de España un año antes.

Conforme avanzábamos y nuestra trayectoria se acercaba más al sur, el calor se volvió insoportable para dormir por las noches. El único lugar posible para estar era la cubierta, y solo nos retirábamos a los camarotes cuando ya estábamos muy borrachos o con mucho sueño, porque aquello cada vez era más infernal. La señora Susana, tan solícita como siempre, nos recomendó echar sobre el camastro una toalla empapada en agua para dormir. Al parecer esa era una costumbre muy mexicana en el trópico.

Antes de llegar a Puerto Rico —nuestra siguiente parada— tuvimos la noticia del nacimiento de una niña sana en aguas internacionales, a la que los padres le pusieron Susana por nuestra anfitriona, y como segundo nombre Sinaia, por el barco salvador en el que navegábamos. Nos causó una gran alegría saber que la vida continuaba y que la vida española se abría paso incluso en esas circunstancias. ¿Qué nacionalidad tendría la niña? No lo sabía.

Juan Rejano escribió para nuestro pequeño periódico una breve reseña sobre el gran recibimiento que nos hicieron en San Juan, adonde atracamos el 6 de junio. Y es que la solidaridad de los puertorriqueños nos conmovió hasta la médula. Aunque no todos pudimos apearnos en el muelle para observar de cerca el recibimiento, desde el barco vimos a la multitud congregada. Gentes de todas las edades y de todos los estratos sociales. La mayoría venía cargada con mangos, plátanos, empanadas —que llamaban alcapurrias— hechas de yuca con relleno de carne, y algunos dulces de coco. Cuando la pequeña comitiva que nos representó regresó al navío traía mucha fruta para repartir, la cual fue recibida con gran gozo, pues desde el inicio del viaje no habíamos tenido comida fresca. Ya para volver a zarpar nuestra emoción se desbordó cuando atisbamos un par de banderas republicanas ondeando, así como vivas a voz en cuello a la república española, que nos conmovieron.

Tras salir de Puerto Rico, Juan se acercó conmigo para hacerme una propuesta. Esa noche navegábamos muy cerca de las estrellas que cintilaban sobre el Caribe, y en medio de la humedad salvaje que nos dejaban sus aguas me pidió:

—Pedro, escribe sobre nuestro barco, sobre España y México, sobre el mar, el viaje, ¡anda, por favor! —me conminó con verdadera insistencia.

—No sé si pueda, Juan. Me parece tan doloroso como cercano y no sé si tenga ánimo. Tal vez después, cuando hayamos llegado.

—Pero, Pedro, ya en tierra no será la misma sensación del vacío en el que estamos, sin desprendernos aún de España y sin abrazar tampoco la nueva tierra. Qué somos apenas en este océano que nos traga, hombre.

—Te prometo que lo consideraré —contesté mirando la curvatura del cielo y la punta de la cola de la Osa Mayor. Tal vez ella me guiaría.

En los días que siguieron anduve por el barco con una libreta. También me sentí más silencioso e introspectivo. Quería escribir para Juan, para todos en realidad. Para Fernando y Susana. Margarita. Adolfo. Manuel. Antonio Zozaya, que recién había cumplido en esos días ochenta años, y al igual que a mí le cantaron *Las mañanitas*. También quería escribir para la Banda de Guerra del V Regimiento, que cada noche nos alegraba.

—¿Qué te haces, Pedro? —me preguntaba Margarita al verme más raro que de costumbre.

—Estoy pensando —le decía.

La noche del 9 de junio escribí unos primeros versos que recité en el silencio de la noche. Juan estaba dormido en la cubierta sobre una hamaca que había adquirido en Puerto Rico y yo escribía bajo una de las farolas del barco; aporreaba una silla, como hacía de niño, al memorizar las líneas y los puntos del código morse, cuando le hacía pruebas a padre. Ese ritmo incesante que esa noche me ayudaba a escribir.

Qué hilo tan fino, qué delgado junco
—de acero fiel— nos une y nos separa,
con España presente en el recuerdo,
con México presente en la esperanza…

—¿Es el poema? —me preguntó Juan con ansia, despertando de su marasmo.

—¿No estabas dormido?

—No, no… me ha despertado tu voz que recitaba. Dime, ¿es el poema?

—Sí, sí.

—Pues sigue, entonces.

—Cállate, por Dios, Juan.

De nuevo se hizo el silencio.

Repite el mar sus cóncavos azules,
repite el cielo sus tranquilas aguas
y entre el cielo y el mar ensayan vuelos
de análoga ambición nuestras miradas…

Ya no seguí más por esa noche. Me quedé atorado en ese lugar. Esperé la inspiración mucho rato, pero ya no llegó a mí. Juan, fiel amigo, se quedó hasta las claras de la mañana esperando a ver si continuaba. Nos retiramos a dormir un rato, pero yo no conciliaba el sueño, me sentía con desasosiego; un malestar me sacudía desde la punta de los pies hasta la frente, como un toque eléctrico. Me acomodé afuera del camarote, sobre el fétido pasillo que olía a comida podrida, para no molestar. Ahí pude por fin sacar otros versos más. No dormí nunca; a las seis de la mañana me metí en la cama solo una hora; me levanté de nuevo para alcanzar a Margarita en el desayuno. Me tocaba baño y pensé que el agua me reanimaría de nuevo.

Juan y yo nos vimos tras el desayuno en la cubierta superior del barco en la que usualmente había menos pasajeros.

—He terminado, Juan. Tengo el poema que querías.

—A ver, recítalo, por favor.

Saqué el papel arrugado, pero pronto me di cuenta de que prácticamente lo sabía completo de memoria y que no había necesidad casi de aquella hoja. Comoquiera la sostuve entre mis manos como si fuese un amuleto.

Vi a Juan ahí, de pie frente a mí, el mar tras él bramando, ya faltaba menos para la llegada. El Caribe nos recibía entre aguas color turquesa y espuma reluciente. Nunca fui más elocuente y más triste y a la vez más agradecido.

Qué hilo tan fino, qué delgado junco
—de acero fiel— nos une y nos separa
con España presente en el recuerdo,
con México presente en la esperanza.
Repite el mar sus cóncavos azules,
repite el cielo sus tranquilas aguas
y entre el cielo y el mar ensayan vuelos
de análoga ambición, nuestras miradas.

España que perdimos, no nos pierdas;
guárdanos en tu frente derrumbada,
conserva a tu costado el hueco vivo
de nuestra ausencia amarga
que un día volveremos, más veloces,
sobre la densa y poderosa espalda
de este mar, con los brazos ondeantes
y el latido del mar en la garganta.

Y tú, México libre, pueblo abierto
al ágil viento y a la luz del alba,
indios de clara estirpe, campesinos
con tierras, con simientes y con máquinas;
proletarios gigantes de anchas manos
que forjan el destino de la Patria;
pueblo libre de México:

como otro tiempo por la mar salada
te va un río español de sangre roja,
de generosa sangre desbordada.
Pero eres tú esta vez quien nos conquistas,
y para siempre, ¡oh vieja y nueva España!

Cuando acabé de recitar nos quedamos ahí, de pie; no sé qué pensaba Juan, ni siquiera podía articular lo que yo sentía. El poema me había dejado exhausto, como si estuviera mareado, o tal vez borracho o con fiebre. Entonces Juan me abrazó fuertemente con cariño y emoción, como dos personas que se reconocen después de andar mucho tiempo el mundo.

—Pedro, acabas de escribir el evangelio del nuevo emigrante español. A un lado España, en otro México, y ambos unidos por un mismo destino. El país de la conquista ahora nos conquista a nosotros, Pedro. Qué grande eres, camarada. Me lo llevo, me lo llevo a la imprenta para que salga en el último número, saldrá para nuestro arribo.

Más tarde esa mañana también se lo compartí a Adolfo y a Margarita. Adolfo me dijo que era nuestro testimonio, nuestro registro del exilio, y Margarita murmuró, "que un día volveremos más veloces"… ojalá.

Los últimos días del trayecto aprendimos sobre los trámites que había que hacer y sobre las leyes mexicanas de migración, pero para aliviarnos de tan penosas cuestiones que además causaban gran incertidumbre, el matrimonio Gamboa nos tenía reservada una última noche de gran alegría ese 12 de junio. Música y baile en el salón. No sé cómo se las arregló la banda militar para interpretar algo que se pudiera bailar. Sacaron las botellas que quedaban y tomamos lo que pudimos hasta que se terminaron. Por si fuera poco, Susana había guardado el azúcar y nos hicieron una torta de despedida que fue el deleite de los niños; algunos tenían años de no probar un solo caramelo. Fue una velada alegre; ya entrada la noche pudimos avistar el faro de Veracruz, lugar al que llegaríamos al despuntar el día. Gran emoción se dejó sentir al ver

aquella luz distante. "¡Viva!," "¡Hurra!", gritábamos emociona-
dos. Hubo quienes lloraban. Por fin, como a eso de la una de la
mañana se acabó la fiesta pues era necesario descansar un rato,
empacar y los Gamboa debían hacer algunas diligencias.

A las cinco de la mañana entramos al puerto. Juan y yo subimos desde temprano a lo más alto posible para admirar la costa
veracruzana. Tanto en el muelle como algunos en el barco porta-
ban pancartas. Las de ellos rezaban: "¡Bienvenidos, hermanos camaradas!", "¡Viva el Frente Popular español!", "¡Muera el traidor
Franco!", "Víctimas del fascismo, México les recibe". Y las nuestras, por su parte, traían leyendas como: "¡Viva México!", "¡Viva
España!", "¡Viva Cárdenas!", "¡Gracias, hermanos mexicanos!",
"¡La juventud española saluda a México!".

A las nueve de la mañana subieron funcionarios del gobierno
español en el exilio y también las autoridades mexicanas a darnos
la bienvenida. Entre quienes abordaron estaba Juan Negrín, último presidente de la República, lo que nos conmovió hasta las lágrimas. "¡Viva, Negrín!", "¡Viva, Cárdenas!", gritamos con el puño
en alto. Luego, poco a poco fuimos bajando con nuestras maletas
y una gran emoción contenida. Lentamente pasamos la aduana,
donde nos registraron a cada uno y nuestros oficios. No sabíamos
muy bien dónde pasaríamos la noche, pero nos dijeron que ese día
en un hotel del centro. El gobierno del exilio nos daría a cada quien
dinero mexicano y un salvoconducto para movernos en cuanto
quisiéramos.

Las calles del puerto estaban atiborradas de gente que seguía
gritando y aplaudiendo, aquello era un recibimiento apoteósico.
Tuve sentimientos encontrados y una gran conciencia de estar pi-
sando tierras mexicanas; una sensación de bienestar y gran felicidad me embargaba. Yo, un pobre poeta, sentía humildad y un
agradecimiento infinito por esas muestras de cariño. A pesar del
bochorno que se sentía, húmedo e implacable, éramos dichosos.

En todas las esquinas parecía cocinarse algo en aquella ciudad portuaria, y manos desconocidas nos daban distintos platillos y dulces. Extendían los brazos y nos regalaban algunas cosas

para comer. Las famosas tortillas que nos dijo Susana rellenas de diversos guisos. México me pareció un país abigarrado, lleno de sensaciones, de voces, música, olores irreconocibles. Esa primera imagen se me quedó siempre. Todo parecía caber ahí, también nosotros.

EL MAR

Se abre el silencio. Sobre ti la bóveda celeste, clara, eterna, iluminada por mil estrellas del hemisferio norte. Un aire húmedo se levanta. Todo está en calma. No hay ni olas ni murmullos. El bramido ha dejado de escucharse. La noche insondable más allá de este viento que se siente cálido en la mejilla. Todo se paraliza un segundo. El mundo parece detenerse. Una marea empieza a desnudarse en torno al océano, circula con más fuerza, se eleva, flota, las nubes la succionan. Hay cada vez más movimiento, es algo eléctrico. La presión baja y luego se eleva, loca, esquiva, rebelde, hasta las nubes grises. Se cierra el cielo entre nubarrones, y de pronto un rayo parte el firmamento en dos. Se crispa el mar, el agua se arruga como pañuelo bajo el barco. Apenas el encaje blanco de la espuma se forma sobre aquellas olas que van azotando todo a su paso. Todo gira, gira, gira. El mundo da vueltas y el océano también. Es la Tierra que se acomoda sobre su eje. Una corriente fría entra en batalla con una caliente, y en la superficie la danza macabra del agua vuela y arremete.

Eres este ojo en medio de una pared de agua que va alcanzando el cielo. Arriba las nubes que te succionan y abajo el agua despedazada golpeando como puños contra una celda. Mira a través del ojo, el pasado y el futuro. Esta es la ventana por la que transcurre la eternidad. Hoy eres este ojo de las Moiras, este ojo hondo como un hoyo desde el mar hasta el cielo por el que se cuela la muerte. Hoy, eres Pedro, la piedra que erosiona el mar, el desgaste de una vida sobre la que se edifica el frágil edificio que se derrumba. Hoy, Pedro, el tiempo detenido justo antes de caer la ola sobre las costas, en el momento en que el barco se levanta sobre la cresta blanca de la espuma. Hoy, el grito mudo que se pierde en el ruido ensordecedor del mar. Qué destrucción es esta que se avecina. Qué dolor, que pérdida, qué infortunio. Hoy, el ojo telescopio que mira desde la proa, que recorre los mares desde Gibraltar a Veracruz. Hoy, la piedra gris del fuerte de San Juan de Ulúa sobre las costas mexicanas, la mazmorra y el bramido del mar a través de un catalejo. Hoy, el ojo que atisbará pronto la tierra prometida. "¡Tierra a la vista!", gritaron desde los barcos de la Armada española.

Hoy que el huracán parte el barco, que se hunde en la borrasca sin remedio alguno, serás dos, para siempre dos, Pedro. Pedro, español. Pedro, mexicano. Solo yo puedo unirte, Pedro. Solo yo puedo sostenerte antes de que te rompas, de que dejes hecha jirones tu alma agujereada por la tempestad. Solo aquí eres uno. ¿Qué le dice el Pedro mexicano al Pedro español? ¿Qué clama, qué invoca, qué pide? El exilio es una sombra que siempre te acompaña, que deja atado un hilo delgado al otro lado del mar. Eres Pedro, el de las dos orillas. Qué crueldad es esta que te divide desde lo más hondo. Eres ese ojo poderoso que mira aguzado el porvenir como gaviota desde los cielos. Mira cómo te quiebras entre los aires de este torbellino que te ha zarandeado desde el pozo del océano, desde el aire que te lanzó por la proa. Mira cómo nadas, cómo pataleas, cómo tragas agua inútilmente.

El ojo no te perderá de vista nunca, siempre me llevarás; el huracán no podrá dejarte nunca, y este movimiento del mar lo llevarás a cuestas. Siempre en tu oído, hablándote con su rumor de olas. ¿Qué le dice Pedro el español a Pedro el mexicano? Qué murmura, qué señala. Su voz desde la otra orilla, en ese promontorio donde dijiste adiós. No escuchas, el aire no te deja oír. Es el clamor hondo de las aguas contra las costas. Y tú, ahí, náufrago sobre la arena de la Vera Cruz. Mira cómo te debates y lloras tratando de tomar aliento, sabes que eres otro, que eres, desde hoy y para siempre, solo la mitad de un hombre, el que llegó de la otra orilla.

FANTASMAS

Llegada de los republicanos españoles a México en el buque *Sinaia*, junio de 1939.
(Fotografía Archivo General de la Nación).

CORAZONES

Durante mi embarazo tuve temor de que mi hija naciera con dextrocardia. Le pedí al doctor poner atención a eso, que por favor me dijera. A mis padres y a mi entonces marido les pareció absurda mi preocupación. Que no tenía sentido, que eso no se heredaba, que era una cosa rara que me sucedió, pero que no tendría mayor repercusión. Tal vez tenían razón. Yo esperaba a toda costa la normalidad para mi hija; quería asegurarla. Una vez transcurridos los primeros meses, cuando ya se podían ver los órganos en la ecografía, el doctor accedió a revisar su corazón. Lo marcó con un recuadro para que lo pudiera apreciar con claridad.

—Está perfecto todo, ¿ves? —dijo.

No necesité más. Me llevé a casa la imagen del corazón perfecto de mi bebé. Tendría una hija con un corazón normal.

Lo que transcurre durante el embarazo en una mujer es de una soledad absoluta; no se puede compartir. Cambia, crece, se expande, a veces duele o cansa. El aislamiento permanece. "La soledad que uno busca no se llama soledad; soledad es el vacío que a uno le hacen los demás", escribió Garfias como epitafio sobre su tumba. La soledad del cuerpo es total. No hay más cuerpo que el de uno. La condición del cuerpo es limitante. Hay un cuerpo y luego hay otros distintos, apartados, separados por la piel y por el espacio. Entes que se mueven en distintas direcciones siempre solos, dentro de sí mismos.

El cuerpo de una está solo siempre, sentimos aversión por un intruso que se llame cáncer o cálculos biliares o un médico hurgando en una cirugía. Tampoco la muerte se puede acompañar. Nuestro cuerpo entra a ella aún más solo que al nacer. Quizá por ello Garfias hizo este epitafio. La soledad es la constante de la vida; no podemos estar en los demás.

Quisiéramos compartirlo, sentir el dolor de nuestros seres amados, evitar su sufrimiento. Por más que queramos compartir el dolor de nuestros hijos al golpearse o entender lo que siente nuestra prima o hermana tras las sesiones de quimioterapia, nos quedamos callados, sin poder hacer nada en realidad, mirando ese cuerpo roto que sufre.

El embarazo rompe con esa soledad absoluta de forma armoniosa. En el embarazo hay un cuerpo y a la vez hay otro que se va formando. Un cuerpo dentro de otro cuerpo que lo esconde, que lo guarece. Así también en el sexo. Por un instante un cuerpo está dentro de otro cuerpo, en comunión, en goce, en deseo. Tal vez el sexo sea el deseo de no estar solos.

Escribo porque quiero dejar de tener miedo del latido de mi corazón, navegando solitario en ese mar del cuerpo, perdido a la derecha del pecho. Escribo porque reconozco la sensación del extravío, ese ahogo entre la noche que no te deja dormir mientras escuchas un tren pasar. Escribo por la ansiedad de sabernos solos. Quizás el hilo imaginario que sale de mi cabeza mientras escribo encuentre su piedra de toque en otra soledad que también busca.

OBSERVACIONES QUE A NADIE LE IMPORTAN

Cuando era niña tuve una pesadilla recurrente en la que mi profesora de tercero de primaria secuestraba a mis padres. El sueño comenzaba cuando yo recorría un pasillo oscuro con alguien que me conducía con una mano sobre el hombro. Me sentía intranquila, pero extrañamente no tenía miedo. El pasillo tenía algunas luces en el techo, pero el espacio era cerrado y sin ventanas. Luego, entrábamos en una habitación con una sola bombilla desnuda. Mis padres estaban atados de manos y pies. Ambos permanecían sentados al borde de una estrecha cama; sus bocas selladas con cinta adhesiva. Me miraban con ojos desorbitados en señal de alarma. Frente a ellos estaba mi maestra, una italiana rubia de unos treinta años, muy guapa. Llevaba minifalda a cuadros negros y blancos y saco a juego con unas elegantes botas de piel. Entre sus manos con guantes llevaba un arma. Yo me detenía frente a ella con mis padres atrás a solo unos centímetros. Entonces sonreía dulcemente mientras preguntaba: "¿Darás la vida por ellos?". Yo asentía con la cabeza. Sentía que mis padres se agitaban a mi espalda, pero en eso la maestra disparaba justo sobre mi lado izquierdo donde suponía se encontraba mi corazón. En la pesadilla pensaba: "Me he salvado. El corazón me ha salvado". Entonces despertaba con un sobresalto.

El trayecto a la Ciudad de México fue en tren al tercer día de haber llegado a Veracruz. Durante esos días tanto Margarita como yo habíamos sufrido el calor del puerto en pleno verano; un sol bochornoso que nos tenía sentados en terrazas cerca de la costanera bebiendo lo que los mexicanos llaman aguas frescas de diversos sabores que nunca habíamos probado. De cuando en cuando sacaba mi bota con aguardiente para darle otro sabor a esas aguas dulces. Margarita estaba encantada con la variedad de frutas, flores y plantas que ofrecía aquel clima tropical, pero la verdad era que yo ansiaba irme lo más pronto posible. Fernando y Susana Gamboa nos habían comentado sobre el altiplano del Valle de México, y yo sentí que al final iba a ser mucho más sencillo adaptarnos a una vida citadina en un lugar fresco que en aquel puerto. Pero no fue tan sencillo encontrar pasaje; cada día salía un solo tren a México e iba atiborrado de españoles. Quise irme en otro tipo de transporte, pero no me lo recomendaron por razones de seguridad. Juan, quien venía solo, encontró salida casi de inmediato, así que me sentía un poco abandonado.

Por recomendación de Margarita, quien siempre fue mucho más organizada que yo, arreglé mis papeles para poder iniciar el proceso de búsqueda de trabajo en México. Ordené mis publicaciones, hice una lista de todos mis trabajos, títulos, premios, y traté de armar una carpeta apropiada para mostrar. Sabía que la competencia sería mucha, casi todos los demás españoles que eran escritores o intelectuales estaban titulados y yo no lo estaba, pero al menos tenía mi Premio Nacional de Literatura firmado por Antonio Machado, eso tenía que valer. Pero mi natural disposición a esperar lo peor me hacía sentir desesperado sobre mi porvenir.

Durante esos días ya no pude ver a los señores Gamboa para agradecerles, solo les habíamos saludado al bajar del barco, pero ya en tierra era tal la vorágine que fue imposible dar con ellos de nuevo. Desde el primer día llegué a la fila de la estación para comprar pasaje en el denominado tren El Jarocho, cuyo nombre era un enigma hasta que alguien me explicó que era otra forma de llamar a los veracruzanos. La palabra tenía que ver con lanzas llamada jarochas para arrear a los animales en el campo. Algunos me indicaron que el nombre provenía de los indios, y otros que de los negros, quienes habían llegado a estas costas tras escapar de la esclavitud en el Caribe. Me pareció fantástica la palabra, que además la usaban para la música o para describir la comida, aunque a mí me remitiera a las jarchas medievales en España. Todo en México siempre fue motivo de asombro: el mismo castellano, pero con otras inflexiones y modos. Me preguntaba si alguna vez usaría esas voces mexicanas en mi poesía.

Recuerdo con gran emoción nuestro arribo a la Ciudad de México. De madrugada sentí la mano fría de Margarita tocarme el cuello y su voz susurrar a medias.

—Pedro, despierta, mira afuera.

—¿Qué pasa? —le pregunté aturdido.

Margarita me señaló la ventana abriendo un poco la cortinilla raída que la cubría. Ahí se dibujaban los volcanes de nombre impronunciable, se veían imponentes y majestuosos en la luz diáfana del amanecer. Susana había tratado de enseñarme a pronunciar aquellos vocablos sin conseguirlo, riéndose de mis pobres intentos.

Los volcanes distantes, enormes y cubiertos de nieve contra el sol de la madrugada parecían darnos la bienvenida a la ciudad como dos gigantes benévolos.

—¿No nos explicó Susana que por ahí pasó Cortés, el conquistador de México? —me preguntó mi mujer.

—Sí, eso dijo ella.

—Y por ahí vamos nosotros también —musitó entonces Margarita.

—Solo que ahora nosotros somos los conquistados, a los que nos han quitado la república, los despojados.

Nos instalamos en un hotel pequeño atrás de la plaza que llaman Zócalo, a un costado de la calle de la Catedral. Cada mañana teníamos despertador incluido con las campanadas, y abríamos los ojos para ver aquella enorme plancha desde la ventana del cuarto. El Servicio de Evacuación de Refugiados españoles, impulsado por el expresidente Juan Negrín, fue el medio que primero tuvimos para sostenernos. Nos daban un poco de dinero y nos pedían buscar trabajo y salirnos cuanto antes del hotel en el que estuviéramos hospedados.

Con los papeles en mano recorrí esas primeras semanas cuantas oficinas, colegios, librerías pude, buscando cómo acomodarme. Pero, extrañamente, cuando por fin tuve suerte no fue en ninguno de esos lugares, sino en los cafés de la ciudad.

¡Cuántos cafés tenía la Ciudad de México! El Café Tupinamba, por la calle Bolívar, era el más ruidoso, ahí servían un café expreso buenísimo; La Parroquia estaba en Venustiano Carranza, en ese sitio servían con dos jarras, una de leche y otra de café al mismo tiempo, como en Veracruz. El Café Papagayo era quizás el más pequeño de todos; ahí se preparaba el mejor cortado. El lugar se encontraba entre las calles de López y Avenida Juárez, muy cerca del Mercado de San Juan, adonde íbamos a comprar algunos víveres. El Café Madrid me recordaba siempre aquellas tertulias de juventud y su solo nombre me ponía nostálgico, tanto como el Café Campoamor, que era muy parecido a los establecimientos cercanos a Puerta del Sol que conocí en mi época madrileña de la Residencia de Estudiantes, o bien de recién casado. El Café Do Brasil era un poco más moderno y servían café caribeño, a veces de Colombia y en ocasiones de Costa Rica. Por las mañanas iba con Margarita a La Churrería del Moro, casi cruzando la calle del hotel, a desayunar. Como teníamos escasos dos pesos por día, casi siempre comíamos ahí un churro con chocolate para no gastar tanto.

Y fue una noche en el Tupinamba, cenando con Juan Rejano, que nos encontramos nada menos que con José Moreno Villa. Sentimos una honda alegría al verle entrar. De inmediato lo vi porque mi silla daba a la puerta de la entrada del local. Me puse de pie y grité por lo alto:

—¡Amigo, mío! Compañero…

Moreno Villa volteó de inmediato. Puso los ojos como platos y con un movimiento rápido se acercó a la mesa.

—Mi Garfias, mi amigo cuervo. Mírate, nada más.

—José, qué increíble sorpresa.

Nos fundimos en un abrazo y luego le presenté a Juan. Nos sentamos los tres a la mesa, él venía solo y nos dijo que esperaba a un joven poeta mexicano de nombre Efraín Huerta. Nos contó que estaba integrado a la Casa de España apenas fundada un año atrás. Le conté de mi beca en Inglaterra y de mis poemas y eso lo entusiasmó mucho.

Juan y yo bebíamos cerveza, pero él de inmediato quiso cenar. Nosotros le dijimos que no teníamos dinero para eso, pero él insistió.

—Olé, aquí se come muy bien la comida española. No tengan cuidado. Efraín y yo nos encargamos de la cuenta. Que vengan unos vinos, un arroz negro, butifarra, ¿una fabada, tal vez? Anda, mi Pedro. Pidan, pidan unos pinchos primero.

Nos contó que apenas hacía seis meses que se había casado con una mexicana después de toda una vida de soltería. Se le veía contento hablándonos de su esposa; nos mimaba pidiéndonos comida.

—Pedro, quiero que publiques además de los poemas de Inglaterra los de la guerra, los premiados por Machado, así los vamos a anunciar. Aquí te va a ir bien, ya lo verás.

Nos contó que el poeta que estaba por llegar era muy joven, que tenía un poemario maravilloso llamado *Absoluto amor*, que era muy amigo de los exiliados y protegido del poeta Pablo Neruda.

Era simpático Efraín, pero se notaba a leguas que no estaba tan cómodo con nosotros. Se descompuso un poco al vernos sentados a la mesa con José. También le vi la mueca al pagar. Pero yo me hice el desentendido; era problema de José con él. Fue cortés, sí, atento, pero distante. Quizás su idea de aquella velada era otra. Mostró cierto interés cuando José le anunció con bombo y platillo que yo fui el último Premio Nacional antes de la debacle de la República. Me pidió el libro y tuve que decirle que por la situación política habían salido pocos números y ya no tenía copias, que por ahora los poemas estaban sueltos en revistas y no reunidos. —Espero publicarlos de nuevo aquí en México —le dije.

Quedé de verme al día siguiente al mediodía con José. Me llevaría a ver a unos editores españoles que estaban trabajando en sacar una revista de título *España Peregrina*. Y también a otras imprentas de la universidad para ver si podíamos sacar mis poemas.

—¿O tal vez puedas ser de nuevo editor, mi Pedro? Quita esa cara larga, que ya estás en México y te has salvado. Esto es para celebrar la vida.

Luego levantó la copa y todos le seguimos para brindar por el futuro. Me sentí feliz y esperanzado, las primeras semanas habían sido muy duras. Del hotelito junto al Zócalo nos movimos a la calle de Edison. Allí a unas cuantas cuadras encontré el Monte de Piedad, un lugar donde se podían empeñar objetos. Le pedí a Margarita si podíamos llevar algunas de sus joyas, pero ella se molestó mucho y volvió a decirme que primero buscara trabajo. Se lo pedí de nuevo en un susurro; con voz baja traté de articular palabras, algún argumento, aunque al final solo salí de casa a hurtadillas con algunas de aquellas alhajas. Me sentía desesperado. Margarita se reunía a bordar con otras exiliadas y vendían sus encajes como "bordados españoles" en algunas mercerías y con eso nos ayudábamos un poco. Cómo me arrepentía de haber gastado dinero en Francia antes del viaje. Por eso, esa noche que felizmente di con José me sentí inmensamente dichoso.

Ya entrados en copas empezamos a aflojar la lengua y a contar anécdotas de la guerra, de la vida de los cafés en la España de la República, de nuestros amigos de entonces, de Federico y Luis y Rafael y Salvador y Maruja… de María Teresa. Solo a Delhy no la mencioné jamás, siempre la guardé solo para mí. Noté cierta emoción en Efraín, por fin se mostraba interesado. Apenas se daba cuenta de con quiénes habíamos convivido en esa otra vida. Le noté cierta envidia y rencor, pero también curiosidad, así que hablábamos más y más, de las exposiciones y de las tertulias, del teatro, de la Residencia de Estudiantes. En algún momento lloramos. Poco a poco más gente a nuestro alrededor se acercaba a nuestra mesa, hasta que estuvimos rodeados de un público mexicano ávido de historias. Las farolas seguían encendidas y la calle afuera se percibía oscura y fría; nosotros adentro al calor del vino, el tequila y el *whisky* estábamos seguros. Quizás era que empezaba a llover o que el fuego de la cocina nos alcanzaba en ese pequeño lugar, lo cierto es que Juan, José y yo no parábamos de hablar, a veces nos secábamos las lágrimas, a veces nos limpiábamos los ojos y la boca de la risa franca y larga. Lo que no contaba uno lo decía el otro, chocábamos al hablar, nos quitábamos la palabra, luego la cedíamos. Una mezcla de voces y silencios y risas y llanto nos acompañaba como una larga catarata de memorias que de pronto despertaban en nosotros y se vertían sobre la noche del altiplano.

Con ayuda de Moreno Villa conseguí que la universidad me recomendara con Ediciones Minerva para publicar de nuevo *Poesías de la guerra española*. La editorial le puso un cintillo anunciándolo como Premio Nacional y sacaron copia de las firmas de los jueces de mi diploma para constatarlo. El solo nombre de Antonio Machado me abrió las puertas. Sentí pena de que yo usara su nombre tras su injusta muerte en los campos franceses y su tumba pequeña y pobre allá en Collioure. Pero José me animaba, decía que

Machado estaría contento de que los poemas se leyeran en México. Al salir, se lo llevé a Margarita.

—¡Mira! Ya está la edición, ¡por fin!

—¿Cuánto te pagaron, Pedro? Espero que haya habido adelanto.

—Margarita, además me han pedido que les ayude a editar. Así que además del libro pronto me uniré como editor. Todo saldrá bien —le dije pausado.

Ella se alegró entonces y esa noche la llevé al Bar Ópera a cenar. Por su parte, Margarita seguía con los bordados y no me había contado que estaba elaborando una mantilla de bodas. ¡Vaya!, mi mujer estaba progresando también. Tal vez tras esos primeros meses tan complicados todo nos fuera mejor ahora.

Al final, los poemas que escribí en Inglaterra salieron publicados primero en la revista como había conversado con José, no en libro. Fueron impresos por entregas en diversos números, algo que no me dejaba muy convencido pues consideraba que juntos constituían una sola unidad. Ante la realidad de que no serían una antología completa, los dividí por los intermedios y así acabaron siendo tres apariciones seguidas. En el primer número puse así: "*Primavera en Eaton Hastings*. Poema compuesto en Inglaterra durante los meses de abril y mayo de 1939 a raíz de la pérdida de España". Pensé que esta sola explicación daría información suficiente a los lectores de lo que debían esperar en el resto del poema.

Nuestros días se fueron organizando de mejor manera. Acudía a mi trabajo como editor en las revistas *España peregrina* y *Romance*. En Ediciones Minerva no duré ni el año ya que estaban en condiciones muy precarias. Me dieron el anticipo por mi libro, pero luego casi anduve yo mismo de vendedor ambulante del mismo en cuanta presentación se pudiera o en las librerías del centro. Una vez don Alfonso Reyes me compró un libro y me sentí tan feliz como un niño. Fue en una lectura de poesía organizada por Efraín Huerta en Bellas Artes. Ahí, medio a escondidas desde mi poltrona pude ver a los poetas más conocidos en esos tiempos en México como Reyes o el propio Neruda, quien acababa de llegar como embajador.

Al finalizar me acerqué a saludar y Reyes, y al notar mi acento me hizo muchas preguntas sobre España, la guerra, mi poesía. Con timidez saqué de la mochila que cargaba mi libro *Primavera en Eaton Hastings* que ya para ese momento se encontraba en Ediciones Tezontle. Enseguida me dijo que me lo compraba. Fue tan amable que se lo agradecí profusamente. Luego se fue con otros escritores importantes y la gente del teatro, supongo que a tomar la copa u algo así. Algunos escritores e intelectuales tenían la suerte de vivir bien, de venir de familias con dinero o haberse congraciado con alguien para obtener becas y premios, trabajar en embajadas y consulados, pero otros, como yo, vivíamos existencias anodinas y solitarias mendigando trabajos y comida.

Con verdadera envidia veía, por ejemplo, cómo José Moreno Villa se instalaba en la universidad como catedrático, y pensé para mi desgracia lo torpe que fui en la época de la Residencia de Estudiantes en la que ni acabé la carrera que cursaba para complacer a mi padre, ni jamás tuve las agallas para cambiarme a Filosofía y Letras para estudiar lo mío. Al menos tenía experiencia como editor y a eso me dediqué con verdadero ahínco. Tenía que hacerlo en varias editoriales dada la precariedad con la que subsistían.

Había noches en que, cansado y hambriento, avergonzado de no llevar dinero conmigo, acababa deambulando por las calles del centro como un proscrito, bebiendo alcohol barato en mi vieja bota que llevaba conmigo desde mis tiempos en el puesto de Valencia. ¡Qué frías las noches del altiplano mexicano! ¡Qué de estrellas sobre el Ajusco! ¡Qué luces allá en el Castillo de Chapultepec entre los árboles de Reforma! Yo vagando por calles desconocidas en las que me perdía. Recordaba esos versos de Neruda de *Residencia en la tierra:*

Sucede que me canso de ser hombre.
Sucede que entro en las sastrerías y en los cines
marchito, impenetrable, como un cisne de fieltro
navegando en un agua de origen y ceniza.

Así también me sentía, inmensamente cansado, muerto en vida, abrazado a mi bota, cargando con España a cuestas, intentado adivinar qué cosa era México.

A veces, en medio de mi desesperación me preguntaba si no hubiera sido mejor haber claudicado de mis ideas y haberme quedado en España. ¿Valía la pena tanto sufrimiento? ¿A quién le importaba finalmente lo que yo pensara? Yo no era nadie. Y, sin embargo, había dejado todo por la República. Pero, ¿qué me había dado España?

La colectividad no era como pensaba en los años de la República, ese lugar fraterno en el que la sociedad caminaría junta hacia la justicia. Tan solo era una oficina gris, morosa, en la que hacía interminables filas para conseguir un papel o unas monedas, un trámite que me acercara a algo parecido a un trabajo. Al final del día estaba solo, caminando por las calles mojadas de la Ciudad de México. La Ciudad de los Palacios le decían, pero yo no había encontrado aún solaz en ella.

Extrañaba a mis amigos, el sol madrileño, las torres de la iglesia en Écija, las ciudades blancas de la provincia sevillana y la luz sobre la piedra amarilla de Salamanca. ¿Dónde quedó toda esa gente? La sonrisa animosa de María Teresa cuando me abría la puerta de su casa, las cervezas en una terraza con Alberti recitando poesía, las noches de fiesta en Madrid con Maruja y Margarita Manso. Dos muchachas felices corriendo por una calle empedrada. Las noches de teatro con Federico y Luis, la expectación del telón cuando se levanta mágicamente. María Zambrano llegando a los cafés para invitarnos a dar clases, alfabetizar el país como ella decía. Ir a una exposición de Salvador, admirar sus cuadros locos y surrealistas con una copa de vino en la mano. Tal vez ir al cine con Manuel y Concha. Y Delhy, siempre Delhy, con su carita de gata y sus ojos enormes sonriéndome tras los pinceles o desnuda sobre la sábana esperándome caer sobre su cuerpo pequeño.

Todo daba vueltas en el trastabille de mis andanzas y mi bota abrazada a mi cuerpo hasta que acababa en el cruce de Reforma y Bucareli, frente a la estatua del Caballito en honor del rey Carlos IV, quien sucumbió ante Napoleón y que con su caída se inició la pérdida de las colonias americanas. Yo, que nunca fui monárquico, me sentía extrañamente atado a ese rey caído en desgracia quien, como yo, vivió un exilio hasta su muerte. ¿Sería que yo tampoco podría regresar a España? ¿Cuánto tiempo duraría Franco en el poder? Cada que acudía al Centro Republicano Español escuchaba los mismos vítores a la República y los mismos presagios sobre la caída del Caudillo, pero no se veía que eso fuera a suceder pronto. Margarita recibía cartas de sus padres y estos le contaban cómo se iba organizando el país en torno al dictador, al que ellos honraban fielmente. Se despedían con frases como "¡Una, Grande y Libre!", "¡Viva España!" o "¡Viva Cristo Rey!". Incluso ya existía un nuevo escudo con el águila castellana. Solo Margarita contestaba esas misivas, yo jamás escribí cartas los primeros años, sabía bien que la censura no las iba a dejar pasar. Además, mis amigos en su mayoría estaban muertos o perdidos, no sabía adónde escribir.

Al inicio del exilio Margarita me insistía demasiado en que tomara una actividad docente ya que constituía un sueldo fijo, mucho más decoroso que el de editor de revistas españolas en el exilio que siempre sobrevivían de milagro. El Instituto Luis Vives se había fundado para educar en un inicio a los hijos de republicanos, pero ya para el segundo curso en 1940 tenía estudiantes mexicanos dada la calidad de los docentes. Pero yo me negaba a ello, no me gustan los niños, nunca me han interesado y no sé cómo hablar con ellos. En ocasiones creo que no recuerdo mi infancia. Es como un punto lejano, nostálgico, pero no puedo imaginar qué hacía de niño o qué pensaba. Sé qué leía mucho, era mi actividad principal, pero ignoro si eso hacían otros niños. Entendía la frustración de Margarita, pero no creía que pudiera ser buen profesor de primaria o secundaria.

—Pedro, esto es demasiado, ya consigue un trabajo —me insistía.

—¡Pero si tengo trabajo!

—Un mes te pagan y otro no, esto no es vida. Apúntate de maestro, por favor.

Las estrecheces nos perseguían y no fue hasta tres años después de la llegada que empezamos a ver un poco la luz. Se consolidaba más mi trabajo editorial y gracias a Juan y a José comencé a tener invitaciones para dar charlas sobre los poetas de la guerra, alguna quizá sobre teatro español clásico o poesía del diecinueve. Pero la gran expectación de todos era que se hablara de la poesía del 27 y la guerra civil. Había una fascinación especial por ese tema. Eso me lo pagaban mejor, y así concurría a casinos, cafés, teatros, universidades, colegios, a dar charlas y declamar poesía. Siempre tuve facilidad para recitar poemas, se me daba la voz fuerte, una inflexión precisa, pausas dramáticas. Desde que estuve apostado en Valencia animaba así a los hombres o tal vez de improviso en un café lo llegué a hacer. Acababa la charla con la poesía que sabía de memoria.

Poco a poco empecé a salir de la ciudad a lugares próximos como Puebla o Querétaro. Esos pequeños viajes de un par de días me resultaban muy atractivos porque así tenía oportunidad de conocer un poco más del país. Me gustaba pasear por los mercados, ver las artesanías típicas y probar las diversas comidas. Cada lugar tenía sus particularidades y nunca tuve motivo de aburrimiento alguno. La comida al inicio fue un reto. El picor del chile y la textura de algunos guisos nos alienaban, pero poco a poco le hallamos el gusto. Los tacos y las quesadillas nos salvaron del hambre muchas veces a Margarita y a mí, tanto como un plato de frijoles caliente con tortillas de maíz. Se vendían en cualquier esquina, eran baratos, sabrosos y mataban el hambre con su saciedad. Aprendí todo lo que pude acerca del maíz, al que los mexicanos llaman elote, en una conferencia impartida por Andrés Henestrosa en la universidad. Supe de los hombres de maíz y de las deidades mayas, lo cual movió mi curiosidad para leer más acerca de las culturas antiguas.

El viaje a Puebla con su talavera azul me recordó los pueblos españoles del sur. La ciudad estaba llena de jardines fabulosos, fuentes y plazas. Ahí comí mole por primera vez, convirtiéndose desde entonces en uno de mis platillos favoritos. Al alabar su sabor el mesero llamó al cocinero y pronto me metieron en la cocina para que admirara los peroles donde se hacía y tomara nota de la gran cantidad de ingredientes que llevaba aquella fabulosa comida que transformaba un simple pollo en platillo de reyes.

—Don Pedro, queremos que la siguiente ocasión que nos acompañe nos hable de Antonio Machado —me dijeron tras la charla sobre el ultraísmo.

—Con todo gusto, será un placer. Es de mis poetas favoritos.

—Hay mucho interés por el destino de esos poetas, apenas hace un par de años nos enteramos de su trágica muerte.

—Sí, he de decir que su valor va más allá de su muerte.

—Ahora hay interés por las ideas políticas de la España dividida y por entender las condiciones que llevaron a esa polarización.

—No siempre es eso evidente en su poesía.

—Bueno, pero podrá contarnos acerca de su vida, sus actividades, su poesía, claro, así como su trágica muerte.

No contesté. A veces tenía la sensación de que había que morirse o ser perseguido para ser conocido. Pero no quise seguir esa conversación, finalmente a mí me pagaban por hablar de autores y eso era todo. Y eran buenos poetas, que se hubieran muerto no tenía nada que ver con su calidad ni para bien ni para mal. Si a la gente le interesaba más Lorca porque lo mataron, era problema de los otros, de ellos, no mío. Porque para mí, lo que es de mí nada más y le pertenece a mi memoria, Federico era mi amigo, ese joven valiente, hermoso, dicharachero, buena persona, que me daba dinero a escondidas de los demás, que me pagaba las cuentas, que me invitaba a fiestas y me presentaba muchachas bonitas, como decía él. Cómo recuerdo su cara, siempre joven y talentoso, con aquellos trajes hechos a la medida. Algunos nacían con estrella, sin duda. Algunos no tenían naturaleza de cuervo triste.

Y si querían que hablara de los muertos, de Antonio Machado, de Federico García Lorca o de Miguel Hernández, quien acababa de morir tras coger la tisis en la cárcel, quién era yo para negarme. Antes los quería, los quería de verdad, con enjundia y rabia, bajo la chaqueta y el corazón, contra el frío del altiplano y contra toda palabrería banal, porque eran míos y yo les pertenecía también, bajo siete tuercas de llave y tumbas proscritas. Porque yo siempre estaba con ellos y en mi mente permanecían siempre vivos.

Y fue Federico quien volvió de la muerte para salvarme otra vez. Aún hoy, a través de tantos años sin sus pasos, tantas noches sin su risa y su cobijo a la luz de cualquier bar, venía de nuevo para que yo recibiera su amparo. Porque un día recibí una invitación muy elegante en el correo.

15 de enero de 1943
Monterrey, Nuevo León

Muy estimado don Pedro Garfias:
Me permito escribirle estas líneas primeramente deseándole un muy feliz año nuevo y que este sea lleno de grandes bienaventuranzas para usted y su familia. En estas fiestas navideñas pasadas he coincidido con nuestro ilustre regiomontano, don Alfonso Reyes, en algún evento y me ha referido sobre usted con grandes elogios por un libro suyo que fue Premio Nacional.

Verá usted, este año que comienza se estarán cumpliendo diez años desde que se fundara nuestra querida Universidad de Nuevo León; por tal motivo estamos organizando un coloquio sobre autores del exilio español, dado que ahora hay tantos en nuestro país tras el fin de la Guerra Civil y la llegada del fascismo, que desgraciadamente se ha instalado en tantos lugares de Europa. De tal forma que quisiera extenderle una invitación para dictar una clase maestra sobre la vida y obra del gran poeta andaluz Federico García Lorca. La fecha es el viernes 5 de marzo a las seis de la tarde en el Colegio Civil. Con todo gusto, si usted acepta, le estaré haciendo llegar su boleto de tren, hotel y estipendio por esta conferencia magistral. La idea es que usted llegue a nuestra ciudad en el tren de la noche que llega aquí a primera hora del viernes y se quede el fin de semana para mostrarle un poco de nuestra ciudad. Le comparto aquí mismo el programa de actividades. Esperamos su respuesta y le mandamos un cariñoso saludo de parte del cuerpo académico universitario.

Quedo de usted, atentamente,

Lic. Raúl Rangel Frías

Secretario del Departamento

de Acción Social Universitaria

Universidad de Nuevo León

Alere Flammam Veritatis

Quedé impresionado tras leer la carta. Me sentí agradecido con el poeta Alfonso Reyes a quien había tratado tan poco, pero se acordaba de mí. No sabía mucho sobre esa ciudad, solo que estaba lejos, en el norte del país. El programa se veía magnífico y esa era mi oportunidad para dar una cátedra en una universidad como algunos otros de mis compañeros poetas.

Esa noche en el Café Campoamor me encontré con Juan y José y les comuniqué sobre la invitación recibida. Ellos se sintieron felices por mí y ofrecieron ayuda. Brindamos felices por mi buena suerte, así como a la salud de don Alfonso Reyes y a la memoria de Federico.

—Ay, mi Pedro, vas a esa ciudad a hablar de Lorca. Cómo le recuerdo —y los ojos de José le brillaron al calor de las copas de cristal.

—Lo sé, es una emoción muy fuerte. Cada vez es más grande Federico. Cada vez más amado por el mundo —contesté jubiloso.

Durante el mes de febrero me dediqué a documentar la poesía de Federico y a escribir sobre su vida y sus influencias. Hice muchas notas en libretas de la editorial y pasaba varias mañanas o tardes, de acuerdo con las necesidades del trabajo, escribiendo aquel texto sobre el poeta. Por las noches me reunía con José y en alguna ocasión con Efraín Huerta y les leía mis avances para ver qué decían. Me interesaban los comentarios de José, quien daba clases en la universidad y era un hombre mucho más académico que yo;

también lo que dijera Efraín, finalmente mexicano como quienes escucharían mi cátedra, para saber sus impresiones.

Por fin llegó la noche del viaje. El Regiomontano salía de la estación al caer la tarde y se viajaba la noche completa hasta llegar a Monterrey. Traté de dormir en el vagón, pero mi aprensión me mantuvo casi todo el tiempo despierto. No sé por qué tenía tanta expectación, era como si presintiera que ese viaje definiría mi futuro en México.

Llegué a Monterrey como a las siete de la mañana. Al bajar del vagón vi en la central a un hombre muy joven que llevaba un papel con mi nombre escrito. Me dirigí a él.

—Soy Garfias, joven.

—Alfonso Reyes Aurrecoechea, señor.

—¿Acaso todos en esta ciudad se llaman igual?

El muchacho se ruborizó y me di cuenta de que había herido cierta susceptibilidad.

—No estamos emparentados, señor Garfias. Es la casualidad. Yo trabajo con el licenciado Rangel en la universidad.

Me reí vociferante y el muchacho se fue calmando. Tal vez mi comentario le había parecido chocante y buscaba aligerarlo. Me indicó que me llevaría a desayunar un tradicional almuerzo de la ciudad y luego al hotel a descansar; que pasarían por mí a las cinco y treinta porque era muy cerca el lugar donde se llevaría a cabo mi cátedra.

El desayuno me resultó espectacular: huevo revuelto con chorizo y otro platillo más de huevo con carne seca regional. Ambos acompañados por frijoles de olla, salsa y tortillas de harina de trigo. El café estaba espeso y fuerte, y en esa mañana de frío fue el almuerzo perfecto. Di las gracias a Alfonso por tan excelente comida y discutimos sobre mi ponencia, los autores en el exilio y la situación española con Franco en el poder. Me pareció un muchacho simpático e inteligente, me contó mucho sobre el licenciado Rangel y despertó mi curiosidad por conocerlo. Imaginé lo complicado que debía ser abrir una universidad.

—Y pronto abrirá otra —me dijo.

—¿De verdad?

—Sí, en septiembre de este año abrirá otra universidad, ahora patrocinada por empresarios, con orientación hacia la ingeniería al parecer. Ha habido un auge económico en los últimos años y esta prosperidad ha traído muchos cambios.

Dimos una vuelta por la Plaza Zaragoza, vimos desde afuera algunas iglesias que no me impresionaron; así se lo hice notar sutilmente comparándolas con las del centro. El joven Aurrecoechea me explicó que el norte fue fundado por judíos sefardíes que escapaban de la Inquisición y que en esta zona no existían las minas de oro y plata de otros lugares. Vaya, así que esta ciudad también tenía otros exilios. Recordé entonces a mi viejo mentor de cuando primero llegué a Madrid, Rafael Cansinos Assens, también sefardí.

Luego pasamos frente a un gran cine en cuya marquesina a grandes letras se leía "Elizondo". Era verdaderamente enorme y majestuoso, muy imponente. Mi guía me contó que la inauguración había sido apenas un año antes y habían acudido María Félix, Jorge Negrete y Cantinflas. Yo le conté que a mí Cantinflas no me gustaba.

—¿Por qué? Si es muy simpático.

—Porque una vez lo oí llamarnos gachupines refugachos.

—¿En serio?

—Sí, y que nosotros habíamos matado a los indios.

—Ay, don Pedro, eso está para decirle que en todo caso sus propios parientes los mataron porque ustedes apenas están llegando —dijo, y le dio una risa bárbara.

—Pues sí, sí que tienes razón.

El hotel estaba cerca del cine y Alfonso me dijo que descansara, que apenas eran las diez y media de la mañana, que tras la ponencia nos íbamos a tomar la copa y que el fin de semana me llevarían de paseo. Asentí, y como estaba cayendo una lluvia finita y fría, decidí que lo mejor era descansar un rato.

Cuando desperté ya eran las tres de la tarde, así que me bañé con agua muy caliente y bajé al vestíbulo junto con mis notas para comer algo ligero y releerlas. Me sentí listo cuando pasaron por mí, esta vez no solo Alfonso Reyes, "el otro", como lo apodé jugando, sino el licenciado Rangel, quien rápidamente me pidió que le llamara Raúl solamente. Pronto me di cuenta de que era un hombre extremadamente culto, abogado de profesión. En el corto trayecto, tras un par de comentarios observé que sabía de diversos temas y que poseía un carácter humanista con verdadera preocupación por la situación de la guerra en Europa y del franquismo en particular en el caso de España.

La presentación fue buena; traté de no leer o ver apuntes. Conté primero sobre la vida del poeta, su estilo literario, sus temas y algunas anécdotas que los hicieron tanto reír como ponerse melancólicos. Les recité poemas de sus distintas etapas, y al final el público lo vitoreó de forma espontánea, lo cual me emocionó mucho. Entonces el licenciado Rangel se dirigió a los convidados para decirles que como yo también era poeta, les iba a recitar algunos de los míos. Me pareció muy amable su gesto, así que empecé recitando *Entre España y México*. Hubo muchos aplausos y al parecer todos quedaron complacidos.

Ese fin de semana me llevaron a recorrer el centro y luego a algunos parajes montañosos de la región, siendo el que más me impresionó uno que llamaban La Huasteca, cuyos peñascos blancos contra el cielo intensamente azul tras la lluvia del viernes eran una visión poderosa. Cuando me fui en el tren el lunes quedé un poco triste porque aquellas personas me habían agasajado tanto y ahora tenía que irme.

Seguí trabajando y pronto recibí una gran noticia. Raúl Rangel Frías me invitaba a Monterrey a un puesto dentro de la universidad empezando el curso en septiembre. Le ayudaría a sacar una revista que estaba planeando para el año que venía. Le dije a Margarita que nos íbamos, y aunque no se quedó muy contenta con la perspectiva de la mudanza ya que se hallaba muy a gusto en la ciudad, no le quedó más remedio que aceptar porque eso significaba el fin de nuestras penurias económicas.

Justo antes de salir de la ciudad cayó en mis manos una invitación que me hizo Efraín Huerta a la que no pude decir que no: el banquete de despedida de Pablo Neruda, quien saldría del país en pocos días tras dejar la Embajada de Chile. Se trataba de una comida en el Frontón México, en Plaza de la República, el viernes 27 de agosto a las ocho de la noche.

Apenas había tiempo para asistir, puesto que nuestro pasaje de tren era para un día después. Las clases empezarían una semana más tarde en la universidad y la renta de nuestra futura casa estaba fijada desde el primero de septiembre. La idea era hospedarnos en un hotel, y luego cambiarnos a la casa ubicada en el centro, muy cerca de la Plaza Zaragoza y de aquel monumental cine que tanto me había gustado.

—Margarita, ¡invitación para despedir a Neruda!

—¿No te preocupa que estamos por mudarnos?

—¡Es la mejor despedida! Ahí veremos a todos antes de irnos.

—Bueno, ¿y por qué se va de México?

—No lo sé, mira la invitación dice que asistirá el general Lázaro Cárdenas, tal vez tengamos oportunidad de agradecerle, aunque sea brevemente, habernos abierto las puertas del país —le dije feliz, quizá con un poco de ingenuidad.

—Ay, Pedro. Ni siquiera podremos acercarnos… la semana pasada que estuve en el sur por Coyoacán escuché que Neruda se va por lo del muralista Siqueiros.

—¡Margarita, por favor! Lo de Trotsky fue hace tres años. Siqueiros estuvo en la cárcel, si Neruda le consiguió la visa chilena es porque así lo quiso el gobierno mexicano.

—En esa invitación… no está mencionado el presidente Ávila Camacho. Si Neruda es el embajador de Chile, ¿no debiera estar presente?

Callé ante la astucia política de mi mujer. Era cierto que más o menos al año de nuestra llegada, cuando Neruda tenía poco tiempo de estar al frente de su gestión diplomática, un comando de aproximadamente veinte hombres irrumpió en la casa de Trotsky en Coyoacán para asesinarlo; entre ellos iba el famoso muralista, quien disparó incluso sobre el propio lecho del político ruso. Sin embargo, este se había alcanzado a refugiar junto con su mujer. El pintor fue apresado, pero al año se fue a un exilio chileno con salvoconducto de Neruda. Las habladurías y chismes contaban que una vez a la semana Neruda sobornaba al guardia, o quizás a varios policías de la cárcel, para llevarse a Siqueiros de copas y regresarlo de madrugada de nuevo a su celda. Quizás esa cercanía acabó por molestar al régimen mexicano.

Miré de nuevo la invitación, tampoco incluía el nombre de Diego Rivera, quien, junto con su mujer, Frida Kahlo, eran cercanos a Trotsky y vivían de forma próxima en Coyoacán. Solo estaría el muralista José Clemente Orozco, quien no estaba metido en esos asuntos de lealtades comunistas. Efraín era parte de los organizadores, tal vez supiera algo.

Tampoco estaba Octavio Paz, la joven promesa de la poesía mexicana. Neruda y Paz se escribieron unas cartas públicas terribles. "Ahora los poetas están divididos entre ambos, los 'nerudistas' y los 'pacistas'. Imagínate, todo por ese incidente de Siqueiros. Intento no tomar partido y no involucrarme", me había confiado Efraín una noche junto a Juan Rejano.

Luego me mostró una copia de *Letras de México* de apenas hacía unos diez días. Ahí estaba la carta de Paz que era respuesta a otra de Neruda. "El señor Pablo Neruda, cónsul y poeta de Chile, también es un destacado político, un crítico literario y un generoso patrón de ciertos lacayos que se llaman 'sus amigos'. Tan dispares actividades nublan su visión y tuercen sus juicios: su literatura está contaminada por la política, su política por la literatura y su crítica es con frecuencia mera complicidad amistosa. Y, así, muchas veces no se sabe si habla el funcionario o el poeta, el amigo o el político". Aquello era una guerra. Y, claro, Paz no iría a la despedida como tampoco los Rivera. Pero, ¿lo que Margarita dijo sobre el presidente Ávila Camacho? Quizá simplemente no era necesario y no tenía nada que ver con la intempestiva salida del país del poeta, pero nunca se sabe.

Al Frontón México había que ir de riguroso traje y yo seguía portando el que compré en Francia antes de la salida. Margarita me convenció de comprar otro; accedí solo porque también podría usarlo en la universidad en Monterrey. Ella misma me confeccionó la camisa; realmente era muy buena para coser.

—Margarita, anda, cómprate un vestido también. Ahora sí podrás usar las joyas de tu madre que no empeñamos —le dije divertido.

Ella entornó los ojos y con un mohín me aseguró que sí, que se compraría uno. Ya le tenía el ojo puesto a uno azul en un escaparate de Paseo de la Reforma. Mi mujer tenía treinta y seis años y era siempre la más guapa, adonde llegábamos partía plaza. Si nos volteaban a ver era por ella. Rubia y hermosa, elegante a pesar de no llevar ropas finas, destacaba en cualquier salón por su porte y modales, más aún se notaba junto a un cuervo como yo, que ya había perdido la figura y cuyo cabello comenzaba a menguar. Si bien a veces no nos entendíamos, me sentía feliz de llevarla del brazo porque invariablemente era de las más bellas y algo de su gracia se vertía sobre mí.

Esa noche nos recibió el Frontón México con aquella fachada *art decó* de volado redondo recortado, que iluminado por las luces parecía brillar como una perla. Había muchísima gente. Quedamos en la mesa de Juan, junto a otros españoles: Manuel Altolaguirre con su mujer, Concha Méndez, recién llegados de Cuba, a los que nos alegró tanto ver, León Felipe y yo. Un breve paseo por las mesas me hizo sentir que los grupos estaban por gremios. Es decir, los poetas mexicanos, los pintores, la gente de cine, los políticos. Mi mujer me dio un codazo cuando pasamos cerca de la mesa de Dolores del Río, acabábamos de ver *María Candelaria* en el cine y nos había gustado mucho. Estuvimos de paseo en Xochimilco donde se hizo la película, en aquellas barcas que llamaban trajineras, un lugar de belleza sin igual. Aprendimos que Xochimilco era lo que quedaba de lo que fueron las aguas circundantes de la gran ciudad azteca. Dolores del Río se veía animada, alegre y con mucha gente a su alrededor. Era muy hermosa, tenía unas facciones perfectas y llamaba mucho la atención.

De lejos vi a Efraín, quien se abría paso para llegar a nuestra mesa en la que ya estaban los demás españoles.

La fiesta era enorme, parecía una verdadera romería, había música y los meseros iban y venían con copas.

—Dos mil almas, mi Pedro —me dijo Efraín. Agregó que no era para menos que se viera en todas partes lo mucho que quería México a Neruda.

Tras sus palabras me quedé pensando si no serían el tamaño de la fiesta y sus personalidades una forma más de contrarrestar los efectos diplomáticos de aquel salvoconducto a Siqueiros. Esta fiesta atestiguaba la fama de Neruda, que ningún traspié podía quitarle. Sin duda, era el acontecimiento cultural del año.

Nos sentamos a bebernos un trago cuando en eso se abre una puerta y entran flamantes Pablo Neruda, Delia del Carril, su esposa, a quien recordaba de España, y el general Lázaro Cárdenas. En eso se propinaron fuertes aplausos y se llenó de vítores el recinto. Una lluvia de papelitos con los colores de las banderas de Chile y México cayó sobre nosotros. Los tres subieron a un pequeño escenario colocado al fondo. Vi entonces la delgada figura de Efraín subir los peldaños para dirigirnos un mensaje:

"Vuelve a su patria el hombre que descubrió los más entrañables imperios de la poesía, el gran inventor, el solemne y pausado coloso de ojos de niño y voz de océano. Pero nos deja una prodigiosa estela de mágico barco. Pero nos deja frutas y música de caracoles. Pero nos deja la soberbia enseñanza de su condición de maestro, de hombre, de poeta …".

Fue un hermoso discurso el de Efraín, habrá trabajado en él semanas, tenía la cadencia y el tono de la poesía de Neruda; sin duda, un homenaje digno. Al final le rindieron muchos aplausos y luego el general Cárdenas pronunció unas palabras más breves, antes de dirigir el brindis de honor. Entonces, un muy emocionado Neruda nos habló con voz entrecortada. Hizo una breve mención del exilio español. Habló de su relación con España y México, que él también salió de nuestro país al perderse la idea de la república y entrar el fascismo, del barco *Winnipeg* a Valparaíso en Chile. Conmovidos, las mesas del exilio español agitamos nuestras servilletas y gritamos un "¡Viva la República!", "¡Viva México!", "¡Viva Chile!". Neruda volteó en nuestra dirección sonriendo.

Tras los discursos entró un trío. La gente gritó emocionada, era tal la algarabía que al inicio no se oía nada, las personas se subían a las mesas para verlos mejor. Ignorante de mí, no sabía quiénes eran aquellos hombres delgados vestidos de rancheros, muy jóvenes los tres. Agarré por el hombro a un mesero para que me dijera si eran famosos.

—Claro, jefe. Son el Trío Calavera. Acaban de hacer una película con el señor Emilio Fernández y la señorita Dolores del Río. Mire cómo la rodean para que se ponga de pie.

En efecto, la artista reía divertida y de la mano galante de un hombre subió al centro del escenario donde la recibieron Neruda y el general Cárdenas. El trío se colocó en los escalones y empezaron a entonar una canción. *Flor silvestre y campesina… Flor silvestre y natural… Nadie te cree una flor fina por vivir junto al nopal…*

—Es de la película *Flor silvestre* —me dijo emocionado el mesero antes de irse.

Me pareció una bellísima melodía y me recordó esas noches de guitarra en el sitio de Barcelona antes de cruzar a Francia. Ese mismo tipo de canción popular dedicada a la amada que no se sabe si se volverá a ver. Además, la sentí muy mexicana, muy arraigada en la tierra que pisábamos. Acabó la canción y la concurrencia prorrumpió en aplausos. El Trío Calavera siguió interpretando algunas otras canciones, pero Dolores del Río bajó de aquel escaparate a su lugar. Fue un bonito detalle llevarle serenata al poeta, y de pasada, también a la encantadora actriz.

Como a la medianoche partió la comitiva de Neruda, pero la fiesta no se veía que acabara pronto. Corrían las bebidas, aunque la comida ya se había terminado. Margarita me dijo que deseaba marcharse, argumentó la salida en tren por la tarde. Yo le dije que no me iba, ella se molestó, pero con un rictus de enfado se quedó un poco más. Se animó un poco cuando llegaron a la mesa a saludar Fernando y Susana Gamboa, a quienes no veíamos desde el desembarco del *Sinaia*. Sentí una gran emoción de verles de nuevo. Nos abrazamos todos con gran cariño.

—Ay, Pedrito, qué gusto verte —me dijo Susana, contenta como siempre, con esa complicidad amable con la que solía acercarse a nosotros en el barco.

Me pidió que le contara de mis andanzas, de mi poesía. Le dije que había podido volver a publicar en México *Poesías de la guerra española* y *Primavera en Eaton Hastings,* si bien en ediciones económicas. Ella se emocionó y sacudió a Fernando del brazo, quien estaba en animada charla con León Felipe y Manuel Altolaguirre.

—Fernando, Fernando, Pedro publicó su poesía. Tienes que comprarme sus libros.

—Sí, claro, querida —le contestó distraído.

Al parecer Manuel estaba por iniciarse en el cine como guionista, eso era lo que conversaba con Fernando. Concha, su mujer, también se veía aburrida a mares. Por su parte, León Felipe le hablaba de no sé qué poemario. A mí me parecía un poeta mediocre, además de muy católico. Pero gozaba de mucha popularidad en México, quizá porque fue de los primeros en llegar. A Fernando claramente le interesaba más hablar con ellos.

Le pregunté a Concha por Maruja Mallo, sabía que debía tener alguna noticia de ella. Me contó que viajaba mucho entre Buenos Aires, Montevideo y Santiago de Chile, que le llegaban cartas de las tres ciudades, que seguía pintando, claro. Ahora le habían encargado un mural para un cine de Buenos Aires, aún no lo hacía. Me sentí contento de tener noticias, le dije que me la saludara mucho. No me atrevía a escribirle por cierta lealtad a los Alberti, pero seguía admirando su carácter rebelde y su pintura.

Al rato Margarita se puso de pie para irse. Le dije molesto que estaba bien, que se fuera, me quedaría con Juan otro rato.

—Brindemos, amigo, que es la última —le dije.

Margarita se dio a la fuga con rapidez. Me volví a verla; allá si se enojaba. Era nuestra última noche en México, hasta quién sabe cuándo volveríamos. No me importaba.

Juan y yo salimos tambaleando de ahí ya entrada la madrugada. Caminamos juntos hacia el Zócalo, felices, borrachos, nostálgicos.

Nos plantamos a mitad de aquella enorme plaza sola, en medio de la noche fresca y estrellada del altiplano, con aquellos edificios enormes. Ahí toda la historia mexicana, la historia española, la nuestra, como calles, como ríos, como tequila a raudales por mi boca, escurriendo sobre el mentón y por las alcantarillas, dentro de mis venas, un caudal como torrente en mi cuerpo. El alcohol me susurraba historias de otros tiempos.

Juan me habla, lo oigo. Me sonríe fraterno. Lo veo difuso, a veces viene y a veces se va. Su sonrisa queda. Me abraza, Juan. Se despide.

—El otro año cae Franco, mi Pedro —me dice al oído.

—El otro año te veo en Puerta del Sol, amigo mío.

Nos despedimos en una esquina y me fui tambaleante a casa, mientras clareaba el día y Margarita desde la ventana me esperaba. Apenas abrí la puerta me espetó:

—¡Borracho!, ¡inútil! —pero ya no la oía.

No te oigo, Margarita, no te veo...

A las seis de la tarde abordé el tren a Monterrey; ni el café ni los analgésicos ni los tacos habían logrado quitarme la jaqueca. Antes de subir al vagón alcancé a dejar una carta en el servicio postal de la estación. Un mensaje que cruzaría muchos kilómetros de distancia. El Regiomontano daba el silbido de salida y yo me derrumbaba cubriéndome los oídos, apartado de Margarita, sentía su profundo desprecio. Con todo, no había marcha atrás y empezamos así el trayecto al norte.

EL MAR

¿Adónde irás, Pedro? ¿Qué geografías desconocidas llamarás el nuevo hogar? ¿Qué es la nueva patria? ¿Qué esquinas te aguardan por conocer? ¿Qué flores, qué cafés, qué aguardientes, qué aceras, qué libros, qué nuevas ventanas por donde mirar la vida?

Mírate, ya comienzas a despojarte de tus ropas antiguas, vas desnudo y limpio, iniciarás de nuevo. Ya estás empezando a ser otro, otro que mira la espuma blanca sobre el nuevo puerto. Tú, salmantino y andaluz, la patria vieja te queda lejos, la patria nueva, ancha y enorme está a tus pies. ¿Cómo caminarás México? ¿Qué ciudades, qué terrazas y cafés? ¿Qué cielos mirarás desde el altiplano? ¿Cómo serán los volcanes al atardecer? La ciudad te conquistará como una diosa venerada en lo más alto de una pirámide. Tus pies andarán montañas y ciudades y veredas y bosques.

Tú querrás verlo todo, recorrer ese país en forma de cornucopia por esas carreteras torcidas de la sierra, por esos caminos infinitos del desierto, por esos senderos verdes de los manglares. Tú querrás todos los sabores, las frutas de nombre impronunciable, los chiles que queman tu boca, los dulces de leche que derriten tu lengua. Tú, caballero andante de Castilla, ¿cómo son esos campos de maizales? ¿esas piedras volcánicas para trozar los granos?

El viento te da en la cara mientras ves el horizonte, ¿de huizaches? ¿de palmeras? ¿de coníferas? Eso será México para ti. México, el país enorme aguardando siempre del otro lado del mar.

Tú, Pedro, aprenderás los nuevos nombres e inflexiones, las palabras desconocidas que dejaron los que estuvieron antes. Guajolote, elote, chocolate, tomate, aguacate. Son los nombres del pasado, los nombres detenidos en el tiempo, los que perduraron, los que se empecinan a pesar de la guerra y la esclavitud, los vocablos que sobrevivieron para que tú los aprendieras. Para que tu boca se llenara de guayabas y mangos y tunas y mameyes.

Tu casa, un desván con escalera al cielo. Son las nubes en las azoteas, son las sábanas blancas que se secan bajo el tibio sol de la tarde. Tú, las campanas al aire de mil iglesias. Tú, en la ciudad de los palacios, bajo tus pies la ruina de pirámides y sobre ti los volcanes cubiertos de nieve. Es el aire delgado que escapa de tus pulmones, es la espiral de humo de una fogata, es el olor cálido de una churrería con chocolate caliente. Mira, como en Madrid, dirás. Y ese reconocimiento antiguo te dará tu nuevo hogar. Estoy en casa, dirás. Tu mirada se asomará a la nueva geografía y sabrás que esta es la tierra prometida. México, el país de residencia, la patria robada, el lugar destinado. Mira cómo conquista tu corazón republicano.

Pedro… crepitan las llamas a lo lejos, alguien calienta tamales. Te parecen figuraciones azules, rojas, naranjas. Ahí, el México de antes, con el peso de cien catedrales españolas, por nuestra gran culpa castellana. Cae la corona de Carlos I de España y V del Sacro Imperio Romano Germánico, rueda sobre las banquetas y las piedras de México. Cae bajo el águila que se come una serpiente. La víbora de las entrañas, reptil maligno, mira cómo mueres sobre ese nopal. Aquí, en el ombligo de la luna, aquí, en la ciudad que dejaron tus conquistadores.

Vagarás por las calles de esta ciudad prestada, buscas al Nahui Olin, el quinto sol nacido del fuego, con una diadema de bordes rojos. ¿Quién llevará el fuego a los hombres? Te convoco, oh dios viejo, Huehuetéotl, vayamos a la Ciudad de México, ya se ven sus volcanes, ya se ven sus casas y su piedra negra y el oro de los altares, ahí van los mexicanos llorando por Tlatelolco. Tú, Pedro, vas a construir una ciudad nueva. Mira, aquí las plumas de quetzal, aquí las ofrendas, aquí los santos y los cirios de la catedral española, aquí la ciudad mitad Castilla, mitad mexica. Mira, Pedro, van las voces callando, van las lenguas de fuego diluyéndose... Habrás llegado a casa.

FANTASMAS

Margarita Fernández Repiso guardó innumerables notas y artículos de los periódicos de la época en que vivieron en la Ciudad de México, mismos que entregó al investigador Francisco Moreno Gómez para su tesis doctoral sobre Pedro Garfias en la Universidad Complutense de Madrid. Entre esos periódicos se encuentra la asistencia de Garfias a la despedida de Pablo Neruda en el Frontón México, pero también algunas otras notas curiosas sobre ambos poetas.

Pablo Neruda, el poeta y diplomático se dedicó —comida en el Rancho Blanco— a cantar, con recuerdos de Ciudad Guzmán, de pan, harina y sonar de campanas maduras. Mientras, Pedrito Garfias —dolor de refugiado en la pobreza— cantaba una de las más exquisitas poesías dedicadas al general Cárdenas, que ha hecho llorar a los más recalcitrantes antisentimentales. Y todos han podido notar, a través de las lágrimas, que entre los dos poetas —diferencia excesiva de sentimentalismos y de posiciones sociales— existía, sin embargo, el atrayente y mutuo deseo de escanciar coñac con una regularidad cronométrica.

La nota no revela más información, salvo esa amistad etílica. Solo se sabe que Neruda vivió durante su etapa diplomática mexicana en Coyoacán, como señalan algunas otras notas de prensa en las que también se vuelve a mencionar a Pedro Garfias como asiduo visitante de esa casa. Fedro Guillén, abogado y periodista de la época, pero mucho más joven que todos ellos, escribió lo siguiente sobre su amistad.

> De Neruda sabemos que lo trató cuando vivió el gran José Vasconcelos. La anécdota que hemos oído sitúa a tres ilustres escritores, Vasconcelos, Neruda y Pedro Garfias, probando el vino de la poesía alquitarada, a veces mejor que el otro, que no habrá faltado en la convivialidad por rumbos de Coyoacán, en donde vivía el gran chileno al que alquilaron una casa y le juraron que ahí había vivido López Velarde: lo que no era verdad.

Ambas situaciones parecen situar a Garfias y Neruda próximos, no tanto por la poesía sino por la bebida, que ambos disfrutaban. Sus relaciones literarias parecen estar rodeadas de metáforas de destilados. Pero la salida de Pablo Neruda acabó con dicha relación que no parece haber tenido una gran repercusión, si bien Pedro Garfias está mencionado en su libro de memorias con aquella anécdota del tabernero británico.

Garfias fue de los más selectos invitados a la fiesta que se le organizó al chileno, incluso apareciendo en la misma carta invitación publicada en los diarios.

El otro escritor chileno famoso que ha mencionado a Pedro Garfias dentro de su obra es Roberto Bolaño. Tuvo, al igual que Garfias, una existencia de paria exiliado durante años, aguantando portazos de las editoriales y la indiferencia de la crítica. Bolaño saltó a la fama tras algunos años anodinos, en los que tuvo una vida bohemia, sin dinero, viviendo un tiempo en México en dos etapas distintas, pero ambas de muy joven. Fue hasta mediados de los ochenta que empezó a publicar con más éxito editorial y de la crítica.

Bolaño tuvo reconocimiento, que si bien, dada su muerte prematura, tal vez no fue todo lo que pudo ser, pero sin duda es uno de los escritores más elogiados dentro del mundo hispano. Garfias, por su parte, se convirtió en un aparecido que entra y sale de una foto que me parece cada vez más efímera y transparente. Un olvidado de la Generación del 27, sin haber publicado prácticamente obra en su país de origen, llega luego al exilio que lo aliena aún más, vagando por México de bar en bar, acumulando poemas y publicaciones locales, sumergido en una tumba poética. Por ello es tan asombrosa su aparición en textos de Neruda, Rafael Alberti, Gabriel Zaid o el mismo Víctor Manuel.

También Bolaño lo menciona, primero en *Amuleto* y luego de nuevo en *Los detectives salvajes*. Aquí en la primera novela en voz de la protagonista Auxilio Lacouture:

> Yo llegué a México, Distrito Federal, en el año 1967 o tal vez en el año 1965 o 1962. Yo ya no me acuerdo ni de las fechas ni de los peregrinajes, lo único que sé es que llegué a México y ya no me volví a marchar. A ver, que haga un poco de memoria. Estiremos el tiempo como la piel de una mujer desvanecida en el quirófano de un cirujano plástico. Veamos. Yo llegué a México cuando aún estaba vivo León Felipe, qué coloso, qué fuerza de la naturaleza, y León Felipe murió en 1968. Yo llegué a México cuando aún vivía Pedro Garfias, qué gran hombre, qué melancólico era, y Garfias murió en 1967, o sea que yo tuve que llegar antes de 1967. Pongamos pues que llegué a México en 1965.[6]

Auxilio se acerca hasta la casa del poeta en México y lo mira triste y melancólico entre sus libros y sus floreros como una versión alterna del propio Bolaño.[7]

Así la narradora cuenta que durante el asedio del Ejército mexicano a Ciudad Universitaria a partir del 18 de septiembre de ese año, ella estaba leyendo la poesía de Garfias en los baños de la universidad. Y que fue por dicha lectura que se percató tarde de su entrada, no pudiendo ya salir por miedo a ser detenida. Entonces se dedicó a resistir y seguir leyendo a Pedro Garfias. Así nos dice:

"[...] la poesía de Pedrito Garfias apenas pudo resistir (hay poetas y poemas que resisten cualquier lectura, otros, la mayoría, no)".

Auxilio lee poemas de Garfias sentada sobre el retrete con la falda hasta los tobillos, mientras los soldados tomaban la universidad, amenazaban gente, se llevaban funcionarios, estudiantes y maestros que apoyaban el Movimiento del 68. El ruido de sirenas y de los tanques se hacía escuchar. ¿Qué poemas habrá leído Auxilio Lacouture mientras cagaba o hacía pis y afuera se desataba uno de los episodios más trascendentes de la vida nacional? Bolaño no lo dice, no sabemos.

De las posibilidades de Auxilio Lacouture:

1. La lectura de Garfias la tenía tan embebida que no se percató de la violencia de afuera, lo que manifiesta la gran calidad de la poesía.

2. Bolaño, a través de Auxilio, busca reivindicar la poesía de Garfias y su importancia sacándola de los retretes del tiempo.

3. Bolaño, a través de Auxilio, busca ironizar sobre la poesía de Garfias, olvidada y ninguneada por la crítica, haciendo él mismo una crítica sobre la situación del mercado editorial de la poesía y sobre el estado de la Generación del 27 y sus supuestos héroes.

4. Auxilio es tal cual un grito de auxilio por la literatura que se pierde entre los escusados del olvido.

5. La poesía de Garfias no tiene más méritos que un váter.

6. Los poetas que no llegan a más es porque su poesía seguramente es mala y no merece ser publicada o leída.

7. No tenía a la mano el *Selecciones* (lectura obligada en el sanitario, según mi madre, quien siempre lo ponía ahí junto al papel del baño) y entonces leyó a Pedro Garfias.

OBSERVACIONES QUE A NADIE LE IMPORTAN

El diario *Sur* de Málaga publica en 2001 un artículo titulado: "Pedro Garfias: un olvidado de la generación del 27".

En 2017 *El País* publica otro más que dice en la cabeza: "Garfias, un olvidado del 27".

El *ABC* de Sevilla en 2017 titula otro texto: "Una exposición recuerda a Pedro Garfias, 'el poeta olvidado de la generación del 27'".

¿Si se repite el olvido se acaba por recordar?

CORAZONES

La arritmia viene y va. A veces llega cinco minutos y en ocasiones quince o treinta minutos. No muy seguido. Dos veces por semana. Algo así. Casi siempre al final del día, cuando hay menos movimiento y todo se va haciendo más lento. Le pregunto al doctor y dice solamente que no hay hora. Que quizá tengo pequeñas arritmias durante el día, pero no les pongo atención porque estoy ocupada. Le digo que no lo creo. Él insiste. Yo sé que no es así.

La niña que llevo en mí desde la infancia siempre le prestó atención al corazón. Es la misma que sabía de memoria dónde se colocaban los electrodos o que sentía vergüenza durante los honores a la bandera, pensando que hacía trampa, que no contaba su juramento y mentía a la patria. La niña que oía el sordo murmullo del pecho por las noches sabiendo que era diferente a los demás. La niña que creía que sus pecados no podrían perdonarse nunca. Ella sabe perfectamente cómo es su ritmo cardiaco, pues lleva la vida entera oyendo el sonido de su corazón del mismo lado. La niña que habita en mí no se equivoca aunque no le crean.

Me he ido acostumbrando a la arritmia. A veces le hablo. Me siento incómoda y se me va un poco el aire, entonces le pido que se controle. En ocasiones hace caso, otras no.

Hasta hace unos días.

Me fui a acostar temprano, quizás eran las diez y media. Tenía sueño. En la noche empezó. La muy cabrona no me dejaba dormir. Encendí la luz. Me senté para respirar mejor. Nada. Pasaban los minutos. Fui al baño a tomar agua. El movimiento solo la empeoró. Decidí ya no levantarme. Duro y dale, sin parar. A la hora empecé a preocuparme. Era domingo por la noche. Mi hija estaba dormida y mis padres estaban fuera de la ciudad. "Ahora pasará", pensé. Pero no lo hizo. Acostada y cubierta con la colcha atisbé el techo que apenas se dibujaba con una débil luz que venía de la calle. Traté de controlar la respiración mejor y dar bocanadas hondas. Nada. Las horas pasaban. Veía el reloj: 3:30. ¿Debo hablar a una ambulancia? ¿Y Camila dormida en el otro cuarto? Quizás a un familiar. La arritmia cambiaba de intensidad, pero no se detenía. Más fuerte, menos fuerte.

A la seis de la mañana decidí levantarme. Esto era ridículo. No podía seguir acostada. Pero fue muy difícil vestirme. Quitarme la piyama y ponerme la ropa hizo que me sintiera en un maratón. Me senté de nuevo. Con todo decidí continuar arreglándome. De pie sentí que me mareaba. Todo daba vueltas. Se me bajó la presión, pensé. Si me desmayo, ¿qué va a hacer mi hija? Necesito quitar la alarma, pensé. Así podrá entrar quien lo necesite. Tomé el celular y caminé despacio hacia la escalera. De pasada abrí la puerta de la habitación de la niña. Siempre entraba a despertarla hasta la cama, pero ahora, haciendo un esfuerzo sobre el corazón desbocado solo le grité. Me abracé del barandal para caminar y no caer. Logré llegar abajo y quité la alarma en la cocina. Saqué a la perra, pero tuve que sentarme de nuevo. Todo me daba vueltas. ¿Y si tomo un jugo para que me suba la presión? Me arrastré sobre los gabinetes de la cocina y llegué al refrigerador. Ahí estaba el jugo de naranja. Con dificultad giré la tapa de plástico y me lo tomé directamente. Nunca he bebido así, me parece vulgar. Tomé el banquillo para sentarme. Con una mano me aferraba al gabinete y con la otra sostenía el cartón de jugo. El azúcar sirvió. Me sentí mejor. Ahora iba a preparar el desayuno. Saqué una toronja para partirla y ponérsela a la niña. La sostuve fuerte con la mano izquierda y con la derecha comencé a cortarla en dos. De pronto sentí que era el trabajo más difícil del mundo. Cada vez que movía el cuchillo contra la carne jugosa mi corazón latía más rápido. "Esto es una broma", pensé. La dejé partida sobre el gabinete y volví a sentarme. Tomé más jugo. "Necesito ayuda", pensé. Me moví despacio hasta el sofá que está contra la pared del comedor y sirve como un medio estudio. Me acosté con el celular en la mano. Marqué el teléfono de mi prima Gabriela, que es médica. Contestó muy rápido, parecía estar acostada. Era muy temprano aún, ni siquiera las siete.

—Gaby —dije con dificultad— tengo la arritmia muy fuerte. Llevo toda la noche…

—¿Cómo? —La sentí enderezarse sobre la cama.

—Se me está bajando la presión… me tuve que acostar. No puedo respirar bien.

—Quédate ahí, ¿quién está contigo?

—Nadie… Camila —En este punto sentí que me salía un sollozo que trataba de controlar. Aún se estaba vistiendo y tendría que verme en esas condiciones. Sentí miedo de nuevo. Me forcé a componerme.

—Voy para allá.

—Tal vez tu hija la pueda llevar a la escuela —le dije, pensando que Mariana ya estaba en prepa y sabía manejar.

—Claro, vamos las dos. Ella la recoge en el coche de mi marido y yo voy por ti.

Entonces colgamos. Abrí los ojos con fuerza, como si al hacerlo detuviera el desmayo. Me concentré en respirar. "Por favor… por favor…" me decía. "No puedo perder el sentido".

Camila bajó al comedor y le pedí que se hiciera de desayunar sola. No se asustó demasiado. Le dije que me sentía mal, fue todo. Al rato sonó el timbre. Era Mariana en su coche y mi hija se fue al colegio. Tres minutos más tarde entraba Gabriela a grandes zancadas por la puerta.

—Nos vamos al hospital.

—Ay… ahorita se me pasa. Gracias…

—Esto no es normal, ¿cuándo empezó?

—Durante la noche.

—Llevas horas… el cuerpo está en estrés. Por eso se te baja la presión. Vámonos.

No me dejó hacer otra cosa, yo no podía oponer resistencia. Ella misma fue arriba por mi bolso y salimos. Había el habitual tráfico mañanero. Era un día de otoño fresco y limpio. La montaña estaba muy verde. Me recliné sobre el vidrio. Casi no hablaba. Me costaba un esfuerzo tremendo hacerlo con la respiración agitada y el corazón desbocado. Mi cabeza repetía lo que diría el médico. "¿Ya te vas a hacer la ablación?". Más doctores y hospitales y exámenes y tripas recorriendo mi cuerpo. El corazón extraviado haciendo de las suyas contra mi pecho, contra mis costillas. Peleando conmigo. Retándome. Seguro se reía. Seguro se estaba riendo de mi ingenuidad. Del "Váyase a su casa" de hace tantos años atrás.

Gabriela hablaba, pero casi no oía nada. Me sentí agradecida de que fuera conmigo, pero culpable de sacarla del trabajo. Ahí iban pasando los postes de luz, las casas, los semáforos. Ahí los latidos cortos y rápidos; el cielo azul del otoño. Ahí estaba la vida pasando y yo en el coche con mi prima que manejaba lo más rápido que podía.

En Emergencias me tomaron la presión y me hicieron un electrocardiograma. Todo seguía más o menos igual. Llegó la orden del cardiólogo de que me subieran a cuidados intermedios para conectarme de forma permanente a un monitor cardiaco. Alrededor del brazo me dejaron puesto el baumanómetro de velcro para la presión. Además, conectaron a mi dedo otro medidor para el pulso. Ordenaron un medicamento de forma intravenosa y me metieron dos cánulas en los orificios de la nariz con oxígeno. Nunca había estado en cuidados intermedios.

—Es por los aparatos —me dijo una enfermera— no se preocupe. Es más fácil monitorearla acá.

Los dispositivos a los que me conectaron hacían mucho ruido; especialmente el que marcaba el ritmo cardiaco pitaba muy fuerte con un sonido estridente. La habitación no tenía privacidad. La puerta corrediza era de vidrio y todos podían verme acostada sobre la cama. Afuera del cuarto, tres internistas miraban mis latidos en otro monitor. Estaba en estado de vigilia. Imagino que estarían fascinados viendo el corazón con dextrocardia, comentándoles a todos sus compañeros por Whatsapp la novedad. Nunca habrían visto uno. A cada rato venían con el estetoscopio también.

—Tengo estenosis pulmonar —les advertía.

Revisaban mi expediente una y otra vez. Otro electrocardiograma. Nuevamente les recordaba que debían hacerlo al revés "como en espejo". Ellos me miraban silenciosos, expectantes. Yo los miraba con los ojos entrecerrados. No va a explotar todo de repente. Así he sido siempre. Esta soy yo. Este es mi extraño cuerpo. He cargado con él toda la vida.

Me acordé de los hombres y mujeres de los circos decimonónicos. Los *freaks* que exhibían sus cuerpos ante el horror de los demás. Por suerte mi corazón está cubierto. Costillas, carne, sangre, grasa. Nada que ver sin ayuda tecnológica. Aunque sí escuchar. Vengan a oír este corazón al revés. Vengan con sus estetoscopios y sus aparatos ultramodernos y sus ecografías y sus electrocardiogramas y sus tomografías y sus resonancias magnéticas. Vengan todos a hurgar en este corazón de Escuela de Medicina. Una anomalía. Una cardiopatía. Un corazón desviado que hay que conocer.

Como a las doce del mediodía las máquinas dejaron de pitar. Los internistas dejaron de ver el monitor. La enfermera dejó de venir a revisar el pulso y la presión. Miré el monitor. Unas rayas acompasadas subían y bajaban. La normalidad del corazón llegaba de nuevo, y con ello el aburrimiento por mi corazón que dejaba de ser espectáculo.

Entonces vino mi cardiólogo de cabecera. Se perdió las grandes emociones. Las eminencias siempre llegan al final. Traía un séquito de ocho estudiantes de Medicina; dieciséis pupilas sobre mí.

—Entonces, ¿estás lista para la ablación, verdad? —preguntó el doctor, tal como había previsto antes.

—Sí —le contesté— creo que es necesario.

—No puedes seguir así —dijo, y yo asentí con la cabeza resignada— tienes que hacerlo. No se ve que algo vaya a cambiar.

Cuando se fue me puse de lado contra el vidrio de afuera. Al menos no me verían la cara. Estaba exhausta. Frente a mí, la pared blanca. De pronto, una pequeña raspadura de pintura levantada. Entonces empecé a rasguñar, callada, quieta, era una pequeña tara, una rajadura de la que podía tirar. Una venganza sin importancia, un pequeño desquite para aguantar. Pensé de nuevo en la tumba de Garfias. En la soledad de su nombre perdido. Como esta diminuta marca en la pared. Como mi corazón perdido. Solo.

Lista de medicamentos por día:
Regivas (Dronedarona) 400 mg mañana y noche. Antirrítmico.
Xarelto (Rivaroxaban) 20 mg solo por la noche. Anticoagulante.
Dilacoran (Verapamilo) 80 mg cada ocho horas. Controla el pulso cardiaco.

Llegamos a Monterrey por la mañana; ya desde esa hora se sentía un calor infernal como boca de fuego. Era un calor seco, pesado, que cayó sobre nosotros con rigor implacable apenas salimos del vagón. Aunque me habían prevenido del clima de la ciudad no lo había tomado muy en serio, pues durante la conferencia sobre García Lorca había estado fresco.

En el andén nos esperaba el joven Alfonso Reyes como había previsto el licenciado Raúl Rangel Frías. Nos ayudó con el equipaje y saludó a Margarita con amabilidad. Caminamos juntos hacia su coche, no pude evitar preguntarle sobre la temperatura.

—¿Así es todo el verano, Alfonso?

—Así es, don Pedro. Es muy caluroso, pero ahorita en el hotel les pedimos un agua fresca o una cerveza de las de aquí, Carta Blanca, bien fría, seguramente les gustará mucho.

—Sí, es que en marzo estaba fresco.

—Sí, señor. El invierno es frío, a usted le tocó ya cuando iba amainando. Y pues ahora hace mucho calor hasta septiembre, que empiezan fuertes las lluvias y baja un poco.

Miré a Margarita que se secaba el sudor con un pañuelo sobre la cara. Ella me miró con gesto displicente, como si yo fuera el culpable del ardor del sol. La animé diciéndole que ya estaba por llegar septiembre.

Entonces pasamos frente a lo que sería nuestro nuevo hogar, justo atrás de la Plaza Zaragoza, apenas a unas manzanas del primer cuadro de la ciudad. Era una casa pequeña y blanca, con ventanas y reja a la calle, se alcanzaba a ver una pequeña terraza en el techo.

—Caminan diez minutos y llegan al centro. Igual, el mercado les queda a unos diez, quince minutos andando —nos señaló. Nos mostró por dónde pasaba el camión hacia la universidad.

Al llegar al hotel subimos a la terraza desde la cual se veía la Plaza Zaragoza y nos tomamos una cerveza bajo la sombra. Desde el refugio del techo admiramos la ciudad a nuestros pies y convinimos en que sería más fácil movernos en ella que en la Ciudad de México; desde ese lugar la vimos accesible y con unas montañas hermosas en derredor.

—Estoy segura que te irá bien en ese puesto para sacar la revista que quiere el licenciado Rangel. Esta es una oportunidad, Pedro. No la desperdicies.

—¿Qué harás tú, Margarita?

—Pues mañana a comprar lo necesario para la casa y una vez ahí veré si encuentro algún trabajo también. Tal vez seguir bordando, o no sé, en una oficina.

Al caer la tarde fuimos a darle una vuelta a la plaza. En una esquina vendían maíz preparado con unas limas pequeñas que aquí se llaman limones, nata, chile y queso. Nos decidimos a probarlo. Luego nos sentamos en una plaza a comer y a ver pasar a la gente. Nos gustó mucho el sabor, el ácido del cítrico, la suavidad casi dulce de la crema y el picor del chile sobre el maíz desgranado —elote— había dicho el vendedor.

—Vas a ver que nos irá bien, ya iremos conociendo —le dije a mi mujer meditabundo.

El siguiente lunes llegué a la oficina del licenciado Rangel para empezar el trabajo en la revista *Armas y Letras*, título que desde el inicio despertó en mí gran alegría al ser uno de mis pasajes favoritos del Quijote. En España, las armas habían vencido a los argumentos, pero aún guardaba la secreta esperanza de que se pudiera revertir. Por ello me alegraba tanto volver a ese antiguo tema con la revista. Secretamente me sentía unido al Manco de Lepanto, soldado y poeta como contradicción en medio del pecho.

Armas y Letras emitió su primer número en enero de 1944, pero durante los meses previos trabajamos en las galeras, en encontrar a los mejores articulistas, un diseño y sello distintivos, así como organizar charlas y conferencias con algunos de los autores para empezar a publicitarla.

Fue justo durante las Navidades, cuando el frío ya descendía por las laderas de los cuatro costados de la ciudad, que recibí respuesta a aquella lejana carta de la estación de Buenavista en México. Había escrito al gobierno en el exilio, asentado en Buenos Aires, a través de las oficinas en México, una carta a Rafael Alberti y a María Teresa dentro de la otra. Ignoraba si les llegaría, pues no sabía su dirección, pero quise intentarlo. En la misiva les di el nuevo domicilio en Monterrey, y por fin una mañana llegó a mi casa carta de los Alberti.

Mi querido Pedrito:

Te escribo con harto cariño y felicidad de saber tus noticias. Me parece increíble que hayan pasado ya más de cuatro años de no vernos, de que salimos de la España nuestra, la única, la que nos aguarda.

Rafael te pondrá una nota al final, viene llegando de Punta del Este, en Uruguay, a donde fue a dar unas conferencias. Sí, sí, qué alegría que has encontrado en México la edición de *La arboleda perdida*. Ha salido allá por una cuestión de editores, una estrategia de mercado ya que en México hay más exiliados a quienes pudiese interesarles el texto. Me maravilla que te hayas topado con el libro de Rafael allá. La soledad y la pena lo han conmovido tanto, que ha vuelto con la memoria a la infancia, a la tierra que lo vio nacer, a esa arboleda perdida que se ha quedado en definitiva del otro lado del mar.

Pero, no te he contado, Pedro. Hemos tenido una niña, ya tiene dos añitos, es de estas tierras americanas, de esta nueva patria prestada. Se llama Aitana, como la sierra de Alicante, lo último que vimos al salir por la ventanilla del avión. ¿A poco no te encanta? Mis padres también han venido a la Argentina, verás que no estamos tan solos. Hemos formado una familia, qué va, una cofradía, junto con otros exiliados. Los argentinos nos han ayudado.

Yo también estoy escribiendo, Pedro. Te alegrará. Publiqué ya mi primera novela, *Contra viento y marea*. Es un poco como los Episodios nacionales de Galdós, pero yo los hice internacionales, sobre la dictadura de Batista en Cuba y nuestra propia persecución en España. Mira, de esto viene el título. *No importa; contra viento y marea, la razón española se impondrá.* Puse a mujeres valientes como las que tú y yo conocimos en España. Ojalá luego pueda enviarte una copia. Y aunque sigo siendo cola de cometa de Rafael, no claudico. Sé lo grande que es mi marido, pero persisto.

Nuestra vida en Argentina son viajes y maletas, andamos por todo el país e incluso en otros lugares vecinos dando conferencias y charlas. Pasamos mucho tiempo en Uruguay. Hay mucho interés por lo que pasó en España. Acá Federico es muy conocido, ya ves que estuvo una temporada haciendo teatro. Son tan lindos los teatros de Buenos Aires. Te gustarían tanto. Espero que puedas contarme pronto de tus cosas y tus libros, tu nota fue muy corta.

Pedro:
Te dejo estas líneas entre la carta de mi mujer solo para enviarte un abrazo, hermano. Estoy hecho polvo. Te cuento que he publicado ya mi primer poemario en Buenos Aires, *Entre el clavel y la espada*. ¿Te parece un título suficientemente español?, ¿eh? ¡Hermano! Me dice Teresa que ya tienes *La arboleda perdida*. Hablo mucho de ti, siempre, no creas, no me olvido de esos poemas en *Horizonte*. Todo gracias a tu generosidad.

Te abrazo y te recuerdo, sigue escribiendo, amigo mío.

Rafael

Como ves, ha sido breve. Perdónalo. Está cansado. Cuéntanos lo que escribes y si has podido publicar en México. No sabemos nada de esa ciudad a la que te fuiste, dinos todo, la hemos tenido que buscar en un mapa. Mándale recuerdos a Margarita.

Un abrazo desde el sur del mundo,

(el culo del mundo, dice Rafael!!!),

María Teresa

Posdata: Te puse una pequeña fotografía de Aitana para que la conozcas. Es un sol, un sol nuestro y americano en medio de tanta pérdida.

Me conmovió mucho la carta de María Teresa. Al menos ya sabía ahora dónde encontrarlos, pues incluía en la misiva su dirección. Qué felicidad lo de la niña. Margarita y yo hacía mucho tiempo que nos habíamos dado por vencidos. No seríamos padres. Por mi parte, gozaba mi falta de paternidad puesto que me hacía sentirme libre, pero creo que a Margarita nunca dejó de pesarle. A veces, cuando se molestaba conmigo, se ponía a gritarme a voz en cuello: "¡¡Qué bueno que no soy madre!! Contigo, un hijo vendría a sufrir miserias, ¡por borracho y desordenado! ¿Qué nunca podrás tener un trabajo decente?". Pero ahora lo tenía en estas nuevas tierras y podría demostrarle que era un hombre probo.

Para el Año Nuevo el periódico *El Tiempo* me pidió un artículo. Decidí firmarlo como Pedro Ximeno, lo hice así para recordar uno de los poemas que escribí sobre la guerra:

Al Capitán Ximeno, muerto en el frente de Córdoba

Yo te he visto Capitán
en el frente cordobés:
del Batallón de Garcés.
Valiente, serio, callado,
gran soldado…

El capitán Ximeno, o Juan José Bernete Aguayo, fue un chico deslumbrante, que hizo la defensa de Andalucía con tan solo 25 años. El 31 de diciembre de 1936 fue cuando lo nombraron "capitán", aunque murió en septiembre del año siguiente. En su honor decidí que, si iba a comenzar una colaboración en aquel periódico, usaría su apodo como pseudónimo. Continuamente los mismos temas, los que más me angustian: el tiempo, la soledad, el viaje. Siempre creí que esos eran mis mástiles, tal como los del *Sinaia*, mis guías, mis anclas, pero desde el exilio aún lo fueron más.

Al editor le gustó mi texto y quiso que me convirtiera en articulista semanal, pero al final no quedamos en nada fijo. No dije nada de este ofrecimiento a Margarita porque sabía que pondría el grito en el cielo si no aceptaba. A ella no le bastaba con mi sueldo en la universidad. Así que de vez en cuando entregaba textos y me los pagaban y sanseacabó.

El domingo 30 de enero salió el primer número de *Armas y Letras*. El licenciado Rangel organizó la presentación de la revista. Hubo un evento en el Colegio Civil el sábado por la noche; ahí se repartió el primer número a un pequeño grupo universitario y se ofreció una cena a los invitados. Me pidieron una lectura del pasaje cervantino que fue acompañado con música en vivo. Al final declamamos poesía, se repartieron más copas y hasta cantamos.

Me sentía contento en ese lugar, tranquilo. Al otro lado del mar hervía la guerra en Europa que parecía no acabar nunca, la dictadura de Franco echaba raíces sin que nadie la detuviera, cuánto sufrimiento, muerte, hambre y persecución, mientras yo gozaba de esta ciudad que me trataba tan bien. No dejaba de sentirme agradecido, si bien melancólico.

A fines de marzo recibí una invitación por parte de Juan Rejano para que ambos asistiéramos a la conmemoración de la celebración de la República española el 14 de abril en la ciudad de Tampico, donde se llevaría a cabo el acto central. Los organizadores del evento eran otros españoles refugiados; ellos le pidieron que me contactara para que estuviera en el acto de honor. El ritual a casi cinco años de mi exilio me conmovió en extremo. Cinco años del final de aquel sueño perdido. Cinco años de tener a ese usurpador a cargo de la patria.

Al día siguiente recibí llamada de Juan a la oficina.

—Pedro, vamos a Tampico. Dile a tu jefe que debemos ir, cae en viernes. Te vas el jueves, son apenas dos días. Para el domingo estás de regreso. Estarás presidiendo, hombre.

—Me encantará vernos, Juan. Por supuesto, cuenta con ello. ¿Quiénes más van?

—No lo sé. Preguntaré a José Moreno Villa y a León Felipe, pero no sé si quieran hacerlo. Por cierto, el acto principal lo presidirá el general José Miaja Menant. ¿Lo recuerdas?

—¡Hombre! ¡El defensor de Madrid! Qué buena noticia.

—Tú estarás en el acto de honor con el general Miaja.

—Hala, Juan. Pues, gracias por las buenas nuevas. Nos veremos pronto por allá, que no conozco y será bueno ver ese lugar.

—Cerca de Veracruz, por cierto.

Viajamos hasta allá Margarita y yo para reunirnos con Juan y las otras personas que nos recibirían. Nos llevaron a un hotel del centro y noté que muchos de los edificios tenían ladrillo rojo estilo inglés como en Eaton Hastings, incluso algunas de las casas tenían un tipo británico, lo que contrastaba mucho con la vegetación abundante y el calor del trópico. En el hotel nos explicaron que había una fuerte influencia de Inglaterra porque hasta hacía muy poco habían sido dueños de las compañías petroleras que se expropiaron durante el gobierno de Lázaro Cárdenas.

Esa noche cenamos con Juan, platicamos y bebimos hasta altas horas de la madrugada, hasta que nos dimos cuenta de que si no nos retirábamos no estaríamos a tiempo para el evento del día siguiente. Debíamos presentarnos a las doce en punto en el Ayuntamiento.

Al día siguiente llegué con Margarita y Juan al lugar; allí nos recibieron muchas personas. Me sentí un poco abrumado, pues todos sabían quién era, pero yo no podía seguir el ritmo de tantos nombres. Me presentaron al general Miaja a quien saludé con una pequeña reverencia.

—General, es un honor conocerle. Madrid resistió por su valentía.

—Pedro Garfias, Premio Nacional de Literatura en medio de la guerra. Felicidades.

—¡Viva Madrid! —correspondí emocionado, tomándolo del brazo con un apretón que agradeció cortésmente con la cabeza.

Me quedé sorprendido de que tuviera referencias mías y me sentí orgulloso de sentarme a su derecha en la mesa que presidía la ceremonia. Qué pensarían mis amigos de antes de este evento. Sentí la necesidad imperiosa de escribirles.

Pero ya empezaban las palabras que daban inicio al acto. Se puso de pie un pequeño hombrecillo, extremadamente delgado, pero elegante, de cara muy afilada y rasgos finos. Y empezó a hablar con tal emoción que me sentí transportado:

Es necesario que el mundo sepa que la República española subsiste potencialmente en el destierro y vive en el ánimo de los que residen en España; es necesario, por fin, que la comunidad de los refugiados españoles ofrezca el espectáculo de una unidad que la haga respetable, por tanto, nada puede interesarnos en principio más que la restauración del régimen republicano. Es esta una exigencia que nadie debe de estorbar so pena de ser considerado cómplice de la traición.

Unidad de acción para derrocar a Franco; unidad, para que el triunfo sea nuestro, ganado por nuestro esfuerzo, sin condiciones y sin límites a la voluntad soberana de España. Unidad para que nuestra conducta tenga el mínimo de dignidad ante los continuadores de nuestra lucha, los gloriosos soldados del Ejército Rojo y de las naciones aliadas. Unidad para que este 14 de abril constituya el principio del fin de la España inquisidora, la España de charanga y pandereta, borracha del peor vino, para que renazca nuestra España, aquella con que soñó Machado.

¿Quién era ese señor que tan bien hablaba? Qué emocionante discurso, apelando a lo mejor de nosotros, a la unidad, al apoyo internacional, al fin de la dictadura. Acabado el evento, sin más me acerqué a ese pequeñísimo y delicado señor para presentarme.

—Señor Garfias, a sus pies, soy Alfredo Gracia Vicente, nacido en Castel de Cabra, en la provincia de Teruel. Como usted, estuve en el frente, pero jamás tomé un arma. Sin embargo, a diferencia suya no soy poeta. Solo soy un humilde librero.

—Ha sido un magnífico discurso, sin duda dijo las mejores palabras. Desde hoy le ofrezco mi amistad sincera. Un librero, ¡el mejor oficio!

—Hombre, por favor hablémonos de tú entonces.

—Cuéntame de tu librería.

—Es una librería del señor Justo Elorduy, aquí mismo en Tampico, se llama Librería Cosmos; también damos clases mi esposa y yo en un colegio.

—Pues qué bien, yo trabajo en la Universidad de Nuevo León en Monterrey, soy editor, sacamos una revista nueva apenas en enero. Se titula *Armas y Letras,* al rato en el hotel busco un ejemplar para dártelo.

Seguimos conversando animadamente durante la comida. Nos llevaron a una hermosa terraza frente al golfo. De nuevo me encontraba con mi viejo amigo el mar.

—Mira, Margarita, el mismo mar por el que llegamos. El golfo de México.

Mi mujer sonrió levemente. Cerca de nosotros estaba el señor Alfredo Gracia y al escucharme se acercó a mí para que le contara sobre nuestra travesía, lo que hice gustosamente. Él me dijo que su llegada a México fue un poco más pausada, pues llegó primero a Nueva York, donde tenía una hermana.

—Conseguimos un salvoconducto con una organización norteamericana llamada Quakers Old que financiaba viajes de exilio por persecución política o religiosa, tal como los cuáqueros que primero llegaron a los Estados Unidos. Salimos por Francia. Mi hermana Constanza nos recibió, pero pasados unos cuantos meses hicimos la travesía en barco desde Nueva York, también entramos por Veracruz. Llegamos en noviembre del treinta y nueve.

—Nosotros unos meses antes en el *Sinaia.* ¿Y por qué no se quedaron con su hermana, Alfredo?

—Porque no sabíamos inglés, no se veía que alguien quisiera contratarme para dar clases y había muy pocos españoles. Mi hermana Constanza es modista, tampoco es un trabajo tan bien pagado y pues era difícil que se hiciera cargo o nos ayudara con algún trabajo. Ella nos consiguió unos pasaportes falsos de Puerto Rico, imagínate, pasamos por puertorriqueños por un tiempo y así fue como nos embarcamos a México.

—Cuéntame, ¿cómo fue que acabaste en este puerto y no en la Ciudad de México?

—Ay, Pedro. Por el azar. Por esos caminos que no vemos ni sabemos nada. Porque ahí en el puerto de Veracruz conocí a Justo Elorduy y él me ofreció trabajo como librero. Yo no tenía dinero, así que ni lo pensé. Juntos abrimos el Instituto Cervantes y la librería.

Alfredo nos pidió dos cocteles de gambas, aquí les dicen camarón, y agregó que era una de las especialidades de la región. Luego mandaron traer un pescado "a la veracruzana", con mucho tomate, aceitunas, alcaparras y chiles encurtidos. La entrada de camarón era un poco picante, pero el pescado me recordó a España, así se lo hice saber a nuestro anfitrión, que se rio mucho y nos dijo que sí, que en algo se asemejaba. A los postres nos trajeron una exquisitez que jamás habíamos probado: un helado de mamey. Nunca había comido la fruta, mucho menos preparada así en dulce. Era verdaderamente una delicia.

Seguimos conversando y nos invitó a la librería donde trabajaba. Margarita se sintió cansada y se retiró al hotel, pero nosotros nos dirigimos al local. He decir que desde que salí de la Ciudad de México no había vuelto a ver una librería como esa. Era mucho mejor que las de Monterrey, sin duda alguna. Tenía libros raros, manejaba editoriales distinguidas y otras más pequeñas, independientes, estaban acomodados de una manera fácil para lector y no en el caos habitual. Felicité mucho a Alfredo por su librería. Luego le invité unas cervezas en la Plaza de Armas. Resultó ser un hombre serio, retraído, buen conversador pero poco dado a la bohemia. Se tomó solo dos cervezas, pero dejó que yo tomara las que quisiera.

Me contó que tuvo siete hermanos vivos y otros seis que murieron; él era el menor de toda la prole. A pesar de las precarias condiciones de la vida familiar, en la casa tuvo acceso a dos libros: el Quijote y la Biblia. Estas fueron sus primeras lecturas, del primero se memorizó largos fragmentos.

Uno de los hijos de su hermana mayor, la que está en Nueva York, Constanza, era ciego, El niño se llamaba Sebastián.

—Sebastián y yo comprábamos revistas usadas que yo le leía con gran avidez para luego venderlas a la entrada de la Plaza de Toros. La gente las usaba para sentarse sobre ellas durante las corridas y no mancharse la ropa. El dinero de las ventas lo usábamos para ir al Teatro Victoria y comprar el boleto más barato para asistir a las obras. Ahí yo contaba con detalle a mi sobrino, quien era solo un poco menor, lo que se veía en cada acto. Cada atuendo, cada escenografía, cada personaje con sus entradas y salidas de escena, cada mueble. A él le gustaba mucho y ahí nació mi afición por leer y contar —me dijo un tanto melancólico.

Quizá fuese ese arte de la observación lo que luego hiciera que diera clases de arte o literatura. Se veía que Alfredo tenía esa mirada, esa capacidad de observación. Un buen librero sabe exactamente cuál libro necesita cada lector.

—Alfredo, ¿dices que estuviste en la guerra? Yo estuve en el destacamento de Valencia, también peleé a las afueras de Madrid al inicio. ¿Cómo te fue a ti?

—Yo estuve en la guerra, sí, pero jamás empuñé un arma ni maté a nadie.

—¡Cómo! ¿Cómo es posible eso?

—Como te lo digo. En cambio, hice un periodiquito con Miguel Hernández.

—¡Con Miguel!

—Sí, cómo lamenté su muerte. Yo pensaba que ya la había librado, pero como sabes, murió preso.

—Estuvo en varias prisiones. Pablo Neruda lo sacó la primera vez, pero luego le volvieron a detener.

—Así es, lo vencieron el frío, la enfermedad, la tuberculosis al mero final.

—¡Por Miguel Hernández! ¡Gran poeta! —dije levantando el tarro de cerveza. Alfredo levantó su vaso, ya vacío, y me acompañó en el brindis.

—Verás, yo me entendí con Miguel porque ambos pastoreamos cabras, él en Orihuela y yo en Castel de Cabra, fuimos niños de campo y pastoreo. Hay un hilo que une a los que nacieron en esos pueblos con las ovejas en los pastizales. No sé, una mirada común. Entonces hicimos un periódico mural llamado *El burro ilustrado* que llevaba las noticias a los soldados en el frente mediante un burro.

—¡Con un burro! —ambos reímos.

Así me siguió contando sobre Miguel, el frente, los soldados, las cartas que escribió a su mujer. Las noches en vilo pensando en el siguiente ataque. Lo entendía, así lo viví igual.

Para cuando regresé a Monterrey esa amistad ya se había forjado. Ese verano trajimos a Juan Rejano, José Moreno Villa, León Felipe, Manuel Altolaguirre y Juan Larrea a unos talleres de la llamada Escuela de Verano, otra iniciativa de Rangel que yo organizaba junto con el licenciado y su amigo Santiago Roel, así como el inseparable Alfonso Reyes Aurrecoechea. Durante un mes disfrutamos de ponencias, presentaciones de libros, un concurso universitario de poesía para jóvenes, talleres y tertulias con recitales de poesía.

Una de esas tardes, al terminar una mesa sobre los poetas de la Generación del 27 en la que repetí mi charla sobre Lorca en una versión más breve, se me acercó José Moreno Villa para presentarme a Juan Larrea, a quien no conocía. Entonces Larrea sacó algo de un portafolios que llevaba. Mientras lo abría, me comentó que estaba por salir una nueva antología de poesía de autores españoles exiliados.

—Mira, Pedro, estas son copias de las galeras para la imprenta. Me las traje para que las vieras. Sé que estás un poco molesto porque Gerardo Diego no te incluyó en la antología allá en España, pero no importa, acá tenemos la nuestra. Le hemos puesto a esta edición "Poetas españoles de América" y forma parte de *Cuadernos*

Americanos. Saldrá en septiembre, debe estar ya cuanto antes en la imprenta de Coyoacán.

—¡Qué barbaridad! Es una magnífica noticia, Juan. Te agradezco mucho.

—Pedro, mira, serán cuatro poemas los tuyos —añadió José— son los que me mandaste durante las Navidades.

—Sí, son mis primeros poemas mexicanos.

Nos divertimos mucho esos días. Por las tardes los llevaba a los diferentes parajes montañosos de la ciudad, a La Huasteca o a la Sierra Madre; durante los fines de semanas se organizaban pequeñas excursiones aún más alejadas de la ciudad, o visitas a la Cervecería o al Círculo Mercantil a tomar alguna cerveza o a jugar dominó o una partida de ajedrez. El calor era mucho, así que tratábamos de mantenernos frescos. Salíamos de noche a tomar cerveza y mirar las estrellas. Llegaba tarde por las noches y Margarita me recibía molesta, pero fue un éxito, mucha gente acudió y la ciudad tuvo un respiro cultural.

A veces recibía carta de Juan o José contándome novedades. Que si había estado Luis Buñuel, que si María Zambrano llegó de Cuba, que si Manuel Altolaguirre le había puesto los cuernos a Concha Méndez. "Se fue con una cubana, Pedro. La que los acogió en Cuba cuando primero estuvieron allá, la de la imprenta de La Verónica, ¿te imaginas?", me contó Juan sobre aquel suceso.

El final de la guerra en 1945 renovó mis esperanzas de que, terminado el conflicto, los países europeos pusieran atención a España, pero no ocurrió así. Al final, la carta que me envió María Teresa desde Buenos Aires lo resumía muy bien: "Pedro, no esperes nada de Inglaterra y Francia, mucho menos de los Estados Unidos, son países poderosos a los que poco les importan naciones como la nuestra".

En el otoño de ese año asistí a una corrida de toros. Se trataba del matador Carlos Arruza, hijo de exiliados españoles y sobrino de León Felipe. Acudí sin Margarita porque ahí me encontraría con el dueño de la XEFB, la radiodifusora local, para charlar sobre un posible trabajo. Quería que condujera un programa de radio con temas de música, poesía, y por supuesto, de toros. Le pareció ideal concertar ahí para que el primer programa versara sobre esta corrida donde participaba el sobrino nada menos que de un poeta.

Era una tarde fresca de finales de septiembre, cuando ya se empieza a sentir el cambio de estación. El sol dorado alumbraba las cumbres de las montañas y la plaza refulgía bajo las gradas. Me encontré con Jesús Quintanilla al subir por la escalerilla de los palcos. Teníamos un excelente lugar.

—Buenas tardes, don Pedro.

—Buenas tardes, es un gusto compartir esta lid con usted.

—Será excelente para inaugurar su programa pasado mañana. Podrá hablar de este gran torero, hijo de españoles en el exilio.

—Quiero que narre la corrida, pero con anécdotas interesantes que se conecten con lo que ocurre en el ruedo. El resultado de la corrida ya estará en la prensa local para mañana, pero lo que importa aquí es más bien la sazón que usted le dé, las crónicas, los chismes, cuentos o intrigas que haya que mostrar en relación con los toros, los libros, el arte.

—Quizá pueda recitar poesía dedicada al toreo.

—Magnífico. En las cortinillas del programa, o entre segmentos, quiero música española. Mañana que vaya a la estación quiero que revise lo que tenemos ahí, cosas de pasodobles y flamencos, pero no conozco tanto. Tenemos que comprar más música.

Tras el primer toro observé a una hermosa muchacha que se acercó al ruedo para entregarle un clavel a Carlos Arruza, quien lo tomó graciosamente besando su mano.

—¿Quién es la muchacha? —pregunté mientras tomaba nota, ya que no quería perder detalles de lo que acontecía esa tarde de corrida.

—Es la señorita María Aurora, está por casarse con un señor Armendáriz. Una pareja excepcional. Él es un conocido empresario y ella es una de las damas más distinguidas de la ciudad. Hace ya varios meses de su compromiso en el Casino Monterrey.

Callé, no dije más y solo me dediqué a admirarla desde lejos. Tenía muy buen porte. Llevaba una blusa de color amarillo claro de una tela sedosa que llamaba la atención, brillando en la luz de la tarde. La falda de tubo marcaba su figura. De lejos no se apreciaba bien su rostro, pero sí su sonrisa alegre.

A la salida me atrasé lo justo para que saliéramos antes que ella y así aprovechar para que me la presentara mi anfitrión. Iba con unos señores mayores que asumí eran sus padres. Y aunque yo no era ya un joven, ciertamente ese día iba bien vestido por la entrevista de trabajo y la corrida y no me veía tan mal; le llevaría a ella como máximo unos veinte años. Jesús Quintanilla nos presentó y yo la saludé con una pequeña inclinación de cabeza.

—La señorita María Aurora, señor Garfias. El señor Pedro Garfias es uno de los poetas españoles que llegaron tras la guerra y ahora se ha venido a nuestra universidad.

—A sus pies, señorita. Encantado de conocerles —agregué mirando a los padres que estaban más lejos esperándola.

—Es un gusto conocer a un poeta de la Madre patria —dijo ella.

—El lunes empiezo en la radio con el programa, "Cante, toros y poesía" en la XEFB por si quieren sintonizarlo. A las ocho de la noche. Todos los lunes para comentar las corridas del domingo.

—Enhorabuena, me gusta mucho la poesía, lo oiré —dijo aquella muchacha de rostro perfecto y ojos almendrados.

—Muchas gracias, señorita María Aurora —dije un poco ruborizado.

Al día siguiente puse música, hablé de la corrida del día anterior, de varios toreros famosos y de poesía dedicada a la faena taurina. Recité con gran emoción *Llanto por Ignacio Sánchez Mejías*, el gran amigo de Federico que murió de una cornada. Conté su historia y su amistad con los poetas del 27. Hasta los chicos de producción se conmovieron.

Fue un éxito el programa; tuvimos mucha audiencia que se tradujo en muchas llamadas y más publicidad, pero yo solo me preguntaba si aquella muchacha de cabello castaño y talle pequeño estaba escuchando.

Cada semana, todos los lunes acudía a la radio al programa de ocho a nueve de la noche. Escogía con cuidado la poesía y la música para que hubiera variedad, y hablaba de los toreros más importantes de México y España, dando un poco sus biografías o sus últimas corridas.

Como al mes de haber arrancado la producción recibí una misteriosa carta en la estación que llevaba letras en cursivas muy elegantes, como de señorita de colegio de monjas.

Ciudad de las montañas azules
Octubre de 1945
[¡Oh, ya ese encabezado prometía! Lectora de don Alfonso Reyes y admiradora del paisaje, pensé].
Señor don Pedro Garfias:
Pienso que nadie espera con tanto empeño la hora del programa poético-musical, como la aguardo yo, con inmensa alegría, ¡con todo mi corazón!

[Con todo su corazón, me dije sonriendo, la carta entre las manos, el escritorio destartalado frente a mí].

Este paréntesis de dulzura y paz, de belleza, de arte y de cultura me produce tanta dicha que sueño... Hoy, que escribo estas líneas, aún resuena en mis oídos como música bellísima y delicada su galante poesía amorosa,

Tu voz es para mí como la música
de las estrellas para los oídos
embelesados de las sombras;
que la escuchan toda la noche sin fatiga.

¿No sería mucho molestar pedirle una copia? Deseo conservar su pluma.

[¿Cuál molestia? ¡De mil amores!].

Colmada de esperanza, al pensar que usted, con su fina caballerosidad, no se opondrá a brindarme una copia, aunque sea a mano o arrancada de un cuaderno, como sea.

Si Diosito no dispone de otra cosa, llegaré a la estación la próxima semana.

Con respetuoso afecto le saludo,
Embrujo Lunar
Posdata. Le firmo así para no revelar mi identidad, que así es más delicado y, espero, emocionante. La luna, porque en estas noches de octubre, nunca ha sido más hermosa.

Aquella carta era como una caricia para mi atormentada y solitaria alma, cada vez más sola y marchitada por el desprecio de mi mujer, que no soportaba que llegara a deshoras. Pero, ante todo, por el cariño y admiración por mi persona. Guardé la carta extasiado y decidí transcribirle algunos de mis poemas de amor y volver a insistir en su publicación.

Adivinaba, o tal vez esperaba entusiasmado, que aquella mujer que firmaba como la Luna fuera aquella muchacha de la plaza de nombre María Aurora, y que no se hubiera descubierto por su inminente casamiento. Pero no lo sabía a ciencia cierta.

Los días que siguieron los viví en una zozobra expectante, como si fuera niño o adolescente otra vez. ¿Qué tarde llegaría ella? Pasó así la semana entera. Muerto de miedo y cansancio, casi sin dormir, pensando lo peor, que la habrían descubierto o que tal vez se hubiera arrepentido, llegué a la estación de nuevo una hora antes del programa con pocas ilusiones, arrastrando la capa gris de mis temores.

Pero a los quince minutos vinieron a avisarme que me buscaban en la recepción… una señorita Luna. Sonreí ante el juego evidente, y con el corazón palpitante bajé las escaleras del segundo piso donde estaban la cabina y el despacho que usaba para preparar las sesiones.

Ahí, ante la puerta, me recibió una figura de abrigo color camello y una pañoleta enorme sobre la cabeza y amarrada al cuello. Llevaba puestos unos grandes anteojos de sol, aunque ya estaba oscuro afuera.

—Señor Garfias, ¿me acompaña un momento?

—Por supuesto…

Afuera, sobre la banqueta, se quitó los lentes y pude ver claramente que era la señorita María Aurora. Le sonreí.

—Disculpe que lo moleste así.

—Por favor, hablémonos de tú. Soy Pedro. Le he transcrito los poemas que le gustaron. ¿Son acaso para su prometido? —pregunté para sondear la situación.

—De ninguna manera. A Enrique no le interesa la poesía, ni siquiera los toros, ya ve que ese día no fue. A él le interesan los negocios con su padre o con el mío, solo de eso habla.

—Yo de ese tema sé poco.

—No lo culpo, el dinero es importante para vivir, pero no tiene conversación mi futuro marido. No entiende mucho de arte.

—¿Caminamos?

—¿No lleva prisa?

—Solo necesito llegar cinco minutos antes. Mire, aquí en el abrigo traigo el sobre con los poemas —le dije sacándolos.

Paseamos un poco, ella miró la banqueta todo el tiempo, tal vez temía ser reconocida. Pero entre semana a esa hora en el centro era poco probable que estuvieran las familias pudientes con las que se relacionaba. Me pidió que le contara sobre mi salida de España, la guerra, la vida en la Ciudad de México. Le conté algunas cosas, ella escuchaba entusiasmada. Luego regresamos a la estación de nuevo.

Quedamos en vernos la siguiente semana, pero ahora después del programa para estar más tranquilos. Desde ese momento nos vimos cada semana a las nueve de la noche. La llevaba a tomar algo, platicábamos, y como a las once se regresaba sola. No le preguntaba nada; ella a mí tampoco. En diciembre me confió que en febrero era la boda. Cada vez la sentía más ansiosa. Hasta que unos días antes de la Navidad, una noche de mucho frío, en la que Margarita no estaba porque había viajado a México, donde me esperaba para pasar la Nochebuena con Juan Rejano, la invité a tomar algo caliente en casa.

Solo las perras nos recibieron, la Reina y Cibeles. Pero estuvieron muy tranquilas tras ver que yo le abría la puerta. Ahí calenté un ponche que me había regalado el licenciado Rangel con bastante ron y nos sentamos en la pequeña salita. Ella sonrió.

—Prefiero estar aquí, con las fiestas hay mucha gente en la calle haciendo compras.

—Prefieres que no nos vean.

—Por supuesto, tú también eres casado.

—Pero a mí nadie me conoce y tú no te has casado aún.

Ella calló un momento. Dejó la copa sobre la mesa, llevaba las uñas pintadas de rojo del color de su lápiz labial. Sonrió triste.

—Para mí es diferente. A Enrique y a mí nos presentaron desde niños, no estábamos tampoco destinados a casarnos, pero hay pocas buenas familias en la ciudad… pocas con las que podamos relacionarnos, así que casi desde siempre había que escoger como de entre diez o quince jóvenes como máximo, ¿me entiendes? Él es muy correcto, claro. Me dará una gran vida con lujos y yo ya tengo veinticinco años, casi todas mis amigas ya están casadas.

—Se te hace tarde…

—Pues sí.

—Yo también sentí que se me iba el tiempo, me casé un poco mayor. Bueno, más que lo usual. Fue antes de la guerra. Mi mujer es muy hermosa, pero yo estaba enamorado de una pintora, Delhy… Delhy Tejero, la perdí en la vorágine de la situación política.

—Lo siento. Debe ser muy duro perder entre tanta violencia a los seres queridos.

—Pero… pero a ti te gusta la poesía, vaya, te apasiona.

—Sí, Pedro. ¿Será que quieras recitarme algo? Me gusta tanto tu voz…

Ella se fue acercando despacio; la contemplé venir a mí, admirándola; empecé a recitar contra la noche y la lluvia filosa y helada del invierno, queriéndola contra la luz a medias de la habitación. Venía, su boca se entornaba en una sonrisa al escucharme.

—*Cuerpo de mujer, blancas colinas, muslos blancos, te pareces al mundo en tu actitud de entrega…* —decía yo, decía Neruda, cómplice mío.

La abracé despacio. Ella se dejó. Nunca antes nos habíamos siquiera tocado. Se recargó contra mí, aflojando el cuerpo, mientras yo seguí recitando versos. Le despejé el fleco de la frente y se la besé. Abrí sus labios despacio, sintiendo la punta de su lengua, el calor de su boca. Seguí declamando a medias, en la caracola de su oído, mordisqueando el pequeño lóbulo. Sentí su aliento entrecortado. Nuestras bocas seguían, luego los dientes, las lenguas. El frío estaba lejos, su cuerpo se expandía y me dejaba tocar, hurgar en él. Sus pechos se me escabullían como peces. Cuando por fin nos desembarazamos de la ropa, ella me miró un momento, así desnudo, contra la exigua luz de la cocina. Pensé que no le gustaría, sentí pánico, un vértigo se apoderó de mí por un momento. Pero ella sonrió de nuevo.

—Habla, Pedro, dime de cosas.

—*Cuerpo de piel, de musgo, de leche ávida y firme...*

La sentí más dispuesta y abierta. Se dejaba. Iba dibujando su cuerpo con los dedos desde el cuello hasta el pubis, una caricia tenue que la iba excitando mientras recitaba. Se fue abriendo poco a poco, un gemido me avisó que estaba lista. Nuestros cuerpos se movían al ritmo de aquellos versos. Me sentí desfallecer por un momento, pero ella me urgió.

—Recita, Pedro —me ordenó en el coito. Ella y yo, mi cuerpo viejo de labriego bestial arando surcos sobre su piel hasta el final.

Me di cuenta de que era virgen y me enternecí. Aquella muchacha de imaginación prodigiosa y ávida de arte era finalmente una chiquilla. La abracé despacio y antes de terminar la recorrí de nuevo desde la cadera hasta el cuello, sintiendo sus pechos contra mí, la delicada espalda entre mis manos.

No duró mucho rato sobre la cama. Se vistió rápido y quiso marcharse. Empezamos a vernos con cierta frecuencia, una vez a la semana, en ocasiones cada quince días. Siempre después de mi programa. Ella venía, nos tomábamos un par de copas y nos acostábamos, ya fuera en mi oficina de la estación, cuando ya no había gente, o en mi casa, si no estaba Margarita. Tenía un cuerpo parecido al de mi mujer, pero con una libertad más abierta como la de Delhy. Hacía el amor con más gusto. Sus manos iban despertando el duro madero de mi cuerpo envejecido. Tras las primeras veces empezó a tomar el mando de la situación. No le gustaba repetir. Quería experimentar. Le parecía casi como un juego, como unos juegos florales de poesía en los que había que explorar todas las variables, todos los versos, todas las posiciones. Me sorprendía tanta libertad en aquella mujer, pero quizá llevaba una vida demasiado aburrida y hueca. Tal vez era un gesto desesperado por librarse del yugo de la familia. Y siempre quería, además, que le recitara poesía.

—¿Qué poema toca? —me preguntaba mientras me mordisqueaba el cuello. Me obligaba a recitar, a declamarle mientras llegábamos al final. Era tanta su necesidad de poesía que llegué a pensar que solo quería hacer el amor para escuchar el poema, como un trueque, pero me negué a preguntarlo, no quería saber.

Entonces me esmeré en ello. Empecé a prepararme cada semana para el encuentro buscando los mejores poemas para el amor, en cada uno veía su cuerpo desnudo. Tenían que ser perfectos, los que la pintaran tal y como era, como yo quería ver a esa chiquilla mitad ninfa mitológica, mitad señorita burguesa aburrida. Vaciaba los estantes de la casa cada semana, ansioso por nuevos versos y amores. Pedro Salinas, Vicente Aleixandre, Manuel Altolaguirre... Uno tras otro como uvas de un ramillete que comería sobre su cuerpo, poemas de unos y de otros, cayendo sobre nosotros.

La materia no pesa
Ni tu cuerpo, ni el mío,
juntos, se sienten nunca
servidumbre, sí alas...

Y siento la musical, callada verdad de tu cuerpo, que hace
un instante, en desorden, como lumbre cantaba...

Si para ti fui sombra
cuando cubrí tu cuerpo,

si cuando te besaba
mis ojos eran ciegos,
sigamos siendo noche,
como la noche inmensos…

—¿Qué buscas con tanta ansiedad, Pedro? —preguntó mi mujer cuando me vio atareado una noche antes del encuentro.

—Versos para el programa —contesté impávido.

La búsqueda de poemas de amor me recordaba mis primeros coqueteos en el bachillerato en Cabra; de nuevo era como ese adolescente enamoradizo que fui entonces. Excitado por descubrir poesía para ella, para ver su rostro sonreír a mitad de mis avances amatorios.

—Cuéntame, yo he visto que las mujeres en México son mucho más conservadoras que las que conocí en los veinte allá en España.

—Sí, así son Pedro. Pero no siempre fue así. Yo nací en 1921, pero las mujeres de la Revolución eran más atrevidas, más abiertas, unas de plano se fueron detrás de sus hombres sin casarse. Sería el miedo de la guerra, sería la persecución de los curas. No lo sé. Y yo no me quiero casar virgen, Pedro. ¿Para qué? Estar ahí toda nerviosa. Además, mi marido no se dará cuenta. No sabe cómo es ser mujer. No lo entiende. Pero sí me casaré con él, Pedro. No creas que te voy a seguir —me dijo riéndose.

Yo reí también de la ocurrencia.

—Quizás ahora con el franquismo probablemente sea igual en España, lejos han quedado ya los veinte con toda esa libertad.

—Entiéndelo, Pedro. Yo necesito a mi esposo porque estoy acostumbrada a la buena vida. Que me lleve de viaje a Europa, comprar lo que quiera, tener sirvientas, coche, joyas. Aunque me gustan los poetas como tú. Me pareces más real, más auténtico, pero no se me da eso de sufrir. Olvídate. Aunque no la conozco, admiro a tu mujer. ¿Cómo aguanta?

Y entonces yo tenía que explicarle que no aguantaba mucho, que a veces creía que me dejaría, que también a ella le gustaba la buena vida. Si bien me tenía mucha paciencia y también le gustaba la poesía.

—¿Ves, Pedro? Tú debiste tener solo amantes —y volvió a reír mientras se vestía.

No la vi durante el tiempo antes de su boda y su luna de miel. Al regreso me trajo de Europa algunos libros de poesía de primeras ediciones. Se lo agradecí aunque me pareció extraño. Esta mujer me desestabilizaba con frecuencia con sus cosas. Ahora nos veíamos con menos frecuencia, pero aún hacíamos, cuando se podía, el programa habitual de sexo en lunes.

Al año de casada me sorprendió con la noticia de que estaba embarazada y no sabía si el crío era mío o de su marido.

—Llevo años casado y nunca se ha embarazado mi mujer, ni te mortifiques.

—¿Y cómo sabes si la del problema es ella y tú puedes perfectamente tener hijos?

—Bueno… en España de joven estuve con Delhy y tampoco… nunca.

—Bah, no es nada, ni que hubieran estado tanto tiempo juntos. ¿Ella tuvo hijos allá?

—No lo sé —le dije un tanto avergonzado, mirando el piso.

—No te preocupes ni hagas nada. Solo quise que lo supieras.

Sus palabras me calaron hondo, pero sabía que a ella no le interesaba revelar nada de lo nuestro, ni que yo tomara acción alguna. Decírmelo tal vez fuera lo más honesto, pero la culpa me invadió como sea. Lo más probable era que no fuera mío, ya no nos frecuentábamos como antes de su boda, y sin embargo, sus palabras se quedarían en mí.

En esos años me publicaron en México en la revista *Las Españas* un fragmento largo de *Primavera en Eaton Hastings*, así como en Monterrey algunos poemas sueltos. Cada vez sentía con más frecuencia que mi carrera literaria se iba por un despeñadero. Y aunque me invitaban a dar conferencias o a presidir actos literarios, ya fuera en Monterrey o en Tampico, convidado por mi amigo Alfredo, tenía una sensación de estancamiento cada vez mayor.

No podía escribir; un miedo atroz se apoderaba de mí cada vez que intentaba escribir en la facultad o en casa. En ocasiones escribía en la calle, en las tabernas y los bares, sobre servilletas de papel. El alcohol me aflojaba. A veces mis amigos lograban rescatar alguna servilleta. Al día siguiente llegaba a la oficina y Alfonso me decía:

—Se te cayó esto ayer —y me entregaba un papelito con unos versos. Pero claro que no era suficiente, nunca lo era.

Margarita cada vez se alejaba más. Pasaba largas temporadas en la Ciudad de México. Yo quería ir y encontrarme con Juan o con José, pero el trabajo me lo impedía. La envidiaba, libre para irse a visitar amigas a Ciudad de México. En Monterrey trabajó solo al inicio; como yo ganaba bien ella pronto se dedicó solo a sus bordados desde casa que luego dejaba en diversas mercerías o con costureras. Se llevaba sus telas a sus viajes y se entretenía con eso. Cada vez más tenía la sensación de que estábamos unidos solo por costumbre, o quizá por nuestras adoradas perras, pero nada más. Con todo, ella me unía al pasado común con España.

Para las semanas previas a la Navidad del 47 estaba hecho una verdadera calamidad. Bebía constantemente, sacaba la revista tarde, llegaba a deshoras a la oficina. Y acabé con mis programas nocturnos en la radio. El licenciado Rangel vino a hablar muy seriamente conmigo.

—Lo siento tanto, licenciado. No merezco trabajar aquí con usted. Deje que alguien más lo haga. Le estoy quedando mal con las entregas de la revista. Es mejor que me regrese a México. No estoy publicando ni escribiendo. Mi mujer está allá. Creo que será lo mejor.

Convinimos en que así sería, pero él se empecinó en hacerme una despedida. Era tan bueno conmigo. Una fría mañana llegué a la oficina en la que sería la última vez y me recibieron con una elegante invitación que decía: "Homenaje despedida al gran poeta andaluz Pedro Garfias". Me conmovió leer aquello. Sería en un par de días más. Tres noches después partiría en El Regiomontano a México para encontrarme con mi mujer. De María Aurora no me despedí. Ante lo avanzado del embarazo y luego el nacimiento de su primogénito habíamos dejado de vernos hacía meses. Pero le dejé una carta en la recepción de la radio. La puse en un sobre de la empresa, daba la apariencia de algo oficial. En esa carta-poema puse todo mi empeño. Lo titulé "La novia regiomontana":

Quiero verte de noche
cuando tu frente blanca
arde como una antorcha,
cuando tu boca ávida pide estrellas y besos
y es mía la esperanza.
Todo esto, María Aurora,
es soleá gitana
quejío solitario,
romance sin palabras.
¡Ay noche de tu pelo
profunda y desolada!
¡Ay alba de tus manos
como palomas albas!

Nunca supe de ella después. Se perdió como tantas otras cosas que he dejado atrás. Amigos, mujeres, habitaciones, risas, poemas que la vida me ha ido quitando. De tanta pérdida a veces creo que cada viaje solo me adelgaza la maleta y mis cabellos, un día acabaré sin nada.

La despedida que me hicieron fue tanto generosa como conmovedora, pero lo cierto es que yo ya tenía solo la mitad de mi ser en ella. Con todo declamé muchos poemas porque a ellos les gustaba cómo lo hacía, míos y de otros, brindé por el licenciado Rangel y los invitados. Hasta Alfredo había venido. Gozoso me comentó que el otro año ponían librería en la ciudad.

—¡Y tú que te marchas!

—Pero volveré, por acá nos veremos.

—Ay, Pedro.

—No es conveniente para mí estar aquí. No logro avanzar.

—Entiendo, pero te extrañaré. Tendremos la mejor librería del norte, te lo prometo.

Tras la lectura y los brindis cenamos algunos en el centro en una taberna que nos preparó carnes asadas y un cabrito. Disfruté la cena, pero ya se instalaba en mí cierta melancolía que las cervezas y el *whisky* solo fueron acrecentando.

Un par de días después tomé el tren a la Ciudad de México. Por la ventana me vi entrar de nuevo en el altiplano con sus altos riscos húmedos y verdes, sus frondosos árboles y las coníferas del Valle de México, tan distinto a Monterrey.

Margarita estaba viviendo en la calle de Londres y hasta ahí me dirigí, pero tan solo tuve que dar dos pasos adentro para ver que en la entrada estaban ya tres maletas. Ella apareció entonces frente a mí y me dijo:

—Me voy Pedro, paso las Navidades con amistades en Guadalajara y luego parto para España. Ya tengo el pasaje del barco. Tienes pagada la renta de tres meses.

—¡Cómo! ¿Qué dices?

—Este matrimonio no tiene sentido ya. Yo no soy republicana, ni mi familia. Entraré fácilmente, no creo tener problemas.

—Margarita… pero… este... Yo…

—Nada, Pedro. Que te vaya bien. Sé que triunfarás. Eres un gran poeta, pero yo ya no quiero estar aquí contigo, estando sin realmente estar jamás.

Sin más se acercó a la puerta y me entregó las llaves; afuera la esperaba un coche. Tambaleante, le cargué el resto de las cosas. Luego regresé a la casa. Al cerrar la puerta me derrumbé sobre una silla, atónito, triste, pero sobre todas las cosas, más solo que nunca.

EL MAR

Desde la proa adivinarás tu huida, el éxodo en el que te montarás por tantos y tantos años, Pedro. ¿Adónde vas? ¿Adónde vas de un lugar a otro? El viaje al norte te revelará otro modo de ser y de mirar. Tal vez serán las montañas toscas de piedra o la hondonada del valle por donde pasa un río. ¿Qué nuevas tierras descubrirás? Tus ojos sobre otras geografías, otras líneas y bordes. El camino de piedras y tierra agreste, el desfiladero por donde aúllan los coyotes. El amanecer amoratado y carmín sobre el horizonte será la señal de que has entrado en un lugar desconocido. ¿Cuáles son los nombres del desierto? Los que aprenderás después, exhausto, maravillado bajo un infinito azul. Agave, yuca, maguey, mezquite, nopal, órganos, biznaga, sauce, crespón, huizache. Escucha, Pedro. Sobre la línea del mar y el rumor de las olas ya se ve ese norte. Ya lo empiezas a perseguir.

Serás mar prehistórico, el mar de Tetis. El efluvio que dejó ese tiempo remoto que ahora te levanta mar adentro. ¿Qué hay allí, Pedro? Qué es lo que tus ojos mirarán, qué plantas, qué escondrijos, qué tolvaneras. Las piedras rayadas de los indios en Icamole. Mirarás esos cañones hondos de tiempo y agua que los marcó, esas piedras naranjas con señas, con marcas y los poemas de los otros. Esos huevos prehistóricos escondidos, fósiles con grabados que dejó la lluvia, que dejó la arena de un tiempo prehistórico.

Qué montañas, las verás lejanas en el viento de la tarde sobre este eterno barco remontado por el que llegarás a América. Mira esas cordilleras con formas engañosas, adivinarás sus nombres rebotando en la luz del sol. Ese sol de Monterrey, *despeinado y dulce, claro y amarillo: ese sol con sueño que sigue a los niños...* te dirá otro poeta una mañana en la que despiertas en esa otra ciudad con nombre de reyes. Sabrás, Pedro, que esta es una ciudad para morir y vivir también. Una ciudad cuna; una ciudad tumba también. La ciudad reina, sultana, entre los cerros.

¿Cómo harás tuyo ese lugar? ¿Cómo amarás esa ciudad? Mitad desierto y mitad estepa. Mitad montaña y mitad río. Bajarás de los pinares, del aire delgado, bajarás de los montes y de la sierra con sus osos negros, tres águilas te acompañan vigilantes a los lejos. El cayado en mano, la mirada sobre el sol que se despierta. ¿Cómo será tuyo ese sitio? La lluvia finita del invierno, la neblina que se desliza por los caminos. El calor, brasa sobre la espalda.

Este es el sitio que te estaba destinado, este es el territorio que te han heredado, la ciudad de los judaizantes, la de los ojos de Santa Lucía, la ciudad frontera fiera al borde del país. Este es el lugar por el que pasaron los norteamericanos al sur, por el que llegó Benito Juárez huyendo al norte, por el que escapó Madero a San Antonio. Una ciudad es un exilio, una trampa, un destierro. Una ciudad, reina sin corona. Una ciudad que huele a cemento y a orines entre las esquinas. Una ciudad de torbellino y turba, la ciudad de los bandidos, de los que escapan, de los traidores, de los que nadie quiso. Tú, también, Pedro, mírala desde este mar, ya pronto te recibe. Vas huyendo, tu cabeza ya tiene precio. ¿Cuánto vale la vida de un poeta?

Es agosto y el calor reverbera sobre las banquetas. Es agosto y el blanco sobre los sillares. Es agosto, un mes que no quiere nadie. Llegarás junto con tres incendios en la sierra. Llegarás al vacío de las presas. Llegarás y te pedirán el agua de las lluvias de septiembre. Tú eres Pedro y sobre esta piedra se escribirá la historia de la ciudad. Tú eres Pedro y grabarás en un tatuaje sobre tu piel de roca las cuatro coordenadas de la ciudad. Tú eres Pedro y sobre tus hombros se levantará eso que llamaremos futuro.

CORAZONES

Tras la Navidad y la vuelta al trabajo decidí arreglar los papeles del seguro para la ablación. Llené los formatos y digitalicé todos los exámenes; los papeles de la estancia en el hospital también. Todo. Decidí que quería ir a Austin pues ahí vivía mi primo hermano, el cardiólogo. Hacía años que no lo veía, pero finalmente era familia y conocía a los electrofisiólogos que hacían el procedimiento. Le envié mi ecografía para que él y el médico tratante vieran mi dextrocardia. Me recomendó a un doctor de apellido judío, ¿o polaco?

A inicios de marzo mi seguro aprobó el procedimiento. Pedí ir en Semana Santa durante las vacaciones; solo se requería una noche de hospital. No quería decirle a nadie en el trabajo, solo a los amigos. Entre menos gente supiera, mejor por mí.

Me dieron la consulta con el médico para el lunes siguiente al Domingo de Ramos y el martes sería la ablación en el Hospital Saint David's. Con suerte, el viernes estaría regresando a casa. Solo mis padres me acompañarían.

El viernes a la salida del trabajo llevé a mi hija a quedarse con mi hermana. Traté de decir lo justo para que no se preocupara sin dar demasiada información.

—Te traeré algo, Camila —le dije antes de despedirnos, quizá para consolarla.

Me abrazó y yo pensé que faltaban todavía muchos días para volver a verla. Se quedó con sus primas y la vi sonreír. Entonces me fui al departamento de mis padres porque saldríamos muy temprano a la carretera. Esa noche no pude dormir. Ahí no se oye el tren.

Por la mañana, mientras desayunábamos, les recordé que de nueva cuenta iríamos juntos a ver un cardiólogo por mi corazón. La última vez fue durante el cateterismo. Más de treinta años separaban esas dos fechas.

—Otra vez, mamá.

—Es la última —contestó mi madre con un falso convencimiento.

Cruzamos a Laredo por el puente número dos. Como era Semana Santa había una fila de coches muy larga. Cuando estábamos sobre el puente mamá me señaló una casa ahora convertida en hotel cerca de la iglesia principal de Laredo. Tenía un letrero muy grande que se levantaba sobre el caserío que decía "La Posada".

—¿Ves ese hotel que se llama La Posada?

—Sí...

—Era la casa de tu bisabuela de niña. Se quedaron de ese lado del río cuando la guerra con los Estados Unidos. Ahí vivían sus papás, los abuelos de mi mamá. Una parte de la familia se quedó de ese lado de la frontera cuando se fraccionó el país, y otros acá.

—Pero mi bisabuela vivió en Monterrey, ¿no?

—Pero eso fue hasta que se casó. Tus bisabuelos traían a mamá de visita a Laredo de niña para que conociera a la familia. Venían para el 4 de julio, los fuegos artificiales eran sobre el río y se veían desde la casa.

—Sí...

—Por eso es que tu abuela aprendió inglés. Su mamá le hablaba en inglés para que se pudiera comunicar en los Estados Unidos con la familia. Y su papá le hablaba en español. Aprendió los dos idiomas al mismo tiempo.

—Por eso mi abuela leía en inglés y español…

—¿Sabías que tus tatarabuelos fundaron Laredo? Vivieron años aquí. Luego vino la guerra y acabaron siendo norteamericanos. Ya para cuando nació tu bisabuela, Laredo era parte de los Estados Unidos.

Otra historia de descarríos, una larga cadena de pérdidas entre países y familias enteras, como el exilio. Un desvío geográfico que los empujó de ese lado del río.

Por fin acabó la fila y pasamos al otro lado. Una cruza el río Bravo y sabe que ya no está en México. La carretera ancha y firme, sin baches. Las tiendas de conveniencia de madera aglomerada y plástico, brillantes y limpias. Se siguen las reglas de tránsito. Los trayectos están marcados en millas y los anuncios de publicidad dan precios en dólares. Parece que todo fuera nuevo, recién hecho. Y, sin embargo, sigue habiendo un aire mexicano en la gente, pero es apenas una pequeña marca que se nota, en una palabra, un olor a comida, un rostro, una pequeña huella que recuerda lo que hay del otro lado de la frontera o lo que siempre estuvo aquí y nunca se fue del todo. Como mi abuela, que hablaba en los dos idiomas.

Los locales que venden seguros temporales para los coches que cruzan del otro lado de la frontera se anuncian en español como "Aseguranza". Recordé la primera vez que vi esa palabra. Fue cuando estuve en el posgrado en Estados Unidos. Me dio risa. Iba con Ricardo, mi amigo chicano que por entonces aún se autodenominaba mexicano.

—Esa palabra no existe —le dije.

—¿Cómo no existe?

—No… está traducida de *insurance,* pero la tradujeron mal, es seguro. Se dice seguro.

—Pero…

—Los mexicanos que llegaron acá no tenían seguro en México… de coche, de vida, de salud privado, y cuando supieron lo que era el *insurance* y pudieron comprar uno dijeron "aseguranza". Y así se quedó.

—¿Cómo sabes?

—Es una traducción del inglés como Dios les dio a entender, a ellos y quizás a los vendedores de seguros también. Igual fue un gringo que la inventó para vendérselos.

—Me saliste muy sabihonda.

En ese entonces yo era muy soberbia. Tal vez sería la edad. A fuerza quería que Ricardo hablara español. A fuerza quería que viera las incorrecciones del *Spanglish*. Casi lo obligaba. Cuando empezaba a cambiar al inglés lo regañaba. "¿No que eres mexicano?", lo fustigaba. No sé por qué lo hacía. ¿Para qué? De México solo tuvo miseria, a los siete años cruzó la frontera con su abuelita y un coyote. ¿Por qué querría ser mexicano ahora? Ahí quedan esas marcas de la pobreza, de esos mexicanos que no tenían *insurance*, pero luego lo adquirieron. Aseguranza. Un lugar seguro para vivir. Es una buena palabra. Así se dice en Texas y en California. Una palabra desviada, nació del otro lado de la frontera en un español fuera de foco, un poco a la derecha, más allá, movida de lugar. Hija de migrantes, bautizada así para garantizar la vida, la nueva tierra prometida que les daba un seguro. La lengua nombra lo que conoce. Aseguranza para el futuro.

Qué altanera era entonces. Vivir del otro lado de la frontera con un idioma ajeno es un exilio también. Qué soberbia la mía, como si nunca hubiera vivido un extravío.

La *Highway* 85 es una recta infinita. Pasa uno comercios, gasolineras, restaurantes de cadenas de pollo frito, hamburguesas, helados. Llegamos al control para el permiso de internamiento y nos bajamos. La fila era otra vez muy larga, se extendía hasta afuera. Nos bajamos cargados de papelería. Facturas, recibos de luz, mi carta de empleo. Todo eso que prueba que vives en México, que no te estás yendo de mojado, que estás ahí solo un tiempo para viajar, que no queremos perdernos de este lado de la frontera. Se requieren pruebas de nuestras intenciones, sí vamos a regresar a México, allá vivimos. Solo venimos al doctor.

Por fin nos dieron los permisos y seguimos hasta San Antonio para dormir y seguir al día siguiente. Papá estaba cansado. Como no habíamos comido nos fuimos a cenar al River Walk en el centro, junto al río. A nuestro alrededor había familias, parejas, mucha gente.

—Cómo les gusta a los americanos estar tomando margaritas con tequila. Mira, piden guacamole, comida mexicana.

—Eso es todo lo que les gusta de México —dijo mi padre— no te engañes, quieren eso, pero no a la gente.

—¿Creen que sean partidarios de Trump los que están aquí?

—No subas la voz —contestó tajante— nunca se sabe, menos ahora. Cállate.

Pensé en lo que no se sabe de la gente que miras pasar. Las personas que quizá no sean tus semejantes. Quizá si te oyen abrir la boca hablando español se crucen la calle. Tal vez quieran a Trump, o portar armas, construir el muro, a lo mejor creen que todos los musulmanes son terroristas, que los mexicanos son violadores.

El lunes llegamos a la oficina del doctor Zagrodsky en Austin. Dentro me hicieron un electrocardiograma y me tomaron la presión. Luego llegó él. Tomó el estetoscopio y oyó por vez primera vez mi corazón. *I can hear that pulmonary stenosis, all right,* dijo con un ligero acento sureño. Luego explicó que por una ingle metían un catéter con una cámara y por la otra el láser que quemaría el tejido dañino. El procedimiento se haría con calor. Explicó que no duraba más de una hora y media o dos horas como máximo. Me dijo que si sabía que las probabilidades de éxito eran del ochenta por ciento. Le dije que estaba enterada. Entonces se despidió y me dijo que dejara de tomar el anticoagulante esa noche.

4:30 Despertar y lavarse los dientes. Vestirse.

4:45 Salir en el coche.

5:00 Papelería del seguro y del internamiento.

6:00 Electrocardiograma, toma de presión, exámenes de sangres y orina. Bata y conexión intravenosa.

7:00 Despedida antes de ir a cirugía. Besos y buenos deseos.

La luz sobre el pasillo de los hospitales siempre es blanca. Un blanco radiante que te marea en el tránsito del traslado, cuando no ves más que el techo. Espacios rectangulares de luz intensa seguidos de espacios breves de celosía. Uno tras otro. El movimiento es rápido. La luz parece extenderse como un río fulgurante. Una luz que te expone. Que mira tus poros y la cerilla de tus oídos, las canas que no te has pintado, las arrugas, los kilos de más, los lunares, toda esa fealdad del cuerpo; el registro fiel de lo que eres y no el que se fotografía cuando te arreglas. La realidad apabullante desplegada sobre uno se mueve veloz.

Al final del pasillo siempre hay una puerta de vaivén que te lleva al fin del mundo. Tras esa puerta no hay retorno posible. Se abre y se cierra en tanto la cruzamos. Apenas paso y ya tengo nostalgia por una ventana, un árbol, el rostro de mis padres ya viejos, expectantes.

El quirófano es muy grande, al menos eso me parece. Me ayudan a cambiarme a la mesa de cirugía. Es mucho más dura que la camilla y angosta. No hay ni cómo moverse. La pantalla junto a mí es enorme. Tiene el largo de la mesa. Ahí verán mi corazón. El largo trayecto de los catéteres moviéndose por mis articulaciones, subiendo, bajando, una vuelta a la derecha. El corazón. Última parada.

El médico entra. *Are your parents outside?* Asiento. Sale a buscarlos. Llega el anestesiólogo, me dice algo y me ponen la mascarilla. Este es el final. Siento un ligero nerviosismo antes de inhalar, pero lo hago.

Despierto.

Estoy en recuperación. La luz aquí es menos fuerte. Murmullos. Hay otro paciente detrás de la cortina. Lo oigo toser. Parpadeo. No puedo hablar. No aún. Volteo un poco el cuello. La enfermera se da cuenta. Se acerca a mí.

—*I´m so sorry, darling. The doctor could not do it. It wasn´t done.*

—Whhh… Whaaat? —contesto contrariada tratando de salir del sueño.

Trato de pensar, pero mi mente aún es una nube mullida.

Cierro los ojos. Los abro de nuevo, pienso que lo he soñado. Ahora está otra enfermera.

—*What happened?*

—*It did not work out.*

Entonces era cierto. Miro el techo. El techo blanco con las luces bajas para no molestar a los pacientes. Me siento confundida. Tendré que regresar a casa, tomar pastillas. Sin éxito. No entiendo lo que pasa. Tengo sed.

—But… why?

—*The doctor will explain it to you.*

Trato de controlarme. Tengo frío. Tengo dolor. Quiero llorar. Estoy temblando. Algo suena. Me toman la presión y me ponen una frazada encima, me dan un calmante. Cierro los ojos de nuevo, inquieta.

OBSERVACIONES QUE A NADIE LE IMPORTAN

Una de las frases más memorables del Che Guevara dice: "¿Qué culpa tengo yo de tener la sangre roja y el corazón a la izquierda?". Pero, ¿y si no tienes el corazón apuntando a la izquierda, sino a la derecha? La ideología y la militancia por la izquierda están condenadas al fracaso en mí. Tal vez sea una liberal falsa, de aparador.

HOMBRES DE LA LAGUNA,
DUROS COMO LA TIERRA.
ESPAÑOLES DE ESPAÑA, DE ASTURIAS, DE LEÓN,
VASCOS DE OJOS AZULES, MONTAÑESES DE ACERO,
ESPAÑOLES HERMANOS, DEJAD QUE OS DIGA ADIÓS...

La decisión de Margarita me dejó atónito. En vano trataba de pensar qué hacer. Esa primera noche acabé acurrucado en un sarape de lana que me encontré arriba de mi maleta que había sido un regalo en una tertulia de poesía en Saltillo. Sentí la pelusa rasposa contra mí con ese calorcito de la lana de oveja que reconocía desde mi infancia en España, cuando me ponía un gabán sobre la ropa al cambiar el clima en otoño.

De mañana me senté sobre el sillón donde había dormido sin llegar jamás a la habitación, una botella de tequila se encontraba junto a mí en el suelo, ni siquiera recordaba haberla bebido. Miré alrededor mío, era un departamento minúsculo en el piso inferior de lo que fue una casa de tres pisos, ahora convertido cada uno en departamento. Sin embargo, estaba bien arreglado, tenía una pequeña cocineta con mesa para cuatro y el sofá en el que estaba. A la recámara no había entrado, ahí estaba el baño también. De la casa de Monterrey quedaba muy poco, todo se vendió o regaló o era parte de la renta y se quedó atrás. Hasta nuestras queridas perras se quedaron. Comparado con aquella casa, esto era diminuto, funcional y con buena ubicación. Sin embargo, el tamaño me hacía pensar en que sí, que efectivamente yo era un fracaso, en lugar de mejorar en la vida iba en cámara lenta hacia atrás. Por eso cansé a mi mujer. Por eso no llegaba a ninguna parte. ¿Qué sería de mí ahora?

Pasé las fiestas en un estado de ebriedad constante y metido en el departamento. Solo me permití el lujo de comprar una radio diminuta. Despertaba para escuchar música o una radionovela, tomar, comer alguna cosa y me volvía a dormir. Así los quince días enteros, sin contactar a nadie. No me duchaba, no me cambiaba de ropa, tampoco hacía la limpieza. Me sentía aniquilado, en un estupor constante.

Desperté de ese marasmo con un fuerte tronido de la puerta del frente en algún momento de los primeros días del mes. Sabía que era enero solo porque en algún momento que resucité alucinado escuché los cohetes del año nuevo rugir sobre la ciudad, así como la algarabía en la calle de la gente rumbo al Zócalo. ¿Quién era el que tocaba de esa manera? Me arrastré a la puerta. Era Juan Rejano. Por casualidad, Margarita se encontró a Juan al hacer una diligencia previa a su viaje a España en unos almacenes del centro. Ella le preguntó por mí y si ya nos habíamos visto. La sorpresa de Juan fue mayúscula y de inmediato fue a buscarme. Margarita no le comentó sobre nuestra separación; fue algo que debió intuir él al saber que no habíamos pasado las Navidades juntos.

—Juan… Juan, ¿eres tú? —le dije como los ciegos palpándole la cara, mis párpados aún a medio abrir frente a la puerta del departamento.

—Hombre, pues claro que soy yo, quién iba a ser. Sentémonos acá, te lo pido —dijo señalando el sofá del cual yo había revivido.

—¿Vienes a rescatarme? —le pregunté aún sin saber si lo soñaba.

—Vale, vale, sí. Vengo a rescatarte de ti mismo, bribón. Pero, ¿a qué te dedicas?

—Ay, es que la salida de Margarita me pone mal. ¿Qué estoy haciendo, Juan?

—Pues no puedes seguir aquí solo, eso seguro.

—Así titulé mi libro nuevo, Juan. Así le puse —dije casi llorando— *De soledad y otros pesares*. Mi primer libro mexicano, porque esos poemas sueltos que escribí antes en revistas los reuní aquí. Ahora estoy como el título, Juan.

—Tus poemas de la guerra...

—Son poemas reciclados de España, lo sabes, pero este libro que me publicará pronto la Universidad de Nuevo León tiene veintidós poemas nuevos bajo el título "Coloquio de las torres de Écija". Agregué secciones de mis poemarios anteriores, pero esta antología me ilusiona, Juan. Es el libro más largo que he hecho. Contiene casi toda mi obra.

—Qué alegría me da. Si trae casi toda tu obra, así como poemas nuevos, te dará a conocer en grande. Por fin, querido amigo. Te auguro éxito.

—Saldrá en mayo, Juan.

—¿Por qué te has venido si te trataban tan bien?

—Pues... es que en Monterrey no está nadie, estoy solo. Necesito a la Ciudad de México. Pero, sí, tal vez los he traicionado. No sé por qué no me aguanto en ninguna parte.

—Tranquilo, Pedro. Está iniciando el año. Vayamos a la Universidad Nacional, ahí te presentas como profesor recién llegado...

—Pero soy editor.

—Como quieras... dices que eres editor y profesor, a ver qué sale primero.

Pero en esos meses que siguieron no conseguí colocarme ni en la Universidad de México ni en las editoriales o revistas. Empecé a recibir invitaciones de muchos lugares de provincia para hacer recitales. Al parecer, los que había hecho en Monterrey, Tampico y Saltillo se habían hecho de oídas en otros lugares. Solo querían que fuera a los teatros a declamar. A veces con algún músico o una bailarina. En ocasiones fui a alguna universidad también, pero las menos. Como el dinero apremiaba, empecé a hacer esas salidas que estaban bien pagadas. Pronto se convirtieron en trabajos más o menos regulares, contando con ellos los fines de semana en diversas ciudades del país. Casi siempre viajaba en jueves o viernes, dependiendo de la distancia, y para el lunes estaba de regreso en la Ciudad de México.

No me iba mal, casi siempre me trataban como rey. Me daban las comidas, había incluidas una o dos cenas por las noches, bebidas, casinos o bares, alguna salida recreativa a conocer el lugar. Prácticamente mis gastos fuertes consistieron en la renta y en lo que gastara los días que estaba en casa. Eso me permitió sostenerme.

Contaba alguna anécdota curiosa de los poetas, una cuestión personal que era lo que más les gustaba, y luego la poesía. Reconozco que en ocasiones me aventaba alguna que otra mentira blanca para ensalzar el ambiente. Total, no se darían cuenta. Me lo permitía porque finalmente, pensaba, esa vida de antes en España era mía. Y si la cambiaba o aderezaba un poco no tenía importancia.

De pronto me maravillaba que mi vida, que ya pronto llegaría al medio siglo, hubiera estado poblada de esas gentes tan maravillosas y únicas. Había que compartirlas. En esas historias era yo quien sacaba cuadros del Museo del Prado junto a María Teresa, quien viajaba en tren a Cadaqués con Salvador o hacía el teatro de La Barraca junto a Lorca. Aquel mundo de arte, de aventuras, de esperanzas que nos dio la República era para mí como un cielo abierto de Madrid visto desde una buhardilla de estudiante junto a Delhy, una noche loca de paseo por Puerta del Sol del brazo de Margarita Manso. Eso era la vida y nada más.

En Yucatán conté de Federico y sus fracasos iniciales en el teatro y luego su triunfo, también de su novia Margarita Manso. Pero, sobre todo, de su muerte.

Escuchad, escuchad, es el tiro de gracia. Se ha cometido el crimen más negro de la historia de España. Se le vio caminando entre fusiles

—por una calle larga—, luego salir al campo frío. El pelotón de verdugos nunca pudo verle a la cara, no se atrevieron. Federico le cantó a la muerte y a la luna, la calificó con ternura macabra de gitana. Y dijo: "Te cantaré la carne que no tienes; los ojos que te faltan".

El público me miraba azorado, helados al escuchar la pasmosa muerte de Federico. En Campeche me pidieron hablar de Machado; ahí describí con verdadero fervor y conocimiento las playas de Argelès y Saint Cyprien, que tenía grabadas en la memoria, y aquel pueblito de Collioure donde yacía el poeta, muerto por el ingrato invierno junto a su madre, aunque nunca estuve. Y en Veracruz hablé de mi amigo Rafael Alberti y su arboleda perdida.

Yo con la copia de su libro sobre el estrado, escondido, casi sin leerlo, memorizado, amarrado a él y a los escuchas atentos, casi sin respirar, atados en ese ensueño de infancia como tan bien lo contaba Alberti y yo recreaba en ese mismo momento, sin duda me lo susurró al oído, tal vez. No, no lo leí; él me lo contó durante una noche de copas tras ir al teatro, en esa lejana época en que teníamos dos novias pintoras y surrealistas. Al final, el aplauso emocionado, yo convertido en actor representando una comedia alegre de vidas jóvenes, pero a la vez trágica como solo la muerte y la guerra lo eran.

Al inicio del verano me dirigí a Monterrey porque salía *De soledad y otros pesares* y me invitaban. Me sentí emocionado de regresar unos meses tras mi partida. Pero lo que hice primero fue dirigirme a la Librería Cosmos, sí, la misma que estaba en Tampico, ahora abierta en la ciudad con Alfredo al frente. Tenía que ir a ver esa maravilla por mi cuenta.

La sucursal se encontraba sobre la calle Morelos, en el centro. Había quedado muy bien instalada, los anaqueles estaban por tema y los libros acomodados de forma práctica por apellido del autor como en Tampico. Las mesas de novedades estaban al frente y en unas vitrinas cerca de la caja curiosidades, libros raros, separadores y algunos utensilios de papelería propios de las escuelas. Lo felicité por el logro tras pasearme por sus pasillos.

—Tampico está en decadencia, Pedro. Es terrible. Se ha ido mucha gente por los cambios en la industria petrolera y llegado otra, pero desgraciadamente le ha pegado a la cultura. No estábamos vendiendo mucho ya. En cambio, acá hay ya dos universidades, más industria y pujanza. Ya me están buscando para que surta los libros de los estudiantes.

—Te entiendo. Y no olvidemos el clima. Creo que no podría vivir con esos calores y humedad. Acá al menos es más seco. Pero, cuenta, ¿quiénes han llegado por aquí a recibirte?

—Pues ya vino el licenciado Rangel y también don Eugenio Garza Sada, espero que con su ayuda muchos estudiantes vengan de la Universidad de Nuevo León y del Tecnológico. ¿Cómo ves? Les ha gustado mucho y me han sugerido parte de la distribución en los anaqueles por disciplina: Ingeniería, Ciencias, Medicina, Historia...

—Está muy bien eso.

—Y vino don Alfonso Reyes...

—¿Reyes Aurrecoechea o Reyes, Reyes? —le pregunté riendo.

—Los dos, pero me refería a Reyes, Reyes... No me hagas reír. Y aunque sé que prácticamente no viene jamás, le ha dado el visto bueno y me ha puesto en contacto con editores en México. Me aseguró que vendrá cada que pueda. Entró gritando: "¿Dónde está mi españolito?". Es tan simpático.

—Excelente aliado, mi buen amigo.

Esa noche fue la presentación de mi libro de poesía. Alfredo dijo al inicio unas palabras muy emotivas sobre lo que significa el exilio, la diáspora en la que nos sumergimos y nuestro agradecimiento a México. "No veníamos a conquistar. Ya veníamos conquistados. Nuestra salvación consistía en incorporarnos a una tierra libre. Y lo conseguimos. Para nosotros México fue el más allá, el *plus ultra* legendario y mitológico".

Al final declamé algunas poesías de las nuevas que había escrito ya en México. Les narré de mis viajes por el país, sobre el encanto que cada lugar ejercía sobre mí, de cómo la infancia se me presentaba a cada momento como una evocación sincera y lejana, las torres de Écija.

España vieja y antigua, madre, pero casi siempre traicionera. Tan añeja y rancia España, cada vez más lejana, más católica y nacionalista que nunca, siempre detrás de su caudillo. No volvería a España hasta que saliera Franco, un sueño cada vez más remoto, pues ni la caída del nazismo o el fascismo pudieron con él. Cada vez más fuerte, más único y entronizado, Franco se me aparecía con el peso de la historia nuestra.

No vi a María Aurora en la presentación. No me sorprendió tanto, aunque me hubiera gustado verla. Ahora estaba más solo que nunca sin mi mujer y sin ella. De pronto pensé que esto era el fin del amor para mí, que así me quedaría hasta el final.

Tras presentar el libro fuimos a brindar y a cenar. Comimos opíparamente, carne asada con tortillas, aguacate, salsa y frijoles en abundancia. Bebimos cerveza y tequila. Fue una velada extraordinaria. Intenté controlar la cantidad que tomaba, ya que estaba el licenciado Rangel con otras personalidades de la universidad y no deseaba quedar mal.

—Pronto seré rector en la universidad, Pedro. Me van a postular, es prácticamente un hecho. Seguiremos haciendo cosas juntos, ya verás —susurró antes de marcharse.

Gozoso levanté mi copa por él. Seguimos bebiendo hasta tarde. Acabé como siempre. Alfredo se fue antes de que me perdiera de plano y vi que le indicó algo a Reyes Aurrecoechea. Insistí en otra copa.

—¡La última y nos vamos, Alfonso! Es mi noche, no lo olvides.

Accedió poco gustoso. Ya andábamos en el *whisky* y las cubas libres para ese momento de la noche. Había carta abierta, así que yo tomaba como si fuera casi una obligación. Lo que siguió a eso no lo recuerdo, solo sé que al día siguiente como a las dos de la tarde desperté con un dolor de cabeza fuerte. Regresé a México tomando comprimidos sin parar.

Por esos años supe de la llegada de Luis Buñuel a México junto con su mujer, la francesa Jeanne Rucar. No sé si se cansó del cine en Hollywood y fue atraído por la fuerza de las producciones mexicanas que para fines de los cuarenta ya tenían gran acogida y fama mundial. Como yo no tenía ninguna conexión con ese mundo, me pareció imposible acercarme a él de nuevo, aunque la curiosidad me movía. Su primera película fue estelarizada por Jorge Negrete y Libertad Lamarque a fines de los cuarenta, cuando aún estaba yo en Monterrey. Pero ahora filmaba una película nueva, hecha enteramente por él, hasta el guion junto con otros españoles, a quienes poco frecuenté, entre ellos Juan Larrea y Max Aub.

Desde el inicio su rodaje se convirtió en la comidilla de las polémicas nacionales. La película se titulaba *Los olvidados* y tenía a una pandilla de niños y adolescentes casi desconocidos en primer plano, muy distinta a la idílica *Nosotros los pobres.* Por todas partes se oían cosas. Que el productor consideraba que la película era indecente, que Jorge Negrete, líder del Sindicato de Actores, quería impedir su grabación, que una de las chicas de la estética para peinar y arreglar a los actores renunció porque no le pareció una escena, que Lupe Marín reclamó a Buñuel que aquello era una miseria y no México. El único guionista mexicano, Pedro Urdimalas, le pidió al final a Buñuel que no pusiera su nombre en los créditos. En fin, el filme levantaba ámpula y aún no salía al mercado. Al gobierno del presidente Miguel Alemán, tan abocado a dar una imagen de progreso y mejoras económicas en México, esta película le venía como bomba.

Por fin se estrenó hacia finales del cincuenta. Pero solo duró en cartelera ¡una semana! Hubo espectadores que rompieron cines durante la *première* de tan ofendidos que se sintieron. Siqueiros aplaudió la película públicamente, lo que me pareció de toda lógica viniendo de él, pero avivando más el fuego. Octavio Paz le hizo una reseña magnífica. Estos dos artistas lograron que alguna gente se animara a aprobarla. Todo esto no hizo más que darle más fama. Al año siguiente el Festival de Cannes se postró ante ella. Fue entonces que Juan y yo pudimos verla en el cine. Era una película cruda, fuerte, que sin dramatismo ni idealización ofrecía una cara lejos de la azucarada que mostraba Pedro Infante junto a Chachita cantando *Amorcito corazón* del mismo Urdimalas. Su realismo me conmovió y me hizo pensar en los días de la guerra, en todos aquellos pueblos pobres que atravesé. Esa pobreza absoluta que la Falange también negó. Quizá Luis nos hablaba también a nosotros a través de México. Pese a todo lo me desunía a Luis, quise volver a verle, aunque fue en vano.

En una ocasión recibí invitación para ir a Torreón al Teatro Princesa. Me invitaron a un acto poético-flamenco. Al menos eso decía la carta en la que me invitaban. El acto era por las fiestas de la Virgen de Covadonga en septiembre y lo organizaba un club de españoles denominado Real Club España. Me conmovió un poco que me pidieran recitar, "Asturias". Al parecer había muchos asturianos ahí.

En la carta me informaron que dos señoritas bailarían flamenco, ambas jóvenes eran conocidas en la ciudad y una de ellas era hija de exiliados españoles. No sabía nada de ellas, pero suponía que un recital con música española, baile y poesía sería atractivo para el público de la ciudad. La carta estaba firmada por un poeta local parte del comité organizador, Rafael del Río. La carta leía: "El magnífico espectáculo que hemos preparado con Magdalena Briones, Pilar Rioja y usted, Pedro Garfias, contribuirán con sus valiosas aportaciones a estas fiestas". El recinto tenía su propia orquesta y mil seiscientas butacas que prometían llenar; no creía jamás haber estado en un sitio tan grande. Empecé a ponerme muy nervioso.

Llegado el momento subí al tren para llegar al norte. Cuando me bajé despuntaba el alba y pude ver el espectáculo del amanecer en el desierto. Las cactáceas se levantaban a lo lejos en un cielo azul limpísimo, la tierra era casi blanca. El cielo enorme lleno de mil colores era amplio y vacío de nubes.

Por la tarde me encontré con Rafael del Río, mi anfitrión, y las bailarinas en el teatro, un recinto precioso con un estilo francés limpísimo y unos ventanales hacia la calle enormes, para acordar los momentos señalados en el programa. Ellas iban a ensayar y yo a seleccionar poemas junto con Rafael. Él insistió mucho en el poema de "Asturias" para terminar ya que había muchos asturianos en la ciudad, pero quería poemas míos y de Alberti, Lorca, Neruda, León Felipe, Miguel Hernández.

Esa noche me puse a declamar poemas frente al espejo de la recámara, necesitaba hacerlo muy bien… Mantuve junto conmigo una botella de ron y así estuve hasta la medianoche. Pero en lugar de ayudarme, el ensayo acabó por provocar mi ansiedad. Mirarme solo me recordaba lo viejo que estaba, yo, cuervo de nacimiento, convirtiéndome cada vez más en ese animal ganchudo, en ese pajarraco horrible. La panza sobre el pantalón, la papada sobre el cuello, llegar acá para convertirme en este espécimen. Ni escritor ni poeta sino saltimbanqui de ocasión. Acabé derrumbado y desperté al día siguiente tarde y sucio.

A pocas cuadras de mi hotel se encontraba la Plaza de Armas donde estaba el Teatro Princesa, así que fui a verlo una vez más. Me senté en una banca y lo admiré un rato, mientras me saboreaba un barquillo de helado de vainilla. Dormí una siesta y a las seis empecé a arreglarme; tras el baño me puse un traje negro con corbata también oscura. Me sentí gordo, canoso y por demás horripilante, mi nariz más ganchuda que nunca. Parecía ave de mal agüero. Un largo trago a la botella para aguantar y listo, a la calle.

La velada empezó con las bailarinas. Luego seguí yo. Solo me olvidé de dos poemas en toda la noche, pero improvisé, no creo que lo advirtieran. Acabé con "Asturias", y en efecto, pude percibir la emoción de la gente. Los últimos tres versos los recité emocionado en un hálito de voz: *que Asturias está aguardándote / sola en mitad de la Tierra, / hija de mi misma madre.* El final fue apoteósico, la gente gritaba y lloraba a un tiempo. Nos aplaudieron mucho y regresó el alivio. A la salida, el vestíbulo era una verdadera romería de personas, todas ataviadas elegantísimas y saludando de mano y beso. Las felicitaciones no cesaban y en una de esas una señora me dijo que me fuera a vivir a Torreón y que hiciéramos un programa de radio sobre arte español. "Le ponemos Arte Flamenco por Pedro Garfias, ¿cómo ve? ¿Le gusta? Es para la XETB", subrayó. Yo le entregué mi tarjeta y le dije que con gusto veíamos.

En los meses que siguieron recibí la invitación, en efecto, para la radio de Torreón y estuve por allá a partir del 51 trabajando para ellos un año entero, aunque al final regresé a la Ciudad de México.

Viví muy a gusto en esa ciudad con la gente de la zona lagunera, como se dicen ellos, los de implacable sol, renegados del desierto.

Por entonces se organizó en el Palacio de Bellas Artes un gran homenaje por los veinticinco años de música de Agustín Lara. Recibimos invitación buena parte de la comunidad de españoles en el exilio porque el maestro con frecuencia se presentaba en algunos eventos y se sentía cercano a nosotros. Había compuesto canciones para España y nosotros se lo agradecíamos mucho. Con semanas de anticipación cancelé todas las actividades fuera de la ciudad para poder asistir junto con Juan Rejano y José Moreno Villa, quien en los últimos años había estado un poco enfermo. Era mayor que nosotros y ya se sentía en él una salud más precaria. Entre Juan y yo decidimos hacernos cargo. Durante la planeación se nos unió Concha Méndez. Hacía unos años que la había abandonado Manuel Altolaguirre por aquella cubana de la que me contaran por carta, María Luisa Gómez Mena.

—A la sinvergüenza la conocimos Manuel y yo en La Habana recién desempacados de España. Nos dio acceso a su editorial, La Verónica, nos invitó a su casa, nos paseó. ¿Y luego? ¿Y luego qué? Nos vinimos a México y a escondidas se escribió con Manuel. La última vez que nos vimos, Pedro, en la despedida de Neruda, estaba por ocurrir lo impensable. Un par de meses después se fugaron los desgraciados. Ahora andan de aquí a Cuba y de regreso —confesó Concha cuando la vimos en un café un par de días antes de la fiesta. Ella traía los boletos para todos.

—Lo siento, Concha. No lo sabía —le dije por decir cualquier cosa.

—Esa raspa no importa nada, se los cuento para que lo sepan. A Bellas Artes me llevo a Luis Cernuda que acaba de llegar a México.

—¡Luis Cernuda! —exclamó Juan asombrado.

—Está en mi casa, no tiene a dónde ir. Ha vivido en muchos lugares. Dio clases en los Estados Unidos. ¿No lo habrás visto tú en Inglaterra, Pedro? Estuvo hospedado con el mismo lord Faringdon.

—Lo sé, querida, pero no coincidimos. Él arribó antes y para cuando yo llegué se había ido a dar clases a otro sitio en Inglaterra o no sé dónde estaba.

—Luis hizo muy bien en salirse antes de que concluyera la guerra, si no hubiera sido así habría acabado con el mismo final que Federico. En la España de Franco no caben los que son como él.

Nosotros callamos. La miramos un segundo y bajamos la mirada. Entendimos lo que nos decía, pero no preguntamos nada. Así que a Concha la dejó Manuel y ahora vivía con Luis. Eran extraños los caminos de los exiliados; me alegré de que estuvieran juntos, que se ayudaran. Ella divorciada y él homosexual, imposible resolver la vida en España. Ambas cosas estaban prohibidas allá. Mejor en México. Me pregunté si ellos sí habrían visto a Luis Buñuel, pero no traté de averiguarlo. Me pareció incómodo. Recordaba que en su juventud Concha y Luis tuvieron una relación amorosa de veraneo en su adolescencia y hasta Madrid, antes de que ella se decidiera por la escritura. Se habían conocido de chavales en San Sebastián, ambos de familias riquísimas.

La noche que llegamos al teatro nos encontramos entre la Alameda y Bellas Artes con Concha y Cernuda. Juan y yo llevábamos a José del brazo, pues ya caminaba con bastón. Apenas un par de años después falleció, enfermo y cansado pero trabajando hasta el final, incluso escribió su propia biografía. Esa noche aún gozó con nosotros de aquel concierto.

Hacía un fresco apenas suficiente para portar traje, las luces iluminaban los árboles de jacaranda en la Alameda aunque no era temporada de flor. Nos fuimos acercando entre el tumulto de personas, todas engalanadas con sus mejores ropas. A cada momento veíamos a gente famosa pasar cerca. De lejos vimos a Diego Rivera quien, con ayuda, subía la silla de ruedas de su mujer por la escalinata para entrar al teatro. Por las noticias sabíamos que Frida había perdido una pierna hacía unos meses. Con todo, iba elegantísima con un vestido largo blanco y la joyería mexicana de plata que usualmente portaba. Ya cuando inició la función los vimos sentados adelante, ella en el pasillo sin salir de su poltrona con ruedas.

Diferentes artistas se paseaban por el vestíbulo, también políticos y toreros conocidos. Como el concierto se transmitiría en el programa de Agustín Lara, La Hora Nacional, abundaban personas del cine y la radio. Félix Anguiano, el columnista del *Excélsior*, fue quien primero recordó que eran los veinticinco años de la primera grabación de don Agustín y por él se había organizado todo con el beneplácito del presidente.

Nos quedamos en el vestíbulo para admirar bien a los invitados antes de irnos a nuestros lugares y fue en ese momento, justo cuando subíamos ya al segundo piso, cuando un rumor corrió entre la ya escasa concurrencia, puesto que la mayor parte se había ya retirado a sus butacas; fue entonces que vimos a María Félix llegar. Y aunque llevaba un medio velo que salía de un sombrerito supimos que era ella. Su figura era inconfundible. Todo México sabía lo que don Agustín había sufrido tras su divorcio de aquella mujer soñada, así como de la llamada boda del siglo de María con Jorge Negrete apenas un año atrás.

—Negrete está en Los Ángeles de trabajo —me susurró Concha.

Era extraño que viniera al homenaje del que fuera su marido. Subió con rapidez y discreción a un palco con solo dos acompañantes que ahí estaban. La noticia corrió por los pasillos y entre las butacas, pero la Félix fue discreta y se sentó en la parte de atrás del palco y solo se veía el sombrero. Los periodistas no pudieron sacarle ni una foto porque además a la salida, ¡ya no estaba! Al parecer se retiró antes del último número, por lo que su estancia en aquel homenaje se convirtió en una especie de corrillo casi legendario. Después nos pareció casi increíble haber sido testigos de su presencia en el teatro; fuimos de los pocos que realmente la vieron. Hermosísima, divina, altiva como siempre fue. Un par de meses después todo México pudo contemplarla al bajar tras el ataúd de Jorge Negrete, llegando de Los Ángeles. La boda del siglo de unos años atrás se convirtió a través de la televisión en el funeral más concurrido de México. Todos los cines del país suspendieron funciones a la misma hora el cinco de diciembre del cincuenta y tres.

Pero en ese momento del homenaje, ella fue de nuevo la María bonita de Agustín Lara y nadie podía imaginar cómo acabaría su nuevo matrimonio. Dicen que Lara nunca se pudo recuperar de haberla perdido.

Cada pieza del concierto nos regalaba un nuevo intérprete inesperado y sorpresivo, el público aplaudía a rabiar a Los Panchos, Libertad Lamarque, Toña *la Negra* y Pedro Vargas. En algún momento salió a escena Cantinflas y le dedicó unas palabras de forma muy graciosa a don Agustín, que fueron el deleite de la audiencia. Fue una noche irrepetible y maravillosa, tenía la sensación de haber estado en un sitio privilegiado. Agradecí que Concha nos hubiera conseguido las entradas. Salimos de ahí extasiados en el embeleso de aquel concierto.

Fue al salir del recinto, bajo las farolas que alumbraban la explanada, que los cinco casi nos vamos de espaldas al descubrir en una comitiva importante nada menos que a Luis Buñuel. Junto a él iba su mujer, Jeanne Rucar, y otra señorita muy bella, rubia, que Juan identificó como Silvia Pinal, la actriz que salió con Pedro Infante en *Un rincón cerca del cielo*. Vaya, vaya, Luis se codeaba con los famosos. Junto a nosotros vimos a Concha palidecer un instante y ponerse muy rígida. No dijo ni una palabra. Yo quise saludarlo, me adelanté un par de pasos. Pero, José, aún tambaleante como andaba, me detuvo con una mano.

—No lo hagas, Pedro. Él ya pertenece a otro mundo y Dios quiera que no pongas a la francesa frente a Concha.

—Pero, José...

—¿Para qué? Te saludará un segundo y se irá con sus acompañantes. No los va a dejar por ti, entiéndelo.

Entonces nos fuimos a un bar. Ya entrados en copas, Concha se puso nostálgica y nos contó algunas cosas.

—Con Luis iba a bailar al Ritz y al Palace, también al cine. En ese entonces no me imaginaba que sería cineasta, supongo que él tampoco porque escribía poesía. Veíamos películas de Chaplin y Buster Keaton, nuestras preferidas. Pero luego, en el veinticinco, fue cuando se largó a París. Allá conoció a Jeanne. Cuando se marchó me decidí a conocer a Federico, porque él nunca me lo presentó. Yo no conocía a nadie, tal vez le daría vergüenza porque yo era mayor que él dos años o porque no le gustaba decir que tenía novia, vaya uno a saber. Un día llamé a la Residencia de Estudiantes y me presenté con él. "Soy la novia desconocida de Buñuel", le dije. A él eso le dio mucha risa.

"Un día fue Federico a mi casa y yo me vestí con bata de seda y mucho maquillaje blanco en la cara como las mujeres de las películas mudas. Debe haber pensado que estaba chiflada. Pero así nos hicimos amigos. Por él conocí a Maruja Mallo cuando era novia de Rafael. Ellos lograron que empezara a escribir también, como que me sentí impulsada, pero no tuve su suerte. Qué va, a las chicas siempre nos iba fatal haciendo los mismos trabajos de arte que ellos hacían. Pero me hice muy amiga de Maruja, ahora la extraño tanto. Una vez me pintó en un cuadro que se llama *La ciclista*. No sé cómo no emigramos al mismo lugar, aunque un tiempo estuve también en Buenos Aires, pero fue antes de la guerra. Me fui sola en barco, mis padres casi se mueren cuando se me ocurrió ir a la Argentina. Allá estuve como tres o cuatro años, al regreso fue que coincidí con Manuel y nos casamos. Todo por Federico. Todos ellos fueron testigos de nuestra boda. Luego perdimos a nuestro primer hijo, se vino la guerra, la muerte de Federico, todo eso que ya sabemos. Sin duda hemos vivido tanto, compañeros, cuánta gente, ese tumulto de emociones, siempre moviéndonos. ¡Yo alcancé a vivir siglos, andando unas horas!".[8]

La voz de Concha se fue apagando. Me sentí triste de no haber leído a Concha nunca. Rafael me dijo en alguna carta que su poemario *Canciones de mar y tierra* era maravilloso. Al igual que a mí, Gerardo Diego no la incluyó en su maldita antología, ni siquiera en la segunda vuelta donde puso a dos poetas mujeres. Yo sabía que Concha tenía mucha más obra que yo, pero era poco conocida como la mía, tal vez fuera su condición de mujer. No lo sabía a ciencia cierta. Sus palabras calaron hondo. Se removieron en mí todos esos recuerdos de antes de la Residencia de Estudiantes; también esos viejos resentimientos volvieron en el minuto que vi a

Buñuel, cuando decidí no saludarlo y lo vi tan elegante con aquella actriz.

La noche del altiplano fue cayendo sobre nosotros, cada trago era una memoria, cada risa una anécdota. Nos fuimos llenando los ojos de esa melancolía que se deja atrapar en el alcohol hasta que la luz blanquecina por la ventana nos fue advirtiendo, sumidos en el marasmo, que ya era otro día.

EL MAR

Te estrujaré, Pedro. Te partiré en dos como viejo madero encallado en la playa. Te irás de isla en isla como náufrago, como proscrito en fuga. El más desterrado, huyendo hasta de los tuyos. ¿Quién eres, Pedro? Quién eres ya de ciudad en ciudad. ¿Poeta o declamador de poesía? Mírate, como mono de circo en carpa, remedo de hombre artista, entretenimiento nocturno. Mírate, borracho de taberna, alcohólico de banquetas, beodo de ocasión con risa fácil y estallido de palmas, ebrio trasnochado buscando calor. Mírate, bebedor de botellas, escupiendo tus poemas tras bambalinas de teatros y cafés. Tertulias y cigarros, mesas de billar, copas de vidrio y caballitos tequileros de colores.

Soy el mar, mira cómo te llevo de un lugar a otro. Ventrílocuo de poemas de otros, serán de otros los aplausos robados, memorias de los demás. Perrito amaestrado. Recítanos otro poema. Tú, sí tú, repetidor de poemas, disco rayado del desconsuelo. ¿De quién es esa poesía? ¿Es tuya, Pedro? ¿Es tuya? Escritor de ocasión, cronista de aldea, guardador de poemas en servilletas mojadas en noches de casino. ¿De verdad escribes un libro? Inventor de títulos. Prestidigitador de palabras, saltimbanqui de la noche.

Pedro Garfias, ¿qué nombre es ese? ¿Quién esa personita junto a los otros que nadie reconoce? Soy el mar que te pierde, te cubre, te olvida, te vomita. ¿Quién eres? Usurpador de identidades. Lanzador de nombres: Neruda, Alberti, Lorca. Nombres que te dan fama. Nombres robados para decir una noche de lluvia, para encandilar bajo los reflectores de un teatro. Como no pueden tener a los otros te tendrán a ti, Pedro. Apenas calca, apenas sombra, remedo de gran hombre. ¿Acaso imitación? Un premio de perdedores. Apenas un rayo que se cruza entre las vidas de los otros. Quién eres Pedro. Quién fuiste de niño entre las piedras amarillas de Salamanca. Tú, niño sobre las baldosas, bajo un cielo azul. ¡Poeta!, augurio unamuniano sentado sobre la plaza. Tú, promesa rota.

Entiéndelo, Pedro, solo yo te poseo. Yo, el mar, soy tu dueño. Salta, perrito faldero, salta truhán de la noche, salta esclavo del torrente de las palabras. Eres río, eres cascada, eres vertiente de nombres. Estarás por siempre sobre mis olas. Serás mar, serás viaje constante, serás movimiento entrelazado con los demás, serás el olvido porque nunca bajarás de este barco.

Escogerás mal, Pedro. Una y otra vez escogerás mal. Por eso yo, que soy tu destino, no te daré tregua sobre mis aguas, no te dejaré salir nunca. ¿Qué carrera vas a estudiar, Pedro? ¿A qué mujer vas a amar? ¿En qué ciudad te quedarás? ¿Qué trabajo vas a tener?

La vida entre dos países; el exilio a cuestas. Mírate, Pedro, eres este océano, esta vida pirata, robada, que no acabará nunca. ¿Acaso bajarás de ese barco? El sol sale muy de mañana. Cada día será perseguirle hasta que muera por la tarde al divisar el horizonte. La América salvadora que perderás una y otra vez, la que te olvidará, la que te llevará de un lugar a otro. ¿Qué país es ese que divisas? ¿Qué lugar, qué ciudad?

Recorrerás el país, el más amado y odiado. Recorrerás el país con los poemas de los otros, los que trasnochado recuerdas, los de España. Te pedirán más, Pedro. Tú accederás porque ya eres el poeta de la noche. ¿Escribirás, Pedro? ¿Todavía? *Sobre el mar y bajo el cielo / he de encender una hoguera con tus recuerdos…*

FANTASMAS

Adquirí el libro de memorias de Luis Buñuel, *Mi último suspiro*, probablemente a fines de los ochenta en la Librería Cosmos tras ver en una clase de cine en la universidad *El ángel exterminador*. Ese mundo enmascarado por la noche y la fiesta, donde un espíritu salvaje se apodera de aquella burguesía acartonada, me fascinó. Entonces creía que Buñuel era un exiliado político sufriente, pero pronto me di cuenta de que sus viajes por Hollywood y México no parecieron ser tan desgarradores. En realidad, tuvo una vida excepcional, como Salvador Dalí también la tuvo. A diferencia de otros de su generación, si bien experimentaron la censura, pudieron hacer vidas de creadores en diversas partes del mundo donde se les acogió bien y gozaron de fama y de gran solvencia económica.

Buñuel hace referencia a Pedro Garfias en dicho libro de memorias. Ambos terminaron en México, pero no parecen haberse encontrado en el país, más bien solo se vieron en el Madrid de antes de la guerra. La anécdota que cuenta es que ambos se conocieron en el Café de Platerías, centro cultural e intelectual durante la Segunda República.

Sobre Garfias dice que ahí conoció a

… ese poeta extraño y magnífico que se llamaba Pedro Garfias, un hombre que podía pasar quince días buscando un adjetivo. Cuando lo veía le preguntaba:

—¿Encontraste ya ese adjetivo?

—No, sigo buscando —contestaba él, alejándose pensativo.

Aún me acuerdo de memoria de una poesía suya titulada "Peregrino", de su libro *Bajo el ala del sur*:

> *Fluían horizontes de sus ojos,*
> *Traía rumor de arenas en los dedos*
> *Y un haz de sueños rotos*
> *Sobre sus hombros trémulos.*
> *La montaña y el mar, sus dos lebreles,*
> *Le saltaban al paso*
> *La montaña, asombrada, el mar, encabritado.*

Pero si se busca dicho poema en otras ediciones se verá que el poema se titula "Caminante" y no "Peregrino", además está mal citado en sus primeros dos versos.

> *Los horizontes fluían de sus ojos*
> *Traía rumor de selvas en el pecho*

También puede ser que la versión auténtica sea la de Buñuel y que se haya transcrito mal el poema en esa publicación del cincuenta y cuatro, tantos años después, en México. De cualquier forma, resulta asombroso que Buñuel recuerde el poema publicado por primera vez en 1926. Aunque puede ser que mienta y que tenga el poema guardado por ahí o que cambie unos versos para despistar.

Al acabar la anécdota narra que:

> Garfias compartía una modesta habitación con su amigo Eugenio Montes en la calle Humilladero. Fui a verles una mañana, a eso de las once. Mientras charlaba, Garfias, con ademán indolente, se quitaba las chinches que se le paseaban por el pecho.

Durante la Guerra Civil publicó unas poesías patrióticas que ya no me gustan tanto. Emigró a Inglaterra sin saber ni una palabra de inglés y lo recogió en su casa un inglés que no sabía absolutamente nada de español. No obstante, parece ser que conversaban animadamente durante horas. Después de la guerra vino a México, como tantos españoles republicanos. Hecho casi un mendigo, muy sucio, entraba en los cafés a leer en voz alta poesías. Murió en la miseria.

Es muy breve lo que narra sobre Garfias, apenas le dedica estas líneas. Después solo lo menciona para decir que fue miembro de la Generación del 27 o contar una anécdota sobre una supuesta Orden de Toledo que fundó Buñuel en homenaje a la ciudad y que entre sus "miembros" fundadores estaba Garfias, junto con Pepín Bello y Lorca, entre otros.

Da la impresión de que Luis Buñuel pensaba que Pedro Garfias tuvo tintes de gran poeta antes de la guerra, pero que acabó escribiendo unas poesías mediocres y que, en efecto, fue un poeta menor y de ninguna manera comparable a otros de la Generación del 27.

La referencia a las chinches paseando por el pecho del joven Garfias me recuerda esas hormigas negras de los cuadros de Dalí. La imagen me parece pavorosa, más aún que se las espantara con la mano, quizás esa miseria de la que habla Buñuel ya se dejaba rondar de forma siniestra desde entonces. De cualquier forma, no se ve que se hayan vuelto a ver tras esa época del Café de Platerías; las referencias a su pobreza y suciedad parecen haber sido contadas por alguien más a Buñuel. Son solo rumores, chismes de corrillos entre artistas en México. "¿Has sabido sobre Garfias?". "Sí, está en el norte más pobre que una rata de hospicio". "Hombre, qué lástima. Tan buen poeta que fue". "Está en la miseria". "Bah, se lo habrá buscado".

Eso es todo. Buñuel oyó algo y lo dejó escrito, pero no son sus memorias realmente, son solo frases que le llegaron de oídas porque no lo vio más.

***

La Librería Cosmos en la ciudad de Monterrey abrió sus puertas al poco tiempo de que Pedro Garfias dejó la ciudad. Sin embargo, se convirtió en asiduo visitante de ella cada vez que llegaba de visita. En sus primeros años esta estuvo en la Calle Morelos, en un edificio con arcos adentro y vitrinas en el primer piso.

Librería Cosmos (Archivo periódico *El Norte*, Monterrey, Nuevo León).

OBSERVACIONES QUE A NADIE LE IMPORTAN

Durante la guerra en 1937 se publicó en la revista *Viento del Pueblo*, del Partido Comunista de Valencia, una pequeña dedicatoria de Miguel Hernández a Pedro Garfias que dice así: "Para el gran Pedro Garfias, poeta de nuestra guerra, comisario arrepentido, bebedor de la poesía en las mujeres y en el vino: deseando verlo, y yo verme con él, pelear otra vez por los frentes andaluces. Pedro, si Andalucía se pierde, tú tienes la mitad de la culpa. Miguel".

Se ha perdido Andalucía. Se ha perdido Pedro Garfias. Ha muerto Miguel Hernández. Se perdió...

CORAZONES

Estábamos en la laguna de Akumal, mis padres, mi hermana Adriana y yo. Aún éramos niñas. No me sentí extraña, sino en una calma profunda que parecía venir de muy lejos, había un ruido de fondo como de una conversación, el suave oleaje de aquella laguna iba apagando esas otras voces distantes que venían de otro lugar.

Había luna llena sobre la bahía. Mi hermana y yo estábamos sentadas sobre una palmera que había crecido torcida y se dobla- ba como un columpio. Llevábamos vestidos blancos yucatecos con flores bordadas que brillaban con la intensidad de la irradiación. La tela adquiría el color azul translúcido de las hadas; nuestros pies descalzos apenas rozaban con los dedos la arena mullida y suave, como talco.

Mis padres estaban sentados unos metros adelante sobre dos sillas frente al agua. No había nadie más en aquel paraje. El esplen- dor lunar era tan intenso que la arena parecía un paisaje nevado y prístino, casi como un glaciar cristalino. Todo adquiría un sutil tono cerúleo en continuo movimiento por el reflejo del agua. La la- guna estaba en completa calma y era tan diáfana su coloración tur- quesa bajo aquella luz que se reflejaba el fondo de la bahía como si en realidad la luz viniese de abajo, donde se esconde un misterioso tesoro a punto de ser revelado. Tenía la sensación de que en aquella luminiscencia podría pasar cualquier cosa. Que en cualquier momento despertarían las ninfas o los duendes de los cuentos que solía narrar mamá en el coche durante aquellos largos viajes por las carreteras del país. Me quedé quieta por mucho rato sobre la palmera, callada, a la espera. Nadie habló, ni siquiera mi hermana, que era tan niña aún. De alguna forma intuíamos que el hechizo terminaría. El paisaje compartido era suficiente para los cuatro.

Delante de nosotras nuestros padres abrazados contrastaban con aquella agua resplandeciente, formando con sus cuerpos una misma sombra; no sé qué amores adivinábamos, qué confabulaciones intuimos entonces. Nosotras atrás de ellos sobre la palmera que ululaba dulcemente su brisa marina, como guardianas, protectoras de su intimidad. El viento movía a la vez la luz y la oscuridad, entretejiéndolas entre las hojas de la palma sobre la arena en esa claridad límpida. Junto a mis padres había una pequeña radio de batería que papá cargaba siempre. Oíamos en un susurro, junto con el agua y las palmeras, una cinta. De pronto, una canción española de esas que les gustaban. *No sé qué estrellas son estas, que hieren como amenazas. Ni sé qué sangra la Luna, al filo de su guadaña. Presiento que tras la noche, vendrá la noche más larga. Quiero que no me abandones, amor mío, al alba…* Caían las palabras sobre nosotros como un manto, como una plegaria, como un encantamiento del que saldríamos al mundo fortalecidos, con una iluminación profunda y propia, más sabios. Nosotros en la noche, juntos. Nunca estaríamos perdidos.

Atrás, muy atrás, ya estaban regresando esas otras voces, ese ruido intruso que me arrebataba la noche y la luna…

AY, TIEMPO QUE SE DESLIZA
COMO EL AGUA ENTRE LOS DEDOS
SIN DEJAR NINGUNA HUELLA
CUANDO SE ES VIEJO.

A veces cuento los años que llevo acá y me parece casi imposible de creer que ya hayan pasado quince años. Francisco Franco es apenas nueve años mayor que yo, ¿y si muriera antes que él, sin ver el desenlace? ¿Cómo saberlo? "Cuando muera el dictador..." dice una carta de María Teresa. Ya no pensamos que sea de otra forma. ¿Será? ¿Cuánto más vivirá? Cinco, diez... veinte años. Me revuelvo en la silla y pienso, siento, que no viviré para verlo. Que yo me iré antes. Que no aguantaré tanto porque me siento más viejo que nunca.

Todos se van muriendo, se alejan cada vez más. Ya mi camino es otro muy distinto, un rumbo paralelo en otra acera donde hay otras gentes y voces y poemas y ciudades, no lo que hubiera sido yo en España. No alcanzo a ver lo que hay del otro lado, en esa otra ventana, ese universo análogo que me separa, que no me deja ver esa otra existencia posible. A veces pienso que estoy viviendo de forma clandestina, usurpando una vida que no es la mía.

Salí de Ciudad de México a Guadalajara animado por la cantidad de teatros y centros culturales, sus frecuentes tertulias y su universidad. En la capital casi nunca tenía presentaciones y estaba cansado de salir con tanta frecuencia a provincia. Pensé que esta ciudad me vendría bien, menos fría que el Distrito Federal y sin el clima extremo de Monterrey, tal vez me beneficiara su primavera constante. Torreón con su clima seco me había dañado mucho la piel y me había provocado accesos de psoriasis que me trataban los médicos con cortisona, lo que me hacía retener líquidos y me inflamaba mucho. Se me ponían muy mal las piernas, al grado de que hasta la tela del pantalón me lastimaba. Decidí quedarme en aquella ciudad con afición a los toros, al tequila y a la cultura, su frescura y el verdor de sus plantas me aliviaba.

Los bares que más me gustaban de Guadalajara eran El Nápoles, El Quijote y el Bar Marino. Fue frente a este último que me quedé a vivir en una pensión pequeña de una sola pieza. El resto de los inquilinos eran estudiantes jóvenes, pero no me importaba. Yo ocupaba la planta baja que daba a la calle, lo cual era muy cómodo porque la pierna se me lastimaba mucho al subir escaleras. A veces quería vendarme, pero el doctor Navarro procuraba que solo fuera en casos extremos con algún sangrado porque según decía, "la piel tenía que respirar". Tampoco era que la venda aminorara el dolor, pero al menos no me tallaba. En uno de sus viajes a visitarme y comprar libros, Alfredo me miró lidiar conmigo mismo y enseguida me fue a comprar pantalones de lino y camisas estilo yucateco que aquí llaman guayaberas y son muy frescas y ligeras e iban bien con mis problemas de piel.

—Toma, Pedro. Por favor ya no uses esos pantalones tan gruesos. Ya vives aquí y no necesitas esas telas pesadas de la capital. Estas camisas también son buenas, de algodón. Te compré de manga corta y larga. Mira, te traje dos blancas y una celeste.

—Gracias, Alfredo. Solo tú te fijas en estas cosas.

Los chicos de la pensión iban a la Universidad de Guadalajara y estaban matriculados en diversas carreras; me recordaban un poco la Residencia de Estudiantes en el Madrid de mi juventud, aunque estos muchachos eran menos cultos y no sabían ni de arte ni poesía y eran más bien alumnos de medicina o ingeniería. Comoquiera eran revoltosos e ingenuos, de buen corazón, me saludaban con mucho respeto y les oía decir a veces afuera de la pensión, "En el piso de abajo vive un poeta, dicen que es muy famoso". Parece que les da cierta emoción, aunque no entiendan nada de literatura o de las bellas artes. A veces me los pesco al vuelo y les doy alguna lección de arte o les recito un poema para que vayan aprendiendo, vaya uno a saber qué les enseñan en sus clases.

Cuando no puedo dormir por las noches cruzo la calle al Bar Marino a tomarme algo y que se me pase el insomnio. Fue ahí donde conocí a mi amigo Pablo Pedroche, unos veinte años más joven que yo, llegó al exilio aún adolescente. Le escuché cantando soleares y así fue como supe que también era español.

—¿Quién canta por soleares? —dije fuerte al entrar por la puerta.

Pedroche, quien con guitarra en mano cantaba desde un banco, se detuvo.

—¡Español!

—¡Español, hijo!

—Venga, entonces —me contestó.

Nos quedamos hablando animadamente y desde entonces nos hicimos amigos. Pablo sabía todos mis secretos y me los perdonaba. Si me hallaba tambaleante y malhumorado a eso del mediodía que salía a la calle, sabía que la purga para el malestar era llevarme de copas. Las primeras las bebía con esfuerzo, a sorbitos, pero ya a la hora estaba normal, listo para la comida y para recitar poesía. Pablo era bueno. Se llevaba una maleta con mis libros o revistas y los vendía por la universidad, y a la tarde llegaba con unos pesos para que comiera o guardara para la renta. Nunca trató de engañarme y siempre me tuvo cuentas buenas. Me llevaba y me traía, organizaba en ocasiones los recitales y convencía a los teatros o a los bares de que hicieran tertulia.

—Tiene una mente prodigiosa. No lee, ¡sabe todo de memoria! La gente le pide y él recita. No lo duden. ¡Es genial! ¡Tienen que escucharlo! Ahí ponen una guitarra flamenca por un lado y con eso le basta. Puede dar una conferencia sobre arte surrealista o el tablao español y la guitarra flamenca o recitar poesía. Lo hace de maravilla.

Mi médico, el doctor Navarro, también se convirtió en mi amigo. Una vez supo que Lázaro Cárdenas andaba por el Centro Andaluz y el doctor, sabiendo de mi gran admiración por mi primer protector mexicano, se propuso ir por mí al sanatorio adonde había ingresado un día antes para tratarme de nuevo las escoriaciones de la piel que no cedían. Pero yo, borracho al fin, no aguanté dos días encerrado sin tomar en aquella clínica y me había escapado de las enfermeras, todas muy buenas conmigo, pero un poco bobas. Les pedía cualquier cosa y luego les decía que iba al baño, pero en realidad me salía por una puerta de atrás que usaban para meter la comida al hospital. Salía corriendo, me escabullía por la puerta del fondo y bajaba los dos pisos por las escaleras de emergencia a tropezones. Así llegaba hasta algún bar, y a pesar del dolor, el ron me iba curando, o más bien haciendo olvidar las molestias. Pero lo malo fue que esa vez no me encontró el doctor Navarro por ninguna parte y no pude saludar al general. Así me pasó siempre, tan cerca de él tantas veces y sin poder agradecerle en persona tanta generosidad.

Una vez me dio una vergüenza absoluta, pasaron por mí de la universidad a recogerme a la pensión antes de un acto, pero al entrar me vieron tirado sobre la cama y salieron de ahí horrorizados. Por suerte, afuera de la pensión estaba Juan Rejano, quien había venido para el evento, y al verlos despavoridos se dio cuenta de que eran los anfitriones y seguramente estaban ahí para llevarme. Juan, solícito como siempre, les dijo que aguardaran un momento. Entonces cruzó al Bar Marino, compró una coca cola bien helada y le puso ron con hielo y limón. Al salir, ellos creyeron que era simple refresco de cola.

—Le llevo esto a Pedro con comprimidos. No se apuren, me encargo de que salga.

Ellos asintieron asombrados, tal vez nerviosos por la hora. No lo sé.

Juan entró a verme y me quitó de un santiamén los cobertores.

—Te me sientas ahora mismo, Pedro. Nada de excusas. Ten. Toma esto. Tengo acá unos analgésicos también.

Me forzó en corto y me tomé temblando aquel coctel que me extendía. Poco a poco fui recuperando el conocimiento.

—No quedarás mal, Pedro. Ahora mismo te vas a levantar y duchar. Te saco la ropa. ¿Te duele la pierna? ¿Cómo andas?

—Bien, bien.

—Necesitas recomponerte, Pedro. Así no puedes seguir. ¿Qué vamos a hacer contigo?

Pero con todo, esa noche en el Paraninfo de la Universidad recité jubiloso el repertorio usual de poesía de Lorca, Machado, Alberti y yo mismo. Lo combiné con anécdotas de juventud, una cátedra de flamenco y listo. Unos cuantos chistes o frases conmovedoras sobre la pérdida de España y el público al bolsillo.

A la salida, Juan, con un tono muy mexicano, me dijo: "Eres un cabrón, viejo lobo. Aún sales adelante en medio de tanta trastada".

Me palmeó el hombro y salimos de ahí jubilosos a los tragos y a las cantinas de Guadalajara que no cerraban nunca. Esa ciudad sí que sabía armar la fiesta.

Fue ahí, entre copas, que me propusieron un libro. Sé que me brillaron los ojos, desde Monterrey no sacaba libro alguno. Tenía el título entre labios, *Río de aguas amargas*. Arturo Rivas, uno de los catedráticos, estaba encantado, dijo que escribiría el prólogo, que el lanzamiento sería dentro de unos seis meses. Agradecido, le escribí unos versos en una servilleta un tanto mojada de la cantina que coloqué sobre la mesa para él.

Así fue como salió mi tercer libro mexicano y el segundo que había escrito por entero en este país. Arturo me hizo un excelente prólogo, pero de todos mis libros este es el que más sufrió con la edición. Salió sin pie de imprenta, al prólogo nunca le pusieron título, sin índice, ni colofón, y peor aún, con un poema repetido dos veces olvidando otro más. La crítica incipiente de Jalisco habló mal del libro, no por la calidad de la poesía, sino más bien por el desorden de los apartados, dijeron que parecían poemas de agradecimiento. Sentí una gran amargura que las dedicatorias a cada uno de mis amigos fueran vistas de una manera tan ramplona y cínica.

Tras la salida del libro, repartí los seiscientos ejemplares en tres torres iguales y pedí que una fuera a Juan Rejano a México y otra a Alfredo Gracia a Monterrey. El resto lo dividimos entre la universidad y yo. Así anduve durante meses, vendiendo los cien libros que me tocaban y escribiendo cartas a Juan y a Alfredo para ver cómo iban con la venta. Alfredo, a través de la Librería Cosmos fue colocando los libros con más rapidez. "Te los he puesto en la mesa de novedades un mes, Pedro. Y otros tantos están a la salida en la caja. Un lugar privilegiado", escribió. Pero Juan en México no corrió con igual suerte. Ya los amigos estaban muy dispersos y no tenía conexiones dentro de las universidades. Las librerías de españoles que conocí al llegar mudaban o traían otras cosas. Una generación más joven de autores de posguerra empezaba a prosperar en España con poca o nula censura, y a nosotros, los de entonces, ni quien nos hiciera caso. Esos otros escritores parecían tener mucha acogida al igual que autores latinoamericanos que empezaban a despegar. Me sentí a la deriva. Las cartas de Juan parecían no querer tocar esos temas, evadía mis preguntas sobre la venta, en cambio, me mandaba recortes de prensa de otros autores para que supiera las novedades.

A mediados de la década recibí invitación para la Universidad de Guanajuato, querían que estuviera un tiempo como invitado de honor y me pagaban todo. Solo tenía que dar algunas clases magistrales y hacer unas presentaciones de recital. No estaba mal. Mucha gente me hablaba de lo hermosa que era la ciudad, así que accedí a marcharme unos meses.

Me hospedé en la Posada Santa Fe frente al histórico Jardín de la Unión, un bellísimo lugar con vista al Teatro Juárez. Esa ciudad tenía una magia muy especial y a ella llegaban y se iban los más variados personajes. La casa de Diego Rivera estaba ahí, aunque este vivía en México, ya viudo y enfermo, pero las tertulias, el teatro, entre otras cosas, atraían a mucha gente. Un par de años atrás profesores universitarios empezaron a representar en la calle con sus estudiantes unos entremeses cervantinos que resultaban muy pintorescos dadas las callejuelas de la ciudad rodeada por cerros. Yo llegué justo para disfrutarlos ese octubre y vivir con gran alegría el natural aire festivo que creaban por las noches. Qué magnífica la idea de la universidad que con tanto entusiasmo involucraba a sus alumnos para que actuaran.

Un día me encontré en el comedor del hotel al dramaturgo Rodolfo Usigli, quien estaba de visita. Le habían propuesto llevar a escena *El gesticulador,* a pesar de la censura que había en torno a la obra. Junto con él llegó Eulalio Ferrer, exiliado como yo, pero unos veinte años menor y quien editaba libros. Siempre daba gusto encontrarse con otros como uno, pero ahora más jóvenes, llegados al país de niños junto a sus padres.

Éramos un grupo peculiar: un dramaturgo, un editor, y yo, un poeta. Nos divertimos mucho y de pronto a alguien se le ocurrió hacer un torneo de versos. Nos retamos a escribir versos en cinco minutos. Me pedí un tequila doble y en una servilleta, como ya estaba siendo mi costumbre, garabateé un divertimento:

> *Guanajuato, Guanajuato*
> *Aquí me tienes entero,*
> *Con mi sangre y con mi llanto.*
> *De España vine perdido*
> *Y te me acerqué llorando*

Al término recibí las risas de mis compañeros. Así se sucedían los días, alegres, soleados y fríos como las noches de aquella ciudad que encontraba tan española y tan mía. Con estos amigos pasé varias noches. Nos reuníamos tras sus trabajos montando obras o al término de alguna de mis charlas, casi siempre en la misma posada porque nos trataban como reyes. En ocasiones, en algún mirador para apreciar la ciudad a nuestros pies. Un día llegó Eulalio diciendo que en México, Luis Rius, el poeta, y Luis Villoro, el filósofo, cumplían años seguidos por pocos días en ese mes de noviembre y se iban a reunir para festejarse juntos. Yo conocía poco a este par de españoles exiliados, recordaba haberles visto de lejos en la fiesta de Neruda o en alguna reunión en México, pero al parecer Eulalio les tenía por amigos y nos convidó a escribirles algo. Nuevamente echamos mano de nuestra agudeza mental y entre todos escribimos unos versos a los Luises. *Dos Luises hubo en España / que no terminan de arder...*. Rápidamente pusimos nuestras rúbricas y echamos mano de un mensajero que iba a México al día siguiente. Cuál no sería nuestra sorpresa que en menos de una semana ya teníamos respuesta con otros versos dedicados a todos nosotros. Qué divertida nos pegamos con ello.

Ahí no me visitó Alfredo, pero sí fue Juan Rejano y se llevó a Luis Rius porque se habían hecho amigos. Anduvimos recorriendo las calles, borrachos, tomando de una bota, con lágrimas en los ojos tras escuchar alguna copla española o hasta con canciones de Agustín Lara. Despertábamos hasta al mediodía, dos veces a la semana daba yo alguna charla; por las tardes a veces jugábamos a las cartas o al ajedrez y en las noches seguíamos la tertulia. Durante ese tiempo en Guanajuato, quizá por la altura o el frío, la calidez de los nuevos amigos, no sentí molestia alguna ni dolencia en la pierna. Pasé las Navidades en Tampico con Alfredo y regresé a Guadalajara de nuevo tras ese breve paréntesis.

Fue en el cincuenta y siete que conocí en el Hospicio Cabañas, viendo los murales de Orozco, a la señorita Robertha Gould, judía y neoyorquina, con perfecto español por haber sido criada de niña un tiempo en México con nanas mexicanas. Para acceder al lugar había que pedir permiso especial, ya que se usaba como albergue para niños. Sin embargo, dada la riqueza de los murales se daba oportunidad a pequeños grupos de ingresar en ciertos días. De los tres grandes muralistas mexicanos creo que Orozco siempre fue mi preferido. A Diego Rivera lo consideraba un tipo pagado de sí mismo y bastante acomedido al gobierno. De Siqueiros siempre me quedé con aquella truculenta historia de él y Trotsky, su apoyo manifiesto a Stalin, un hombre del cual ya se sabían sus atrocidades. Confieso que mis razones para no gustar tanto de ellos no era en sí su arte, sino sus personalidades que me disgustaban de alguna forma. Sé que quizá sea un sentimental empedernido, pero a mí sí me importa el carácter del artista, me gusta sentirme cercano y conectado con su arte. Eso me pasaba con Orozco o con Alberti o con el mismo Agustín Lara, con esa música triste y preciosa y esa figura fea, casi inhumana que era su cuerpo maltrecho, tan horrible como yo.

Hice la cita a la una de la tarde sabiendo que antes de las doce no me despertaría por la resaca habitual. Ahí fue cuando la vi primero, una muchacha joven aún, pero no demasiado, después supe que tenía treinta años, aunque yo la vi de menor edad. Tenía un cabello precioso, pelirrojo, color fuego, en caireles que enmarcaban su cara. Eso era lo primero que le notabas, pues llamaba mucho la atención el tono de su pelo. Era delgada y muy alta, la vi de mi estatura, pero cuando me acerqué, me di cuenta que me sacaba uno o dos centímetros. También por ello despertaba tanta curiosidad, era imposible no verla. Su piel era blanquísima, casi transparente y llevaba una sombrilla para cubrirse del sol.

—Robertha Gould, caballero —me dijo con sencillez.

—A sus pies, señorita, Pedro Garfias. Le noto un acento, ¿es usted británica quizás?

—De Nueva York. Trabajo en el Museo Metropolitano, en la sección de arte contemporáneo. Hemos hecho exhibiciones de artistas latinoamericanos, españoles...

—Habla un español excelente.

—Viví un tiempo acá. ¿Usted es español?

—Sí, llegué con el exilio. Soy poeta.

—Qué interesante. Ahora mismo en este viaje planeo encontrarme con una artista española, Remedios Varo. ¿La conoce?

—No, no tengo el gusto. He escuchado su nombre y sé que estuvo en San Fernando.

—Hace dos años hizo una exhibición impresionante en la Ciudad de México en la Galería Diana.

—Conozco a otras artistas españolas que estuvieron en la misma academia. Tal vez haya escuchado de ellas: Maruja Mallo, Delhy Tejero, Margarita Manso...

—No, qué pena, no las conozco.

—Pero, Maruja... ha estado o está en Nueva York. También en París ha expuesto.

—La buscaré, lo prometo.

—No deje de buscar a Maruja, a esas mujeres de San Fernando.

Comí con Robertha. También estaba interesada en otras artistas mexicanas como María Izquierdo, quien ya había fallecido, o Carmen Mondragón. Me dijo que hacía un viaje de exploración. También iría a Buenos Aires en su búsqueda de nuevos artistas para dar a conocer en los Estados Unidos. Todo parecía muy emocionante.

—Estoy tres meses aquí en México, entre esta ciudad y la capital. Gestiono lo que se pueda y parto para Argentina otros dos meses. Desde ahí regreso a Nueva York con escala en Cuba.

Le hablé de Norah Borges, pero solo había escuchado del escritor argentino; también de mis amigos, Rafael y María Teresa. Prometí darle sus datos para que los buscara. Era una mujer muy culta y amena, bastante desenvuelta. Me gustaba, me agradaba. Sentí un leve cosquilleo feliz dentro del pecho. Y era soltera, entregada a su trabajo. Tal vez los más de veinticinco años de por medio no le importaran tanto.

Seguí saliendo con ella con más frecuencia, nos veíamos casi a diario. En ocasiones se iba a México, pero volvía. Siempre estaba conociendo museos, personas, galerías y hasta lugares donde se hacía artesanía local. De pronto hablaba de alguna galería neoyorquina.

—Pero, ¿no estás en el Met?

—Sí, sí… y seguiré más tiempo, pero tengo ganas de abrir una galería con una amiga, con otros inversionistas, de puro arte latinoamericano. También de artesanía fina. La gente allá no sabe nada. Quiero que vean los alebrijes y el barro negro de Oaxaca, la talavera poblana, lo que hacen aquí en Tonalá…

—Entiendo —y la llevaba a los pueblos cercanos a la capital a buscar artesanos. También los mejores tequilas. Antes de salir pedía instrucciones precisas porque era muy despistado, hubo un par de ocasiones que acabamos en otro lado. Ella solo se reía con humor.

Robertha aún no se percataba del todo de mi enfermedad que mantenía secreta. Hasta ahora lo había podido ocultar bien porque aún no pasábamos la noche juntos. Cada vez la deseaba más, creo que ella también, a pesar de mi vejez. Hablábamos mucho, era de ese tipo de mujer que había que conquistar con inteligencia. Me contaba todo sobre sus ambiciones como galerista. Yo la escuchaba embobado. Sobre su familia, exiliados también, pero por la Segunda Guerra Mundial. Por fin me contó la verdad.

—Soy... alemana. Nací en Alemania, pero cuando tenía nueve años salí con mis padres del país. Era 1936, Hitler ya estaba en el poder, pero aún no empezaba lo peor de la persecución. Mi padre presintió lo que se venía y nos fuimos primero a Holanda, pero de ahí gestionó un trabajo en la banca en Nueva York. Llegamos en 1937. A mi padre le ofrecieron trabajo dentro de una empresa de ropa y lo enviaron a México a abrir algunos almacenes. Aquí estuvimos cinco años. Entré a una escuela que solo daba las clases en español, al principio fue la tortura misma, pero tras unos seis meses empecé a estar mejor. Regresé a los Estados Unidos para terminar *high school* y entré a la universidad a artes. Mi padre no puso reparo alguno. Tal vez pensó que era algo cómodo nada más y no pensó que iba acabar trabajando tanto —rio entonces. Se veía bonita, la cabeza revuelta, los ojos brillantes.

Siguió contando sobre su vida. Quería a fuerza que yo hablara de la mía, pero me daba un poco de vergüenza. Hice alarde, claro, de la época de joven en Madrid con Lorca, Dalí, Alberti, pero no conté tanto del exilio ni de mi pobreza ni de mi mujer.

—Nunca conocí a un hombre que estuviera tan interesado en mi vida y en lo que hago, a los hombres casi siempre les gusta hablar de lo suyo —dijo ella.

—Pero si eres maravillosa.

Ella sonrió y la tomé de la mano. Salimos de aquel restaurante así, muy juntos. Poco a poco la conduje hacia el centro. Iba a llevarla a su hotel. Ella me invitó a pasar al cuarto. Compré una botella de vino en la recepción y entramos a la habitación riendo, hablábamos con soltura, nos besamos con alegría primero, aún con el chiste en la boca. La intimidad con ella siempre vino de nuestras conversaciones, de su pasión por la pintura y el arte.

Hacer el amor con Robertha fue poético, por momentos triste. En algún momento cuando estaba sobre ella tuve la sensación de que sería mi última mujer, que nunca más me acostaría con otra, y también que muy pronto terminaría mi relación con ella. Se iría a Buenos Aires, a Cuba... y yo no podría seguirla. Era una mujer sofisticada y yo era un poeta de pensión.

Pero esa noche gozamos, su cuerpo blanquísimo se me confundía con las sábanas, su pelo hecho un remolino sobre la almohada me alentaba. Sus senos suaves como la masa del pan antes de hornearse. La besaba y me dejaba amar, lento, a oscuras, como el animal herido en el que me había convertido, a veces con miedo, en un sollozo de ojos cerrados. Pero a ella no le importaban mis heridas, me las tocaba con suavidad. Tampoco mi cuerpo viejo. Se inclinaba sobre mi pecho y mordía con suavidad mi piel y cuerpo abultado.

—Ay, Robertha...

—Los cuerpos perfectos son aburridos, Pedro. En cambio, las imperfecciones, las pequeñas taras, lo hacen interesante. Me conmueve. Has vivido, querido mío.

Los días pasaban y seguíamos juntos, ella iba y venía, hacía su vida y yo aguardaba. A diferencia de María Aurora en Monterrey, este no era un amor prohibido. La conocieron Juan y Alfredo, la conoció Luis Rius cuando vino a Guadalajara, Pablo Pedroche y el doctor Navarro. Todos se sorprendían de aquella bella mujer, tan resuelta e inteligente. A María Teresa le conté por carta de ella y lo que me había dicho de Remedios Varo. Sin duda, esta mujer era exquisita y magnífica; no acababa de creerme mi buena suerte.

Cuando por fin se marchó le escribí al hotel que me había indicado antes y pronto recibí respuesta suya, conminándome a escribir y a seguir haciendo recitales, tan cariñosa y preocupada por mí como siempre. Sonreí al leerla, aunque bien sabía que era probable no vernos luego. También llegó una nota de María Teresa que había merendado con ella en Buenos Aires, era un recado muy propio de ella: "Mi querido Pedro: ¡Matador! ¡Olé, cariño! Esta muchacha es un portento; guapa, inteligente, simpática, movida. Aún tienes lo tuyo, Pedrito. Te felicito. Muchos besos y cariño,

María Teresa". Reí de leerla y la imaginé sentada en su casa junto a los perros y Rafael, escribiéndome esta nota traviesa con un mohín gracioso, riendo. Los extrañaba tanto.

Pero nada puede ser para siempre, ya se sabe. Muy pronto empecé de nuevo con los problemas de la piel y el malestar en la pierna. Nada lograba disminuir el dolor. Empecé a pasar cada vez más tiempo borracho, tirado en la cama, dormido, despertando solo para beber más. Era lo único que me hacía olvidar el ardor. No quería pensar, no quería hacer nada.

Me interné un tiempo de nuevo en el sanatorio, pero a veces sentía que aquello era peor. Era difícil para mí confiscar alcohol y llevarlo de contrabando; por otra parte, las medicinas no me apaciguaban nada. Después de semanas, algún tratamiento me mejoró la escoriación, sin embargo, fueron tantos los días que pasé perdido que simplemente no supe de mí. Regresé a la pensión y me encontré con cartas de Juan y Robertha que me reconfortaron, a pesar de no abrirlas por el inmenso cansancio que sentía. No sentía ánimo de nada.

Al día siguiente llegó a verme el doctor Navarro junto con Pedroche. Ambos estaban decididos a curarme el alcoholismo. Yo les dije que ya no quería internarme de nuevo.

—Pedro, tú problema es la bebida, lo sabemos, lo sabes tú. Acá Navarro te ha encontrado un lugar en un sanatorio en México que es para estos males.

—Por favor, Pedro —insistió ahora el médico— mira, el doctor Ramón de la Fuente Muñiz es el que dirige ahí. Mi amigo Alberto Jones me lo recomienda como uno de los mejores psiquiátricos del país. Te hemos encontrado lugar. El Hospital Samuel Ramírez Moreno es el sitio para ti.

Me quedé perplejo viéndolos a ambos. Miraba a uno y luego a otro de forma simultánea. Callado, no atinaba qué decir.

—El Ateneo Español se hará cargo de tus gastos. Los he buscado ya —dijo Pablo.

Entonces me dejé caer sobre la cama. Mudo, veía el techo. Una lágrima se asomó a mis ojos y la dejé rodar hasta la almohada.

Al día siguiente ya estaba de camino a México donde me recibió Juan Rejano, silencioso. De pronto, entre nosotros se abrió un abismo. No es verdad que la honestidad te acerque, a veces te aleja. Ya éramos otros los que nos mirábamos. No era yo el amigo con quien tomar copas, sino el enfermo de tanto beber, al que no podía ya ofrecer ir a una cantina. Él debía cuidarme ahora, ser mi guardián. Éramos ya como dos extraños, pues yo ya era otro sin beber.

Al día siguiente acudimos a la clínica, ahí nos recibió el amigo del doctor Navarro. Me esculcaron todo, la maleta, la mochila de mano, los libros, me hicieron quitarme la ropa. Todo. Una vergüenza. Tras comprobar que no portaba alcohol, entré. Apenas si pude despedirme de Rejano.

Me atendió ese médico de apellido extranjero, Jones. Todas las tardes lo veía en su despacho del hospital. Me daba dulces o café y nos poníamos a charlar. A veces olvidaba que era mi médico. Le contaba mi vida. Le recitaba poemas o le explicaba de música española, de todo lo que dejé atrás. Lloraba con frecuencia. Las noches eran lo peor. El proceso de desintoxicación me hacía padecer alucinaciones, deshidratarme, también sudaba a mares. Gritaba hasta que llegaban dos enfermeros gigantes que me inyectaban algo que sí estaba permitido. Durante el día comía poco, me paseaba malhumorado como gato enjaulado, me hacían salir al patio para que me diera el sol. Pasaron muchos días antes de poder controlarme, de no derrumbarme a la primera. Lloraba más que nunca. Estaba hecho un guiñapo. Después de mucho tiempo, dejaron a Juan venir a verme.

—Juan, ¿qué día es?

—Hombre, Pedro, acaba de ser Año Nuevo hace un par de semanas.

—¿Ya es el sesenta?

—Sí, cambiamos de década por fin.

—Ay, Juan, el otro año entraré a la vejez absoluta.

—Pedro, por Dios, qué cosas dices.

—Dime, ¿qué hecho? ¿Qué he logrado? Nada, Juan. ¡¡Nada!! Soy una miseria andando. El alcohol me atrapó, me exprimió. Ya no hago nada. No escribo, no declamo, ¿qué voy a hacer saliendo de aquí?

—Empezar de nuevo, Pedro. Solo eso.

—Dicen que tengo muy mal el hígado, que estoy a punto de la hepatitis. Ya me voy a morir, Juan. Soy la mera cirrosis. Eso soy.

—Calma, Pedro. Eres el más valiente que conozco, nunca te das por vencido.

—Y no fuimos a España.

—Nunca se sabe, igual el otro año cae Franco. Se muere y ya.

—Cállate, cabrón. Ese señor tiene siete vidas.

Así pasaron aún más meses antes de salir de aquel sanatorio. Llegué a casa de Juan y ya me tenía la noticia de que Alfredo Gracia me había conseguido en Monterrey unas charlas para hablar del Quijote y que me pagarían muy bien.

De ahí en adelante mi vida se fue convirtiendo en viajes entre las tres ciudades: Guadalajara, Monterrey y México, haciendo vida a través de las conferencias o pequeños textos en periódicos y revistas. Trataba de evitar las tertulias porque temía caer en el alcohol. Me convertí en un viejo de la noche a la mañana, decrépito, aburrido, sin chispa. Ya no era yo. Era como un remedo de mí mismo, una imagen solitaria y oscura, que no distinguía ya.

Entonces un día que desperté en Guadalajara al mediodía, tomé mi boina y mi mochila, y cerrando la puerta tras de mí crucé la calle a una cantina. El primer tequila me lo tomé a las doce cuarenta y cinco del día.

EL MAR

Tú perderás, Pedro. Una y otra vez. Tú perderás porque no sabrás ser como los otros, porque no elegirás bien, porque el azar se ensañó contigo, porque la noche de borrachera te cegó, por la enfermedad y el dolor, por tu falta de concentración, por tu falta de perseverancia, por tu mala suerte, por tu abulia, por tu aburrimiento, porque te faltó papel, pluma, máquina de escribir, comida, techo. Porque no contaste, no te contaron, no te firmaron, no hiciste un contrato, por la guerra, por tus amigos y enemigos, porque te fuiste en la fila, atrás de los otros, siguiendo a los demás.

Quién es esa sombra, quién ese que está de lado, quién ese nombre irreconocible en una foto que no recordamos, esa firma que no se mira. Quién con esas mujeres. Quién con Maruja Mallo que se fue a la Argentina, quién con María Teresa detrás del marido a la Argentina, quién con Concha Méndez abandonada y sola, quién con Margarita Manso, cuidando falangistas, quién con Delhy en una ciudad provinciana y perdida.

Tú perderás, Pedro Garfias. Una y otra vez. Cada mañana que no te levantes, cuando la resaca te gane postrado sobre la cama, cada vez que necesites un tequila, un ron, un *whisky*, una cerveza para terminar con tus temblores de viejo alcohólico. Cada vez que salgas huyendo de una ciudad a otra. ¿Dónde viviste, Pedro? ¿De dónde eres? Salamanca, Écija, Osuna, Cabra, Madrid, Valencia, Barcelona... Francia, Inglaterra... México. Ciudad de México, Monterrey, Torreón, Guadalajara, Guanajuato... ¿Dónde viviste, Pedro?

Siempre corriendo de un lugar a otro, ahora aquí y ahora allá. Dónde la vida, dónde el trabajo, dónde la familia. ¿Por qué estás huyendo, Pedro? ¿Qué monstruo te persigue? Entiende, Pedro. El perseguidor está acechando desde tus entrañas. Yo soy el mar y he visto esa marea de tu mente, soy testigo de tus noches de desasosiego, de tu ansiedad asomado a la borda del barco, de ese océano que te consume, de tus noches sin estrellas sobre el Atlántico.

Tú perderás, Pedro. Venderás tus libros por las calles, pedirás más dinero a los amigos, dejarás la renta sin pagar, te llenarás de deudas. Tú perderás, Pedro, cuando no consigas otra tertulia más, cuando no puedas pagar tu propio alcohol, cuando no haya espectáculos ni risas ni mesas de juego ni brindis. Cuando se acaben los aplausos y caigan todos los telones. No sobrevivirás ese fin del mundo, Pedro. Un día ya no habrá poemas para recitar.

Tú perderás, Pedro. Te consumirá el dolor de la pierna, las manchas rojas y las escamas de pez no te dejarán dormir, mira tu piel seca y agrietada, la picazón, el ardor. Tu abultado rostro de cortisona. Tu piel hepática por la cirrosis. Parecerás payaso, Pedro. Un payaso con la piel amarillenta y manchada de rojo. Te dará vergüenza salir a la calle, deambular por entre las esquinas, estar a la vista. Cómo esconder tus enfermedades, Pedro. Cómo domar ese cuerpo que no te responde. Tú perderás, Pedro. Cada vez que te mires al espejo, cada vez que te bañes, que te cambies de ropa, que vomites sobre la cama, que tengas que correr al baño, que consumas alcohol al despertar, que te desmayes en una peña, que te caigas frente a todos al salir del antro, cuando te carguen entre cuatro por tu gordura. Tú, blando y enclenque, deambulando a rastras sobre ti mismo.

¿Dónde estarán tus palabras, Pedro? ¿Dónde tus poemas? Cómo los recordarás, cuántas veces los olvidarás una y otra vez, cómo aclarar tu mente, Pedro. Un río de memorias revueltas sobre la cama, sobre tus orines, sobre tus babas, sobre tus sábanas raídas. ¿Qué estarás diciendo? ¿Qué dices que no te entiendo, Pedro? ¿Qué quieres, Pedro? ¿A quién vas a invocar? No te entiendo, Pedro. Nadie te oye ya.

FANTASMAS

Fue alrededor de 1955 que Pedro Garfias tuvo la oportunidad de grabar un disco dentro de una de aquellas tertulias que tan bien daba, es decir, fue un disco "en vivo". Robertha Gould recibió el disco en Nueva York y esto es lo que anota en una carta para Pedro:

> [...] el disco enseguida lo toqué y me emocionó mucho, pues es un disco estupendo, hecho con mucho cariño. Te oí la voz enseguida y pareciste estar con buena salud y declamar muy bien, fuerte y claro. El flamenco magnífico también. No puedo imaginarme siquiera cómo grabaron este disco ahí y ¡a qué horas! Seguramente lo hicieron a las cuatro o cinco de la madrugada. No te puedo expresar cómo me hiciste sentir tan cerca, exactamente como si estuviera ahí [...]

La carta fue descubierta por el investigador Francisco Moreno Gómez a través de un amigo del poeta. Varias búsquedas a partir de discos de Pedro Garfias solo arrojan grabaciones posteriores que se hicieron de su poesía por otros artistas, pero no aparece ni uno grabado por él mismo, ni siquiera la imagen de la carátula original que tuvo entre sus manos Robertha.

Durante la guerra, Carlos Palacio, un compositor que trabajaba para el Ministerio de Instrucción Pública en la Segunda República fue quien se encargó de recopilar canciones de Garfias que se cantaron durante el conflicto bélico. En sus memorias, publicadas en 1984, Palacio dice que:

Un domingo, en un concierto en el Teatro Principal de Valencia, me encontré al comandante Marquina, que mandaba la Sexta División. Cogiéndome aparte (estaba rodeado de algunos oficiales de su Estado Mayor), me dijo: "Palacio, tenemos lo necesario para combatir, hombres y armas. Pero nos falta el himno. Te lo pido en nombre de la División". Se lo propuse a Garfias, que no tardó en entregarme la siguiente letra

HIMNO
DE LA
SEXTA DIVISION
LETRA: PEDRO GARFIAS · · · · · · MUSICA: CARLOS PALACIO

Combatimos porque somos,
porque fuimos provocados.
Nuestras manos conocían
el martillo y el arado.
La República nos puso
el fusil entre las manos.
Por España libertada
mi fusil republicano.

Somos de la sexta,
sexta división.
Para los hermanos
nuestro corazón.

Muerte, muerte y muerte
para la invasión.
Somos de la sexta
sexta división.

Por la España de mis padres
vengo al campo para verte,
italiano que proclamas
el derecho del más fuerte;
renegado de tu patria,
alemán de sangre y muerte.
Por la España de mis hijos
nos veremos en el frente.

Somos de la sexta, etc.

Carlos Palacio, *Acordes en el alma. Memorias*, Alicante, Diputación, 1984, pp. 166-167.

Los poemas de Garfias que sirvieron de inspiración para la guerra se publicaron en la revista *Comisario*, ambas canciones fueron musicalizadas por él e interpretadas con banda de guerra por los soldados.[9] El famoso poema "Peleamos, peleamos" nace de una manera similar. Palacio narra que este se lo dictó el propio Garfias un día que se encontraron.

Partitura del himno de la Sexta División *Peleamos, peleamos*, de Pedro Garfias. (José C. Cárdenas , *Pedro Garfias y la música*, México).

Así, además de "Asturias" que musicalizó Víctor Manuel, hubo varias versiones musicalizadas de la poesía de Garfias, aunque sigue siendo una pena no dar con aquel álbum en vivo con su voz. Sin embargo, hay otras interpretaciones más contemporáneas de "Peleamos, peleamos". En 2011, por ejemplo, el grupo vasco Ganbara edita el disco *Eguntto batez*, en el que incluye una dulce y triste melodía con la letra de este poema. La voz de María Eugenia Etxeberria y el estilo *folk* le dan un tono melancólico sublime al poema.[10]

También hubo otras ediciones de Garfias con el estilo flamenco que tanto lo acompañó en el teatro. El cantante Enrique Morente lo incluyó en más de una ocasión en sus discos de cante *jondo*, tomando fragmentos de sus poemas o musicalizando algunos muy breves.

En México lo musicalizaron algunos otros intérpretes. Por ejemplo, su amigo Ernesto Rangel Domene, sobrino de Raúl Rangel Frías. Para cuando Ernesto Rangel graba en 1970 los poemas de Garfias, ya su tío había sido tanto rector de la universidad como gobernador del estado de Nuevo León. El poeta era ya leyenda urbana en la ciudad. ¿Y qué poema musicalizó? El poema dedicado a una misteriosa novia regiomontana.

> *Se llamaba… se llamaba…*
> *No sé cómo se llamaba.*
> *Yo recuerdo que su nombre me sonaba*
> *como el viento entre las ramas,*
> *como el prado bajo el agua.*

Ninguna de estas grabaciones es tan importante como "Asturias" de Víctor Manuel, pero llama la atención que sean tantas, más de lo que uno supondría, de un poeta fantasma que rumiaba en el piso superior de aquella librería perdida.

***

Pero, ¿qué veo? Justo en la misma tesis doctoral donde he encontrado las cartas de Robertha hablando del disco, aparece una pequeña nota extraída del investigador Francisco Moreno Gómez, aludiendo al caso de Gerardo Diego y Pedro Garfias, y al malestar del segundo por no haber sido incluido en las dos antologías de la Generación del 27 que hizo el poeta santanderino. En la página 279 se explica que Gerardo Diego tuvo la culpa de la desaparición de Garfias de la historia de dicho grupo por no haberlo incluido en ambas antologías. La tesis dice:

Gerardo Diego, con una actitud sectaria incomprensible, hizo cuanto pudo por silenciar la obra de Garfias, su amplia producción en las revistas ultraístas, su obra de madurez precoz, *El ala sur,* y su participación en el Homenaje a Góngora en la revista *Literal.* La parcialidad del santanderino saltó a las páginas de la prensa, y más de uno mostró su indignación ante los sangrantes olvidos de Gerardo Diego.

Sin embargo, Gerardo Diego sí trató de hacer las paces con Pedro Garfias, aunque al final no lo logró. En el libro *Pedro Garfias, poesía y soledad,* se recupera una pequeña anécdota contada por el mismo poeta en primera persona:

En 1958 yo estuve en Méjico. No se trataba como objeto único el ver y hablar con Pedro Garfias, pero sí es verdad que lo primero que hice al llegar fue preguntar por él. Sin embargo, y en contra de todos los informes que mis amigos tenían de su vida, no pude verle ni en Méjico, ni en Puebla. En la primera ciudad me dijeron que estaba en la segunda, y en la segunda me dijeron que había estado pero que se había vuelto a la primera. Hice el viaje con Manuel Altolaguirre y Luis Cernuda.

¿Habría Gerardo Diego enmendado aquel viejo agravio? Difícil saber dónde andaba Pedro, en ese tiempo se movía mucho en busca de un sitio que lo acogiera para recitar poesía.

A veces un extraviado no regresa a su lugar, se halla perdido en tierra extranjera, atisbando el horizonte, expectante, intentando entender cómo acabó en otro lugar, sin saber el camino que lo encontrará de nuevo con los suyos. Se queda Pedro atrás, distante, es ya apenas una nada, una luz en las tinieblas, cruzando su vida por diferentes ciudades, errante, vagabundo, de taberna en taberna. Pero no está solo, quizá nunca lo ha estado, junto a él están otras tantas mujeres y hombres, también desperdigados por la guerra, por la vida, por la ignominia y el olvido, ahí están, los veo de lejos.

OBSERVACIONES QUE A NADIE LE IMPORTAN

Max Aub nombró a Pedro Garfias "el último poeta tabernario". Lo imagino echado sobre la barra de algún bar, tomando una cuba libre y escribiendo poemas en servilletas que acababan por mojarse por el agua que escurre de los vasos con hielo. Sus amigos van rescatando aquellas servilletas de papel, las ponen a secar, las cuelgan en el respaldo de una silla, las colocan cerca de algún ventilador o una ventana, las secan al sol sobre una balaustrada.

Quizás escribir poemas en las servilletas de papel de una cantina también sea otra forma de vivir el exilio. El exilio es una hoja remojada con unos versos que ya nadie recuerda.

CORAZONES

Cada vez están más cerca esas palabras, llegan a mí. Me mueven, me piden, me dicen que abra los ojos...

Salgo de recuperación en la camilla. Mis padres están afuera. Se acercan. Me miran con angustia. No saben si ya lo sé. No saben cómo empezar a decirlo. Suspiro.

—Ya supe... no lo hicieron —digo para ayudarlos.

—Es que... es que tienes el corazón del lado derecho, pero el sistema de venas y arterias tampoco es normal. Estaban batallando mucho, no pudieron entrar —dijo mi madre con un hálito de voz.

Mi padre se pasa la mano por el cabello. Hace eso cuando se pone nervioso. No habla. Solo me ve con los ojos muy abiertos. No puedo creer que mis padres pasen por esto.

—¿Y entonces? —pregunto como no queriendo saber la respuesta.

—Entonces lo harán el jueves —se apresuró mamá a decir— van a traer otra máquina y el cateterismo será por el cuello para llegar más fácilmente al corazón. El doctor no se ha dado por vencido. Ahora ya están haciendo un mapa tuyo, un mapa de tu corazón con lo que registraron con la cámara durante el procedimiento. Y te van a hacer una tomografía al rato.

—Que en tres dimensiones… —agregó papá.

—Entonces, ¿sí lo pueden hacer?

—Sí —dijo mamá con una resolución que esta vez sonó firme.

Empezaron a decir que ahora vendrían a desconectarme, saldría del hospital en un rato. Que no tenía caso quedarse, ya eran las cuatro de la tarde. Por fin me levanté de la camilla y me senté en un asiento a esperar al médico. Me llevaron a la tomografía antes de ver al doctor para analizar mi corazón, que al parecer estaba más chueco que nunca.

Había un televisor encendido. No pasaban a Trump. No pasaban a Hillary ni a Ted Cruz ni a ningún político, sino las calles oscurecidas de Bruselas. Tres explosiones en Bruselas; dos en el aeropuerto y una más en el metro. Hoy veintidós de marzo de 2016 fracasaba la ablación cardiaca al tiempo que explotaba aquella lejana ciudad. Que el mundo es cruel es una verdad que a veces olvidamos. Las imágenes mostraban gente llorando desesperada, individuos heridos. Personas reales perseguidas por el desastre.

—¿Cómo… cuándo…? —pregunté sin terminar la frase.

—Supimos mientras esperábamos —contestó papá.

Asentí. De pronto mi catástrofe personal me pareció egoísta. Otra vez la culpa. La culpa quizá la hiciera más fácil de soportar. Era mucho peor morirse en un ataque terrorista. En eso llegó el doctor Zagrodsky y traté de mostrar mi rostro más ecuánime.

—*Do not worry… everything is under control. We have just mapped out your heart. Now we know where everything is. With the new machine, we will do it through the neck. Your heart is really different. I have never seen anything like it before. But it can be done.*

Levanté los ojos para verlo de frente, para mirarlo a la cara. No dije nada, pero sostuve los ojos en su rostro. Él sonrió. Entonces asentí. Habría otra oportunidad.

La mañana siguiente vino mi primo Gerardo a desayunar con nosotros al hotel. Había visto todos los estudios y quería explicarnos la situación. Empezó por decir que la dextrocardia que yo tenía no era *situs inversus*, es decir, que las cuatro cavidades del corazón, aurículas y ventrículos, estaban en la posición normal, pero desplazados con todo el órgano de lugar. Sin embargo, el problema que también se presentaba era que el sistema de las arterias y venas que hacen las conexiones entre las cámaras también era diferente.

—Es muy raro tu caso —dijo, al tiempo que con una pluma empezaba a dibujar mi corazón en unos *post-its* del hotel para que pudiera observarlo..

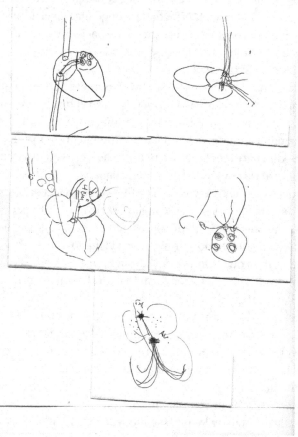

Dibujos de corazones a pluma realizados por el doctor Gerardo Villarreal Levy.

Mis padres y yo seguíamos atentos su explicación. Pidió ver de nuevo la interpretación del último ecocardiograma hecho en México. Lo vio con atención y nos dijo que no mostraba bien el sistema arterial, que no se alcanzaba a percibir la anomalía. En un tercer papelito explicó que la arteria pulmonar —la que conecta con la válvula pulmonar que tiene la estenosis— tenía una medida de cuatro centímetros de diámetro.

—Normalmente tienen un diámetro de dos a dos y medio centímetros. Verifiqué con una doctora que conozco, estudió conmigo en Boston. Se dedica a enfermedades congénitas en el adulto, una especialidad poco usual, y dice que tiene pacientes con hasta seis centímetros, por lo que no necesariamente esto es malo. Pero hay que cuidarlo. ¿Entiendes?

Asentí un poco nerviosa. Escribió el número 4 sobre la arteria que acababa de dibujar. Me vi a mí misma en el futuro preguntando cada vez que me hiciera una ecografía, una tomografía axial, una resonancia magnética: "¿Cuánto mide la arteria pulmonar? Debe medir cuatro centímetros, ni uno más". Esos cuatro centímetros de la arteria eran todo lo que necesitaba.

El jueves se me hizo eterno. Por fin salimos hacia el hospital a la una de la tarde y pasé por el mismo registro de internamiento. A eso de las tres me despedí de mis padres. Noté que papá estaba nervioso de nuevo porque se pasaba la mano por la cabeza. No dije nada, ¿para qué? Otra vez me deslicé por esa puerta de vaivén de no retorno y me adentré en la cavidad del hospital. Prohibido el paso, el umbral quedaba atrás.

En el quirófano me ayudaron a acomodarme en la mesa operatoria. La sentí más dura que nunca. Muy rápidamente me suministraron la anestesia, que en esta ocasión aguardaba con impaciencia. No tenía el más mínimo interés de estar viendo a todos. Que me durmieran e hicieran lo que había que hacer de una buena vez. Si veían las miserias de mi cuerpo o el extraño corazón en la pantalla era algo de lo que solo me sentía fastidiada.

***

Al abrir los ojos, lo primero que vi fue el rostro de mi primo sobre la camilla. Me sorprendí un poco, pues antes no lo vi en el quirófano. Como un resorte que brinca, pregunté:

—¿Lo hicieron?

—Sí —fue la respuesta.

Sentí una opresión de la cintura para arriba en toda la cavidad del tórax. Eso era todo. De nuevo abrí los ojos. Gerardo seguía ahí.

—¿Y cómo fue?

—Muy largo… cuatro horas. En algún momento hubo tres electrofisiólogos dentro del quirófano. Estoy impresionado de lo que hicieron. Fue muy difícil, pero lo lograron.

—Me imagino lo complicado que fue.

—Voy a ver a mis tíos —dijo entonces y se marchó.

Pensé en el doctor Zagrodsky. Tal vez estaba acostumbrado a mover las manos de forma rutinaria en esas intervenciones. Girar a la izquierda. Vuelta en U. Un poco a la derecha. Así, siempre igual con todos los corazones, moviéndose despacio y de manera habitual para no causar rupturas de ningún tipo. Y de pronto le tocó el corazón diestro. El corazón con las conexiones dislocadas. ¿Qué hacer? Los mismos movimientos ya no le servían. Había que inventar otros sobre la marcha. Pero lo hizo. Yo estaba bien.

Llegaron mis padres y me pasaron a cuarto. Era tarde, tal vez las diez de la noche. No me podía levantar de la cama sino hasta las doce treinta. Me pusieron un reloj enfrente para que no lo olvidara. Papá se fue al hotel y mi madre se quedó. Ella tenía frío y yo calor. La cama tenía un fondo plastificado insoportable que me calentaba la espalda y el cuerpo entero. Me di cuenta de que tenía las piernas amarradas. No las podía doblar. Se tenían que cumplir exactamente cuatro horas en cama sin arquear las rodillas por la circulación sanguínea. Me sentía muy incómoda y la espalda me estaba matando por estar tanto tiempo acostada. Cerca de las doce pedí orinar. Me trajeron la tina de plástico. Un enfermero enorme y fuerte me dijo que él me movería y que no hiciera esfuerzo. Me puso de lado y sentí más fuerte el dolor del pecho. Era como si tuviera un moretón gigante. Por fin caí sobre la tina y pude ir.

A la hora convenida quise ponerme de pie enseguida. Caminé de la mano del enfermero grandote. La enfermera de piso que resultó ser mexicana de padres de Zacatecas, me preguntó si tenía sed o hambre. Pedí un jugo. Luego intenté dormir, pero me costó trabajo y no lo hice hasta entrada la madrugada. Una serie de personas parecían entrar constantemente.

Antes de quedar dormida hice un cálculo rápido del personal que me atendió en el Hospital St. David's dividido por raza o nación de origen: un enfermero negro, una enfermera coreana, una enfermera mexicana, una enfermera de India, un enfermero puertorriqueño, un médico judío europeo. Pensé: Donald Trump está perdido. Eso me reconfortó.

La salida fue al día siguiente después del desayuno. La falta de sueño era mucha, pero más las ganas de irnos. Cuando me fui, la enfermera de padres zacatecanos me dijo con ese tono cálido y afectuoso de las madres mexicanas,

—Ay mija, que te vaya bien.

OBSERVACIONES QUE A NADIE LE IMPORTAN

Hay millones de Marías en México, pero todas ellas usan otro nombre antes o después de este y ese es su nombre real, el que dicen, el que cuenta. El otro —María— se pone por costumbre o religión, pero más bien es como un adorno que te da la suegra y no sabes dónde ponerlo y acaba en el baño de visitas. La gente no te puede perdonar que solo te llames María. Hay algo que falta. No saben qué, pero algo, y te insisten hasta que acabas hablando como telenovela mexicana de los ochenta. "Simplemente María", dices avergonzada.

Pero la historia de mi nombre y de las razones por las que me llamo María tienen que ver con la dextrocardia. Nací en un hospital católico, como eran entonces todos los sanatorios privados. Sin que mis padres lo supieran, una monja y un sacerdote entraron a los cuneros de cuidados intensivos y a todas las niñas las bautizaron como María y a todos los niños José o Jesús. Después se lo comunicaron a mis padres. Ellos se indignaron por no haber sido consultados. Pero según mi madre, la monja —más que el presbítero— fue enfática: "Es por precaución, así ya están bautizados". Supongo que pensaba que de pronto moriría y de patitas al limbo junto con Virgilio y todos los no bautizados *per saecula saeculorum*.

No morí, pero me quedé con el "María". Les indicaron que podían agregar otro nombre si así lo deseaban, pero ya no podrían eliminar el primero. Asumo que podrían no haber hecho caso, aún tenían el control del acta de nacimiento. Pero no lo hicieron. Quizá les gustó, o tal vez se resignaron, imposible saberlo a ciencia cierta.

Este es mi nombre. El que me puso el corazón extraviado.

ME GUSTARÍA QUE FUESE TARDE
Y OSCURA LA TARDE DE MI AGONÍA.
ME GUSTARÍA QUE QUIEN CERRASE MIS OJOS
TUVIESE MANOS TRANQUILAS.
ME GUSTARÍA QUE EN EL SILENCIO DEL MUNDO
SE OYESE CRECER LA ESPIGA.
ME GUSTARÍA QUE ME LLENASEN LA BOCA
DE LA TIERRA MÍA.

Durante un tiempo pude moverme lo suficiente aún para seguir dando algunos recitales, pero ahora solo los hacía en lugares cercanos a la Ciudad de México para no recorrer tantas distancias o subir y bajar aviones. Comoquiera, constituía un esfuerzo increíble estar de pie y andar sobre el escenario por más de una hora. Empecé a preferir los espectáculos donde había más de una presentación, que no estuviera solo con el peso de toda la función. De esa manera podía tener pequeños intervalos de descanso entre una cosa y otra. Empecé a usar maquillaje para salir a escena, algo que me desagradaba mucho, pero que cada vez se hizo más necesario para cubrir mis escoriaciones y amortiguar cierto color amarillo que empezaba a mostrarse, que yo bien sabía que se debía a la función hepática comprometida. Intentaba ignorar los síntomas, de algo se tendrá que morir la gente, pensaba con desgana. Pero lo cierto es que me sentía inquieto, había días que quería dejar el alcohol y acababa tirándolo o rompiendo botellas, para luego terminar comprando otras. En ocasiones, en medio del pesimismo, me vi a mí mismo lamiendo el suelo con vulgaridad al ver que había desperdiciado un buen *whisky*. No tenía control sobre mi cuerpo y cada vez menos dignidad. Todo esto lo escondía de los demás, trataba de dar cierta imagen de seguridad cuando veía a Juan Rejano o a Luis Cernuda o a Concha Méndez.

Pedroche y el doctor Navarro habían desaparecido de mi vida, se habían hartado de tratar de curarme.

—Sin duda tú no quieres componerte, bien se dice que el alcoholismo no se cura sin tocar fondo y sin que la misma persona lo busque. Y tú no quieres sanarte, tal vez no hayas tocado base aún —me dijo Navarro.

Pero yo sabía que eso no era cierto, que el fondo había estado en mí desde hacía mucho tiempo, años quizá, pero que no podía salir de él. A veces uno toca fondo y ahí se queda, metido en el pozo, como alcohol reposando en barrica, a la espera, sabiendo que no hay salida, que no se puede bucear para arriba. Y sí, hubiera querido ser fuerte, más audaz, más valiente, pero no lo era. Era incapaz de ello. Yo nunca fui por delante, ni en la poesía ni en las armas. Constantemente estuve atrás. No todo mundo puede ir adelante, no siempre se puede sobresalir, alguien tendrá que estar en la muchedumbre, a la zaga de los otros.

Aceptaba mi destino de mediocridad, de caminar en la bola, anónimamente. Tampoco lo considero terrible, porque en la fila también hay hermandad, cofradía, complicidad. Somos muchos, somos más nosotros. Somos los que están en el auditorio a oscuras, expectantes, son otros los que están bajo los reflectores. Somos los imitadores, los que compran el arte de los otros. También ellos y su obra existen por mí. Porque yo los nombro, porque yo los llevo por donde ando, en las multitudes. Su existencia depende de la mía, de la nuestra, de la que todos formamos. "La bola", así decían en la Revolución mexicana. "Se fue con la bola". Masa amorfa y grande, desconocida, llena de brazos y piernas y cabezas y pies marchando en la polvareda. Así yo también, con mis hermanos.

Juan me cuidaba. Me quería. Me daba mis tragos y me vendaba las lesiones de la psoriasis. Me traía polvos para la cara. Incluso me maquillaba como mejor podía antes de una función.

—No soy yo sin tomar, Juan. No me reconozco, soy como otra persona. Ya es parte de mí. Cómo no ir a las cantinas tras la presentación. Cómo celebrar sin comer y brindar y reír. No se puede, Juan.

—Yo por eso no soy alcohólico, Pedrito. Me gustan demasiado los vinos y no podría dejar de tomarlos —me bromeaba para alegrarme.

—Ay, amigo, lo que dices. Pero también la vida es beber y celebrar, aunque ya no haya nada, aunque nos queden pocas gentes.

—Vamos a ver a Concha y a Luis. Llamé por teléfono y me contestó la hija de Concha. Dice que Luis está melancólico.

—Vamos, vamos.

Pero ya nunca logramos volver a ver a Luis. Murió repentinamente en casa de Concha. Lo encontró la hija, Paloma. Estaba esperándolo a que bajara a desayunar y tras desesperar, subió hasta la buhardilla, que era donde vivía. Un paro cardiaco súbito se lo llevó. Sobre la mesilla de noche, un libro de Emilia Pardo Bazán, algunas frases en su máquina de escribir y la pipa aún entre manos. Eso nos contó Concha después, cuando fuimos a verla.

—Ay, Pedro. Se fue de pronto. Paloma fue la que lo encontró, qué impresión para ella que lo quería tanto. ¿Sabíais que Moreno Villa y Luis fueron testigos de su boda? Los dos. Ya estaba yo divorciada de Manuel para cuando ella se casó. Pero siempre vivimos Luis y yo con Paloma y su marido, con mis nietos. Al segundo niño le puso Luis, tanto así lo quería mi hija. Siento mucho que haya sido ella, y no yo, quien lo encontrara. Había ido al cine un día antes Luis. Vio una película italiana, quería que Paloma fuera a verla otra vez con él. Estaba delicado, pero según nosotras no tan mal. Luis iba a quedarse un tiempo, y ya ves, se quedó para siempre. Manuel también lo quería mucho, desde que nos casamos y vivíamos en España. Las primeras veces que vino Luis de Estados Unidos nos vimos muchas veces. Yo cocinaba para ellos, a Luis le gustaba mi comida. Después, cuando nacieron los hijos de Paloma, era cariñoso con ellos. Cuando supimos de la muerte de Manuel, Luis pidió concluir una antología que estaba haciendo para el Fondo de Cultura Económica. La gente piensa que era huraño, pero qué va, lo que ocurría es que no veía nada bien y no se ponía gafas para caminar. No reconocía a nadie. Pero no, era un dulce. Yo siempre agradeceré lo mucho que nos quiso, el bien que le hizo a Paloma y a mis nietos convivir con él en la casa de Coyoacán.

—¿No quiso regresar nunca a España, Concha?

—No creo, Pedro. Él sabía lo que le podía ocurrir allá. Cuando nos enteramos de que murió Manuel con aquella cubana por la que me dejó, María Luisa, tras el Festival de San Sebastián al que acudieron, Luis dijo que nunca debió regresar a España. Fue un accidente de carretera espantoso, iban de regreso a Madrid, ella murió en el acto, y él unos días después.

Juan y yo guardamos silencio. Era triste ir perdiendo a los amigos y para nosotros tanto Manuel como Luis lo habían sido. Pero entendía el dolor de Concha. Qué estupidez librar una guerra, la censura, toda una dictadura, para acabar en un accidente de coche.

—Concha —le dije un poco dubitativo— nunca te he preguntado esto… en Madrid, antes de la salida al exilio, cuando nos enteramos de lo de Federico, María Teresa me dijo que ustedes fueron los últimos en verlo. ¿Cómo fue?

—Fue terrible, Pedro. Federico vino a casa antes de irse a Granada. Lo vimos una mañana desayunando en casa. Le dijimos que era peligroso ir, que él no podía regresar. Pero insistió mucho en su hermana Concha, en los problemas del marido alcalde y republicano. Él estaba seguro de que podía ayudar al cuñado, se lo habían llevado preso los sublevados desde el veinte de julio. Ni el mes fue alcalde. Federico pensaba que podía sacarlo de la cárcel, pero no fue así. El día que matan al esposo de Concha, se llevan a Federico. ¡Qué horror! Tanto que le dijimos que no fuera. "No vayas, no vayas", le decía yo y Manuel igual, que era asunto de su hermana y la familia, que ya sabían los rebeldes que él se oponía al levantamiento, que era pública su crítica como escritor conocido y que, por lo tanto, no serviría su viaje.

Después callamos. No se podía decir más. Recordaba la cara de María Teresa, sus manos estrujando las mías, diciéndome que Manuel y Concha lo habían visto al final.

Nos despedimos de Concha y de su hija, Paloma, con abrazos. Concha nos acompañó a la puerta, y antes de dejarla nos tomó del hombro y nos dijo en un susurro, con el acento ya muy mexicano que había adoptado:

—Los quiero, amigos. Cuídense, ya no más muertes, al menos por ahora. Extraño a José, a Manuel, a Luis.

Nos fuimos de ahí y tuve la sensación de que quizá ya no nos volviéramos a ver.

Mi enfermedad progresaba y ya no podía sostenerme en pie. Eran muchos los dolores que padecía. Desarrollé gota, con dolores frecuentes en las noches que me despertaban, la sensibilidad de mi pierna izquierda especialmente, era terrible. Se me hinchaba y hasta las sábanas me molestaban al rozar la piel.

Además de la quemazón de la psoriasis que cada tanto se presentaba de nuevo con más fuerza, ahora tenía que lidiar con eso. Ya no quería tomar cortisona porque también me dañaba, así que no podía evitar la enfermedad de la piel. Me ponía diversos ungüentos, pero no se aliviaba nunca del todo. Un día, simplemente ya no pude más. Juan tuvo que llevarme al hospital, pero poco se podía hacer ya por mí. Los médicos me veían con compasión.

—Usted lo que necesita es un nuevo hígado, don Pedro. Pero eso es imposible.

—Deme lo que sea, lo que pueda.

—Siento mucho no poder hacer más.

Pero algunos doctores eran más crueles, me regañaban, me hostigaban, me preguntaban por qué nunca había dejado de tomar. Hasta a Juan le decían cosas. Que cómo no me cuidaba, que lo que yo necesitaba era desintoxicarme, aunque bien se veía que era tarde. Juan se ponía colorado, se avergonzaba. Cuando se iban yo le decía que mi vicio no era su problema, se lo repetí hasta el cansancio. "Así soy yo, Juan. No puedes hacer nada. Nadie puede".

Tratamos de vivir juntos, pero era imposible. Él sí tenía trabajo y yo no me podía quedar solo. Entonces a Juan se le ocurrió escribirle a Alfredo Gracia a Monterrey. Recibimos un telegrama de su parte diciéndonos que fuésemos cuanto antes, que yo podía quedarme en la librería, que lo hablaría con Justo Elorduy, pero no creía que fuera problema. Entonces hicimos las maletas para irnos de México. Juan me ayudaría a instalarme allá. Yo sabía que no iba a regresar más. Vi los volcanes por última vez desde la azotea de casa de Juan, recordé aquella primera llegada a la ciudad desde Veracruz cuando bajamos del *Sinaia*. ¡Qué de ilusiones entonces, qué de melancolía y a la vez amor por la nueva patria que nos recibía! Ahora me marchaba. La ciudad apenas despertaba, monstruosa y descomunal en el día gris. Adiós, adiós… no me olvides.

Un día antes había puesto nota a los Alberti para que me escribieran a la Librería Cosmos en Monterrey; la envié a Roma, pues ya tenían algunos años ahí. No avisé a nadie más, ni siquiera a Concha. Juan quedó de decirle luego, de poner una nota en el Ateneo Español. No quería dar explicaciones.

Llegué a Monterrey en invierno durante un frente frío, apenas hacía unos días había nevado mucho, algo extraordinario para la ciudad, sin duda. Casi siempre solo caía nieve en las montañas, habría una helada, pero nunca una tormenta.

Alfredo me recibió en la librería. Se había mudado del local de Morelos a este nuevo en la calle de Padre Mier; un edificio alto y delgado con piedra recortada afuera al estilo *art nouveau*, sin duda más elegante que el establecimiento anterior. Ya estaba cerrada cuando llegamos. Pero él ya lo tenía todo preparado. Se disculpó por hacerme subir hasta el tercer piso, pero era donde podía acomodarme. Por suerte, arrastrando la pierna y haciendo un ascenso lento, pude llegar hasta la pequeña habitación que había sido bodega. Era de buen tamaño y hasta tenía un pequeño baño. El cuarto me recordó aquel que tuve en Eaton Hastings, simple, pero con lo necesario: cama, buró con lámpara, cómoda para guardar la ropa y un escritorio frente a la ventana pequeña por la que entraba luz mercurial.

—Te puse baño, amigo. Tuvimos suerte que un piso abajo justamente estaba el de empleados y no fue tan complicado hacer otro acá arriba. Tiene su ducha y todo. Fue lo único que hicimos para adecuar el espacio; bueno, eso y la limpieza. Raúl Rangel pagó la construcción del baño y Santiago Roel trajo los muebles de su casa.

—Qué generosidad, amigo mío.

—No es nada. Ahora descansa.

Cuando se marchó me asomé a la ventana frente al escritorio que daba a la calle, alcanzaba a vislumbrar la mole enorme de la Sierra Madre y a la izquierda el Cerro de la Silla. Aunque era una ventana chica, la vista era de lo mejor, y a pesar de que el frío era mucho la dejé un rato abierta para poder asomarme.

Por las mañanas tomaba café en mi cuarto con algún panecillo y fregaba los platos en el baño. Bajaba la escalera cuando calculaba que Alfredo estaba abriendo la librería. El segundo piso de la librería era muy grande. Había una balaustrada que daba la vuelta en óvalo como en un balcón abierto por donde se veía abajo la actividad central de la librería. En torno a ese mirador abierto también estaban otros libreros que lo circunscribían y estaban perfectamente acomodados por autores, países y épocas, con un sentido exquisito. Pero en la parte de atrás, justo por donde yo bajaba la escalera de la buhardilla, se abría un espacio abierto con ventanas al que denominaba Alfredo "Galería Cosmos". Ahí exhibía arte de los jóvenes artistas de la ciudad para impulsarlos y vender sus obras. La parte de abajo era la que tenía más movimiento con sus cajas registradoras, sus vitrinas con primicias editoriales y alguna que otra curiosidad, los libreros y los empleados iban de un lugar a otro.

Pasaba las mañanas entre los libros leyendo, o quizá jugaba una partida de ajedrez en la trastienda con quien quisiera hacerlo conmigo. Me llevaban a comer a diario. Alfredo y su esposa María Luisa me recibían los lunes en su casa con algún platillo español. Los martes, don Raúl Rangel Frías me llevaba a comer a alguno de los restaurantes del centro. "Tienes suerte, Pedro. Desde que concluí la gubernatura tengo más tiempo para hacer lo que me place, así que con gusto te llevo a comer", me decía. Me asombraba que mi antiguo jefe hubiera sido tanto rector como gobernador, sin duda siempre fue un tipo brillante.

Guardaba mi mejor traje para ese día, porque adonde llegáramos se le acercaba mucha gente. Parecía muy ocupado, pero era tan amable como siempre. "Los que nos conocimos de entonces y me quisieron bien siempre tendrán un lugar especial en mi memoria, mi Pedro", agregaba. Como cualquiera que gozara de fama, siempre tenía la sensación de que se le acercaban por diversas razones e intereses, pero a mí siempre me trató con familiaridad y confianza. Los martes comíamos opíparamente y de manteles largos, eran comilonas de tres horas en las que por lo menos cuatro o cinco personas llegaban a interrumpir y se sentaban en la mesa junto con él. A todos me presentaba, pero no me dejaba solo y me pedía lo que quisiera: bebidas, postres, lo que fuera. Al término de la comida me dejaba un fajo de billetes para la semana. "Para que no le pidas a Alfredo, por favor", me decía.

Los miércoles venía Alfonso Reyes Aurrecoechea y él me llevaba siempre a los mercados o los estanquillos de tacos, quizás a alguna fonda de barrio. Le gustaban la comida popular, los guisos humeantes, las sillas de metal con marca de cerveza, los manteles a cuadros y la loza simple de cerámica. Los jueves era el turno de Santiago Roel; de todos era el más sorprendente. Un día podía llegar con una torta de casa y llevarme a algún paraje a comer o íbamos a su casa, donde una sirvienta nos preparaba el almuerzo, o acabar en un restaurante a la salida hacia Saltillo, junto a la carretera. A veces estaba muy ocupado, pues era secretario de Gobierno con el gobernador Livas, pero le gustaba darse sus escapadas.

Los viernes casi siempre me quedaba porque esos días eran las tertulias y las presentaciones de arte en la galería. Así que me quedaba para ver a los artistas llegar. Todos eran muy jóvenes, muchachos ilusionados que viajaban entre Monterrey y la Ciudad de México, a veces iban a Europa. Comía cualquier cosa para ver montar los cuadros y cómo se preparaba todo para la noche. Siempre venía un grupo numeroso de personas y con ellos departía, incluso me animaba a recitar algún poema. Luego salíamos a cenar y a beber.

El sábado la librería cerraba temprano y me quedaba en mi buhardilla escribiendo. En ocasiones había alguna cena o paseo, pero no siempre. Me deprimía un poco cuando me quedaba solo.

Trataba de esconder mis malestares, pero era imposible lograrlo del todo. Por alguna razón tenía más confianza para estos menesteres con Alfonso, y con él a veces dejaba que fuéramos a consultar a algún médico. Tuve que dejarme crecer la barba para cubrir mis manchas, la psoriasis que no me dejaba. Al menos con esas barbas blancas no se notaba. Estaba hinchado, me sentía deforme e inútil. Caminaba muy mal. Los domingos los pasaba fatal; mis amigos se iban a sus casas con sus familias. Yo caminaba por el centro arrastrando la pierna hasta que hallaba una cantina abierta. Me gustaba La Reforma y otra más en la calle Aramberri, Lontananza, frente al Mercado Juárez. A su dueño, don Jesús, quien no eran tan mayor, pero así le decían, le gustaba contar muchas historias.

—Por acá, cuando recién abrí, vino el mismo Fidel Castro, sería por ahí del cincuenta y dos o cincuenta y tres antes de lanzarse a la revolución en Cuba y hacerse famoso. Le gustaban las cervezas nuestras y a veces le daba su ron para que no extrañara su tierra.

Nosotros lo oíamos incrédulos y se ponía a contar más y más anécdotas. Cuando le preguntaba por qué contaba tantas cosas, me cerraba un ojo y decía,

—Ay, mi Pedro, los cantineros hablamos para no tomar, si no se nos va el negocio y nos hacen tontos. Acá uno es el único sobrio —y se reía con ganas.

A veces bebía en las cantinas o en ocasiones me llevaba la botella a la librería. Tenía llave para entrar. Me gustaba la oscuridad del lugar, sus libros callados, a la espera de ser vendidos, y llegar a un nuevo hogar, aguardando a su lector, el lector que les estaba destinado.

La soledad de los libros y la librería, el callado alcohol que dulcemente me arrullaba, me ponían nostálgico, sentía la proximidad de la muerte. *Recuerde el alma dormida, avive el seso y despierte, contemplando cómo se pasa la vida, cómo se viene la muerte tan callando...* dice un poeta, y así la sentía en esa penumbra honda de aquel gran salón lleno de estantes y libros; sin el bullicio de la gente me parecía como una galería que contenía los años enteros de nuestra humanidad. Un mundo que no podía conocer, que nadie podría tener del todo. Pero en la librería discurría la certeza de nuestro incierto paso, la existencia de quienes escribieron y viven, ¡viven! cada vez que abrimos sus páginas. Si ya nada importa, si poeta no fui, moriré lector y entre libros. Me ayudarán a llegar a la otra orilla.

En la primavera me llegó carta de los Alberti, o más bien, de María Teresa.

Roma, abril de 1967

Querido Pedro:

Te escribo triste por no poder vernos; tantos años ya. Seguimos tan lejos. Estoy escribiendo unas memorias, Pedro. Sobre lo que fuimos una vez, unos recuerdos melancólicos, pero luminosos. Sobre la guerra y lo siniestro que fueron los sublevados, las muertes que vivimos, la evacuación del Museo del Prado, las tertulias y la poesía, toda esa vorágine que bien conoces tú, mi Pedrito. Rafael prepara un libro de poesía, lo está titulando *Roma, peligro para caminantes*, y ¡vaya que si los hay! Aquí las motos van volando. Roma es tan hermosa, Pedro. Me gusta, es tan vieja, ya sabes que siempre me ha gustado lo antiguo.

A veces camino sola hasta el Foro romano viendo esas piedras que quedaron de la antigüedad solo para sentir la inmensidad del tiempo. Ay, Pedrito, ahora sé que vivir no es tan importante como recordar. Ya no llegan a nosotros los ruidos de los vivos, sino de los muertos.

Hemos envejecido, Pedro. Sin regresar a España. A veces vienen a vernos gentes que sí han vuelto. Pero nosotros no queremos ir, o Franco muere o no iremos nunca. No podemos, es ir en contra de todo, Pedro. Alta traición. No entendemos cómo se regresó Salvador ahí desde fines de los cuarenta, la peor época del franquismo, con ese catolicismo recalcitrante que inculcó el Opus Dei, de lo más conservador y cercano al poder. Dime tú cómo puede ser que las mujeres no puedan abrir una cuenta bancaria, sacar el pasaporte o comprar un coche sin consentimiento del marido, hasta para buscar trabajo deben pedirle permiso al esposo. Esas son las ideas de la Iglesia española junto con el dictador. El atraso es enorme.

Vemos mucho cine, vamos a exposiciones, recorremos el país. Hay tanto que ver. Rafael siempre anda haciendo alguna cosa, una ponencia, un libro, una clase. No sabes qué grande está nuestra hija, Aitana, ya es una muchacha con sus propios planes y cosas, está imparable. Qué bueno, así son los jóvenes de ahora. Van a cambiar el mundo, Pedro. Ya lo verás. Los sesenta son revolucionarios, como fuimos nosotros antes de la guerra.

¿Y tú? ¿Qué te haces en esa ciudad de nuevo? ¿Por qué te gusta tanto? Debes escribirme y contármelo todo. Quiero ir a México, pero acá estamos. Imposible por ahora.

Vive, Pedro. Solo vive, por los que ya no están, para vernos de nuevo en Madrid. Porque ese señor tendrá que morir. Es mayor que nosotros, no lo olvides. Que se va y ¡se va!

Ay, Pedro, estoy cansada de no saber dónde morirme.

Te mando recuerdos y besos, tu vieja amiga,

María Teresa[11]

Me quedé apenado tras leer la carta de María Teresa. ¿Cómo le hace uno para vivir cuando el cuerpo ya no quiere? Me pedía vivir, ¿podría lograrlo? Quisiera regresar al mar que me trajo acá; es el único lugar posible de consuelo entre España y México.

Mis amigos trataban de animarme, pero cuando llegó la temporada de verano todo se vino abajo con más fuerza. El calor hacía estragos; el sol me ponía la piel en un grito de dolor. Me deshidrataba. Tenía náuseas y dolor de estómago, los ojos amarillos, tenía que cubrirlos con lentes de sol porque no aguantaba la picazón de la intensidad de la luz. Un domingo fui a visitar a Alfredo; su esposa me había invitado un café esa tarde, pero al llegar ni siquiera toqué la puerta porque el dolor era mucho y me regresé. Apresurado le dejé una nota:

Alfredo: Me he tenido que devolver de la puerta. Ya casi no puedo andar. Cámbiame esa novela por otra larga y entretenida. Y mándame doscientos pesos. Para terminar ya con eso. Voy a ver si me paso unos días en cama —aunque tampoco la cama aguanto— pues estoy todo llagado. ¿Adónde va a llegar esto, Alfredo?

Gracias, de Pedro

A fines del mes de julio me internaron mis amigos en el Hospital Universitario. Me llenaron de medicinas. A veces despertaba en un estupor y pedía que no me dieran nada. Tenía miedo de morirme sin saberlo. Otras, confundido, preguntaba dónde estaba.

—¿Dónde estoy Alfredo? ¿Qué va pasar conmigo? Dime, dímelo, por favor —le decía desesperado, cayendo de nuevo en el marasmo.

EL MAR

Pedro Garfias, el nombre del exilio. Pedro Garfias, el nombre del mar. No hay salida del barco, nunca fuiste, nunca llegaste. Aquí está Pedro Garfias mareado sobre la proa. Aquí está Pedro Garfias, no lo busquen en otra parte. El *whisky* los tiene confundidos, el ron con coca cola, la cerveza, el vodka, el vino tinto de la vid más española. Vértigo del mar y del alcohol. Ya se hunden en el mar, ya se hunden en el vaso. Mira, ahí va Pedro Garfias, náufrago a mitad del océano.

¿Qué te pasa, Pedro?, recuerda que eres piedra. Y las piedras subsisten. Pedro, son tuyas las piedras calizas de Salamanca, las blancas de Andalucía, las piedras de los ríos de América, las rocas brillantes bajo la luna en la Huasteca. Apenas piedra erosionada por el mar, asómate a esta ventana, a esta proa iluminada de la tarde.

Mírate, qué extraño hombre eres, solitario y enfermo, navegando camas de hospitales. Dicen que vinieron a verte. Que te trajo ropa Santiago Roel. Que pagó tus cuentas Raúl Rangel Frías. Que te leyó versos Alfredo Gracia. Que te puso una bandera republicana Alfonso Reyes Aurrecoechea. Que vino María Aurora. Eso dicen. Que María Aurora te cantó soleares y coplas con una guitarra.

Un pasodoble español. Esas canciones lejanas. ¿Acaso no es eso el amor?

Mírate, Pedro, ya casi estamos en el Aqueronte, ¿lo ves? ¿lo hueles? ¿atisbas sus ramas húmedas? ¿las hojas verdes de sus plantas? Ya cruzamos el Atlántico, ya cruzamos el Jónico y el Mediterráneo, ya vamos, Pedro. Entre piedras y túneles, entre oscuros peces negros. Es el mar y es el río, es el dolor que se queda atrás. Ya van llorando las musas, ya van llorando las sílfides, ya van llorando las náyades. Ahí las plañideras como lloronas mexicanas. Duerme, Pedro. Te pondré monedas en los párpados para que cruces el umbral, te pondré perfume en el cuello para que llegues fresco. Te vendaré el cuerpo para que no se vean tus llagas. Ya vamos llegando al Leteo, recuerda no tomar de sus aguas. No bebas, no te acerques. Pedro, esta es tu memoria, la arrastras sobre el mar hasta tu final de río y piedra. Ya eres memoria, Pedro. Lleva tu poesía. Siempre entre dos países, sin salir del agua. Cómo te meces en el barco, cómo se oyen los versos, cómo cantan las voces y levantan sus puños y ondean las banderas. Ahí están, ya te sonríen, Pedro. Ya te están esperando. Son los soldados de la República, son los poetas de la patria y las campanas de Santa María del Mar que escuchaste al salir de Barcelona, ahí la vieja Castilla y el águila de Isabel, las torres de Écija, el Café de Platerías y Puerta del Sol. Mira, ya llegas a la Gran Vía, Pedro. Qué de papeles multicolores, amarillos, rojos y también morados. Siempre el corazón púrpura. Un cielo enorme sobre este nuestro mar, ahí el puerto y los barcos, ahí las chimeneas del *Sinaia*. ¿Acaso mueres, Pedro? ¿Acaso te vas quedando en silencio? Afuera ha caído la tarde roja del verano. De puntillas vas entrando en el pasado. La vida, toda tuya.

Alfredo Gracia y Pedro Garfias, julio de 1967. (Archivo periodístico *El Norte*).

FANTASMAS

Según las crónicas en torno a la muerte de Pedro Garfias, este murió en la habitación 410 del Hospital Universitario la tarde del 9 de agosto de 1967 al anochecer. Ahí estuvo don Alfredo con su esposa María Luisa. Anota esto el mismo Gracia: "Al llegar estaba ahí otro matrimonio: Eugenio Armendáriz y su esposa, María Aurora, que había sido musa del poeta, medio enamorado de ella (María Aurora tocaba la guitarra y cantaba un poco de flamenco)".

Tras su muerte, Santiago Roel, en su papel de funcionario público, consiguió dinero para el entierro. Entre otras curiosidades, el diario *El Tiempo* anota que llegaron coronas al sepelio de sus refugios tabernarios compradas por colectas de sus mismos empleados.

El cortejo fúnebre partió desde las calles de Villagrán y Washington, afuera de la funeraria, hasta el Panteón del Carmen. En el ataúd iba el poeta vestido con un traje y zapatos que donó al muerto Santiago Roel; llevaba también de lado una bandera republicana. Alfredo Gracia, quien al salir de su natal Teruel al exilio se llevó unas bolsitas con tierra aragonesa, puso dentro del ataúd un puñado.

Raúl Rangel Frías pronunció la oración fúnebre:

Epístola al Poeta
(10 de agosto de 1967)
Óyeme, Pedro: unas palabras de partida.

¿Sabes?, somos unos pocos de tus amigos. Otros no pudieron venir, los pájaros y las estrellas. Mira: esto se acabó; tu dolor y tu soledad. Ahora empiezan los nuestros.

En el umbral del tránsito oscuro, antes de que te vayas, déjame decirte:

eras un viejo madero inútil,
herido en el costado,
ah, los arrecifes,
batido por las aguas,
comido de la sal

¡Viejo madero inútil, mascarón de proa! Tu ojo inmóvil y estrábico escrutaba el misterio, poeta, de tu España de siglos. Como ella eran tus versos, que no están hechos de palabras. Son pasos y estancias de su andar. El duro pecho de tu tierra, como tú mismo que no se deja morir. El lloro y la risa de los niños. El río, la espiga y la espada de ciprés.

Hoy ha doblado por ti la esquila de este cementerio mexicano. Y otra ha tañido, igual, desde las torres de Écija maternal. Baja a tierra, que has llegado por fin a puerto, para que te ablande la ternura de nuestro suelo. Quedas cual dormido gorrión. Deja aquí tu sangre dulce en los terrones nuestros, alza la voz al cielo y tiende tus poemas al sol entre México y España.

Ahora, Pedro, nos vamos; nosotros que a velas rotas navegamos, vamos a partir, tú permaneces. Pero antes voy a recordar de la prócer Salamanca unas voces y unas piedras; en un coral como este, el padre Unamuno daba gritos llamando a resucitar:

Méteme —Padre eterno— en tu pecho,
Misterioso hogar,
Dormiré allí que vengo deshecho
Del duro bregar.

Hasta luego, Pedro[12]

Años después de pronunciar estas palabras, Raúl Rangel Frías dijo que Garfias fue "una narración o un mito y no exactamente alguien". Me quedo pensando en esto. ¿Qué es acaso un hombre para una ciudad? Nada. Todo. Unas palabras desperdigadas. O como dijo Zaid, una de las cosas más importantes que le sucedieron a Monterrey.

Mi amigo Daniel me escribió desde el periódico que podía hablar con José Luis Font, el último dueño y heredero de la Cosmos, como tituló en uno de sus reportajes, y con Isabel Ortega Ridaura por teléfono ya que vive en Veracruz. Ella fue la asistente de Alfredo Gracia y podría tener información. Los abuelos de Isabel también habían llegado en el *Sinaia* con Pedro Garfias y se asentaron en Tampico, donde estuvo la primera Librería Cosmos, y luego en Monterrey. Decidí primero hablarle a Isabel, pero ella no conoció a Pedro Garfias y sus padres muy poco. Dijo que su madre decía que tenía mal carácter y que todos se la pasaban buscándole trabajos que nunca podía mantener. Asentí mientras la escuchaba, callada.

—Mis abuelos nunca hablaban de España —dijo al final— ¿Sabes? Hay dos formas de llevar el exilio. Unos echan cerrojo al país que se fue, y otros no dejan de hablar de él, es como si nunca se hubieran ido. De esos fueron don Alfredo y Pedro Garfias.

Esa noche decidí escribirle al señor Font y ver si podía pasar a su casa. Me contestó de inmediato y acordamos vernos una tarde tras el trabajo.

José Luis Font fue quien compró al final la Librería Cosmos a Justo Elorduy cuando don Alfredo ya estaba muy mayor. Es de esa época que yo recuerdo a don Alfredo, allá a finales de los ochenta, cuando él iba aún a diario a la librería y yo era una universitaria de diecisiete o dieciocho años que compraba libros y escuchaba historias de fantasmas y de exiliados.

La Cosmos fue para nosotros, como su nombre, un universo entero de tardes con café y risas y novios atrás de un estante besándonos y libros y poemas furtivos copiados de un libro, metidos en un bolsillo para regalar. El brillo de la expectativa de la vida nos quedaba en la mirada borrosa, ensoñada en el gesto heroico de aquellos poetas viajeros y guerras y exilio, en esas historias a oídas que contaban los demás. Ser adolescente en una librería así, andar a las anchas, al vuelo de la mano de un chico, escribiendo notas en una libreta, leyendo en el suelo absorta, olvidando la hora, a mi madre, la cena. Se levantaba un torrente de palabras, una cascada vital de versos, un mar entero para atravesar. Nada importaba bajo las lámparas y las escaleras de caracol en una tarde de lluvia, porque la Cosmos era nuestra, de mí y de la vida y de los que fuimos entonces.

El señor Font también viene de familia española, aunque ya nació en México y vivió en Guadalajara. Un levísimo ceceo lo acompaña al hablar. Uno no sabe si lo imita o le es natural, pero le queda bien, supongo que para una librería fundada por españoles no va mal.

Fui a verlo porque quería conocer el final. El cierre de esa librería y la llegada de la plasta azul y roja de un Kentucky Fried Chicken. Al inicio, me dijo, creció el negocio, se hizo de otras sucursales, aumentaron las ventas, hizo un patrimonio. Pero fue como ese leve estertor antes de morir que por un momento parecen levantarse antes del final. Un zarpazo último, desesperado, el canto del cisne, los noventa fueron la última década de auge librero. La tecnología con su voracidad acabaría con aquella librería de antiguos hombres venidos del otro lado del mar. Las computadoras, el Internet, los celulares, Kindle, todo eso que llegó.

—¿Has visto ese edificio de convenciones por la avenida Morones Prieto?

—¿Convex?

—Sí, ese. Bueno, ese era el terreno que yo iba a usar para una gran, grandísima librería en el corazón de la ciudad.

—Espectacular.

—Sí, eso. Enorme.

—Pero no pude… me endeudé, perdí contratos, se cayó mi sueño. Acabé teniendo que vender todo. Ahora el negocio es la imprenta. Sacamos muchos libros de texto; otros de superación personal, de actualidad, unos pocos de narrativa. No escatimamos en nada.

Volteo a mi alrededor. En la pequeña sala donde me ha recibido hay libros por doquier.

—Ya veo… —digo despacio.

—Este es nuestro negocio ahora.

—Y dejó la venta de libros en librería…

—El llamado "error de diciembre" del 94 fue la estocada con la crisis económica. Al final, no nos recuperamos, como tantos otros, a fines de la década.

Se levanta y me pide que lo siga. Salimos por la entrada principal de su casa y me lleva a la vuelta, donde hay una pequeña oficina alterna a la que se accede por fuera.

—Mira, entra acá. Vas a ver.

Subimos una breve escalera y veo dos pósteres grandes de fotografías viejas en sepia de la Cosmos como yo la recuerdo. Me quedo un rato viendo y le pregunto si puedo tomar unas fotos. Él asiente y entonces saco mi celular.

Vemos recuerdos que guarda, otras fotos, papeles. Libros que se trajo. Me señala algunos que ya tenía sobre el poeta Garfias, los que encontré en las bibliotecas de las universidades o que me dio Daniel y que se conservaban en el periódico.

Antes de salir me dice que ha tenido varios problemas cardiacos, que viene saliendo de una cirugía. Que ha tenido algunas dificultades. Yo no le digo sobre mi corazón a la diestra. Ni que tengo arritmias. Pero lo escucho y pienso que tal vez no hay casualidades. Me despido dándole un beso en la mejilla. Él me susurra adiós en su media voz españolada. Está emocionado. Sus mejillas de viejo tiemblan. Está triste. Le aprieto la mano. Le digo unas palabras de aliento que espero no suenen a lugar común y salgo por la puerta de enfrente.

Me quedo pensando en esos artistas perdidos del 27, en las mujeres y en los hombres, también en los libreros como Font o Gracia; de pronto se me aparecen como viviendo a contragolpe, en lucha silenciosa.

Recuerdo a esos soldados en la Edad Media aguardando en la indómita noche oscura el día siguiente para continuar la batalla, quizás instalados a poca distancia del enemigo. Ahí escribiendo desenfrenadamente frente al fuego sus *chansons d'aube,* sus poemas al alba, resistiendo lo que vendrá, quizá la muerte. Así se me aparecen en pie de lucha. Un arte febril conmocionado y vivo, un negocio de libros como si fuera la vida, luchando por surgir entre las tinieblas, en medio de la noche, antes de que llegue el alba, antes de que, a la luz del sol, puedan mostrar su virtuosismo al mundo, la cruzada última, es lo que intentan, es lo que quieren. Una librería en una gesta heroica final.

Vistas de la antigua Librería Cosmos.[13]

OBSERVACIONES QUE A NADIE LE IMPORTAN

Muro pintado por el poeta Armando Alanís Pulido, creador del movimiento *Acción poética*, en las calles de Guerrero y Juárez en Monterrey, N.L. (2019). El poema completo se titula "Motivos de la ciudad" y aparece en *El ala del sur*. Más de cincuenta años después de su muerte aún quedan residuos del poeta Pedro Garfias.

CORAZONES

El sábado quedamos con mi primo Gerardo, su esposa e hija de ir a cenar. También iba mi sobrina María Mónica, hija de uno de los hermanos de Gerardo porque estudiaba en la Universidad de Texas en Austin. Yo me movía muy despacio, así que tomé mucho tiempo en arreglarme. No me sentía mal, un poco de cansancio nada más. Mi cuello tenía un moretón que se extendía por completo en el lado derecho, aunque no se veía cicatriz. Afortunadamente estaba el clima fresco, así que me puse un pañuelo enorme para disimular.

Tenía un aire rústico el restaurante, con mucha madera y piedra natural. Me gustó. María Mónica y su novio se sentaron a mi izquierda.

—Tía, no puedo creer que te lo hayan hecho dos veces.

—Ya sé... fue un tanto difícil.

Sonreí un poco. Ella casi no ve, así que la tomé del hombro. María Mónica tiene la condición de Stargardt, una forma de ceguera degenerativa que aparece usualmente saliendo de la infancia. No puede ver de frente y solo muy poco en la periferia.

Pienso en María Mónica, en sus ojos azules y brillantes que no ven, en su carita feliz cuando jugaba de niña en casa de mis padres junto con sus hermanos y los hijos de mi prima Gabriela, en la risa que le daba nuestro perro. Ella también tiene una condición congénita.

Cambiamos la conversación y hablamos de otra cosa. De sus estudios en la universidad, de las elecciones norteamericanas y si ganaría Trump, de que, a partir del siguiente ciclo escolar, los alumnos podrán portar armas dentro de la universidad.

—Pero ya no estaré en ella —dice riendo. Brindamos por su próxima graduación.

Al otro lado de la mesa, Gerardo habla con mis padres. Sofía, su hija, platica de sus clases de ballet. Todo es tan normal y cotidiano. Tal vez todo vaya mejor. Quizá me quité de encima a la intrusa y ya no regrese. Y si lo hace, habrá que lidiar con ella, luego. Ahora no. Ahora no pensaré en ella. Este tiempo me pertenece.

Me relajo. Me sirvo vino. Christine, la esposa de Gerardo, está contando algo que no escucho. Aunque no los conozco bien a Gerardo y a Christine hay una familiaridad en el ambiente que me reconforta. Entonces él levanta la copa desde el otro lado de la mesa y dice:

—Ahora tendrás que escribir sobre esto.

Sonrío sin decir nada. Mi padre está riendo. No lo había hecho en todo el viaje. Ellos no saben. Nadie sabe que llevo más de un año escribiendo un texto que no atino a terminar. Son unos apuntes apenas. Unas notas sobre mí y los españoles. Allá en Monterrey quedan los libros sobre el escritorio, los apuntes, los reportajes que imprimí, los correos intercambiados, las fotografías, una tesis sobre Garfias. En la computadora miles de bits de información guardan esas notas que apenas serían libro, que apenas serían una novela que escribiría muy pronto. Tal vez al regresar la empezaría. Quizás.

¿Qué tiene de importancia a fin de cuentas una librería de provincia en una ciudad industrial?, ¿un poeta alcohólico?

El latido colectivo de un país que quedó desperdigado en las voces de unos cuantos. ¡Ten, aquí están! Ten, España, los hijos olvidados. Aquí los que escribieron bien y escribieron mal, los que a falta de dinero y el exilio no regresaron. Porque esta es la historia de un poeta; la historia que sus amigos recogieron. Los callados, los obstinados, los que reconocieron la pérdida. Los que tomaron la deuda, los que creyeron sin ver. Porque el latido sordo del corazón se los dijo. En ellos perduró una nación, la que arrastraron hasta esta orilla, la que llevaron en el latido del corazón extraviado a otro lugar.

Palpitaba en mi oído el corazón del mundo / En la pequeña noche de mis ojos cerrados. Afuera la noche y el orbe, adentro del restaurante italiano estamos nosotros. Allá el ruido de la ciudad, sus carros y pasos a desnivel, la mole de concreto de los centros comerciales y las avenidas norteamericanas, allá más lejos, el intrépido mar en las costas texanas, del otro lado del Atlántico, las bombas de Bruselas estallando a pedazos, también el murmullo de España de donde vino Pedro Garfias.

La Tierra con su rumor incansable, con el trajín de la prisa, de sus ciudades y aviones y trenes; el tiempo que se va. De pronto sentía que lo escuchaba todo, que el corazón del mundo se acompasaba en mi corazón desorientado. Que podía oírlo todo. Que los corazones de mi familia sonaban también al unísono como un eco propio y no éramos tan distintos y todo era solo una larga sinfonía que tenía ya muchos años de estar en mí, como un secreto, como un rumor, un coro perfecto de corazones latiendo más y más.

Todo estaba en su sitio; no se perdió, ahí estuvo siempre. Hay una historia. Tengo que encontrarla. Tengo que dar con ella. Su existencia es la existencia de cualquier persona. El hombre común, el que no fue. La mujer silenciada, la que callaron. A quienes quiero abrazar. Un anónimo que grita con un alarido sordo dentro de mi oído. Es un bramido que mide un océano entero hasta la otra orilla. Hay un hilo todavía, el que voy a hallar.

Levanté la copa para brindar con mi familia. El corazón desplazado se armonizaba, encontraba su lugar, su propia marcha. Y eso estaba bien.

Canciones que inspiran este texto

NOTAS

1. La Residencia de Estudiantes de Madrid que unió a Dalí, Luis Buñuel y Federico García Lorca, <https://cutt.ly/SGBOuLZ>.

2. Las tres líneas finales de este diálogo están tomadas de *La arboleda perdida* de Rafael Alberti. Las atribuye a una conversación que escuchó el poeta decir a un guardia civil roteño.

3. *Millones de puños gritan*
   su cólera por los aires,
   millones de corazones
   golpean contra sus cárceles

4. Documental de Hemingway y Dos Passos sobre la situación de la guerra en España y su defensa de la causa republicana. Narrado por Hemingway, es una especie de apología sobre la democracia, la República y la pobreza de millones de españoles, <https://cutt.ly/mGBC0Ni>.

5. Lord Faringdon, *Buscot and the Spanish Civil War*, <https://cutt.ly/.wGBVZgV>.

6. Según las biografías de Bolaño, este nació en 1953 y llegó a México en 1968 de 15 años. No pudo conocer a Pedro Garfias, quien murió en 1967. También entró al país dos veces, una en el 68, pero luego se regresa a Chile y llega a México de nuevo en 1973 tras el golpe pinochetista.

7. El personaje de Auxilio está basado en Alcira Soust Scaffo, poeta uruguaya que vivió el asedio de Ciudad Universitaria por el Ejército en 1968, y quien, a modo de resistencia, ponía poesía por los altoparlantes y acabó

escondida en los baños de Humanidades, sobreviviendo varios días a base de comer papel de baño y tomar agua de los grifos.

8. La última frase pertenece al poema "Me gusta andar de noche", de Concha Méndez.

9. "Peleamos, peleamos", <https://cutt.ly/PG3eJTA>.

10. Ganbara, Eguntto batez, <https://cutt.ly/jG3eVGK>.

11. Algunas frases fueron tomadas literalmente de *Memoria de la melancolía* de la misma María Teresa.

12. Oración en el funeral de Pedro Garfias (Monterrey, 10 de agosto de 1967). Tomado de las obras completas de Raúl Rangel Frías, *Héroes y Epígonos*, vol. II, UANL, 2014.

13.

Fotografías de la autora tomadas en casa de José Luis Font, Monterrey, Nuevo León

AGRADECIMIENTOS LITERARIOS

Muchas personas me prestaron libros, reportajes, fotos y anécdotas personales sobre Pedro Garfias. Gracias a Pepe Garza, por los libros y las sugerencias; a Minerva Margarita Villarreal (QEPD) por prestarme libros de la Capilla Alfonsina de la UANL aun sin tener credencial y regalarme los libros de Raúl Rangel Frías y quien me conminó a seguir escribiendo contra viento y marea; gracias a Alejandra Rangel (QEPD) por sus correos contestando mis preguntas sobre su padre y la figura del poeta; gracias a Isabel Ortega Ridaura con quien hablé hasta Veracruz y me contó algunas historias; gracias al librero José Luis Font por la charla, las fotos y la nostalgia; gracias a Alfredo Gracia Aguilar por la tesis doctoral de la Complutense de Madrid sobre Pedro Garfias; gracias al personal de la Biblioteca del Tec por dejarme tener en préstamo los libros durante mucho más del tiempo habitual.

Agradecida con el investigador Francisco Moreno Gómez por contestar mis preguntas sobre Garfias desde España; a María Teresa Miaja, de la UNAM, por su conocimiento sobre el exilio español en México y la generación del 27 en nuestro país; a mi exalumno, Jesús Nieto y su mujer, Lola Horner, que encontraron para mí verdaderas joyas en las bibliotecas del Colmex y la UNAM; a los escritores Pedro Palou por sus conocimientos sobre la vida del exilio español en la Ciudad de México y sus sitios de encuentro, y

Agustín Fernández Mallo, quien siempre supo que esta historia saldría a la luz.

Agradecimiento al periodista y editor de Vida y Cultura en *El Norte*, Daniel de la Fuente, por los reportajes de *El Norte*, las fotos de archivo y la tesis de la Complutense en una segunda ocasión.

Finalmente, un reconocimiento a mi profesor de literatura española de la generación del 27 y la posguerra durante mis años de carrera, el maestro Fidel Chávez, que sembró en mí hace muchos años el misterio sobre este poeta, y a mis estudiantes de Letras hispánicas en estas materias, quienes con sus preguntas me hicieron volver a la Librería Cosmos y sus fantasmas.

Gracias al Instituto Cervantes y a RTVE española por sus conferencias y documentales que me llevaron a las Sinsombrero, a esas mujeres modernas y libres que se unieron a esta historia.

Gracias a la música del coche de mis padres que me enseñó de niña qué cosa era la poesía en las voces de los cantautores españoles del final del franquismo, siempre nuestros y de mi vida.

A Paulina y Gerry, de mi agencia PaGe, que creyeron en este viejo y nuevo texto y no lo soltaron ni dejaron morir nunca. A Raúl y Gaby y el fecundo ritual de la escritura que nos reúne cada quince días para leernos y comentar de la mano del vino, la crítica, y sobre todo de la memoria común, el cariño y la amistad a través de las letras.

AGRADECIMIENTOS MÉDICOS

Mi agradecimiento a los cardiólogos: doctores Dan G. McNamara (QEPD), Guillermo Torre Amione, Jason Zagrodsky y Gerardo Villarreal Levy, quienes en diferentes ocasiones han cuidado de mi corazón extraviado a lo largo de los años.

A los hospitales Christus Muguerza, San José y Zambrano Hellion en Monterrey, al Texas Children's Hospital en Houston y al St. David's Medical Center en Austin por sus atenciones. A los enfermeros y enfermeras de estos hospitales por su entrega y humanidad, porque me devolvieron la dignidad perdida y estuvieron conmigo en momentos difíciles.

Nunca habrá suficientes palabras para agradecer a los médicos y personal hospitalario lo que hicieron por mí.

Gracias por su dedicación a mi extraño corazón.

BIBLIOGRAFÍA CONSULTADA

FUENTES IMPRESAS

ALBERTI, Rafael [1976], *La arboleda perdida*. Memorias, Editorial Seix Barral, S.A.

BALLÓ, Tània [2016], *Las sinsombrero 1 y 2. Sin ellas, la historia no está completa*, Editorial Planeta.

BARRERA LÓPEZ, José María [1991], *Pedro Garfias: Poesía y soledad*, Editorial Alfar.

BOLAÑO, Roberto [1999], *Amuleto*. Editorial Anagrama, S.A.

BUÑUEL, Luis [2012], *Mi último suspiro*, Penguin Random House.

CARLES FOGO, Joan [2011], *La generación del 27 y los paraísos perdidos*, Erasmus Ediciones.

DÍAZ PARDO, Felipe [2018], *Breve Historia de la Generación del 27*, Vanguardias españolas, Ediciones Nowtilus, S. L.

GARFIAS, Pedro [2017], *De soledad y otros pesares*, Universidad Autónoma de Nuevo León.

_____ [1980], *El ala del sur*, Universidad Autónoma de Nuevo León.

GIBSON, Ian [1999], *Lorca-Dalí. El amor que no pudo ser*, Plaza & Janés Editores, S.A.

ÍÑIGO, Luis E. [2010], *Breve historia de la Segunda República Española*, Ediciones Nowtilus, S.L.

LEÓN, María Teresa [1999], *Memoria de la melancolía*. Galaxia Gutenberg, S.L.

MORENO GÓMEZ, Francisco [1994], *Vida y obra de Pedro Garfias*, Tesis doctoral, Universidad Complutense de Madrid.

NERUDA, Pablo [2004], *Confieso que he vivido*, Penguin Random House.

NÚÑEZ RIVERO, Cayetano [2017], *La Iglesia y la política española 1931-1978: la Segunda República y el franquismo*, Editorial Dykinson, S.L.

ORTEGA RIDAURA, Isabel (coord.) [2010], *Alfredo Gracia Vicente, Homenaje*, Universidad Autónoma de Nuevo León.

RANGEL FRÍAS, Raúl [2014], Obras Completas, Vol. II. *Héroes y Epígonos* (ed. Humberto Salazar), Universidad Autónoma de Nuevo León.

REGUERA GARCÍA, Antonio (coord.), *Pedro Garfias. Sintiendo Asturias. Entre España y México*, Centro de Educación de Adultos de Gijón.

REYES AURRECOECHEA, Alfonso [1990], *Mi amigo Pedro Garfias*, Universidad Autónoma de Nuevo León.

TEJERO, Delhy [2019], *Los cuadernines. Diarios 1936-1968*, Ediciones Eolas.

THOMAS, Hugh [2019], *La guerra civil española* (trad. Neri Daurella), Penguin Random House.

ZAID, Gabriel [2010], *La poesía en la práctica*, Penguin Random House.

FUENTES ELECTRÓNICAS

AMORÓS, Mario, entrevista, "Neruda se ganó muchos problemas por ayudar a Siqueiros", *Excélsior* (24-11-2015), < https://cutt.ly/OJPDrZo>.

AUNIÓN, J.A., "La generación del 27 cumple 90 años", *El País* (16-12-2017), <https://cutt.ly/JJPOuBi>.

BARREIRA, David, "Bombas, prostitutas y amor entre corresponsales de la guerra civil: Hemingway y compañía vuelven al Hotel Florida", *El Español* (19-01-2019), <https://cutt.ly/rJPORF9>.

CÁRDENAS, José C., Pedro Garfias y la música (02-03-2011), <https://cutt.ly/ZJPOAa6>.

Díaz de Quijano, Fernando, "Hotel Florida, crónicas de whisky y obuses", *El Español* (18-01-2019), <https://cutt.ly/DJPOXL6>.

Díaz Pérez, Eva, "Últimas tardes con Cernuda", *El Mundo* (03-11-2003), <https://cutt.ly/JKjCx0Q>.

Escapa, Ernesto, "Amarga Congoja", *Diario de León* (03-09-2017), <https://cutt.ly/0JPO04q>.

Fernández Úbeda, Jesús, "Gerardo Diego: 'el facha' de la generación del 27", Zenda-Edhasa (08-04-2017), <https://cutt.ly/eJPPruG>.

Férriz Roure, Teresa, "Estudio de la España Peregrina (1940). Una revista para la continuación de la cultura española en el exilio mexicano", Biblioteca Virtual Miguel de Cervantes, <https://cutt.ly/7JPPjHk>.

González-Barba, A., "Hallada una nueva versión de las *Poesías de la guerra* de Pedro Garfias", *ABCcórdoba* (14-09-2017), <https://cutt.ly/IJPPWw8>.

Gutiérrez, Estephanie, "*Los olvidados*. La cinta de Buñuel más odiada por los mexicanos", *El Universal* (28-07-2018), <https://cutt.ly/5JPPDiN>.

Herrera, Arnulfo, "El exilio y la doble derrota de Pedro Garfias", *Milenio* (30-04-2022), < https://cutt.ly/DJPAF5g>.

Huerta-Nava, Raquel, "Pablo Neruda en la pluma de Efraín Huerta", *Periódico de Poesía*, Nueva época No. 18, Universidad Nacional Autónoma de México (verano 1997), <https://cutt.ly/YJPAKCU>.

Mayoral, Carlos, "Ajuste de cuentas con las mujeres del 27: 'Debajo de la falda llevamos pantalón'", *El Español* (19-12-2017) <https://cutt.ly/GJPA2m7>.

Mesa Leiva, Eduardo, "La Residencia de estudiantes, el Oxford madrileño", La Vanguardia (31-01-2020), <https://cutt.ly/TJPA6IS>.

Morales Flores, Mónica, "Lecturas documentales del exilio español. La llegada del *Sinaia* a través de las imágenes de los Hermanos Mayo, Institución Fernando El Católico, <https://cutt.ly/9JPSfOK>.

Moreno Gómez, Francisco, "Pedro Garfias, la voz del exilio español", Córdoba (16-03-2019), <https://cutt.ly/dJPSvrq>.

_____, "Pedro Garfias, entre la vanguardia, la guerra y el exilio", Conferencia en Écija, Sevilla. Historia, Memoria y Literatura (29-04-2006), <https://cutt.ly/fJPSE0I>.

Munarriz, Jesús, "Garfias, un olvidado del 27", El País, Babelia (22-12-2017), <https://cutt.ly/RJPSAbt>.

Murphy, Martin, "Los exiliados de Eaton Hastings" (trad. Germán Ramírez Aledón), Association for the UK Basque Children, <https://cutt.ly/qJPSCv7>.

Priego Rojano, Joaquín, "Pedro Garfias Zurita. Poeta de roja voz", Historia Gráfica de Villafranca de Córdoba (02-12-2015), <https://cutt.ly/ZJPDUgB>.

Prieto de Paula, Ángel L., "Cómo se hace una generación", El País, Babelia (08-09-2017), <https://cutt.ly/1JPDJPc>.

Rodríguez, Anabel, "María Teresa León no es una sombra", El Correo de Andalucía (10-03-2018), <https://cutt.ly/WJPD2wd>.

Rondón, José María, "Las tres fotografías de la Generación del 27", Diario de Sevilla (18-12-2016), <https://cutt.ly/FJPD670>.

Ruiz Funes, Concepción y Enriqueta Tuñón, "Palabras del exilio 2. El final y comienzo: el Sinaia", Biblioteca Virtual Miguel de Cervantes, <https://cutt.ly/bJPFsQj>.

Sánchez Seoane, Loreto, "Las mujeres de la Generación del 27: ellas, el género neutro", El Mundo (23-02-2016), <https://cutt.ly/7JPFc1b>.

Serrano, María, "Incógnitas resueltas en la nueva biografía del poeta Miguel Hernández", Público (24-11-2016), <https://cutt.ly/7JPGwXh>.

Sheridan, Guillermo, "Refugachos: escenas del exilio español en México", Biblioteca Virtual Miguel de Cervantes, <https://cutt.ly/NJPGu4N>.

Soler Serrano, Joaquín, entrevista, "Maruja Mallo a fondo", RTVE (14-04-1980), <https://cutt.ly/cJPGaZi>.

Taillot, Allison, "El modelo soviético en los años 1930: los viajes de María Teresa León y Rafael Alberti a Moscú", Open Edition Journals (otoño 2012), <https://cutt.ly/UJPGhIq>.

Tibol, Raquel, "Orozco, Rivera y Siqueiros: el último escrito de Pablo Neruda", *Proceso* (24-04-2013), <https://cutt.ly/tJPGlZR>.

"Una exposición recuerda a Pedro Garfias, 'el poeta olvidado de la Generación del 27'", *ABCdesevilla* (20-11-2017), <https://cutt.ly/qJPGbz6>.

"Una habitación propia. Federico García Lorca en la Residencia de Estudiantes 1919-1936", Fundación Federico García Lorca y Residencia de Estudiantes (2018), <https://cutt.ly/tJPGYuz>.

Vico, Ángel A., "El *Sinaia*, el barco con republicanos VIP llegado a México en 1939 para 'cultivar la tierra'", *El Español* (25-06-2019), <https://cutt.ly/nJPGPkK>.